CUD

EMMA DONOGHUE

CUD

Z języka angielskiego przełożyła
Ewa Borówka

WYDAWNICTWO
SONIA DRAGA

Projekt graficzny okładki: Mariusz Banachowicz

Redakcja: Ewa Penksyk-Kluczkowska
Korekta: Edyta Antoniak-Kiedos, Maria Zając, Iwona Wyrwisz

ISBN: 978-83-7999-936-1

WYDAWNICTWO SONIA DRAGA Sp. z o.o.
pl. Grunwaldzki 8-10, 40-127 Katowice
tel. 32 782 64 77, fax 32 253 77 28
e-mail: info@soniadraga.pl
www.soniadraga.pl
www.facebook.com/wydawnictwoSoniaDraga

Skład i łamanie: Wydawnictwo Sonia Draga

Katowice 2017. (N517)

Dla naszej córki, Uny, stare irlandzkie błogosławieństwo:
Nár mille an sioc do chuid prátaí,
Go raibh duilleoga do chabáiste slán ó chnuimheanna.
Oby ci ziemniaki nie przemarzły,
a kapusta nie zrobaczywiała.

Spis treści

Rozdział 1. Pielęgniarka 9

Rozdział 2. Obserwacja 67

Rozdział 3. Post 117

Rozdział 4. Czuwanie 173

Rozdział 5. Zmiana 223

Epilog 287

Od autorki 289

O autorce 291

Rozdział 1

Pielęgniarka

nurse (ang.)
    karmić piersią niemowlę
    wychowywać dziecko
    pielęgnować chorego

Podróż okazała się nie gorsza, niż przypuszczała. Pociąg z Londynu do Liverpoolu, nocny rejs parowcem do Dublina, powolny niedzielny pociąg na zachód do miasteczka o nazwie Athlone. Woźnica już czekał.

– Pani Wright?

Lib znała wielu Irlandczyków, żołnierzy. Ale to było przed laty, musiała więc teraz wytężyć słuch, by wychwycić sens słów woźnicy. Zaniósł zaraz jej kufer do – jak to ujął – powozu wycieczkowego. Typowy irlandzki błąd; toż to zwykła odkryta dwukółka. Lib usadowiła się pośrodku bocznej ławy, z trzewikami dyndającymi niebezpiecznie blisko prawego koła. Zaczęło mżyć, więc rozłożyła swoją parasolkę. Lepsze to niż duszny wagon.

Woźnica siedzący po drugiej stronie ławy i skulony tak, że niemal dotykał jej plecami, strzelił z bata.

– Wiśta, wio!

Kudłaty kuc ruszył z kopyta.

Nieliczni ludzie napotkani na szutrowej drodze wyjazdowej z Athlone sprawiali wrażenie wymizerowanych, ale Lib złożyła to na karb niesławnej diety składającej się wyłącznie z ziemniaków. Być może z tego samego powodu woźnica cierpiał na braki w uzębieniu.

Teraz wspomniał coś o martwych.

– Słucham pana?

– Martwy punkt, proszę pani.

Lib czekała, podpierając się dłońmi na trzęsącej się bryczce. Woźnica wskazał ręką.

– Znajdujemy się w samiutkim środku kraju.

Płaskie pola z pręgami ciemnego listowia. Połacie czerwonawo-brązowego torfu; czy rozległe mokradła nie są siedliskiem zarazków? Gdzieniegdzie szare pozostałości kamiennej chałupy, porośniętej prawie po stropy. Z perspektywy Lib nic uderzająco malowniczego. Najwyraźniej środkowa część Irlandii to obniżenie, w którym zbiera się wilgoć, małe okrągłe zagłębienie w spodku.

Bryczka skręciła w węższą, żwirową drogę. Stukot kropli na tkaninie parasolki zmienił się w monotonne bębnienie. Pojedyncze chaty bez okien; Lib wyobraziła sobie, jak w każdej z nich kuli się przed deszczem jakaś rodzina wraz ze swym inwentarzem.

Od czasu do czasu droga wiodła ku widocznemu z oddali skupisku chałup tworzących prawdopodobnie wieś. Ale nie tę właściwą. Należało zapytać woźnicę, jak długo może potrwać ta podróż. Nie zada mu teraz tego pytania z obawy, że usłyszy: „Jeszcze szmat drogi".

W szpitalu przełożona powiedziała jej tylko, że ktoś chce zatrudnić na wyłączność doświadczoną pielęgniarkę, na dwa tygodnie. Pokryte zostaną jej koszty podróży oraz utrzymania, a do tego otrzyma dniówkę. Lib nie wiedziała nic o O'Donnellach, domyśliła się tylko, że to rodzina raczej dobrze sytuowana i światowa, skoro posyła aż do Anglii po lepiej wykwalifikowaną pielęgniarkę. Dopiero teraz zaczęła się zastanawiać, skąd wiedzieli, że pacjent będzie potrzebował jej usług tylko przez dwa tygodnie. Może Lib przyjeżdża tylko w zastępstwie za inną opiekunkę.

W każdym razie jej wysiłki miały zostać sowicie wynagrodzone, a samo zajęcie jako pewna odmiana wydało jej się interesujące. W szpitalu kwalifikacje Lib były z jednej strony cenione, a z drugiej niepożądane, i oczekiwano od niej tylko podstawowych umiejętności: karmienia, przewijania, przebierania i ścielenia.

Powstrzymała odruch sięgnięcia pod pelerynę i wyjęcia zegarka; to nie przyspieszy czasu, do mechanizmu zaś może przedostać się deszcz.

A oto kolejna chata bez dachu, odwrócona od drogi, o ścianach szczytowych wymierzonych oskarżycielsko w niebo. Tej ruiny nie przykryły jeszcze chwasty. Przez otwór w kształcie drzwi Lib wypatrzyła czarne zgliszcza; czyli niedawno wybuchł tu pożar (ale jak w tym rozmokłym kraju cokolwiek zdołało się zająć?). Nikt nie zadał sobie trudu, by usunąć zwęglone krokwie, a co dopiero odbudować dach i strzechę. Czyżby prawdą było, że Irlandczycy są odporni na postęp?

Na poboczu ustawiła się kobieta w brudnym czepcu, a za nią, przy żywopłocie, gromadka dzieci. Turkot kół przywiódł ich bliżej i wszyscy unieśli wysoko złączone dłonie, jakby chcieli złapać deszcz. Lib odwróciła z zakłopotaniem wzrok.

– Przednówek – mruknął woźnica.

Przecież była pełnia lata. Jak to możliwe, że akurat teraz brakuje jedzenia?

Jej trzewiki ubrudziły się błotem i żwirem rozchlapywanym przez koła wozu. Bryczka wpadała od czasu do czasu w burą kałużę na tyle głęboką, że Lib musiała chwytać się ławki, by nie wypaść.

I następne chałupy, niektóre z trzema czy czterema oknami. Stodoły, szopy. Piętrowy wiejski dom, po chwili drugi. Dwóch mężczyzn odwracających się od na wpół załadowanej furmanki i wymieniających jakąś uwagę. Lib spojrzała na siebie: czyżby w jej stroju podróżnym było coś nietypowego? Może miejscowi są tak gnuśni, że wybałuszają oczy na każdego przybysza, byle oderwać się od pracy.

Wysoko przed nimi zaświeciła bielona wieża budynku o spiczastym dachu zwieńczonym krzyżem; ani chybi kaplicy rzymskokatolickiej. Dopiero gdy woźnica ściągnął cugle, zdała sobie sprawę, że oto dotarli do wioski, chociaż według standardów angielskich była to ledwie godna pożałowania zbieranina budynków.

Teraz już spojrzała na zegarek: prawie dziewiąta, a słońce jeszcze nie zaszło. Kuc zwiesił łeb i zaczął przeżuwać kępę trawy. To chyba jedyna ulica we wsi.

– Ma się pani zatrzymać w sklepie ze spirytualiami.

– Słucham?

– U Ryana. – Woźnica skinął głową w lewo, w stronę budynku bez szyldu.

To chyba jakaś pomyłka. Lib, odrętwiała po podróży, pozwoliła woźnicy sprowadzić się z bryczki. Wyprostowaną ręką strząsnęła wodę z parasolki, zwinęła przesiąkniętą tkaninę i spięła ją starannie. Osuszyła dłoń podszewką peleryny i weszła do pomieszczenia z odsłoniętymi dźwigarami.

Od razu uderzył ją swąd palonego torfu. Pomieszczenie poza tlącym się pod ogromnym kominem ogniem rozświetlało tylko kilka lamp, a pod ścianą jakaś dziewczyna dokładała kolejną puszkę do rzędu pojemników stojących na wysokiej półce.

– Dobry wieczór – odezwała się Lib. – Zdaje się, że błędnie mnie pokierowano.

– Pani to pewnie ta Angielka – odpowiedziała dziewczyna nieco zbyt głośno, jakby Lib była głucha. – Zaszłaby pani na zaplecze na małą kolację?

Lib pohamowała gniew. Jeśli nie ma tu prawdziwej gospody i jeśli rodzina O'Donnellów nie może albo nie chce przyjąć pod swój dach zatrudnionej przez siebie pielęgniarki, to skargi na nic się tu nie zdadzą.

Przeszła przez drzwi obok komina i znalazła się w małym, pozbawionym okien pomieszczeniu z dwoma stołami. Jeden z nich zajmowała zakonnica, której twarz była prawie niewidoczna pod nakrochmalonymi warstwami kornetu. Jeśli Lib wzdrygnęła się na ten widok, to dlatego, że od lat nie widziała niczego podobnego; w Anglii siostry zakonne nie chodziły w takich strojach z obawy przed wywołaniem antykatolickich nastrojów.

– Dobry wieczór – przywitała się uprzejmie.

Zakonnica odpowiedziała niskim ukłonem. Może członkiniom jej zakonu odradza się rozmowy z innowiercami, a może nawet złożyła śluby milczenia?

Lib zasiadła przy drugim stole, tyłem do zakonnicy, i czekała. Zaburczało jej w brzuchu; oby nie dość głośno, żeby było to słyszalne. Doszedł ją cichy stukot dobywający się najwyraźniej spod czarnych fałd habitu sąsiadki: to te słynne paciorki różańca.

Gdy dziewczyna przyniosła w końcu tacę, zakonnica skłoniła głowę i coś wyszeptała; odmawiała modlitwę przed jedzeniem. Liczyła sobie ze czterdzieści parę albo pięćdziesiąt parę lat i miała nieco wyłupiaste oczy oraz umięśnione dłonie chłopki.

Podano przypadkową zbieraninę potraw: chleb owsiany, kapustę, jakąś rybę.

– Spodziewałam się raczej ziemniaków – powiedziała dziewczynie Lib.

– To trzeba poczekać jeszcze z miesiąc.

A, właśnie teraz Lib zrozumiała, dlaczego w Irlandii trwa ciągle przednówek – wykopki dopiero jesienią.

Jedzenie miało posmak torfu, ale zabrała się do opróżniania talerza. Odkąd wróciła ze Scutari, gdzie pielęgniarkom przydzielano równie skromne porcje jak żołnierzom, nie była w stanie zmarnować ani kęsa.

Ze sklepu dobiegł hałas i do jadalni wcisnęła się czteroosobowa grupka.

– Szczęść Boże wszystkim – powiedział pierwszy mężczyzna.

Nie wiedząc, co należy odpowiedzieć, Lib tylko skinęła głową.

– Szczęść i wam.

To wyszeptała siostra zakonna, kreśląc znak krzyża na czole, piersi i lewym oraz prawym ramieniu. Zaraz po tym opuściła jadalnię i Lib nie wiedziała, czy to dlatego, że zaspokoiła głód mizerną porcją, czy chciała zwolnić stół dla nowo przybyłych.

Ci rolnicy i ich żony narobili rumoru. Czyżby popijali gdzie indziej przez całe niedzielne popołudnie? „Sklep ze spirytualiami"; dopiero teraz pojęła użyte przez woźnicę określenie. Nie nawiedzony sklep, tylko taki, w którym podaje się trunki.

Na podstawie rozmowy dotyczącej jakiegoś „dziwu nad dziwy", w który nie mogli uwierzyć, choć widzieli go na własne oczy, Lib wywnioskowała, że wracają z jarmarku.

– Na mój rozum to te one za tym stoją – oznajmił brodaty mężczyzna. Żona trąciła go łokciem, ale to go nie zraziło. – Tylko się nią wysługują!

– Pani Wright?

Lib odwróciła głowę.

Stojący w drzwiach nieznajomy zabębnił palcami wystającymi z kieszeni kamizelki.

– Doktor McBrearty.

Lib przypomniała sobie, że tak brzmi nazwisko lekarza O'Donnellów. Wstała i uścisnęła mu dłoń. Krzaczaste białe bokobrody, krok od łysiny. Wytarta marynarka, ramiona obsypane łupieżem i laska zakończona gałką. Około siedemdziesiątki?

Rolnicy i ich żony przyglądali im się z zaciekawieniem.

– Zacnie z pani strony, że przyjechała pani z tak daleka – zauważył lekarz, jakby Lib składała wizytę, a nie podejmowała pracę. Czy rejs był uciążliwy? Skończyła już pani? – ciągnął, nie dając jej szansy na odpowiedź.

Podążyła za nim do sklepu. Dziewczyna podniosła lampę i wskazała im wąskie schody na górę.

Sypialnia okazała się ciasna. Kufer Lib zajął znaczną część podłogi. Czyżby miała odbyć tête-à-tête z doktorem McBreartym właśnie tutaj? Czy w tym przybytku nie ma innego wolnego pokoju, czy dziewczyna jest zbyt nieokrzesana, by załatwić to bardziej kulturalnie?

– Bardzo dobrze, Maggie – pochwalił dziewczynę doktor. – Jak tam kaszel ojca?

– Już trochę lepiej.

– No dobrze, pani Wright – zaczął, gdy tylko dziewczyna wyszła, i zaprosił Lib, żeby usiadła na plecionym krześle, jedynym w pokoju.

Lib dałaby wiele za dziesięć minut samotności, żeby skorzystać wpierw z nocnika i miednicy. Cóż, wiadomo, że Irlandczycy nie dbają o maniery.

Lekarz oparł się na lasce.

– Pani ma ile lat, jeśli wolno spytać?

A więc czeka ją jeszcze rozmowa na miejscu, chociaż dano jej do zrozumienia, że dostała już posadę.

– Niespełna trzydzieści, panie doktorze.

– Wdowa, tak? Zajęła się pani pielęgniarstwem, gdy okazało się, że jest, hm, zdana na siebie?

Czyżby McBrearty weryfikował opis jej osoby podany przez przełożoną? Lib skinęła głową.

– Niecały rok po ślubie.

Trafiła na artykuł o tysiącach żołnierzy cierpiących z powodu ran postrzałowych i cholery i pozbawionych opieki. „The Times" obwieścił, że zebrano siedem tysięcy funtów, by wysłać na Krym grupę angielskich pielęgniarek. To chyba coś dla mnie, pomyślała wtedy Lib, z przerażeniem, ale i przypływem śmiałości. Tak wiele już straciła, że mogła sobie pozwolić na brawurę.

Ale lekarzowi odpowiedziała tylko:

– Miałam dwadzieścia pięć lat.

- Słowiczek*! - zapiał z zachwytu.

Ach, czyli przełożona powiedziała mu aż tyle. Lib zawsze nie-chętnie wspominała w rozmowach nazwisko mistrzyni i nie znosiła przydomka, który nadano kobietom szkolonym przez pannę N., jakby były laleczkami ulepionymi z tej samej bohaterskiej gliny.

- Tak, miałam zaszczyt pracować pod jej przewodnictwem w Scutari.
- Szlachetna służba.

Zaprzeczenie zabrzmiałoby kokieteryjnie, a potwierdzenie aro-gancko. Lib przyszło do głowy, że to za sprawą nazwiska Nightingale O'Donnellowie zadali sobie trud, żeby sprowadzić pielęgniarkę aż zza Morza Irlandzkiego. Widziała wyraźnie, że stary Irlandczyk po-słuchałby chętnie o urodzie, surowości i świętym oburzeniu jej na-uczycielki.

- Pracowałam jako pielęgniarka - odpowiedziała wymijająco.
- Wolontaryjnie?

Już chciała wyjaśnić, ale trafił w czułą strunę i poczuła, jak pło-nie jej twarz. Doprawdy, dlaczego miałaby czuć choć cień zażenowa-nia? Panna N. stale im przypominała, że pobieranie wynagrodzenia za pracę nie ujmuje im altruizmu.

- Nie, chciałam powiedzieć, że należałam do wykwalifikowanych pielęgniarek, a nie zwyczajnych sanitariuszek. Mój ojciec wywodził się z wyższych sfer - dodała trochę niemądrze. - Nie był bardzo za-możny, ale jednak.

- A, doskonale. Od jak dawna pracuje pani w szpitalu?
- We wrześniu miną trzy lata.

To było samo w sobie niezwykłe, ponieważ większość pielęgnia-rek zostawała zaledwie na kilka miesięcy; nieodpowiedzialne dziwki, zasiedziałe panie Gamp**, skomlące o swoją dolę portera. Nie żeby Lib tam szczególnie ceniono. Słyszała kiedyś, jak przełożona mówiła, że weteranki kampanii krymskiej zadzierają nosa.

- Po powrocie ze Scutari pracowałam w kilku rodzinach - doda-ła. - I doglądałam do końca schorowanych rodziców.

---

*   *Nightingale* - słowik, także nazwisko znakomitej angielskiej prekursorki no-woczesnego pielęgniarstwa (przyp. tłum.).
**   Ironiczne nawiązanie do Sary Gamp, gnuśnej pielęgniarki alkoholiczki, bo-haterki powieści Karola Dickensa (przyp. tłum.).

– Czy opiekowała się pani kiedyś dzieckiem, pani Wright?

Lib zawahała się, ale tylko na chwilę.

– Spodziewam się, że zasady pozostają niezmienione. Czy mój pacjent to dziecko?

– Uhm, Anna O'Donnell.

– Nie mam żadnej wiedzy na temat jej dolegliwości.

Doktor westchnął.

Czyli coś nieuleczalnego, domyśliła się Lib. Ale nie nazbyt gwałtownego, skoro dziecko jeszcze żyje. Zapewne suchoty, zważywszy na ten wilgotny klimat.

– Ona właściwie nie jest chora. Ma pani tylko za zadanie jej pilnować.

Osobliwy czasownik. Ta okropna pielęgniarka z *Dziwnych losów Jane Eyre*, którą oskarżono o przetrzymywanie na strychu obłąkanej podopiecznej.

– Mam zostać jej strażniczką?

– Nie, nie, tylko ją obserwować.

Ale obserwacja to zaledwie pierwszy element układanki. Panna N. nauczyła swoje następczynie, że chorego należy bacznie obserwować, żeby zrozumieć, czego mu potrzeba, i móc to zapewnić. Nie lekarstwa – to już domena medyków – ale to, co w jej przekonaniu jest równie konieczne do wyzdrowienia: światło, powietrze, ciepło, czystość, odpoczynek, wygoda, pożywienie i rozmowa.

– Jeśli dobrze rozumiem...

– Wątpię, żeby pani już rozumiała, i to z mojej winy. – McBrearty oparł się o krawędź toaletki, jakby tracił siły.

Lib chętnie zaoferowałaby staruszkowi krzesło, gdyby mogła to zrobić w sposób taktowny.

– Nie chciałbym, żeby pani się w jakiś sposób uprzedziła – ciągnął – ale mogę stwierdzić tylko, że to nadzwyczaj rzadki przypadek. Anna O'Donnell utrzymuje, czy raczej utrzymują tak jej rodzice, że od ukończenia jedenastego roku życia nie przyjęła żadnego pokarmu.

Lib zmarszczyła brwi.

– Wobec tego musi być chora.

– Na pewno nie jest chora na żadną ze znanych chorób. Znanych mnie, ma się rozumieć – poprawił się McBrearty. – Po prostu przestała jeść.

– Czyli nie przyjmuje żadnych stałych pokarmów? – Lib słyszała o tych fanaberiach wytwornych nowoczesnych panien, które całymi dniami żywią się wyłącznie wywarem z kłączy marenty albo bulionem wołowym.

– Żadnych składników odżywczych – poprawił ją lekarz. – Nie może przełknąć niczego poza wodą.

Dla chcącego nic trudnego, jak głosi powiedzenie. Chyba że...

– A może biedaczka cierpi na niedrożność przewodu pokarmowego?

– Niczego takiego nie stwierdziłem.

Lib nie wiedziała, co o tym sądzić.

– A może silne nudności? – Znała ciężarne, które nie były w stanie przełknąć jedzenia.

Doktor pokręcił głową.

– Melancholiczka?

– Nie powiedziałbym. Spokojna, pobożna dziewczynka.

Ach, więc chodzi być może o gorliwość religijną, a nie o kwestie medyczne.

– Katoliczka?

Pstryknięcie palców, jakby doktor chciał powiedzieć: „A jakże by inaczej?".

Uznała, że tutaj, tak daleko od Dublina, żyją pewnie sami katolicy. Może lekarz sam jest jednym z nich.

– Z całą pewnością uświadomił jej pan zagrożenia, które niesie za sobą post – powiedziała Lib.

– Naturalnie. Podobnie jak jej rodzice, już na samym początku. Ale Anna jest niezłomna.

Czyżby Lib sprowadzono zza morza z powodu czegoś tak błahego jak dziecięcy kaprys? O'Donnellowie widocznie wpadli w panikę, gdy ich córka po raz pierwszy wzgardziła śniadaniem, i posłali telegram do Londynu, domagając się nie zwykłej pielęgniarki, ale takiej z nowego, wzorowego gatunku: „Przyślijcie Słowiczka!".

– Ile czasu minęło od jej urodzin? – spytała.

McBrearty zaczął skubać bokobrody.

– To było w kwietniu. Dzisiaj mijają cztery miesiące!

Lib byłaby parsknęła głośnym śmiechem, gdyby nie stosowne przygotowanie zawodowe.

– Panie doktorze, dziecko powinno już nie żyć.

Czekała na jakiś znak potwierdzający, że zgadzają się co do absurdalności sytuacji: porozumiewawcze mrugnięcie, dotknięcie palcem nosa.

Ale lekarz skinął tylko głową.

– To wielka zagadka.

Takiego określenia Lib by nie użyła.

– Czy ona... chociaż leży?

Pokręcił głową.

– Anna chodzi jak każda inna dziewczynka.

– Wychudła?

– Zawsze była z niej kruszyna, ale nie, nie wygląda, żeby od kwietnia coś się zmieniło.

Mówił szczerze, ale to zakrawało na groteskę. Czyżby te jego kaprawe oczy były na wpół ślepe?

– I do tego jest w pełni władz umysłowych – dodał McBrearty. – I do tego tak energiczna, że O'Donnellowie nabrali przekonania, że może żyć bez strawy.

– Niewiarygodne. – Powiedziała to nieco zbyt zjadliwie.

– Wcale mnie nie dziwi pani sceptycyzm. Sam go podzielałem.

Podzielał?

– Chce pan mi najzupełniej poważnie powiedzieć, że...

Przerwał jej, wyrzucając w górę pergaminowe ręce.

– Najbardziej oczywiste wytłumaczenie to mistyfikacja.

– Tak – odparła z ulgą Lib.

– Ale to dziecko... ono nie przypomina innych dzieci.

Czekała w milczeniu na ciąg dalszy.

– Coś pani powiem, pani Wright. Mam same wątpliwości. Od czterech miesięcy trawi mnie ciekawość, z pewnością tak jak teraz panią.

Nie, Lib trawiło pragnienie ucięcia tej rozmowy i wyprowadzenia jegomościa z pokoju.

– Panie doktorze, nauka głosi, że nie sposób przetrwać bez pożywienia.

– Ale czyż nie jest tak, że większość wynalazków w dziejach cywilizacji sprawiała początkowo wrażenie niesamowitych, wręcz pozaziemskich? – Głos zadrżał mu lekko z podniecenia. – Od Archimedesa do Newtona wszyscy wielcy ludzie dochodzili do swoich przełomowych odkryć dzięki temu, że bez uprzedzeń badali dane zmysłowe. Proszę więc tylko o to, by przy jutrzejszym spotkaniu z Anną O'Donnell zechciała pani zachować otwarty umysł.

Lib spuściła wzrok, zażenowana postawą McBrearty'ego. Jak medyk mógł dać się nabrać na gierki małej dziewczynki i w efekcie postawić się na równi z wielkimi ludźmi?

– Mogę zapytać, czy dziecko pozostaje pod pańską wyłączną opieką?

– Owszem – odpowiedział uspokajającym tonem McBrearty. – Właściwie to ja wpadłem na pomysł, by sporządzić opis przypadku i przesłać go do „Irish Timesa".

Lib nic o tym nie słyszała.

– Dziennika ogólnokrajowego?

– Uhm, założonego całkiem niedawno, stąd moja nadzieja, że wydawcy nie są jeszcze tak zaślepieni przez sekciarskie uprzedzenia – dodał ze smutkiem. – Bardziej otwarci na to, co nowatorskie i niezwykłe, bez względu na miejsce pochodzenia. Pomyślałem, że warto podzielić się faktami z opinią publiczną, wie pani... z nadzieją, że ktoś zdoła je wyjaśnić.

– A to się komuś udało?

Stłumione westchnienie.

– Nadesłano kilka żarliwych w tonie listów, których autorzy twierdzili, że przypadek Anny to absolutny cud. A także parę intrygujących sugestii, że Anna być może czerpie siły z jakichś dotąd nieodkrytych źródeł wartości odżywczych, na przykład z sił magnetycznych albo z zapachu.

Zapachu? Lib zassała policzki, żeby powściągnąć uśmiech.

– Pewien czytelnik wysunął śmiałą teorię, że mamy być może do czynienia z przerabianiem światła słonecznego na energię, jak u roślin. Albo z życiem samym powietrzem, co u roślin też się zdarza – dodał, a jego pomarszczona twarz rozjaśniła się. – Pamięta pani tę załogę rozbitego statku, która podobno przeżyła kilka miesięcy na tytoniu?

Lib spuściła wzrok, żeby doktor nie wyczytał z jej oczu pogardy. McBrearty wrócił do głównego wątku.

– Ale zdecydowana większość respondentów zareagowała osobistymi zniewagami.

– Pod adresem dziecka?

– Dziecka, rodziny i moim. Komentarze ukazały się nie tylko w „Irish Timesie", ale i w rozmaitych brytyjskich publikacjach, które najwyraźniej wykorzystały ten przypadek wyłącznie w celach satyrycznych.

Teraz Lib już wszystko pojęła. Przebyła taką długą drogę, żeby podjąć pracę niańki strażniczki, a to wszystko tylko z powodu urażonej dumy prowincjonalnego lekarza. Dlaczego przed przyjęciem propozycji nie domagała się od przełożonej szczegółów?

– Większość korespondentów zakłada, że O'Donnellowie to oszuści, którzy zmówili się, żeby ukradkiem dokarmiać córkę i wystrychnąć świat na dudka. – Głos McBrearty'ego rozbrzmiał teraz ostro. – Nazwa naszej wioski stała się synonimem ciemnoty i zacofania. Niektórzy ważni ludzie z okolicy mają wrażenie, że gra idzie o honor hrabstwa, a może i całego narodu irlandzkiego.

Czyżby naiwność doktora rozpleniła się jak zaraza wśród tych „ważnych ludzi"?

– Powołano więc komisję i zapadła decyzja o przeprowadzeniu obserwacji.

Ach, czyli to w ogóle nie O'Donnellowie posłali po Lib.

– W celu dowiedzenia, że dziecko utrzymuje się przy życiu za sprawą jakichś nadzwyczajnych metod?

Starała się, by w jej tonie nie zabrzmiała zgryźliwa nuta.

– Nie, nie – zapewnił ją McBrearty. – Żeby wyciągnąć prawdę na światło dzienne, bez względu na to, jaka by była. Przez dwa tygodnie, dniem i nocą przy Annie będą czuwać na zmianę dwie skrupulatne opiekunki.

Zatem wezwano ją tu nie z uwagi na jej doświadczenie z rannymi i zakaźnie chorymi, lecz z powodu rygorystycznego przeszkolenia. Sprowadzając jedną z rzetelnych, nowoczesnych pielęgniarek, członkowie komisji liczyli najwidoczniej, że w jakiś sposób uwiarygodnią szaloną historię O'Donnellów. Przekształcą ten prymitywny zaścianek w cud świata. Ze złości aż zadygotała jej szczęka.

I ogarnęło ją współczucie dla drugiej kobiety wciągniętej w to bagno.

– A drugiej pielęgniarki chyba nie znam?

Doktor zmarszczył brwi.

– Nie poznała pani przy kolacji siostry Michaeli?

Prawie niema zakonnica... że też Lib się nie domyśliła. Dziwny ten zwyczaj przejmowania męskich imion świętych; to jak wyrzekanie się kobiecości. Ale dlaczego zakonnica nie przedstawiła się należycie? Czy właśnie to miał oznaczać ów głęboki ukłon – że ona i Angielka jadą na tym samym wózku?

– Czy i ona szkoliła się na Krymie?

– Nie, nie, sprowadziłem ją właśnie z Domu Miłosierdzia w Tullamore.

Jedna z sióstr miłosierdzia. W Scutari Lib miała okazję pracować u boku kobiet z tego zakonu. Wiadomo przynajmniej, że to sumienne pielęgniarki.

– Rodzice zażyczyli sobie, żeby przynajmniej jedna z opiekunek była swoja...

A więc O'Donnellowie poprosili o katoliczkę.

– Kwestia wyznania.

– I narodowości – uzupełnił, jakby dla złagodzenia.

– Zdaję sobie sprawę, że w tym kraju Anglików się nie kocha – powiedziała z wymuszonym uśmiechem Lib.

– Nie ująłbym tego aż tak dosadnie – zaoponował McBrearty.

Co z głowami, które odwróciły się na widok bryczki, gdy Lib jechała wiejską drogą? Zrozumiała teraz, że ci mężczyźni rozmawiali o niej, ponieważ się jej spodziewano. Nie była pierwszą lepszą Angielką; to ją wysłano, by pilnowała pupilki ich pana.

– Dzięki obecności siostry Michaeli dziecko poczuje się bardziej swojsko, to wszystko – wyjaśnił McBrearty.

Tak jakby swojskość była pożądaną, a wręcz pomocną cechą strażnika! Ale jeśli chodzi o drugą pielęgniarkę, to wybrał członkinię słynnej brygady panny N., żeby nadzór wydał się dostatecznie skrupulatny, szczególnie w oczach brytyjskich dziennikarzy.

Lib miała ochotę odezwać się bardzo spokojnym głosem: „Panie doktorze, rozumiem, że sprowadzono mnie tu z nadzieją, że moje powiązania z bardzo znaną damą nadadzą pozornej powagi skandalicznemu oszustwu. Nie będę w tym brała udziału". Jeśli wyruszy rano, za dwa dni może się znaleźć z powrotem w szpitalu.

Ta perspektywa wprawiła ją w przygnębienie. Wyobraziła sobie, jak usiłuje wyjaśnić, że praca w Irlandii okazała się nie do przyjęcia z przyczyn moralnych. I jak przełożona prycha drwiąco.

Stłumiła więc na razie swoje odczucia i skupiła się na stronie praktycznej. „Tylko obserwować" – powiedział McBrearty.

– Jeśli w dowolnym momencie nasza podopieczna zażyczy sobie, nawet w zawoalowany sposób, czegoś do jedzenia... – zaczęła.

– To proszę jej to podać. – W głosie doktora dało się słyszeć oburzenie. – Nie zajmujemy się tu głodzeniem dzieci.

Lib skinęła głową.

– Czyli my, pielęgniarki, mamy panu zdać sprawozdanie za dwa tygodnie?

McBrearty pokręcił głową.

– Jako że jestem lekarzem Anny, i skoro spotkały mnie takie nieprzyjemności w prasie, ktoś mógłby uznać mnie za stronę zainteresowaną. Zbierze się zatem komisja, przed którą będzie pani zeznawać pod przysięgą.

Lib już się nie mogła doczekać.

– Pani i siostra Michaela osobno – dodał McBrearty, unosząc sękaty palec. – Bez wcześniejszej narady. Chcemy usłyszeć wasze końcowe opinie, jedną niezależną od drugiej.

– Doskonale. Czy mogę zapytać, dlaczego ta obserwacja nie przebiega w miejscowym szpitalu?

Chyba że w tym całkowicie martwym punkcie wyspy w ogóle nie ma takiej placówki.

– Och, państwo O'Donnellowie wzdragają się na samą myśl, że ich maleństwo miałoby być zabrane do miejscowego szpitala.

Lib uznała, że to przesądza sprawę; panisko i jego żona chcieli zatrzymać córkę w domu, żeby móc dalej przemycać jej jedzenie. Przyłapanie ich na gorącym uczynku nie zajmie nawet dwóch tygodni.

Starała się taktownie dobierać słowa, bo lekarz najwyraźniej darzył sympatią małą pozorantkę.

– A jeśli przed upływem dwóch tygodni znajdę dowody wskazujące na to, że Anna ukradkiem przyjmuje pożywienie, to czy powinnam bezzwłocznie powiadomić o tym komisję?

Pokryte bokobrodami policzki obwisły.

– Sądzę, że w takim przypadku kontynuowanie obserwacji byłoby dla wszystkich stratą czasu i pieniędzy.

Czyli możliwe, że Lib już za kilka dni znajdzie się z powrotem na statku do Anglii, a ten ekscentryczny epizod zakończy się po jej myśli.

Co więcej, jeśli gazety w całym królestwie potwierdzą, że to pielęgniarka Elizabeth Wright dokonała demistyfikacji, cały personel szpitala będzie musiał otrzeźwieć. Kto się wtedy odważy nazwać ją bezczelną? Może ta sprawa obróci się na jej korzyść; może zaowocuje ciekawszą, lepiej odpowiadającą jej talentom posadą. Może otworzą się przed nią nowe perspektywy.

Uniosła gwałtownie rękę, żeby ukryć nieoczekiwane ziewnięcie.

– Czas na mnie – powiedział McBrearty. – Pewnie dochodzi już dziesiąta.

Lib sięgnęła do łańcuszka przy pasku i obróciła tarczę zegarka.

– U mnie jest osiemnaście po.

– A, u nas jest dwadzieścia pięć minut wcześniej. Pani zegarek pokazuje jeszcze czas angielski.

Lib spała nawet dobrze, zważywszy na okoliczności.

Słońce wzeszło tuż przed szóstą. Do tego czasu zdążyła już włożyć swój szpitalny uniform: szarą tweedową suknię, wełniany żakiet i biały czepek. (Strój przynajmniej pasował. Do licznych niedogodności służby w Scutari zaliczała się konieczność noszenia uniformu w standardowym rozmiarze; niższe pielęgniarki się w nim topiły, a Lib z przykrótkimi rękawami wyglądała jak nędzarka).

Śniadanie zjadła samotnie w jadalni za sklepem. Jajka były świeże, w środku żółte jak słońce.

Córka Ryanów – Mary? Meg? – miała na sobie ten sam poplamiony fartuch co poprzedniego wieczora. Gdy wróciła sprzątnąć ze stołu, oznajmiła, że pan Thaddeus już czeka. Zanim Lib zdążyła jej powiedzieć, że nie zna nikogo o takim imieniu, dziewczyny w jadalni nie było.

Lib weszła do sklepu.

– Czy życzył sobie pan ze mną rozmawiać? – spytała stojącego tam mężczyznę. Nie była pewna, czy nie należało powiedzieć „szanowny pan".

– Dzień dobry, pani Wright, mam nadzieję, że dobrze pani spała.

Ten pan Thaddeus okazał się bardziej obyty, niż wskazywałby na to jego wyblakły płaszcz. Różowa, już nie młodzieńcza twarz o zadartym nosie; gdy uchylił kapelusza, wysypała się spod niego czarna czupryna.

– Poproszono mnie o zaprowadzenie pani do państwa O'Donnellów, jeśli jest już pani gotowa.

– Właściwie jestem.

Musiał jednak dosłyszeć wątpliwość w jej głosie, bo dodał:

– Drogi doktor uznał, że prezentacji dokonać powinien być może zaufany przyjaciel rodziny.

To stwierdzenie zbiło Lib z tropu.

– Odniosłam wrażenie, że właśnie doktor McBrearty jest takim przyjacielem.

– A i owszem – odparł pan Thaddeus. – Ale przypuszczam, że państwo O'Donnellowie pokładają szczególne zaufanie w swoim duszpasterzu.

Ksiądz? Przecież jest ubrany po cywilnemu.

– Przepraszam najmocniej. Czy mam się zwracać: ojcze Thaddeusie?

Wzruszenie ramion.

– No, taka jest nowa moda, ale my w tych stronach nieszczególnie zawracamy sobie głowę takimi sprawami.

Trudno było sobie wyobrazić tego przyjemnego człowieka jako spowiednika całej wioski, powiernika tajemnic.

– Ale nie nosi pan koloratki ani... – Lib wskazała jego tułów, ponieważ nie znała nazwy czarnej, zapinanej na guziki szaty.

– W kufrze przechowuję oczywiście cały strój na okoliczność dnia świętego – odrzekł z uśmiechem pan Thaddeus.

Dziewczyna wróciła pospiesznie do sklepu, ocierając dłonie o fartuch.

– Tytoń już gotowy – powiedziała, skręcając krawędzie papierowego pakunku i przesuwając go po ladzie.

– Bóg zapłać, Maggie, i daj mi jeszcze paczkę zapałek. Komu w drogę, siostro?

Patrzył gdzieś za plecami Lib. Odwróciła się i ujrzała za sobą zakonnicę. A ta kiedy się tu zakradła?

Siostra Michaela skinęła głową, najpierw księdzu, potem Lib, a wargi zadrgały jej na podobieństwo uśmiechu. Ani chybi dotknięta nieśmiałością.

Skoro McBrearty już się tym zajął, to dlaczego nie mógł sprowadzić dwóch Słowiczków? Lib dopiero teraz pomyślała, że może żadna z pięćdziesięciu kilku pozostałych pielęgniarek – świeckich czy zakonnic – nie była dostępna z tak niewielkim wyprzedzeniem. Czyżby Lib jako jedyna spośród krymskich pielęgniarek po pięciu latach nie zdołała odnaleźć swojej niszy? Czyżby tylko ona do tego stopnia nie wiedziała, co z sobą począć, że łyknęła zatrutą przynętę w postaci tej posady?

Cała trójka skręciła w lewo i ruszyła ulicą w rozwodnionym świetle słońca. Lib, skrępowana pomiędzy księdzem i zakonnicą, ścisnęła mocniej swoją skórzaną torbę.

Budynki stały zwrócone w różnych kierunkach, oziębłe wobec siebie nawzajem. W oknie kobieta przy stole zarzuconym stertą koszyków – przekupka handlująca swoimi wyrobami we frontowym pokoju? Na ulicy nie widać było typowego dla poniedziałkowego poranka rozgardiaszu, jakiego można by się spodziewać w Anglii. Minęli objuczonego workiem mężczyznę, który pozdrowił pobożnie pana Thaddeusa i siostrę Michaelę.

– Pani Wright pracowała z panną Nightingale – napomknął zakonnicy ksiądz.

– Tak też słyszałam.

Po chwili siostra Michaela odezwała się do Lib:

– Z pewnością ma pani dar doświadczenia w dziedzinie chirurgii.

Lib przytaknęła tak skromnie, jak tylko się dało.

– Mieliśmy też często do czynienia z cholerą, czerwonką i malarią. A zimą oczywiście z odmrożeniami.

W rzeczywistości angielskie sanitariuszki poświęcały sporo czasu na wypychanie materaców, mieszanie kleików i stanie przy baliach, ale Lib nie chciała, żeby zakonnica wzięła ją za jakąś ciemną posługaczkę. Tego nie rozumiał nikt: ratowanie życia często sprowadza się do czyszczenia latryny.

Ani śladu rynku czy zielonego skweru, obecnych w każdym angielskim miasteczku. Jedynym odnowionym budynkiem była oślepiająco biała kaplica. Tuż przed nią pan Thaddeus skręcił w prawo w błotnistą dróżkę prowadzącą wokół cmentarza. Omszałe, pokrzywione nagrobki ustawiono najwyraźniej nie w rzędach, ale gdzie popadnie.

– Czy dom państwa O'Donnellów stoi poza wsią? – dopytywała Lib, ciekawa, dlaczego rodzina nie jest dość uprzejma, by posłać woźnicę, nie wspominając o przyjęciu pielęgniarek pod swój dach.

– Kawałeczek drogi – odpowiedziała zniżonym niemal do szeptu głosem siostra Michaela.

– Malachy hoduje shorthorny – dodał ksiądz.

To słabowite słońce grzało zaskakująco mocno; Lib zaczęła się już pocić pod peleryną.

– Ile mają dzieci w gospodarstwie?

– Teraz tylko dziewczynkę, bo Pat jest na drugim brzegu, niech Bóg ma go w swojej opiece – powiedział pan Thaddeus.

Na drugim brzegu? Prawdopodobnie w Ameryce, pomyślała Lib, w Brytanii albo w którejś z kolonii. Irlandia, niegospodarna matka, wysłała chyba z połowę swojego skąpego przychówku za granicę. Czyli u O'Donnellów była tylko dwójka dzieci; zdawało jej się, że to śmiesznie mała liczba.

Minęli nędzną chałupę z dymiącym kominem. Od dróżki odchodziła ukośnie ścieżka wiodąca do innej chaty. Lib błądziła wzrokiem po moczarach w poszukiwaniu śladów posiadłości O'Donnellów. Czy wolno jej zapytać księdza o coś więcej poza nagimi faktami? Pielęgniarki zatrudniono po to, by każda wyrobiła sobie własne zdanie. Nagle jednak Lib przyszło na myśl, że ta przechadzka może być jedyną okazją do rozmowy z „zaufanym przyjacielem rodziny".

– Panie Thaddeusie, pozwolę sobie zapytać... czy może pan potwierdzić uczciwość państwa O'Donnellów?

Chwila ciszy.

– Z pewnością nie mam powodu, by podawać ją w wątpliwość.

Lib nigdy wcześniej nie rozmawiała z księdzem katolickim i nie umiała rozszyfrować dyplomatycznego tonu duchownego.

Zakonnica nie odrywała wzroku od zielonego horyzontu.

– Malachy to człowiek małomówny – ciągnął pan Thaddeus. – Abstynent.

To zaskoczyło Lib.

– Po tym jak złożył śluby przed narodzeniem się dzieci, nie wziął do ust ani kropli. Jego żona to ważna figura w naszej parafii, działa bardzo aktywnie w sodalicji mariańskiej.

Te szczegóły nic jej nie mówiły, ale uchwyciła ogólny sens.

– A Anna O'Donnell?

– Wspaniała dziewczynka.

W jakim sensie? Cnotliwa? Czy w jakiś sposób wyjątkowa? Najwidoczniej smarkata oczarowała tu wszystkich. Lib spojrzała surowo na garbaty profil księdza.

– Czy doradzał jej pan kiedyś rezygnację z jedzenia, na przykład w formie ćwiczenia duchowego?

Rozpostarł ręce w geście protestu.

– Pani Wright. Zdaje się, że pani nie jest naszego wyznania?

Uważnie dobierając słowa, Lib powiedziała:

– Odebrałam chrzest w Kościele anglikańskim.

Zakonnica śledziła wzrokiem lecącą wronę.

– Cóż – zaczął pan Thaddeus – pozwolę sobie panią zapewnić, że od katolików wymaga się całkowitego postu tylko przez kilka godzin, na przykład od północy do przyjęcia komunii świętej nazajutrz rano. Powstrzymujemy się także od spożywania mięsa w środy, piątki i przez okres Wielkiego Postu. Widzi pani, umiarkowany post służy poskromieniu żądz cielesnych – dodał tak swobodnie, jakby gawędzili o pogodzie.

– Czyli apetytu?

– Między innymi.

Lib spuściła wzrok na błotnistą ziemię pod trzewikami.

– W ten sposób wyrażamy także smutek z powodu męki Pańskiej, biorąc na siebie choćby jej namiastkę – ciągnął. – Post może być więc pożyteczną odmianą pokuty.

– Chodzi o to, że jeśli człowiek nakłada na siebie karę, to zostaną mu odpuszczone grzechy? – spytała Lib.

– Jemu lub komuś innemu – mruknęła pod nosem zakonnica.

– Siostra ma słuszność – odpowiedział ksiądz. – Tak się dzieje, kiedy w duchu szlachetności ofiarowujemy swoje cierpienie na rzecz innej osoby.

Lib wyobraziła sobie gigantyczną księgę z wypełnionymi atramentem rubrykami „winien" i „ma".

– Ale, co najważniejsze, postu nie należy doprowadzać do skrajności albo do etapu, w którym zagraża zdrowiu.

Niełatwo przygwoździć tę śliską rybę.

– To dlaczego pańskim zdaniem Anna O'Donnell sprzeciwiła się nakazom własnego Kościoła?

Szerokie ramiona księdza uniosły się i opadły.

– W ciągu kilku ostatnich miesięcy wielokrotnie ją przekonywałem, prosiłem, żeby wzięła coś do ust. Ale ona jest głucha na wszelkie argumenty.

Co takiego ma w sobie ta rozpieszczona panienka, że udało jej się wciągnąć w komedię wszystkich dorosłych ze swego otoczenia?

– Jesteśmy – szepnęła siostra Michaela, wskazując koniec niewyraźnej ścieżki.

Ale to chyba nie może być cel wędrówki? Chałupę przydałoby się pobielić; nad trzema małymi taflami szkła wisiała spadzista strzecha. Na końcu budynku, pod tym samym dachem, znajdowała się zapadnięta obórka.

Naraz Lib przekonała się, jak niemądre były jej założenia. Skoro to komisja najęła pielęgniarki, to Malachy O'Donnell wcale nie musi być majętny. Najwyraźniej jedyne, co odróżnia tę rodzinę od innych tutejszych ledwo wiążących koniec z końcem wieśniaków, to twierdzenie, że ich córeczka umie się żywić powietrzem.

Wpatrując się w milczeniu w niski dach chaty O'Donnellów, pojęła, że gdyby doktor McBrearty nie powiadomił tak pochopnie „Irish Timesa", to wieści rozniosłyby się nie dalej niż po tych mokradłach. Ilu spośród jego możnych znajomych zainwestowało ciężkie pieniądze, jak i dobre imię w to dziwaczne przedsięwzięcie? Czy liczą na to, że po dwóch tygodniach obie pielęgniarki będą się posłusznie zarzekać, że to cud, i uczynią z tej lichej osady dziwo chrześcijańskiego świata? Czy sądzą, że uda im się kupić aprobatę siostry miłosierdzia i Słowiczka, podeprzeć się ich podwójnym autorytetem?

Cała trójka ruszyła ścieżką – tuż obok gnojownika, jak zauważyła Lib, wzdrygając się z obrzydzenia. Grube ściany chałupy chyliły się ku ziemi. Pękniętą szybę w najbliższym oknie zabezpieczono kawałkiem szmaty. Górna część dzielonych drzwi była rozdziawiona szeroko jak w stajni. Pan Thaddeus pchnął pozostałą część, która otworzyła się z głuchym zgrzytem, i gestem zaprosił Lib do środka.

Weszła prosto w ciemność. Jakaś kobieta wykrzyknęła coś w nieznanym jej języku.

Wzrok zaczął jej się powoli przyzwyczajać. Pod podeszwami trzewików klepisko. Dwie kobiety w czepcach, chyba typowym nakryciu głowy Irlandek, odsuwają rozstawioną przy ogniu suszarkę do bielizny. Przełożywszy stos odzieży na ręce młodszej, drobniejszej kobiety, starsza podbiegła wymienić z księdzem uścisk dłoni.

Odpowiedział jej w tym samym języku – najpewniej gaelickim – po czym przeszedł na angielski.

– Rosaleen O'Donnell, wiem, że poznałaś wczoraj siostrę Michaelę.

– Dzień dobry siostrze. – Kobieta ścisnęła oburącz dłonie zakonnicy.

– A to jest pani Wright, jedna ze słynnych pielęgniarek z Krymu.

– Oj! – Pani O'Donnell miała szerokie, kościste ramiona, szare jak skała oczy i ziejący czernią uśmiech. – Niech pani niebiosa sprzyjają, że zechciała pani przybyć z tak daleka.

Czyżby była taką ignorantką, żeby sądzić, że na półwyspie szaleje jeszcze wojna i że Lib przyjechała tu zakrwawiona prosto z frontu?

– Ugościłabym państwa w odświętnym pokoju – Rosaleen O'Donnell skinęła głową w stronę drzwi położonych na prawo od paleniska. – Tylko mamy gości.

Gdy Lib wytężyła słuch, dobiegł ją stłumiony śpiew.

– Tu nam wystarczy – zapewnił ją pan Thaddeus.

– To spocznijcie chociaż, herbaty zaparzę – nalegała pani O'Donnell. – Wszystkie krzesła są w środku, mam tu tylko stołki. Pana męża nie ma, wykopuje torf dla Séamusa O'Lalora.

Mówiąc o stołkach, kobieta miała widocznie na myśli pieńki, które podsuwała teraz gościom niemal w płomienie. Lib wybrała jeden z nich i starała się go powoli odsunąć od paleniska. Ale matka wyglądała na urażoną; miejsce tuż przy ogniu uznawano najwyraźniej za honorowe. Wobec tego Lib usiadła, odkładając torbę po chłodniejszej stronie, żeby jej maści nie rozpłynęły się w bajorka.

Siadając, Rosaleen O'Donnell przeżegnała się, a ksiądz i zakonnica poszli w jej ślady. Lib zastanawiała się, czy nie postąpić podobnie. Ale nie, próby małpowania miejscowych byłyby niedorzeczne.

Śpiew dobiegający z tak zwanego odświętnego pokoju zdawał się narastać. Lib zauważyła, że palenisko jest otwarte na obie strony, dlatego dźwięk się tu przedostawał.

Podczas gdy posługaczka zdejmowała znad ognia świszczący czajnik, pani O'Donnell i ksiądz gawędzili o wczorajszym kapuśniaczku i o tym, jak nadzwyczaj ciepłe okazało się w sumie to lato. Zakonnica słuchała i od czasu do czasu pomrukiwała z aprobatą. Ani słowa o córce.

Uniform Lib zaczął jej się lepić do boków. Dla uważnej pielęgniarki – przypomniała sobie – nie ma czegoś takiego jak stracony czas. Zwróciła uwagę na prosty stół dosunięty do pozbawionej okien tylnej ściany. Na malowany kredens z zakratowaną jak w klatce dolną częścią. Jakieś małe drzwiczki wbudowane w ściany – szafki wnękowe? Zasłona z czterech rozwieszonych worków po mące. Wszystko dość prymitywne, ale przynajmniej schludne, niezbyt zapuszczone. Poczerniały okap upleciono z witek. Po obu stronach paleniska widniało w ścianie prostokątne wgłębienie, a powyżej, jak się domyśliła, zawieszono solnicę. Na gzymsie nad ogniem stały dwa mosiężne lichtarze, krucyfiks i coś, co wyglądało na mały dagerotyp w czarnej lakierowanej kasecie z przeszklonym wiekiem.

– A jak się dziś miewa Anna? – zapytał w końcu pan Thaddeus, gdy wszyscy, włącznie z posługaczką, sączyli już mocną herbatę.

– Niczego sobie, Bogu niech będą dzięki. – Pani O'Donnell znów rzuciła niespokojne spojrzenie w stronę odświętnego pokoju.

Czyżby dziewczynka śpiewała z tymi gośćmi hymny?

– Może powinnaś opowiedzieć pielęgniarkom jej historię – podsunął pan Thaddeus.

Kobieta wyglądała na skonsternowaną.

– A jakąż to historię może mieć dziecko?

Lib przechwyciła spojrzenie siostry Michaeli i wzięła sprawy w swoje ręce.

– Pani O'Donnell, jak by pani opisała stan zdrowia córki do tego roku?

Mrugnięcie powiek.

– Zawsze był z niej wątły kwiatuszek, ale nie beksa ani grymaśnica. Jak jej się zdarzyło zadrapanie czy jęczmień, to zawsze uważała je za drobną ofiarę dla niebios.

– A co z jej apetytem? – zapytała Lib.

– Oj, nigdy nie była łasa na smakołyki i nie domagała się ich głośno. Złote dziecko.

– A jej nastrój? – spytała zakonnica.

– Nie było na co narzekać – odparła pani O'Donnell.

Te wieloznaczne odpowiedzi nie zadowoliły Lib.

– Czy Anna chodzi do szkoły?

– Och, pan O'Flaherty za nią szaleje.

– Zdobyła chyba ten medal, prawda? – Posługaczka wskazała gzyms paleniska tak gwałtownym ruchem, że zachlupotała jej herbata w kubku.

– Tak było, Kitty – potwierdziła matka, kiwając głową jak kura dziobiąca ziemię.

Lib rozejrzała się za medalem i znalazła go, mały dysk z brązu wyeksponowany w ozdobnym puzderku za fotografią.

– Ale jak w ubiegłym roku zaczęła się zanosić kaszlem, który szerzył się po szkole – ciągnęła pani O'Donnell – to uznaliśmy, że przytrzymamy naszą dzieweczkę w domu, szczególnie że tam brudno i przeciąg wpada przez okna, co je ciągle wybijają.

„Dzieweczka". Tak chyba Irlandczycy określają każdą młodą kobietę.

– Czy nie uczy się równie pilnie w domu, otoczona tymi wszystkimi książkami? Jak powiadają: własnego gniazda pewniejsze kurczątko.

Lib nie znała tej maksymy. Nie ustępowała, ponieważ przyszło jej do głowy, że niedorzeczne kłamstwo Anny może mieć racjonalne podstawy.

– Czy odkąd zachorowała, cierpi na jakieś dolegliwości żołądkowe?

Zastanawiała się, czy gwałtowny kaszel nie uszkodził dziecku wnętrzności.

Ale pani O'Donnell z nieruchomym uśmiechem pokręciła głową.

– Wymioty, zaparcia, luźne stolce?

– Nie więcej niż raz w całym normalnym toku rozwoju.

– Czyli powiedziałaby pani, że do jedenastego roku życia córka była wątła i nic poza tym?

Kobieta zacisnęła spierzchnięte usta.

– Do siódmego kwietnia, wczoraj minęły cztery miesiące. Z dnia na dzień Anna przestała jeść i pić, poza wodą, co ją Bóg dał.

Lib poczuła falę niechęci. Jeśli to prawda, to która matka donosiłaby o tym z takim podnieceniem?

Ale to oczywiście nieprawda, napomniała samą siebie. Rosaleen O'Donnell albo przyłożyła rękę do oszustwa, albo jej córka zdołała zamydlić jej oczy, ale w każdym z tych przypadków – cynizmu czy naiwności – kobieta nie miała powodu obawiać się o swoje dziecko.

– Czy przed urodzinami nie zdarzyło jej się zadławić kęsem jedzenia? Zjeść czegoś zjełczałego?

Pani O'Donnell się najeżyła.

– W tej kuchni nic zjełczałego nie ma.

– Czy apelowała pani do niej, żeby coś zjadła?

– To gadanie po próżnicy.

– I Anna nie podała żadnej przyczyny postu?

Kobieta pochyliła się nieco w jej stronę, jakby przekazywała tajemnicę.

– Nie potrzeba.

– Nie potrzeba podawać powodu? – spytała Lib.

– Jej nie potrzeba – powiedziała Rosaleen O'Donnell, odsłaniając w uśmiechu braki w uzębieniu.

– Nie potrzeba jedzenia? – spytała ledwie słyszalnie zakonnica.

– Ani okruszka. To żywy cud.

To musiało być dobrze przećwiczone przedstawienie. Tylko że błysk w oczach kobiety świadczył według Lib o całkowitej pewności.

– I twierdzi pani, że od czterech miesięcy córka pozostaje w dobrym zdrowiu?

Rosaleen O'Donnell wyprostowała się i zatrzepotała rzadkimi rzęsami.

– W tym domu nie znajdzie pani żadnych kłamliwych twierdzeń, żadnego kręctwa. Dom nasz skromny, ale i stajenka taką była.

Lib nie zrozumiała, przyszły jej na myśl konie, dopiero po chwili pojęła, o co kobiecie chodzi: o Betlejem.

– My prości ludzie, on i ja – ciągnęła Rosaleen O'Donnell. – Wyjaśnić tego nie umiemy, ale nasza córcia pięknie się rozwija dzięki specjalnemu zrządzeniu Opatrzności. Czyż dla Niego nie ma rzeczy niemożliwych? – zwróciła się do zakonnicy.

Siostra Michaela skinęła głową.

– Niezbadane są ścieżki Pana – powiedziała cicho.

Czyli dlatego O'Donnellowie poprosili o zakonnicę, Lib była tego prawie pewna. I dlatego lekarz przystał na ich prośbę. Wszyscy uznali, że stara panna, która poświęciła się Chrystusowi, uwierzy w cud prędzej niż większość ludzi. Bo jest bardziej ograniczona przesądami, jak podsumowałaby to Lib.

Pan Thaddeus spojrzał uważnie na gospodynię.

– Ale ty i Malachy chętnie zgadzacie się, by te zacne pielęgniarki siedziały z Anną przez pełne dwa tygodnie i potem zeznawały przed komisją, prawda, Rosaleen?

Pani O'Donnell rozrzuciła chude ramiona tak szeroko, że niemal spadła jej kraciasta chusta.

– Chętnie, nawet bardzo chętnie, żeby odzyskać nasze dobre imię wszędzie, od Cork po Belfast.

Lib niemal się zaśmiała. Przejmować się reputacją w tej mizernej chałupie jak w jakiejś posiadłości...

– Co my mamy do ukrycia? – ciągnęła kobieta. – Czyż nie otworzyliśmy już szeroko drzwi przed ludźmi dobrej woli ze wszystkich stron świata?

Jej górnolotny ton z jakiegoś powodu rozdrażnił Lib.

– Skoro o tym mowa – zaczął ksiądz – zdaje się, że wasi goście już wychodzą.

Lib nawet nie zauważyła, kiedy zamilkł śpiew. Drzwi między pomieszczeniami uchyliły się odrobinę pod wpływem przeciągu. Podeszła do nich i zajrzała przez szczelinę.

Odświętną izbę odróżniała od kuchni głównie skąpość umeblowania. Poza kredensem z kilkoma talerzami i dzbanami za szybą oraz skupiskiem plecionych krzeseł pomieszczenie było puste. Przodem do niewidocznego dla Lib rogu pokoju stało z pół tuzina ludzi, wszyscy z szeroko otwartymi oczami, rozpromienieni, jakby oglądali jakiś olśniewający eksponat. Lib wytężyła słuch, żeby wychwycić ich pomruki.

– Dziękujemy, panienko.

– Kilka świętych obrazków do twojej kolekcji.

– Zostawię ci tę fiolkę z olejem, który poświęcił naszej kuzynce Jego Świątobliwość w Rzymie.

– Ja mam tylko kilka kwiatków, ściętych rano z mojego ogródka.

– Stokrotne dzięki, i czy zechciałaby panienka ucałować dziecko, zanim odejdziemy? – Ostatnia kobieta pospieszyła w stronę zakamarka ze swoim zawiniątkiem.

Lib nęciło, by natychmiast obejrzeć ten „dziw nad dziwy" – czyż nie takiego określenia użyli poprzedniego wieczora wieśniacy ze sklepu? Tak, to na pewno tym się tak zachwycali – nie jakimś dwugłowym cielęciem, lecz Anną O'Donnell, „żywym cudem". Najwidoczniej co dzień wpuszczano tu hordy ludzi, którzy płaszczyli się u stóp dziecka; cóż to za prostactwo!

A jeden z rolników mówił coś niepochlebnego o „tych onych", którzy „tylko się nią wysługują". Z pewnością chodziło mu o odwiedzających, którzy tak ochoczo rozpieszczali dziecko. Co oni sobie wyobrażali? Pomogli dziecku upozować się na świętą, bo wydawało im się, że to dziecko wzniosło się ponad przyziemne ludzkie potrzeby? To przypominało Lib parady na kontynencie europejskim, postacie w wymyślnych przebraniach prowadzane cuchnącymi uliczkami.

Po głosach sądząc, Lib odniosła wrażenie, że wszyscy goście są Irlandczykami; pani O'Donnell musiała przesadzić z tymi „wszystkimi stronami świata". Drzwi otworzyły się na oścież, więc Lib się cofnęła.

Goście wyszli noga za nogą.

– Za pani fatygę. – Mężczyzna w kapeluszu z okrągłym rondem podawał Rosaleen O'Donnell monetę.

Aha. Źródło wszelkiego zła. Jak ci zamożni turyści, którzy płacą wieśniakowi, by pozował w progu lepianki ze zdezelowanymi skrzypkami w ręce. O'Donnellowie to z całą pewnością strona tego oszukańczego przedsięwzięcia, i to z najbardziej przewidywalnego powodu: dla pieniędzy.

Ale matka zamaszystym gestem schowała ręce za plecami.

– Gościnność to chyba żaden kłopot.

– Dla uroczej panienki – powiedział gość.

Rosaleen O'Donnell tylko kręciła głową.

– Nalegam – powiedział.

– Skoro pan musi, to niech pan to włoży do skarbonki na biednych. – Wskazała głową metalową skrzynkę ustawioną na stołku przy drzwiach.

Lib zganiła samą siebie za to, że jej wcześniej nie zauważyła. Wychodząc, każdy z odwiedzających wsunął do szczeliny monetę. Niektóre monety zdawały się Lib dość ciężkie. Widocznie mała kokietka okazała się równie wartościową atrakcją jak krzyż z inskrypcjami albo megalit. Angielka poważnie wątpiła, czy O'Donnellowie przekażą choć pensa komuś jeszcze uboższemu niż oni sami.

Czekając na przerzedzenie tłumu, Lib przysunęła się dostatecznie blisko gzymsu paleniska, by przyjrzeć się dagerotypowi. Fotografia rodzinna była ciemna i zrobiona jeszcze przed wyjazdem syna. Rosaleen O'Donnell niczym imponujący totem. Chudy nastolatek dość osobliwie rozparty na jej kolanach. Mała dziewczynka siedząca prosto na kolanach ojca. Lib zajrzała przez przymrużone powieki pod lśniącą szybkę. Anna O'Donnell z włosami do ramion, równie ciemnymi jak jej własne. Nic jej nie odróżniało od żadnego innego dziecka.

– Siostra pozwoli do jej pokoju, a ja ją zaraz przyprowadzę – powiedziała Rosaleen O'Donnell do siostry Michaeli.

Lib zesztywniała. W jaki sposób kobieta zamierza przygotować córkę do zmierzenia się z ich badawczym wzrokiem?

Nieoczekiwanie poczuła, że nie zniesie już swędu torfu. Wymamrotała coś o potrzebie zaczerpnięcia świeżego powietrza i wyszła na podwórko.

Ściągnęła łopatki, wzięła wdech i poczuła woń obornika. Gdyby została, oznaczałoby to podjęcie wyzwania: obnażenie tego żałosnego oszustwa. W chacie są z pewnością najwyżej cztery pomieszczenia; wątpiła, by trzeba było więcej niż jednej nocy, by przyłapać dziewczynkę na przemycaniu jedzenia, bez względu na to, czy Anna robi to sama, czy z czyjąś pomocą (pani O'Donnell? Jej męża? Posługaczki, która jest tu chyba jedyną pomocnicą? Albo, rzecz jasna, wszystkich naraz). W takiej sytuacji za tę całą podróż przysługiwałaby jej tylko jedna dniówka. Oczywiście mniej uczciwa pielęgniarka nie pisnęłaby słowa przed upływem dwóch tygodni, żeby zagwarantować sobie pełne wynagrodzenie. Nagrodą Lib byłoby zaś zdemaskowanie kłamstwa, dopilnowanie zwycięstwa rozumu nad absurdem.

– Lepiej już doglądnę reszty swojej trzódki – odezwał się za jej plecami różowolicy ksiądz. – Siostra Michaela zaproponowała, że obejmie pierwszą wartę, jako że pani odczuwa pewnie jeszcze skutki podróży.

– Nie – odparła Lib. – Mogę śmiało zacząć.

Prawdę mówiąc, nie mogła się doczekać poznania dziewczynki.

– Jak pani woli, pani Wright – wyszeptała zza pleców księdza zakonnica.

– Czyli wróci tu siostra za osiem godzin, tak? – spytał pan Thaddeus.

– Za dwanaście – sprostowała Lib.

– Zdaje się, że McBrearty zaproponował ośmiogodzinne zmiany jako mniej męczące – odpowiedział.

– To wtedy siostra i ja musiałybyśmy się kłaść i wstawać o nieregularnych godzinach – zauważyła Lib. – Ze swojego doświadczenia pielęgniarki oddziałowej wiem, że dwie zmiany lepiej sprzyjają snowi niż trzy.

– Ale jeśli mają zostać spełnione warunki obserwacji, będziecie zobowiązane do czuwania u boku Anny minuta w minutę – powiedział pan Thaddeus. – Zdaje się, że osiem godzin to dostatecznie długo.

I wtedy do Lib dotarło coś jeszcze: jeśli będą pracować po dwanaście godzin, a ona zacznie, to siostra Michaela będzie zawsze pełnić dyżur nocny, kiedy to dziewczynka będzie miała więcej okazji do wykradania jedzenia. Jakże Lib mogłaby liczyć, że zakonnica, która spędziła większość życia w jakimś prowincjonalnym klasztorze, będzie równie dbała jak ona?

– Dobrze więc, osiem godzin. – Dokonała szybkich obliczeń. – Możemy się zmieniać, powiedzmy, o dziewiątej wieczorem, piątej rano i pierwszej po południu, dobrze, siostro? Takie pory raczej nie zakłócałyby nadto spokoju domostwa.

– Czyli do zobaczenia o pierwszej? – spytała zakonnica.

– Och, już prawie południe, a my dopiero zaczynamy, dzisiaj chętnie zostanę z dziewczynką do dziewiątej – powiedziała jej Lib. Długi pierwszy dzień pozwoliłby jej przygotować pokój i ustanowić zasady nadzoru według własnego upodobania.

Siostra Michaela skinęła głową i odpłynęła ścieżką z powrotem w stronę wioski. Jak zakonnice uczą się tego charakterystycznego kroku? Może to tylko złudzenie stworzone przez czarne szaty muskające trawę.

– Powodzenia, pani Wright – powiedział pan Thaddeus, uchylając kapelusza.

Powodzenia? Jakby ruszała na zawody.

Lib zebrała siły i weszła z powrotem do domu, gdzie pani O'Donnell i posługaczka podnosiły i wieszały na haku przedmiot, który wyglądał jak potężny szary gnom. Wzrok Lib wyodrębnił kształt żeliwnego sagana.

Matka obróciła gar nad ogniem i skinęła głową w stronę na wpół otwartych drzwi pod lewej stronie Lib.

– Wszystko Annie o pani opowiedziałam.

Co jej powiedziała? Że pani Wright to zamorski szpieg? Przeszkoliła bachora, jak najlepiej przechytrzyć Angielkę, tak jak jej się to udało z wieloma innymi dorosłymi?

Sypialnia była kwadratowa i goła. Między oknem a łóżkiem, na krześle o prostym oparciu, siedziała ubrana na szaro drobna dziewczynka; wyglądała, jakby słuchała jakiejś sobie tylko znanej muzyki. Włosy ciemnorude, czego nie było widać na fotografii. Na odgłos skrzypiących drzwi uniosła głowę i jej twarz rozdzielił uśmiech.

Blagierstwo, przypomniała sobie Lib.

Dziewczynka wstała i wyciągnęła rękę.

Lib ją uścisnęła. Pulchne palce chłodne w dotyku.

– Jak się dziś czujesz, Anno?

– Bardzo dobrze, proszę pani – odpowiedziała dziewczynka cichym, czystym głosem.

– Siostro – poprawiła ją Lib. – Albo pani Wright, albo proszę pani, jak wolisz.

Zabrakło jej słów. Sięgnęła do torby po mały notatnik i miarkę. Przystąpiła do sporządzania notatek, żeby nadać tej osobliwej sytuacji pozory systematyczności.

Poniedziałek, 8 sierpnia 1859, 10:07
Wzrost: 46 cali
Rozpiętość ramion: 47 cali

Obwód czaszki mierzony nad brwiami: 22 cale
Długość głowy od czubka do brody: 8 cali

Anna O'Donnell współpracowała bez zarzutu. Stała bardzo prosto w swojej skromnej sukience i dziwacznie wielkich trzewikach i utrzymywała każdą wymaganą przez Lib pozycję, jakby uczyła się kroków obcego tańca. Jej twarz można było opisać jako niemal pucołowatą, co od razu wykluczyło historię o poście. Wielkie orzechowe oczy, odrobinę wyłupiaste i otoczone obrzmiałymi powiekami. Białka jak porcelana, źrenice rozszerzone, choć to można wyjaśnić niewielką ilością wpadającego tu światła. (Tu małe okienko było przynajmniej otwarte i wpuszczało trochę letniego powietrza. W szpitalu, cokolwiek by Lib mówiła, przełożona upierała się, że okna muszą być zamknięte dla ochrony przed trującymi wyziewami).

Dziewczynka była bardzo blada, ale z drugiej strony Irlandczycy, szczególnie rudowłosi, na ogół mają taką właśnie cerę, dopóki nie zepsuje jej pogoda. O, znalazło się coś niezwykłego: bardzo drobny, bezbarwny meszek na policzkach. W końcu kłamstwo dziewczynki o poszczeniu wcale nie wyklucza, że dziecko faktycznie cierpi na jakąś chorobę. Lib wszystko drobiazgowo zapisała.

Panna N. była zdania, że niektóre pielęgniarki zanadto polegają na notowaniu, co upośledza ich pamięć. Nigdy jednak nie posunęła się tak daleko, żeby zabronić *aide-mémoire*. Lib bynajmniej nie powątpiewała w swoją pamięć, ale tym razem zatrudniono ją jako kogoś więcej niż tylko świadka, a to wymagało nienagannego opisu przypadku.

I jeszcze coś: małżowiny uszne i wargi Anny miały niebieskawy odcień, podobnie jak łożyska paznokci. W dotyku była chłodna, jakby weszła wprost ze śnieżnej zawieruchy.

– Czy jest ci zimno? – spytała Lib.

– Nieszczególnie.

Szerokość klatki piersiowej na poziomie sutków: 10 cali
Obwód żeber: 24 cale

Dziewczynka śledziła ją wzrokiem.

– Jak się pani nazywa?

– Tak jak mówiłam, pani Wright, ale możesz mówić do mnie „siostro".

– Ale chodzi mi o to, jak panią ochrzcili.

Lib zignorowała ten przejaw tupetu i pisała dalej.

Obwód bioder: 25 cali
Obwód pasa: 21 cali
Obwód ramienia: 5 cali

– A po co te liczby?

– Po to... aby mieć pewność, że jesteś całkiem zdrowa – odrzekła Lib.

Absurdalna odpowiedź, ale to pytanie wytrąciło ją z równowagi. Omawianie charakteru badań z ich obiektem było z pewnością pogwałceniem protokołu.

Na razie, tak jak się Lib spodziewała, dane z notatnika wskazywały, że Anna O'Donnell to mała zakłamana szelma. Owszem, miejscami była szczupła, łopatki wyglądały jak końcówki brakujących skrzydeł. Ale nie tak, jak wyglądałoby dziecko po miesiącu bez jedzenia, a co dopiero po czterech. Lib wiedziała, jak wygląda stan bliski śmierci głodowej; do Scutari przyciągano ludzkie szkielety uchodźców, których kości naciągały skórę jak maszty namiotu brezent. Nie, ta dziewczynka miała wręcz zaokrąglony brzuch. Piękne modnisie ściskały się ostatnimi czasy gorsetami z nadzieją na szesnastocalową talię, a Anna miała pięć cali więcej.

Lib najbardziej zależało na znajomości wagi dziecka, bo gdyby przytyło choć uncję przez te dwa tygodnie, stanowiłoby to dowód na ukradkowe dożywianie. Zrobiła dwa kroki w stronę kuchni, żeby przynieść wagę, ale zaraz sobie przypomniała, że aż do dziewiątej wieczorem nie może spuszczać dziecka z oczu.

Dziwne uczucie uwięzienia. Lib zamierzała zawołać panią O'Donnell z sypialni, ale nie chciała sprawić wrażenia osoby aroganckiej, szczególnie na samym początku pierwszej zmiany.

– „Uwaga na imitacje" – wyszeptała Anna.

– Słucham? – spytała Lib.

Okrągły palec przesunął się po słowach wytłoczonych na prążkowanej skórzanej okładce notatnika.

Lib rzuciła dziewczynce surowe spojrzenie. Imitacje, dobre sobie.

– Producenci zastrzegają, że ich aksamitny papier jest niepodobny do żadnego innego.

– Co to jest aksamitny papier?

– Specjalnie powleczony, żeby można było po nim pisać ołówkiem.

Dziewczynka pogładziła małe stroniczki.

– To, co się na nim napisze, pozostanie nieścieralne, jak atrament – dodała Lib. – Wiesz, co to znaczy nieścieralny?

– To taka plama, która nie schodzi.

– Zgadza się. – Lib wzięła z powrotem notatnik i próbowała dojść, jakie jeszcze informacje potrzebuje uzyskać od dziewczynki.

– Czy dręczą cię jakieś bóle, Anno?

– Nie.

– Zawroty głowy?

– Może czasami – przyznała Anna.

– Czy puls ustaje albo nagle przyspiesza?

– W niektóre dni może trochę skacze.

– A czy jesteś zdenerwowana?

– Czym zdenerwowana?

„Tym, że ktoś cię przejrzy, mała szachrajko".

– Na przykład obecnością siostry Michaeli i moją. Obcymi w twoim domu.

Anna pokręciła głową.

– Sprawiacie wrażenie miłych. Nie sądzę, żebyście mi wyrządziły krzywdę.

– Całkiem słusznie.

Ale Lib poczuła się nieswojo, jakby obiecała więcej, niż powinna. Nie przyjechała tu po to, by być miłą.

Dziecko miało teraz zamknięte oczy i szeptało coś do siebie. Po chwili do Lib dotarło, że to zapewne modlitwa. Pokaz pobożności, żeby uwiarygodnić ten jej post?

Dziewczynka skończyła i podniosła wzrok; twarz miała tak spokojną jak zwykle.

– Otwórz, proszę, usta – poleciła jej Lib.

Głównie zęby mleczne; jeden albo dwa stałe, do tego kilka odstępów, w których nie przebiły się jeszcze nowe. Usta jak u znacznie młodszego dziecka.

Próchnica w kilku miejscach? Nieco kwaśny oddech.
Język czysty, dość czerwony i gładki.
Nieznacznie powiększone migdałki.

Żadne nakrycie głowy nie osłaniało kasztanowych włosów Anny zaczesanych w mały koczek z przedziałkiem pośrodku głowy. Lib rozplątała włosy i przeczesała palcami kosmyki, suche i kędzierzawe w dotyku. Pomacała czaszkę w poszukiwaniu czegoś ukrytego, ale nie znalazła niczego poza skrawkiem spierzchniętej skóry za jednym uchem.
– Możesz upiąć z powrotem.
Palce Anny szarpały się ze szpilkami.
Lib już miała pomóc, ale się powstrzymała. Nie jest tu po to, żeby opiekować się dziewczynką ani jej usługiwać. Płacono jej tylko za obserwację.

Trochę niezdarna.
Odruchy w normie, nieznacznie spowolnione.
Paznokcie dość pofałdowane, pokryte białymi plamkami.
Dłonie i palce wyraźnie obrzękłe.

– Zdejmij, proszę, buty.
– Należały do mojego brata – powiedziała Anna, robiąc, co jej kazano.
Stopy, kostki i dolne części nóg bardzo obrzękłe – zapisała Lib; nic dziwnego, że Annie pozostało tylko noszenie butów porzuconych przez emigranta. To pewnie puchlina wodna, woda zbierająca się w tkankach?
– Od jak dawna twoje nogi tak wyglądają?
Dziewczynka wzruszyła ramionami.
W miejscach, gdzie pod kolanami podwiązano pończochy, pozostały wklęsłe ślady. To samo z tyłu pięt. Lib widywała takie obrzęki u ciężarnych i czasem u starych żołnierzy. Przycisnęła palec do łydki dziewczynki jak rzeźbiarz lepiący dziecko z gliny. Gdy go odsunęła, zostało zagłębienie.

– Czy to cię boli?

Anna pokręciła głową.

Lib zapatrzyła się na pofałdowaną nogę. Może to nic poważnego, ale z tym dzieckiem jest stanowczo coś nie w porządku. Unosiła jej strój rąbek po rąbku. Nawet jeśli Anna jest oszustką, nie ma potrzeby jej zawstydzać. Dziewczynka dygotała, ale nie z powodu skrępowania, ale tak, jakby zamiast sierpnia był styczeń. *Nieliczne oznaki dojrzałości płciowej* – odnotowała Lib; Anna wyglądała raczej na osiem lub dziewięć lat, a nie na jedenaście. *Na ramieniu blizna po szczepieniu.* Mlecznobiała skóra sucha w dotyku, miejscami szorstka i brązowawa. Na kolanach sińce, jak to u dziecka. Ale te maleńkie niebiesko-czerwone kropki na goleniach dziewczynki – czegoś takiego Lib dotąd nie widziała. Na przedramionach, plecach, brzuchu i nogach dostrzegła ten sam drobny meszek; jak u małej małpki. Czy takie owłosienie nie jest przypadkiem typowe dla Irlandczyków? Lib pamiętała z prasy popularnej karykatury, na których przedstawiano ich jako podłego wzrostu małpiszony.

Przypomniała sobie, że należy sprawdzić łydkę, lewą. Powierzchnia skóry już się wyrównała.

Lib przejrzała zapiski. Owszem, kilka niewyjaśnionych anomalii, ale nic, co by mogło potwierdzić wzniosłe opowieści O'Donnellów o czteromiesięcznym poście.

No dobrze, gdzie to dziecko może chować jedzenie? Lib ugniotła palcami każdy szew sukienki i halki, obmacała też kieszenie. Odzież cerowano wielokrotnie, ale starannie; ubóstwo na jakim takim poziomie. Przejrzała każdą najmniejszą część ciała dziewczynki, w której można by coś przechowywać: od pach aż po szczeliny (miejscami popękane) pomiędzy jej opuchniętymi palcami u stóp. Ani okruszka.

Anna nie protestowała. Znów szeptała coś pod nosem, złożywszy rzęsy na policzkach. Lib nie mogła rozróżnić słów poza jednym, które stale się powtarzało i brzmiało jak… „Albercie"; czy to możliwe? Katolicy zawsze proszą rozmaitych pośredników o zaniesienie przed oblicze Boga różnych błahych sprawek. Czy jest ktoś taki jak Święty Albert?

– Co tam recytujesz? – spytała Lib, gdy zdawało jej się, że dziewczynka już skończyła.

Przeczący ruch głową.

– No, Anno, przecież mamy się zaprzyjaźnić?

Lib natychmiast pożałowała doboru słów, bo okrągła twarzyczka nagle się rozjaśniła.

– O, bardzo bym chciała.

– To opowiedz mi o tej modlitwie, którą co chwilę mruczysz.

– Ale ona... ona nie jest do opowiadania – odrzekła Anna.

– A. Tajemna modlitwa.

– Osobista – poprawiła ją Anna.

Małe dziewczynki – nawet te uczciwe – ubóstwiają swoje sekrety. Lib przypomniała sobie, jak jej własna siostra ukrywała pod materacem pamiętnik (nie żeby powstrzymało to Lib przed przeczytaniem go co do ostatniego nijakiego słowa).

Lib złączyła elementy stetoskopu. Przycisnęła głowicę do lewej piersi dziecka, między piątym a szóstym żebrem, a drugą końcówkę przyłożyła do swojego prawego ucha. *Tu-dum, tu-dum*; nasłuchiwała, żeby wychwycić choćby najmniejsze wahania rytmu. Potem odliczała przez pełną minutę, zgodnie ze wskazaniami zawieszonego u pasa zegarka. *Tętno wyraźne* – odnotowała – *89 uderzeń na minutę*. To się mieści w spodziewanym zakresie. Lib zaczęła przesuwać głowicę stetoskopu po plecach dziecka. *Płuca zdrowe, 17 oddechów na minutę* – zapisała. Żadnych szmerów ani świszczącego oddechu; mimo nietypowych objawów Anna wydawała się zdrowsza niż połowa jej rodaków.

Lib przysiadła na krześle – panna N. zaczynała zawsze od odzwyczajania stażystek od sadowienia się na łóżku pacjenta – i przystawiła dziecku przyrząd do brzucha. Nasłuchiwała najdrobniejszego bulgotu zdradzającego obecność jedzenia. Spróbowała w innym miejscu. Cisza. *Przewód pokarmowy twardy, wzdęty, naprężony* – napisała. Opukała delikatnie brzuch.

– Jakie to uczucie?

– Pełności – stwierdziła Anna.

Lib wytrzeszczyła oczy. Jak to pełności, skoro żołądek wydaje się taki pusty? Czy to przejaw nieposłuszeństwa?

– Nieprzyjemnej pełności?

– Nie.

– Możesz się już ubrać.

Anna wypełniła polecenie, powoli i trochę niezdarnie.

Informuje, że sypia dobrze, siedem do dziewięciu godzin.
Władze umysłowe raczej bez zarzutu.

– Brakuje ci szkoły, dziecko?
Przeczący ruch głowy.
Lib zauważyła, że O'Donnellowie nie oczekują od swojej pupilki pomocy w domu.
– Rozumiem, że wolisz próżnować?
– Czytam i szyję, i śpiewam, i się modlę – odpowiedziała niezrażona.
Doprowadzając do scysji, Lib przekroczyłaby swoje kompetencje. Uznała jednak, że może być chociaż szczera. Panna N. zawsze to zalecała, ponieważ nic tak nie niszczy zdrowia pacjenta jak niepewność. Dając przykład szczerości, niosąc przed nią kaganek na drodze z puszczy, w którą się zabłąkała, Lib mogła wyświadczyć tej małej symulantce przysługę. Zatrzasnęła notatnik i zapytała:
– Czy wiesz, po co tu jestem?
– Ma pani pilnować, żebym nie jadła.
Że też musiała to zrozumieć aż tak opacznie...
– Nic podobnego, Anno. Mam za zadanie sprawdzić, czy to prawda, że nie jesz. Poczułabym wielką ulgę, gdybyś przyjmowała posiłki tak jak inne dzieci, inni ludzie.
Skinięcie głową.
– A czy w ogóle masz na coś ochotę? Rosół, pudding z sago, coś słodkiego? – Lib tłumaczyła sobie, że stawia tylko dziecku neutralne pytanie, nie przymusza do jedzenia w sposób, który wpłynąłby na wynik obserwacji.
– Nie, dziękuję.
– A dlaczego nie, jak myślisz?
Ślad uśmiechu.
– Nie mogę powiedzieć, pani... proszę pani – poprawiła się Anna.
– Dlaczego? Czy to też osobiste?
Dziewczynka spojrzała na nią łagodnie. Bystra jak diabli, pomyślała Lib. Anna zrozumiała widocznie, że podanie wyjaśnienia wpędziłoby ją w kłopoty. Gdyby stwierdziła, że to Stwórca nakazał jej nie jeść, postawi-

łaby się na równi ze świętymi. Ale gdyby się przechwalała, że żyje dzięki jakimś szczególnym darom natury, musiałaby tego dowieść w sposób weryfikowalny naukowo. „Rozgryzę cię jak orzeszek, dzieweczko".

Lib rozejrzała się bacznie. Do dziś nocne przemycanie jedzenia z sąsiedniej kuchni – przez Annę albo któregoś z dorosłych bez wiedzy pozostałych – musiało być dziecinnie proste.

– Wasza służąca...

– Kitty? To nasza kuzynka. – Anna wyjęła z komody kraciastą chustę; jej intensywne czerwienie i brązy przydały odrobiny koloru twarzy dziewczynki.

Czyli posługaczka, która jest zarazem ubogą krewną; takiej podwładnej trudno odmówić wzięcia udziału w spisku.

– A gdzie ona śpi?

– Na ławie. – Anna wskazała głową kuchnię.

Ależ oczywiście; u niższych warstw społecznych członków rodziny jest często więcej niż łóżek, więc trzeba improwizować.

– A twoi rodzice?

– Śpią w alkierzu.

Lib nie znała tego słowa.

– W dobudówce, za zasłoną – wyjaśniło dziecko.

Lib zauważyła w kuchni kotarę z worków po mące, ale sądziła, że oddziela coś w rodzaju spiżarni. Doprawdy głupio ze strony O'Donnellów, że pozwalają, by odświętna izba stała pusta, a sami śpią w prowizorycznej przybudówce. Ale przypuszczała, że cieszą się dostatecznym poważaniem we wsi, by mieć nieco większe ambicje.

Przede wszystkim należy dopilnować, by w tej wąskiej sypialni nie dało się uciec do podstępu. Lib pomacała dłonią ścianę i na palce posypały jej się płatki wapna. Zawilgocona zaprawa – nie drewno, cegła ani kamień, jak w chałupach angielskich. To przynajmniej oznacza, że łatwo będzie odkryć każdą szczelinę służącą do chomikowania jedzenia.

Należało także dopilnować, by dziecko nie mogło się nigdzie ukryć przed jej wzrokiem. Na początek trzeba się pozbyć tego zdezelowanego starego parawanu z drewna; Lib złożyła trzy skrzydła i podeszła z nimi do drzwi.

Nie opuszczając pokoju, zajrzała do kuchni. Pani O'Donnell mieszała w ustawionym w palenisku trójnogim kotle, a posługaczka ucierała coś przy długim stole. Lib wystawiła parawan tuż za próg i powiedziała:

– Tego nie będziemy potrzebować, ale poproszę miednicę z gorącą wodą oraz ściereczkę.

– Kitty – odezwała się pani O'Donnell i skinęła głową.

Lib zerknęła szybko na dziecko, które znów zanosiło szeptem swoje modły.

Podeszła do wąskiego łóżka stojącego pod ścianą i zaczęła zdejmować pościel. Drewniana rama, na niej poplamiony siennik. Przynajmniej nie ma piernata; panna N. nie znosiła pierza. Nowy materac wypełniony końskim włosiem byłby bardziej higieniczny, ale trudno wymagać od O'Donnellów, żeby wyłuskali pieniądze na taki zakup. (Pomyślała o tej skarbonce pełnej monet, przeznaczonych teoretycznie dla biednych). Zresztą, upomniała się w duchu, nie jest tu po to, by poprawiać stan zdrowia dziewczynki, ale po to, by ją obserwować. Sprawdziła dłonią cały siennik w poszukiwaniu wybrzuszeń lub rozpruć, które mogłyby zdradzić ewentualną kryjówkę.

Dziwny brzęk w kuchni. Dzwon? Zabrzmiał raz, drugi, trzeci. Może to rodzinne wezwanie do południowego posiłku. Ale Lib oczywiście musi poczekać na jedzenie w tej wąskiej sypialni.

Anna O'Donnell przestępowała wyczekująco z nogi na nogę.

– Czy mogę iść odmówić Anioł Pański?

– Musisz pozostać w zasięgu mojego wzroku – przypomniała jej Lib, ugniatając palcami podgłówek wypchany kłaczkami wełny.

Z kuchni dobiegł podniesiony głos. Matki?

Dziewczynka upadła na kolana i wytężyła słuch.

– „I poczęła z Ducha Świętego" – odpowiedziała. – „Zdrowaś Maryjo, łaski pełna, Pan z Tobą..."

Lib zdawało się, że rozpoznaje te wersy. To na pewno nie modlitwa osobista; Anna recytowała śpiewnie słowa tak, by niosły się do sąsiedniego pomieszczenia.

Stłumione głosy kobiet zza ściany stapiały się z głosem dziecka. Chwila ciszy. I znów głos samej Rosaleen O'Donnell.

– „Oto ja, służebnica Pańska".

– „Niech mi się stanie według słowa Twego" – odśpiewała monotonnie dziewczynka.

Kucając kolejno przy każdym rogu łóżka, Lib szukała resztek jedzenia: przesuwała dłonią pod każdą listwą, macała każdą gałkę i każde okucie. Uderzała dłonią o klepisko w poszukiwaniu grud ubitej ziemi, pod którymi można coś zagrzebać.

W końcu modlitwa najwyraźniej dobiegła końca i dziewczynka wstała.

– A pani nie odmawia modlitwy Anioł Pański, pani Wright? – spytała nieco zadyszanym głosem.

– Tak się nazywa to, co recytowałaś? – wymówiła się pytaniem Lib.

Skinienie głową, jakby to było całkiem oczywiste.

Lib strzepnęła z grubsza pył ze spódnicy i otarła dłonie o fartuch. Gdzie ta gorąca woda? Czy Kitty jest zwyczajnie leniwa, czy lekceważy angielską pielęgniarkę?

Anna wyjęła z woreczka do robótek coś dużego i białego i stanąwszy przy oknie w rogu pokoju, zaczęła to obrębiać.

– Usiądź sobie, dziecko – powiedziała jej Lib, wskazując krzesło.

– Zupełnie mi tu dobrze, proszę pani.

Co za paradoks: Anna O'Donnell to pozorantka w każdym calu – ale dobrze wychowana. Lib uzmysłowiła sobie, że nie może jej traktować z należną jej surowością.

– Kitty! – zawołała. – Czy możesz przynieść drugie krzesło oraz gorącą wodę?

W kuchni cisza.

– Weź na razie to – zachęciła dziewczynkę. – Ja go nie chcę.

Anna przeżegnała się, usiadła na krześle i dalej szyła.

Lib odsunęła odrobinę komodę, żeby się upewnić, czy nie ma za nią wyżłobienia w tynku. Wyciągając kolejno każdą drewnianą szufladę – wypaczoną od wilgoci – przeglądała skromny stos ubrań dziewczynki i dotykała każdego szwu i rąbka.

W dzbanuszku na komodzie stał przywiędły mniszek lekarski. Panna N. pochwalała obecność kwiatów w izbach chorych i szydziła z przesądów głoszących, że zatruwają one powietrze; powiadała, że żywe kolory i rozmaitość kształtów nie tylko podnoszą na duchu, ale i leczą ciało. (W pierwszym tygodniu pracy w szpitalu Lib usiłowała to wytłumaczyć przełożonej, ale ta nazwała ją paniusią).

Lib przyszło do głowy, że w myśl zasady „pod latarnią najciemniej" źródłem pożywienia może być właśnie kwiatek. Co z cieczą – czy to naprawdę woda, czy może przejrzysty bulion albo syrop? Lib powąchała zawartość dzbanka, ale jej nos wychwycił jedynie znajomą, cierpką woń mniszka. Zanurzyła palec w cieczy i przystawiła go do ust. Ani koloru, ani smaku. Ale może istnieje jakiś składnik odżywczy pozbawiony tych właściwości?

Lib wyraźnie czuła na sobie spojrzenie dziewczynki. Basta, daje się nabrać na urojenia starego lekarza. To tylko woda. Otarła dłoń o fartuch.

Za dzbankiem stał niewielki drewniany kuferek. Lib dopiero teraz zauważyła, że nie ma tu nawet lustra; czyżby Anna nie chciała się przeglądać? Lib podniosła wieko.

– To moje skarby – odezwała się dziewczynka, podrywając się z miejsca.

– Cudownie. Mogę obejrzeć? – Lib już grzebała w kuferku, na wypadek gdyby Anna miała stwierdzić, że i te rzeczy są osobiste.

– Oczywiście.

Tandetne dewocjonalia: różaniec zrobiony z... – chyba z pestek? – zakończony prostym krzyżykiem oraz malowany świecznik w kształcie Maryi z Dzieciątkiem.

– Piękny, prawda? – Anna wyciągnęła rękę po świecznik. – Matula i tatko dali mi go z okazji bierzmowania.

– Ważny dzień – mruknęła Lib. Jak na jej gust figurka była zbyt ckliwa. Obmacała ją całą, żeby się upewnić, że jest naprawdę z porcelany, a nie z czegoś jadalnego. Dopiero wtedy pozwoliła dziewczynce ją wziąć.

Anna przycisnęła świecznik do piersi.

– Nie ważny. Bierzmowanie to dzień najważniejszy.

– A dlaczego?

– Wtedy kończy się dzieciństwo.

To jakiś ponury żart, pomyślała Lib, że to chucherko uważa się za dojrzałą kobietę. Spojrzała teraz na grawerunek na maleńkiej, srebrzystej owalnej blaszce, nie większej niż czubek jej palca.

– To mój Cudowny Medalik – oznajmiła Anna, wyjmując jej go z dłoni.

– A jakież to cuda uczynił?

Zabrzmiało to nazbyt lekceważąco, ale dziewczynka nie wyglądała na urażoną.

– O, wiele – zapewniła pielęgniarkę, gładząc medalik. – To znaczy nie ten akurat, ale wszystkie Cudowne Medaliki chrześcijaństwa. Lib pominęła to milczeniem. Na dnie kuferka, w szklanym pojemniku, znalazła mały krążek. Nie metalowy, tylko z białej masy, z odciśniętym wizerunkiem owcy z chorągwią. To chyba nie jest komunia święta? Przechowywanie hostii w kuferku z zabawkami byłoby chyba świętokradztwem?

– Cóż to takiego, Anno?

– Mój agnusek, Agnus Dei.

Baranek Boży; Lib na tyle znała łacinę. Zsunęła wieko pojemnika i podważyła krążek paznokciem.

– Proszę go nie złamać!

– Bez obaw. – Przekonała się, że to nie opłatek, ale wosk. Złożyła pojemnik w złączonych dłoniach Anny.

– Każdy jest poświęcony przez Jego Świątobliwość – zapewniło ją dziecko, zamykając ze stukiem pojemnik. – Agnuski potrafią osuszać powodzie i gasić pożary.

Lib zadumała się nad prawdopodobnymi źródłami tej legendy. Kto, zważywszy na tempo topnienia wosku, używałby czegoś takiego do zwalczania ognia?

W kuferku zostało tylko kilka książek. Przejrzała tytuły, same religijne: *Mszalik codzienny dla świeckich*; *O naśladowaniu Chrystusa*. Z czarnej *Księgi Psalmów* wyciągnęła zdobiony prostokąt rozmiarów karty do gry.

– Proszę to odłożyć na miejsce – poprosiła Anna, wyraźnie wzburzona.

Ach, czyżby w książce kryło się jedzenie?

– Chwileczkę. – Lib przerzuciła kartki. Nic poza innymi małymi prostokątami.

– To moje święte obrazki. Każdy ma swoje własne miejsce.

Ten, który trzymała Lib, miał wydrukowany tekst modlitwy, misterne, jakby koronkowe brzegi i przyczepiony za pomocą wstążeczki kolejny medalik. Na odwrocie widniała odmalowana w cukierkowych pastelach kobieta obejmująca owcę, a nad nią napis: *Divine Bergère*. Czyżby jakaś święta?

– Widzi pani, bo to pasuje do psalmu sto dziewiętnastego: „Zbłądziłem jak owca, która zaginęła"* – wyrecytowała Anna i bez sprawdzania treści postukała palcem w stronę.

Jak z dziecięcej rymowanki, pomyślała Lib. Dopiero teraz zauważyła, że prostokąty wetknięto we wszystkie książki z kuferka.

– Kto ci dał te obrazki?

– Niektóre dostałam w nagrodę w szkole albo na misji. Albo w prezencie od gości.

– A gdzie się mieści ta misja?

– Już jej nie ma. A te najśliczniejsze zostawił mi brat – powiedziała Anna, po czym ucałowała obrazek z owcą, odłożyła go na miejsce i zamknęła psałterz.

Co za osobliwe dziecko.

– A masz ulubionego świętego albo świętą?

Anna pokręciła głową.

– Każde z nich może nas nauczyć czegoś innego. Niektórzy urodzili się dobrzy, ale inni byli bardzo grzeszni, dopóki Bóg nie oczyścił im serc.

– Doprawdy?

– On każdego może powołać do świętości – zapewniła Anna.

Drzwi otworzyły się gwałtownie i Lib aż podskoczyła.

Kitty z miednicą pełną gorącej wody.

– Przepraszam, że tak długo. Jeszcze niosłam mu posiłek – wydyszała młoda kobieta.

Pewnie Malachy'emu O'Donnellowi. Co on to miał robić? Zdaje się, wykopywać torf sąsiadowi – czyżby w ramach przysługi? – zastanawiała się Lib. Czy może pracuje zarobkowo, żeby uzupełnić swoje liche rolnicze dochody? Przyszła jej do głowy myśl, że posiłek w środku dnia dostają tu chyba tylko mężczyźni.

– Co mam wyszorować? – spytała posługaczka.

– Ja to zrobię – odparła Lib, odbierając miednicę. Nie mogła wpuścić do tego pokoju żadnego z członków rodziny. Kitty mogła równie dobrze wnieść teraz dziecku jedzenie w fartuchu.

Dziewczyna zmarszczyła brwi; z konsternacji czy z urazy?

---

* Wszystkie zawarte w książce cytaty biblijne zaczerpnięto z *Pisma Świętego Starego i Nowego Testamentu* w przekładzie W.O. Jakuba Wujka S.J., Wydawnictwo Apostolstwa Modlitwy, Kraków 1962 (przyp. tłum.).

- Na pewno masz co robić - powiedziała Lib. - A, i czy możesz się pofatygować po drugie krzesło i świeżą pościel?

- Prześcieradło? - spytała Kitty.

- Cały komplet - poprawiła ją Lib. - I czysty pled.

- Nie ma. - Służąca pokręciła głową.

Cóż za bezmyślność maluje się na tej szerokiej twarzy. Lib odniosła wrażenie, że Kitty w ogóle nie nadąża za jej słowami.

- Chodzi o to, że nie ma w tej chwili czystej pościeli - wtrąciła Anna. - Pranie w następny poniedziałek, chyba że będzie za mokro.

- Rozumiem. - Lib stłumiła rozdrażnienie. - Wobec tego tylko krzesło, Kitty.

Wlała do miednicy trochę roztworu chloru z wyjętej z torby butelki i umyła wszystkie powierzchnie; woń, choć ostra, kojarzyła się z czystością. Posłała na nowo łóżko dziecka, używając tej samej sfatygowanej pościeli i poszarzałego pledu. Wyprostowała się i rozejrzała w poszukiwaniu innych potencjalnych schowków na porcje jedzenia.

Ta sypialnia w niczym nie przypominała zagraconych pokojów pacjentów z wyższych klas. Poza łóżkiem, komodą i krzesłem znajdował się tu tylko szmaciany chodnik ze wzorem w ciemniejsze pasy. Lib podniosła go, ale pod spodem niczego nie znalazła. Gdyby wyniosła dywanik, pokój stałby się bardzo ponury, zresztą byłoby chłodno w stopy. Poza tym skórkę chleba czy jabłko najdogodniej ukryć gdzieś w łóżku, a komisja chyba nie zamierza zmuszać dziewczynki do spania na gołych deskach jak w więzieniu? Nie, wystarczy, że Lib będzie często i bez zapowiedzi przeszukiwać izbę i sprawdzać, czy ktoś nie przemycił jedzenia.

Kitty przyniosła w końcu krzesło i postawiła je z łomotem na podłodze.

- Możesz w wolnej chwili wynieść chodnik i go wytrzepać - poleciła Lib. - A posłuchaj, gdzie znajdę wagę, żeby zważyć Annę?

Kitty pokręciła głową.

Może gdzieś we wsi?

- Na garście - powiedziała Kitty.

Lib zmarszczyła brwi.

- Mąkę odmierzamy na garście, a sól na szczypty. - Posługaczka wykonała kilka ruchów w powietrzu.

– Nie chodzi mi o wagę kuchenną – powiedziała Lib. – Potrzebuję takiej dużej do zważenia człowieka albo zwierzęcia. Może na którejś z sąsiednich farm?

Kitty wzruszyła ze znużeniem ramionami.

Anna wpatrywała się w skręconą łodyżkę mniszka i nie dawała po sobie poznać, że cokolwiek słyszy, jakby rozmowa dotyczyła wagi jakiejś innej dziewczynki.

Lib westchnęła.

– To poproszę w takim razie o dzbanek z zimną wodą i łyżeczkę.

– A może by coś przegryzła? – spytała na odchodnym Kitty.

Lib nie zrozumiała.

– Czy poczeka na obiad?

– Mogę poczekać.

Służąca wyszła, a Lib natychmiast pożałowała tych słów, bo była głodna. Ale w obecności Anny z jakiegoś powodu nie mogła oznajmić, że umiera z głodu. Co za absurd, upomniała się w myślach; wiadomo przecież, że dziewczynka to szachrajka.

Anna znów odprawiała szeptem swoje Albertowe modły. Lib starała się, jak mogła, nie zwracać na to uwagi. Nie takie męczące przyzwyczajenia już znosiła. Pielęgnowała chłopca chorego na szkarlatynę, który spluwał na podłogę, i pewną otępiałą staruszkę, która w przekonaniu, że lekarstwa są zatrute, odpychała je od siebie, rozlewając wszystko na Lib.

Dziewczynka, złożywszy dłonie na skończonej robótce, śpiewała coś pod nosem. Ten hymn nie miał w sobie niczego zagadkowego; najwidoczniej Anna utrzymywała w tajemnicy tylko modlitwę do Świętego Alberta. Głos miała słodki, choć w wyższych partiach nieco drżący.

Tobie wszyscy Aniołowie,
Tobie Moce i Niebiosy,
Cheruby, Serafinowie,
*ślą wieczystej pieśni głosy**.

Kiedy Kitty przyniosła dzbanek z wodą, Lib poklepała łuszczące się wapno i powiedziała:

– Co to jest, jeśli wolno spytać?

---

* Hymn *Te Deum* w przekładzie księdza Tadeusza Karyłowskiego.

– Ściana – odpowiedziała Kitty.

Dziecko zachichotało ledwie słyszalnie.

– Ale z czego jest zrobiona? – uściśliła Lib.

Twarz posługaczki się wygładziła.

– Z gliny.

– Z samej gliny? Naprawdę?

– Na dole są kamienie, żeby szczury nie włazały.

Po wyjściu Kitty Lib skosztowała wody z dzbanka, nabierając ją małą kościaną łyżeczką. Żadnego posmaku.

– Chce ci się pić, dziecko?

Anna pokręciła głową.

– Może byś jednak wzięła łyk?

Przekroczyła swoje kompetencje; pielęgniarka zawsze zostanie pielęgniarką. Lib upomniała się w duchu, że nic jej do tego, czy mała oszustka pije, czy nie.

Ale Anna otworzyła usta, przyjęła łyżeczkę i przełknęła bez trudu.

– „Pofolguj mi, abym się ochłodził” – wyszeptała.

Przemawiała, rzecz jasna, do Boga, a nie do Lib.

– Jeszcze?

– Nie, dziękuję, pani Wright.

Lib zanotowała: *13:40, 1 łyżeczka wody*. Przypuszczała, że taka ilość nie ma znaczenia, ale chciała jak najdokładniej zarejestrować, co przyjmuje dziecko pod jej opieką.

Teraz już naprawdę nie miała nic więcej do roboty. Usiadła na drugim krześle, tak blisko Anny, że niemal stykały się spódnicami, ale mebel nie zmieściłby się nigdzie indziej. Poczuła się niezręcznie na myśl o czekających ją długich godzinach warty. Wprawdzie zdarzało się, że całymi miesiącami opiekowała się prywatnie innymi chorymi, ale tym razem było inaczej, bo śledziła to dziecko wzrokiem jak drapieżny ptak i Anna o tym wiedziała.

Rozległo się ciche pukanie do drzwi i Lib poderwała się z miejsca.

– Malachy O'Donnell, szanowna pani. – Farmer postukał palcami w guziki wyblakłej kamizelki.

– Panie O'Donnell. – Lib uścisnęła jego szorstką dłoń. Byłaby mu podziękowała za gościnność, gdyby nie to, że występowała tu w roli szpiega domowego ogniska, więc wydawało się to mało stosowne.

O'Donnell był niski i żylasty, tak szczupły jak i jego żona, ale znacznie mniej przysadzisty. Anna wdała się w niego. Ale u całej rodziny nie dało się dopatrzyć ni grama tłuszczu; istna trupa marionetek. Pochylił się i pocałował córkę gdzieś w okolicach ucha.

– Jak ci leci, złotko?

– Bardzo dobrze, tatku. – Uśmiechnęła się do niego promiennie.

Malachy O'Donnell stał w miejscu i kiwał głową.

Lib doznała dojmującego uczucia zawodu. Po ojcu spodziewała się czegoś więcej. Wielkiego sztukmistrza za kulisami – albo przynajmniej spiskowca do pary, równie drażliwego jak jego żona. A tu taki kmiotek...

– Pan hoduje shorthorny, panie O'Donnell?

– No. Już ledwie kilka – odpowiedział. – Dzierżawię kilka podmokłych łąk na pastwiska. Bo, widzi pani, ja sprzedaję nawóz.

Lib zrozumiała, że chodzi o obornik.

– A bydło, pani rozumie... – Malachy ucichł. – Lezie gdzie popadnie, łamie nogi i nieraz się zaklinuje przy cieleniu, jak się źle ustawi; można powiedzieć: więcej z tego kłopotu jak pożytku.

Co tam jeszcze Lib widziała w obejściu?

– I hoduje pan też drób, tak?

– A, to już Rosaleen. Pani O'Donnell. – Mężczyzna skinął głową ostatni raz, jakby zapadły jakieś ustalenia, i odgarnął córce dłonią włosy nad czoło. A potem wyszedł i zaraz wrócił. – A, byłbym zapomniał. Taki jeden z gazety tu jest.

– Słucham?

Wskazał ręką usmarowane okno. Za nim Lib dojrzała zabudowany wóz.

– Żeby zabrać Annę.

– A niby dokąd? – warknęła. Doprawdy, co ci panowie z komisji sobie wyobrażają? Najpierw polecają prowadzić obserwację w tej ciasnej, niehigienicznej chacie, a potem zmieniają zdanie i przewożą dziecko gdzie indziej?

– Tylko żeby ująć jej twarz – powiedział ojciec. – Jej podobiznę.

REILLY & SYNOWIE, DAGEROTYPIŚCI – głosił podniośle napis na burcie wozu. Z kuchni dobiegł ją obcy głos. Nie, tego już za wiele. Dopiero po kilku krokach przypomniała sobie, że nie wolno jej zostawiać dziecka. Stanęła więc tylko i skrzyżowała ramiona.

Do pokoju wpadła Rosaleen O'Donnell.

– Pan Reilly jest gotowy, żeby wykonać twój dagerotyp, Anno.

– Czy to naprawdę konieczne? – spytała Lib.

– Mają go umieścić na płytce i dać do gazety.

Drukować portret młodej spryciarki, jakby była jakąś królową. Czy raczej dwugłowym cielęciem.

– Jak daleko mieści się jego studio?

– Ani chybi tu, we wozie. – Pani O'Donnell dźgnęła palcem powietrze w kierunku okna.

Lib puściła dziecko przodem, ale przed chatą odsunęła ją stanowczo od stojącego tam odkrytego cebra pełnego ostro pachnących chemikaliów. Rozpoznała woń alkoholu i... eteru czy chloroformu? Te intensywne zapachy przeniosły ją na chwilę do Scutari, gdzie w trakcie serii amputacji w pewnym momencie zawsze kończyły się środki uspokajające.

Prowadząc Annę za rękę po składanych schodkach, zmarszczyła nos, wyczuwając inny, bardziej złożony odór. Coś jak ocet i gwoździe.

– A pismak już poszedł, co? – spytał ze środka zaniedbany mężczyzna o cienkich, prostych włosach.

Lib zmrużyła powieki.

– Dziennikarz, który opisuje dziewczynkę.

– Nic mi nie wiadomo o żadnym dziennikarzu, panie Reilly.

Reilly miał poplamiony surdut.

– Stań przy tych pięknych kwiatach, proszę ja ciebie – powiedział do Anny.

– Może by lepiej usiadła, jeśli ma się bardzo długo nie poruszać? – spytała Lib. Kiedyś, jeszcze w szeregach sióstr panny N., przyszło jej pozować do dagerotypu i przekonała się, że to żmudna praca. Po pierwszych kilku minutach któraś nierozważna młodsza pielęgniarka drgnęła i zamazała obraz, więc trzeba było zaczynać od nowa.

Reilly zachichotał i przesunął nieznacznie aparat na kółku wieńczącym jedną z części trójnogiego statywu.

– Ma pani przed sobą mistrza nowoczesnej techniki kolodionowej. Trzy sekundy i po krzyku. Całość, od wciśnięcia migawki do wywołania płyty, zajmuje mi nie więcej niż dziesięć minut.

Anna stała tam, gdzie ją ustawił, przy wąskiej konsoli, z prawą ręką spoczywającą przy wazonie z jedwabnymi różami.

Dagerotypista przestawił lusterko na stojaku tak, że prostokąt światła podkreślił jej twarz, po czym dał nura pod czarne sukno osłaniające aparat.

– Podnieś wzrok, dziewuszko. Na mnie, na mnie.

Anna błądziła wzrokiem po wnętrzu wozu.

– Popatrz na swoją widownię.

Dziecko wyglądało na jeszcze bardziej zdezorientowane. Odnalazło wzrokiem Lib i niemal się uśmiechnęło, chociaż Lib nie uśmiechała się wcale.

Reilly wynurzył się spod płachty i wsunął do korpusu aparatu drewnianą płytkę.

– I teraz bez ruchu. Ani drgnij. – Odkręcił miedziany dekiel obiektywu. – Raz, dwa, trzy... – Założył go szybkim ruchem i strząsnął z oczu przetłuszczone kosmyki. – Droga wolna, miłe panie.

Pchnął drzwi i wyskoczył z wozu, żeby po chwili wdrapać się z powrotem ze swoim cuchnącym wiadrem z odczynnikami.

– Dlaczego trzyma pan je na zewnątrz? – spytała Lib, biorąc Annę za rękę.

Reilly ciągnął sznurki rolet osłaniających okna, zaciemniając stopniowo wnętrze wozu.

– Ryzyko wybuchu.

Lib pociągnęła Annę do drzwi.

Na dworze dziecko zapatrzyło się na zielone pola i wzięło głęboki oddech. W świetle słońca Anna O'Donnell wyglądała na niemal przezroczystą; na skroń wystąpiła jej niebieska żyła.

Nadeszło długie popołudnie w sypialni. Dziewczynka szeptała swoje modlitwy i czytała książki. Lib przysiadła do całkiem ciekawego artykułu o grzybicy z „All the Year Round". Po pewnym czasie Anna przyjęła kolejne dwie łyżeczki wody. Ich krzesła dzielił mniej więcej metr i Lib od czasu do czasu zerkała na dziewczynkę znad krawędzi periodyku. To dziwne uczucie być tak powiązaną z drugą osobą.

Lib nie mogła nawet pójść do wygódki; musiał jej wystarczyć nocnik.

– Potrzebujesz skorzystać, Anno?

– Nie, proszę pani, dziękuję.

Lib przykryła nocnik ściereczką i ustawiła go przy drzwiach. Z trudem pohamowała ziewnięcie.

– Może zechciałabyś się przejść?

Anna aż się rozpromieniła.

– Możemy? Naprawdę?

– Jeśli tylko będę z tobą. – Lib chciała sprawdzić wytrzymałość dziewczynki; czy obrzęk kończyn utrudni jej ruch? Swoją drogą nie mogła już dłużej znieść siedzenia w zamknięciu.

W kuchni Rosaleen O'Donnell i Kitty ramię w ramię oddzielały śmietankę od mleka za pomocą sitek w kształcie spodków. Służąca wyglądała na dwa razy drobniejszą od gospodyni.

– Czegoś ci trzeba, kochanie?

– Nie, dziękuję, matuś.

„Obiad – odezwała się w duchu Lib – oto czego trzeba każdemu dziecku". Czyż to nie karmienie jest od samego początku istotą macierzyństwa? Dla kobiety najgorszym cierpieniem jest niemożność wykarmienia własnego dziecka. Albo widok małej buzi odwracającej się od podsuwanego posiłku.

– Wychodzimy na spacer – poinformowała ją Lib.

Rosaleen O'Donnell pacnęła tłustą muchę i wróciła do pracy.

Lib uznała, że obojętność Irlandki można wytłumaczyć tylko na dwa sposoby: albo Rosaleen jest tak święcie przekonana o boskiej interwencji, że nie martwi się o córkę, albo – co bardziej prawdopodobne – ma powody sądzić, że dziewczynka dostaje ukradkiem masę jedzenia.

Anna powłóczyła nogami i stąpała ciężko w tych wielkich chłopięcych trzewikach, a przenosząc ciężar z nogi na nogę, chwiała się w niemal niezauważalny sposób.

– „Umocnij kroki moje na ścieżkach twoich – wyszeptała – aby się nie chwiały stopy moje".

– Czy dokuczają ci kolana? – spytała Lib, gdy szły ścieżką, mijając gderające kury.

– Nieszczególnie – odpowiedziała Anna, wystawiając twarz do słońca.

– To pola twojego ojca?

– On je dzierżawi – wyjaśniła dziewczynka. – Swoich nie mamy.

Lib nie dostrzegła ani jednego parobka.

– Sam to wszystko uprawia?

– Pat pomagał, jak jeszcze był z nami. Tu mamy owies. – Anna pokazała ręką.

Przemoczony strach na wróble w brązowych spodniach przechylił się w bok. Ciekawe, czy to stare ubrania Malachy'ego O'Donnella, pomyślała Lib.

– A tu mamy siano. Zazwyczaj gnije przez deszcze, ale w tym roku nie zgniło, tak było ładnie – opowiadała Anna.

Lib zdawało się, że rozpoznała rozległą kwadratową połać niskiej zieleni: upragnione ziemniaki.

Gdy doszły do dróżki, skręciła tam, gdzie jeszcze nie była, w stronę przeciwną niż wioska. Przy drodze ogorzały mężczyzna reperował ospale kamienny murek.

– Szczęść Boże! – zawołała Anna.

– Daj Boże i tobie – odpowiedział.

– To nasz sąsiad, pan Corcoran – szepnęła do Lib. Nachyliła się i zerwała brązowawą gałązkę zwieńczoną żółtą gwiazdką. I jeszcze wysoką trawę z bladofioletową końcówką.

– Lubisz kwiaty, Anno?

– Och, bardzo. A najbardziej lilie, oczywiście.

– Dlaczego oczywiście?

– Bo to ulubione kwiaty Matki Boskiej.

O Świętej Rodzinie Anna mówiła jak o swoich krewnych.

– A gdzie miałaś okazję widzieć lilie? – spytała Lib.

– Na obrazkach, wiele razy. Albo lilie wodne nad jeziorem, chociaż to nie to samo. – Anna przykucnęła i pogłaskała drobny biały kwiatek.

– A to co takiego?

– Rosiczka – powiedziała Anna. – Niech pani popatrzy.

Lib przyjrzała się okrągłym listkom na łodygach. Pokrywało je coś na podobieństwo lepkiego meszku, nakrapianego na czarno.

– Chwyta owady i je zasysa – zamruczała pod nosem Anna, jakby się obawiała, że przeszkodzi roślinie.

Czy to możliwe? Jakie to ciekawe, na swój makabryczny sposób. Wygląda na to, że dziecko ma pewne uzdolnienia w kierunku nauk przyrodniczych.

Anna wstała, zachwiała się lekko i wzięła głęboki oddech.

Zawroty głowy? Nienawykła do wysiłku, czy osłabiona wskutek niedożywienia? zastanawiała się Lib. Sam fakt, że jej post to jakiś rodzaj mistyfikacji, nie oznacza jeszcze, że Anna przyjmuje wszystkie składniki odżywcze potrzebne dorastającej dziewczynce; wystające łopatki świadczą o czymś innym.

– Może powinnyśmy zawrócić.

Anna nie protestowała. Czy to zmęczenie, czy tylko posłuszeństwo?

Powróciwszy do chaty, zastały w sypialni Kitty. Lib już miała ją wziąć na spytki, ale posługaczka schyliła się po nocnik – być może dla usprawiedliwienia swojej obecności w tym miejscu.

– Czy życzy sobie pani teraz miskę mamałygi?

– Doskonale – powiedziała Lib.

Kiedy Kitty wniosła naczynie, Lib przekonała się, że mamałyga oznacza owsiankę. Zdała sobie sprawę, że to prawdopodobnie główny posiłek. Kwadrans po szesnastej – obiad po wiejsku.

– Pani sobie posoli – zaleciła Kitty.

Lib pokręciła głową nad miską z małą łyżeczką.

– Posoli, posoli – naciskała Kitty. – Drobnica się nie czepi.

Lib spojrzała nieufnie na służącą. Czyżby chodziło jej o muchy? Gdy tylko Kitty wyszła z pokoju, odezwała się szeptem Anna:

– Jej chodzi o istoty.

Lib nadal nie rozumiała.

Anna ułożyła pulchne dłonie na kształt tancerzy.

– Duszki?

Niewiarygodne.

Dziewczynka zrobiła grymas.

– One nie lubią, gdy się tak na nie mówi.

Ale zaraz znów się uśmiechnęła, jakby obie dobrze wiedziały, że w owsiance nie plączą się żadne maleńkie istoty.

Potrawa okazała się wcale niezła; ugotowano ją na mleku, a nie na wodzie. Lib miała trudności z przełykaniem na oczach dziecka; czuła się jak, nie przymierzając, nieokrzesana wieśniaczka napychająca się w obecności wytwornej damy. To tylko córka chłopa małorolnego, upomniała się w myślach. I na dobitkę oszustka.

Anna zajęła się cerowaniem podartej halki. Nie pożerała wzrokiem obiadu Lib, nawet nie odwracała specjalnie oczu, jakby chciała zwalczyć pokusę. Zwyczajnie siedziała i porządnie wyszywała kolejne ściegi. Lib pomyślała, że nawet gdyby dziewczynka podjadała coś w nocy, musiała już zgłodnieć, skoro od siedmiu godzin pod okiem pielęgniarki przyjęła tylko trzy łyżeczki wody. Jak mogła znieść przebywanie w pokoju pachnącym ciepłą owsianką?

Lib wyskrobała miskę do czysta, między innymi po to, żeby resztki nie stały między nimi dwiema. Już zaczęła tęsknić za chlebem z piekarni.

Chwilę później do sypialni weszła Rosaleen O'Donnell, żeby pokazać nową fotografię.

– Pan Reilly był tak miły, że podarował nam tę kopię.

Obraz okazał się zdumiewająco ostry, chociaż pomieszały się odcienie; szara sukienka spłowiała i wyglądała jak biała koszula nocna, a kraciasta chusta stała się czarna jak smoła. Dziewczynka na zdjęciu z cieniem uśmiechu patrzyła w bok, ku niewidocznej pielęgniarce.

Anna zerknęła na fotografię jakby wyłącznie dlatego, że tak wypadało.

– I jakie eleganckie pudełko – powiedziała pani O'Donnell, gładząc tłoczoną puszkę.

To nie jest kobieta światła, uznała Lib. Czy osoba, która tak naiwnie zachwyca się tanim pudełkiem, naprawdę mogłaby odpowiadać za skomplikowany spisek? A może – Lib zerknęła na Annę kątem oka – jedyną winną jest tu ta pilna mała pieszczoszka. W końcu zanim dziś rano rozpoczęła się obserwacja, dziecko mogło z pewnością bez trudu podkradać jedzenie bez wiedzy rodziny.

– Stanie na gzymsie koło biednego Pata – dodała Rosaleen O'Donnell, podziwiając zdjęcie trzymane w wyprostowanej przed sobą ręce.

Czyżby ich przebywający za oceanem syn znalazł się w nieszczęśliwym położeniu? A może rodzice nie mają od niego żadnych wiadomości; zdarza się, że emigranci przepadają bez śladu.

Gdy matka wróciła do kuchni, Lib zapatrzyła się na trawę spłaszczoną przez koła wozu Reilly'ego. Potem odwróciła się i jej wzrok padł na okropne trzewiki Anny. Przyszło jej na myśl, że Rosaleen O'Donnell powiedziała „biedny Pat", ponieważ był prostaczkiem, wioskowym głupkiem. To by tłumaczyło jego nienaturalną postawę na fotografii.

Ale jak w takim przypadku O'Donnellowie zdobyli się na wysłanie nieszczęśnika za granicę? Tak czy owak, lepiej nie poruszać tego tematu z jego młodszą siostrą.

Anna godzinami porządkowała swoje święte obrazki. Właściwie można powiedzieć, że się nimi bawiła; czułe gesty, rozmarzenie i sporadyczne pomruki przypominały Lib sytuację, w której inne dziewczynki bawią się lalkami.

Poczytała o skutkach wilgoci w małym tomiku, który nosiła zawsze w torebce (*Zapiski o pielęgniarstwie*, prezent od autorki). O dwudziestej trzydzieści zasugerowała Annie, że pora szykować się do spania.

Dziewczynka przeżegnała się i przebrała w nocną koszulę; spuściła wzrok i zapięła guziki z przodu i na mankietach. Złożyła ubrania i umieściła je na komodzie. Nie skorzystała z nocnika, więc Lib nadal nie miała czego mierzyć. Dziecko z wosku, a nie z krwi i kości.

Kiedy Anna rozplątała kok i rozczesała włosy, na zębach grzebienia zostały kłęby ciemnych kosmyków. Żeby dziecko traciło włosy jak przekwitająca kobieta... Robi sobie to sama, napomniała się Lib. To wszystko w ramach figla, którego płata całemu światu.

Wchodząc do łóżka, Anna ponownie wykonała znak krzyża, po czym usiadła oparta o podgłówek i zaczęła czytać swoje psalmy.

Lib stała przy oknie i patrzyła na zachód, na niebo podrapane pomarańczowymi smugami. Czy to możliwe, że przeoczyła jakąś maleńką skrytkę z okruchami? To dziś w nocy dziewczynka spróbuje skorzystać z okazji; dziś w nocy, gdy miejsce Lib zajmie zakonnica. Czy starcze oczy siostry Michaeli są dostatecznie bystre? Czy nie braknie jej sprytu?

Kitty wniosła cienką świeczkę w niskim mosiężnym lichtarzu.

– Siostrze Michaeli to nie wystarczy – zauważyła Lib.

– W takim razie przyniosę drugą.

– Nawet pół tuzina świec to za mało.

Służąca opuściła nieznacznie dolną wargę.

Lib przybrała pojednawczy ton.

– Wiem, że to mnóstwo zachodu, ale czy mogłybyśmy dostać kilka lamp?

– Tran wielorybi kosztuje teraz majątek.

– To może jakieś inne paliwo.

– Jutro zobaczę, co uda mi się znaleźć – powiedziała Kitty z przeciągłym ziewnięciem.

Kilka minut później wróciła z kolacją dla Lib składającą się z podpłomyków owsianych i mleka.

Smarując pieczywo masłem, Lib popatrywała na Annę, nadal pochłoniętą lekturą. Niezły wyczyn: przeżyć cały dzień z pustym żołądkiem i sprawiać wrażenie, że nie zwraca się uwagi na posiłek, nie mówiąc już o zabieganiu o niego. Co za poziom samokontroli u tak młodej osoby; poświęcenie, wręcz ambicja. Jak daleko zaszłaby Anna O'Donnell, gdyby wykorzystała te zdolności w jakimś właściwym celu? Mając za sobą służbę u boku rozmaitych kobiet, Lib wiedziała, że opanowanie liczy się bardziej niż niemal każdy inny talent.

Jednym uchem nasłuchiwała brzęku naczyń i szmeru rozmów prowadzonych za uchylonymi drzwiami. Nawet jeśli okaże się, że matka nie uczestniczy w mistyfikacji, to co najmniej cieszy się całym tym zamieszaniem. I ta skarbonka przy drzwiach wejściowych. Jak brzmiało to porzekadło? „Dzieci bogactwem ubogich". Bogactwem w przenośni – ale czasem też dosłownie.

Anna odwracała strony, poruszając bezgłośnie ustami.

Poruszenie w kuchni. Lib wystawiła głowę i zobaczyła siostrę Michaelę zdejmującą swoją czarną pelerynę. Przywitała ją uprzejmym skinieniem głowy.

– Zechce siostra z nami uklęknąć? – zapytała pani O'Donnell.

Zakonnica wymamrotała coś, z czego wynikało, że nie chce już dłużej zatrzymywać Lib.

– Ależ bardzo proszę. – Lib uznała, że inaczej nie wypada.

Odwróciła się do Anny. A ta stała tak blisko za jej plecami – upiorna w swojej koszuli nocnej – że Lib aż się wzdrygnęła. W dłoni dziecka czekał już gotowy sznur brązowych paciorków.

Anna prześliznęła się obok Lib i uklękła na klepisku między rodzicami. Zakonnica i służąca już klęczały, każda z krzyżykiem różańca w dłoniach.

– „Wierzę w Boga Ojca Wszechmogącego, Stworzyciela nieba i ziemi..." – Pięć głosów klepało słowa modlitwy.

Lib raczej nie mogła teraz wyjść, bo siostra Michaela miała

zamknięte oczy, a jej twarz obramowana rozłożystym kornetem spoczywała na złożonych dłoniach; nikt nie obserwował bacznie Anny. Wobec tego Lib zrobiła kilka kroków i usiadła pod ścianą, skąd wyraźnie widziała dziewczynkę.

Katarynkowate mamrotanie przeszło teraz w Modlitwę Pańską, którą Lib pamiętała ze swojej młodości. Jak niewiele z tego zachowała w pamięci. Może nigdy nie była człowiekiem wielkiej wiary, a i ta wątła przeminęła z biegiem lat jak każda inna dziecinada.

– „I odpuść nam nasze winy... – w tym miejscu, ku zaskoczeniu Lib, wszyscy jak na zawołanie uderzyli się w piersi – jako i my odpuszczamy naszym winowajcom".

Pomyślała, że może teraz już wstaną i będzie można się pożegnać. Ale nie, grupa przeszła płynnie do Zdrowaś Maryjo, a potem następnego i jeszcze jednego. Co za absurd; czy Lib ma tu przesiedzieć cały wieczór? Zamrugała, żeby nawilżyć znużone oczy, ale nie spuszczała wzroku z Anny i jej rodziców, jej ciała zakleszczonego między zwartymi ciałami ojca i matki. Do przekazania kawałka jedzenia wystarczyłoby najdrobniejsze muśnięcie dłoni. Lib zmrużyła oczy, pilnując, żeby nic nie dotknęło czerwonych ust Anny.

Gdy spojrzała na zawieszony w talii zegarek, okazało się, że minął cały kwadrans. Mimo tego zgiełkliwego mozołu dziecko ani razu się nie zachwiało, ani razu nie zapadło w sobie. Lib pobłądziła przez chwilę wzrokiem po kuchni, żeby rozruszać powieki. Między dwoma krzesłami zawieszono płócienny woreczek, z którego coś skapywało do miednicy. Cóż to takiego?

Modlitwa brzmiała teraz inaczej.

– „Do ciebie wołamy, wygnańcy, synowie Ewy..."

Wyglądało na to, że to już koniec tej całej paplaniny. Katolicy podnosili się z klęczek, masując zesztywniałe członki, i Lib była wreszcie wolna.

– Dobranoc, matuś – powiedziała Anna.

– Zaraz do ciebie zajrzę powiedzieć dobranoc – odrzekła Rosaleen.

Lib sięgnęła po pelerynę i torbę. Straciła okazję do rozmowy w cztery oczy z zakonnicą; jakoś nie mogła powiedzieć głośno w obecności dziecka: „Proszę jej nie spuszczać z oka ani na sekundę".

– Do zobaczenia rano, Anno.

– Do zobaczenia, pani Wright. – Anna wprowadziła siostrę Michaelę do sypialni.

Dziwaczna istota; nie wykazuje żadnych oznak niezadowolenia z powodu rozciągniętego nad nią dozoru. Ale w duchu, pod płaszczykiem tej spokojnej pewności siebie, zapewne czmycha płochliwie jak myszka?

Lib skręciła w lewo, gdzie ścieżka O'Donnellów łączyła się z dróżką prowadzącą z powrotem do wioski. Zmrok jeszcze nie zapadł i horyzont za jej plecami zabarwił się na czerwono. Ciepłe powietrze przenikała woń trzody domowej i palonego torfu. Od długiego siedzenia bolały ją nogi. Musiała pilnie porozmawiać z doktorem McBreartym o niezadowalających warunkach panujących w chacie, ale dziś było za późno na poszukiwanie go we wsi.

Czego się do tej pory dowiedziała? Niczego albo prawie niczego.

Na drodze przed sobą ujrzała jakąś postać z długą bronią przewieszoną przez ramię. Zesztywniała. Nie przywykła do spacerowania po wsi o zmierzchu.

Przodem szedł pies; obwąchał jej spódnicę. Zaraz potem minął ją jego właściciel, ledwie skinąwszy głową.

Kogut zapiał natarczywie. Z obórki wysypały się rzędem krowy, za nimi farmer. Lib sądziłaby raczej, że gospodarze wypuszczają inwentarz w ciągu dnia, a na noc zamykają (dla bezpieczeństwa zwierząt), a nie odwrotnie. To miejsce było dla niej całkowicie niezrozumiałe.

Rozdział 2

Obserwacja

watch (ang.)
 obserwować
 pilnować kogoś (w charakterze nadzorcy)
 czuwać (jako strażnik)
 nocna warta

W jej śnie mężczyźni żądali tytoniu, jak zawsze. Niedożywieni, nieumyci, zawszawieni, z pogruchotanymi kończynami na temblakach, z ranami sączącymi się na resztki poduszek, ale błagali tylko o coś, czym mogliby nabić fajki. Wyciągali ręce do Lib, gdy zamiatała salę. Przez popękane okna zacinał krymski śnieg, a drzwi trzaskały, trzaskały...

– Pani Wright!

– Obecna – wychrypiała Lib.

– Piętnaście po czwartej, prosiła pani budzić.

Pokój nad sklepem ze spirytualiami, w martwym punkcie Irlandii. A więc głos dobiegający zza uchylonych drzwi należy do Maggie Ryan. Lib odchrząknęła.

– Tak.

Ubrała się, sięgnęła po *Zapiski o pielęgniarstwie*, otworzyła je na chybił trafił i położyła palec na przypadkowym ustępie. (Jak w tych wróżbach z Biblią, w które bawiła się z siostrą w nudne niedziele). „Kobiety – przeczytała – są często dokładniejsze i staranniejsze niż płeć brzydka, a to pozwala im uniknąć błędów spowodowanych nieuwagą".

A jednak mimo całej wczorajszej skrupulatności nie udało jej się dotąd odkryć mechanizmu oszustwa, prawda? Siostra Michaela spędziła tam całą noc; może ona rozwikłała zagadkę? Lib jakoś w to powątpiewała. Zakonnica siedziała pewnie z półprzymkniętymi powiekami i postukiwała paciorkami.

Cóż, ona się nie da przechytrzyć jedenastolatce. Dziś będzie jeszcze dokładniejsza i staranniejsza, udowodni sobie, że zasłużyła na dedykację w książce. Przeczytała ją ponownie, wykaligrafowaną pięknie ręką panny N.: „Dla pani Wright, prawdziwej pielęgniarki z powołania".

O, jakże przełożona przerażała Lib, i to nie tylko przy pierwszym spotkaniu. Każde słowo panny N. wybrzmiewało donośnie jak z potężnej ambony. „Bez wymówek" – przestrzegała nieopierzone nowicjuszki. „Pracujcie ciężko i nie odmawiajcie Bogu. Światem może wstrząsać zawierucha, wy róbcie swoje. Nie narzekajcie, nie rozpaczajcie. Lepiej zatonąć na fali, niż stać bezczynnie na brzegu".

W rozmowie w cztery oczy poczyniła osobliwą uwagę. „Ma pani wielką przewagę nad większością koleżanek pielęgniarek, pani Wright: jest pani wolna. Z nikim niezwiązana".

Lib nie czuła się wolna. Czuła się pusta, jałowa.

„Proszę mi więc powiedzieć: czy jest pani gotowa na tę szlachetną walkę? Potrafi pani poświęcić wszystko i wziąć sprawy w swoje ręce?"

„Tak" – potwierdziła. „Potrafię".

Jeszcze ciemno. Tylko trzy czwarte księżyca oświetla Lib na jedynej drodze we wsi, potem skręt w prawo, w dróżkę, obok przekrzywionych, zielonkawych nagrobków. Całe szczęście, że zabobony są jej całkiem obce. Gdyby nie światło księżyca, za nic nie odnalazłaby właściwej ścieżki prowadzącej do gospodarstwa O'Donnellów, ponieważ wszystkie te chałupy wyglądały w zasadzie tak samo. Było za piętnaście piąta, gdy zapukała do drzwi.

Cisza.

Lib nie chciała łomotać, żeby nie zakłócać rodzinie spokoju. Po prawej stronie zauważyła światło sączące się spod drzwi obórki. A, kobieta pewnie doi krowy. Stłumiona melodia; czyżby któreś z nich śpiewało krasulom? Tym razem nie hymn, lecz jedną z tych tęsknych ballad, których Lib nigdy nie lubiła.

Lecz niebios blask w jej oczach lśnił
Niegodzien ty – rzekła mi.
I anioł do siebie wezwał ją
I zabrał wprost znad Lough Ree.

Lib pchnęła drzwi chaty i ich górna część ustąpiła.

Pustą kuchnię rozświetlały płomienie z paleniska. Coś poruszyło się w kącie – szczur? Rok spędzony w cuchnących salach Scutari uodpornił Lib na szkodniki. Poszukała po omacku zasuwki, żeby otworzyć dolną część drzwi. Przeszła przez kuchnię i nachyliła się, żeby zajrzeć przez ażurowy cokół kredensu.

Napotkała świdrujące spojrzenie kury. Z tuzin kur ukrytych za pierwszą wszczęło cichą skargę. Zamknięte dla ochrony przed lisami, domyśliła się Lib.

Dostrzegła świeżo zniesione jajko. Coś jej przyszło do głowy: może Anna O'Donnell wysysała je nocą i dla zatarcia śladów zjadała skorupki?

Lib cofnęła się i prawie wdepnęła w coś białego. Spodek, a właściwie jego krawędź wystająca spod kredensu. Jak posługaczka mogła być taka nieostrożna? Kiedy Lib go podniosła, płyn zachlupotał jej w ręce i zmoczył nadgarstek. Syknęła i przeniosła spodek na stół.

I dopiero wtedy zrozumiała. Przyłożyła język do mokrej dłoni; ostry smak mleka. A więc wielkie oszustwo jest takie proste? Dziecko nie musi nawet polować na jajka, skoro ktoś jej zostawia naczynie z mlekiem, z którego może chłeptać po ciemku jak pies.

Lib poczuła raczej rozczarowanie niż triumf. Do wykrycia czegoś takiego nie potrzeba wykwalifikowanej pielęgniarki. Wyglądało na to, że jej misja dobiegła końca i nim wzejdzie słońce, będzie już siedziała w dwukółce jadącej z powrotem na dworzec kolejowy.

Zgrzytnęły zawiasy drzwi i Lib podskoczyła, jakby sama miała coś do ukrycia.

– Pani O'Donnell.

Irlandka wzięła oskarżenie za powitanie.

– Dzień dobry, pani Wright, mam nadzieję, że udało się pani przespać?

Za jej plecami Kitty; wąskie ramiona obciążone dwoma cebrami.

Lib podniosła spodek – wyszczerbiony w dwóch miejscach, dopiero teraz to zauważyła.

– Ktoś w tym domu ukrywa mleko pod kredensem.

Spierzchnięte wargi Rosaleen O'Donnell rozchyliły się w cichym śmiechu.

– Mogę tylko przypuszczać, że pani córka się tu zakrada i je wypija.

– W takim razie źle pani przypuszcza. A w którym to domostwie w tym kraju nie zostawia się na noc spodka z mlekiem?

– Dla drobnicy – dodała Kitty, uśmiechając się półgębkiem, jakby nie mogła się nadziwić ignorancji Angielki. – Przecież inaczej by się obraziły i dopiero by był rejwach.

– Mam uwierzyć, że to mleko dla krasnoludków?

Rosaleen O'Donnell złożyła swoje grubokościste dłonie.

– Może pani wierzyć, w co jej się podoba. Krztyny mleka zostawić nie zaszkodzi.

Gonitwa myśli. Zarówno służąca, jak i gospodyni mogą być dostatecznie naiwne, by stawiać mleko pod kredensem właśnie z takiego powodu, ale to jeszcze nie oznacza, że Anna O'Donnell każdej nocy od czterech miesięcy nie chłepce mleka ze skrzaciego spodka.

Kitty nachyliła się i otworzyła kredens.

– A sio, wy takie i owakie. Mało wam ślimaków w trawie? – Wypłoszyła kury za drzwi fałdami spódnic.

Otwarły się drzwi od sypialni i wyjrzała zakonnica.

– Czy coś się stało? – spytała swoim zwykłym szeptem.

– Ależ skąd – odparła Lib, nie chcąc opisywać swoich podejrzeń. – Jak minęła noc?

– Spokojnie, Bogu niech będą dzięki.

To prawdopodobnie oznacza, że siostra Michaela nie przyłapała jeszcze dziewczynki na jedzeniu. Ale pytanie brzmi, jak usilnie próbowała, skoro wierzy w „niezbadane ścieżki Pana". Czy zakonnica w ogóle się na coś przyda, czy tylko zaszkodzi?

Pani O'Donnell odsunęła z ognia sagan. Kitty, z miotłą w ręce, przystąpiła energicznie do wymiatania spod kredensu zielonkawych kurzych nieczystości.

Zakonnica znikła z powrotem w sypialni, zostawiwszy uchylone drzwi.

Lib właśnie odwiązywała pelerynę, gdy wszedł z podwórza Malachy O'Donnell z naręczem torfu.

– Pani Wright.

– Panie O'Donnell.

Zrzucił torf przy ogniu i odwrócił się do wyjścia.

Lib o czymś sobie przypomniała.

– Czy znalazłaby się gdzieś waga pomostowa, na której mogłabym zważyć Annę?

– O, obawiam się, że nie.

– To jak pan wobec tego waży inwentarz?

Podrapał się po fioletowawym nosie.

– Chyba na oko.

Dziecięcy głos w głębi domu.

– Już by się obudziła? – spytał ojciec, rozpromieniony.

Pani O'Donnell minęła go i weszła do córki właśnie w chwili, gdy wyszła stamtąd siostra Michaela ze swoją torbą.

Lib drgnęła, żeby ruszyć za nią, ale ojciec uniósł rękę.

– A pani jeszcze chciała o coś zapytać.

– Tak? – Powinna już być przy dziecku, żeby nie powstała luka między zmianą jednej pielęgniarki i drugiej. Ale nie mogła odejść w środku rozmowy.

– O ściany pani podobno pytała, mówiła Kitty.

– O ściany, tak.

– Tam będzie co nieco obornika między gliną. I wrzosu, i włosów dla umocnienia – opowiadał Malachy O'Donnell.

– Włosów? Doprawdy? – Spojrzenie Lib prześlizgnęło się w stronę sypialni. Czy ten pozornie prostoduszny chłopek może odgrywać rolę przynęty? Czy to możliwe, że jego żona nabrała czegoś dłonią z garnka, zanim pospieszyła przywitać się z córką?

– I krwi, i odrobiny maślanki – dodał.

Lib spojrzała na niego bez słowa. Krew i maślanka – to jak z jakiegoś prymitywnego ołtarza.

Gdy w końcu weszła do sypialni, zastała Rosaleen O'Donnell siedzącą na małym łóżku, a Annę na kolanach tuż przy matce. Minęło dość czasu, by dziecko zdążyło przełknąć kilka placków sodowych. Lib przeklinała się w duchu za swoją uprzejmość, która nakazywała jej ciągnąć pogaduszki z farmerem. I przeklinała zakonnicę za to, że tak szybko się wymknęła; zważywszy na to, że Lib przesiedziała tu wczoraj cały różaniec, siostra Michaela mogła doprawdy zostać minutę dłużej. Wprawdzie nie wolno im było się wymieniać opiniami o dziewczynce, ale zakonnica powinna była donieść Lib – bardziej doświadczonej pielęgniarce – o wszystkich istotnych zdarzeniach z nocnej zmiany.

Głos Anny brzmiał cicho, ale wyraźnie, nie jak u osoby, która napchała się jedzeniem.

– „Miły mój dla mnie, a ja dla niego".

To brzmiało jak poezja, ale znając to dziecko, pewnie recytuje Pismo Święte.

Matka się nie modliła, tylko kiwała głową niczym wielbicielka na balkonie.

– Pani O'Donnell – odezwała się Lib.

Rosaleen O'Donnell przyłożyła palec do wysuszonych warg.

– Nie wolno pani tu przebywać – powiedziała Lib.

Rosaleen O'Donnell przekrzywiła głowę.

– Ale chyba mogę powiedzieć dzień dobry Annie?

Twarzyczka zamknięta jak pączek; dziecko nie dawało po sobie poznać, że cokolwiek słyszy.

– Ale nie w ten sposób. – Lib powiedziała wyraźnie: – Nie pod nieobecność pielęgniarki. Nie wolno pani wbiegać przed nami do pokoju ani mieć dostępu do jej mebli.

Irlandka aż się uniosła.

– Czy nie każda matka towarzyszy ochoczo w modlitwie swojemu własnemu słodkiemu dziecku?

– Oczywiście może jej pani mówić dobranoc i dzień dobry. To tylko dla pani dobra, pani i pana O'Donnella – dodała Lib dla załagodzenia sytuacji. – Przecież chcecie udowodnić, że nie jesteście winni żadnego szachrajstwa, prawda?

Rosaleen O'Donnell tylko prychnęła w odpowiedzi.

– Śniadanie będzie o dziewiątej – rzuciła przez ramię na odchodnym.

Czyli za niemal cztery godziny. Lib czuła pustkę w żołądku. Pewnie na farmie panują określone obyczaje. Ale należało z rana poprosić o coś tę Ryanównę ze sklepu, chociaż o kawałek chleba do ręki.

W szkole Lib i jej siostra były stale głodne. (Przypomniała sobie, że to wtedy najlepiej im się układało; pomyślała teraz, że łączyła je wówczas ta sama solidarność co więźniów). Skromną dietę uznawano za szczególnie korzystną dla dziewcząt, ponieważ pozwalała utrzymać w dobrej formie układ trawienny i umacniać charakter. Lib nigdy nie postrzegała siebie jako szczególnie rozpasaną, ale uważała, że głód niepotrzebnie ją rozprasza; człowiek nie myślał o niczym poza jedzeniem. W związku z tym jako dorosła nigdy nie pomijała posiłków, o ile miała na to wpływ.

Anna zrobiła znak krzyża i wstała z klęczek.

– Dzień dobry, pani Wright.

Lib spojrzała na dziewczynkę z mieszaniną niechęci i szacunku.

– Dzień dobry, Anno.

Nawet jeśli dziewczynka jakimś sposobem przemyciła coś do jedzenia lub picia podczas nocnej zmiany albo teraz w towarzystwie matki, na pewno nie było tego dużo; najwyżej kęs lub łyk, począwszy od wczorajszego poranka.

– Jak ci minęła noc? – Lib wyjęła swój notatnik.

– „Jam spał i twardo zasnąłem" – zacytowała Anna, znów się przeżegnała i zdjęła czepek. – „I wstałem, bo Pan mię obronił".

– Doskonale – rzekła Lib, ponieważ nie wiedziała, co innego powiedzieć. Zauważyła, że we wnętrzu czepka zostały kosmyki włosów.

Dziewczynka rozpięła koszulę nocną, zsunęła ją i obwiązała się w pasie rękawami. Co za dziwna dysproporcja między jej wychudłymi ramionami i grubymi nadgarstkami i dłońmi, między wąską klatką piersiową i wzdętym brzuchem. Anna opłukała się wodą z miednicy.

– „Rozjaśnij twarz twoją nad sługą twoim" – wyszeptała pod nosem, a potem drżąc na całym ciele, osuszyła się ściereczką.

Lib wysunęła spod łóżka nocnik – pusty.

– Czy ty tego w ogóle używałaś, dziecko?

Anna skinęła głową.

– Siostra dała go Kitty do opróżnienia.

„A co w nim było?" – powinna zapytać Lib, ale nie przeszło jej to przez gardło.

Anna naciągnęła koszulę z powrotem na ramiona. Zmoczyła małą ściereczkę, potem sięgnęła skromnie pod bieliznę, żeby się podmyć, balansując na jednej nodze i przytrzymując się komody. Halka, reformy, sukienka i pończochy, które włożyła, były wszystkie z poprzedniego dnia.

Lib wymagała na ogół codziennej zmiany odzieży, ale w przypadku tak ubogiej rodziny czuła, że nie może. Rozciągnęła pościel i pled na wezgłowiu łóżka, żeby się przewietrzyły, i przystąpiła do badania dziewczynki.

Wtorek, 9 sierpnia, 5:23
Ilość wypitej wody: 1 łyżeczka

Tętno: 95 uderzeń na minutę
Płuca: 16 oddechów na minutę
Temperatura ciała: raczej niska.

Chociaż trzeba przyznać, że pomiar temperatury opierał się bardziej na domysłach i wahał w zależności od tego, czy palce pielęgniarki były akurat cieplejsze, czy zimniejsze niż pacha pacjentki.

– Wystaw, proszę, język.

Lib z przyzwyczajenia zwracała zawsze uwagę na wygląd języka, chociaż miała trudności z oceną stanu zdrowia badanego na podstawie tej obserwacji. Anna miała język czerwony, dziwnie płaski w głębi ust, pozbawiony charakterystycznych drobnych grudek.

Kiedy Lib przyłożyła stetoskop do pępka Anny, usłyszała stłumione bulgotanie, które jednak można było przypisać mieszaniu się powietrza z wodą; nie świadczyło to niezbicie o obecności pożywienia. *Odgłosy z układu trawiennego, niewiadomego pochodzenia* – zanotowała.

Dziś trzeba będzie zapytać doktora McBrearty'ego o te opuchnięte nogi i ręce. Według niej można było założyć, że wszelkie objawy wynikające z ograniczeń dietetycznych tylko wyjdą dziewczynce na dobre, ponieważ prędzej czy później sprowokują ją do rezygnacji z tej farsy. Posłała z powrotem łóżko, naciągając mocno prześcieradło.

Tego drugiego dnia pielęgniarka i podopieczna złapały zgodny rytm. Zajęły się czytaniem – Lib nadrabiała zaległości w lekturze opowieści o nikczemnych poczynaniach Madame Defarge w „All the Year Round" – i co nieco gawędziły. Dziewczynka była na swój naiwny sposób czarująca. Lib zdarzało się zapominać, że Anna to oszustka, genialna krętaczka w kraju słynącym z kłamców.

Kilka razy na godzinę dziecko szeptało coś, co Lib brała za modlitwę do Świętego Alberta. Czy chciało w ten sposób utwierdzić się w swoim postanowieniu, ilekroć czuło, że kiszki grają mu marsza?

Nieco później Lib wzięła Annę na kolejną przechadzkę – tylko wokół gospodarstwa, ponieważ zanosiło się na pogorszenie pogody. Kiedy Lib zwróciła uwagę na niepewny krok Anny, ta oznajmiła, że właśnie tak zwykle chodzi. Po drodze śpiewała hymny niczym niewzruszony żołnierz.

– Lubisz zagadki? – spytała Lib, gdy melodia na chwilę ucichła.

– Nie znam żadnych.

– Ojej. – Zgadywanki dziecięce Lib pamiętała lepiej niż wszystkie inne informacje, które musiała sobie przyswoić w klasie. – To może taka: nie ma królestwa na ziemi takiego, gdzie bym nie dotarł razy wiele, i czy to w dzień, czy nocą ciemną, nie jestem i być widoczny nie mogę. Kim jestem?

Anna wyglądała na zagubioną, więc Lib ponownie wyrecytowała zgadywankę.

– Nie jestem i być widoczny nie mogę – powtórzyła dziewczynka. – Czy to znaczy, że nie jestem, czyli nie istnieję, czy że nie jestem widoczny?

– To drugie – podpowiedziała Lib.

– Ktoś niewidzialny, kto podróżuje dookoła świata... – zaczęła Anna.

– Albo coś – wtrąciła Lib.

Dziewczynka uniosła zmarszczone brwi.

– Wiatr?

– Bardzo dobrze. Pojętna z ciebie uczennica.

– Jeszcze jedną, proszę.

– Hmm, pomyślmy. Biała ziemia, czarny siew, człek uczony już to wie.

– Papier i atrament!

– Bystry kociak.

– Bo była mowa o człeku uczonym.

– Powinnaś wrócić do szkoły – powiedziała jej Lib.

Anna odwróciła wzrok i zapatrzyła się na krowę żującą trawę.

– Kiedy w domu mi dobrze.

– Inteligentna z ciebie dziewczynka. – Komplement zabrzmiał raczej jak oskarżenie.

Zaczęły się zbierać niskie chmury, więc Lib zapędziła małą z powrotem do dusznej chałupy. Deszcz jednak nie nadchodził i pożałowała, że nie zostały dłużej.

Kitty przyniosła w końcu śniadanie Lib: dwa jajka i kubek mleka. Tym razem z łakomstwa jadła tak szybko, że słychać było chrzęst zgniatanych zębami odłamków skorupek. Jajka były zapiaszczone i cuchnęły torfem; z pewnością upieczono je w popiele.

Jak to dziecko potrafi znieść nie tylko głód, ale i nudę? Lib zdała sobie sprawę, że reszta ludzkości wykorzystuje posiłki do wyznaczania rytmu dnia, traktuje je jako nagrodę, rozrywkę, bicie wewnętrznego zegara. Annie każdy dzień obserwacji musiał mijać jak jedna niekończąca się chwila.

Dziecko przyjęło łyżeczkę wody, jakby to było szlachetne wino.

– Co takiego wyjątkowego jest w wodzie?

Anna nie zrozumiała.

Lib podniosła swój kubek.

– Czym się różni woda od tego mleka?

Anna zawahała się, jakby chodziło o kolejną zagadkę.

– W wodzie niczego nie ma.

– A mleku nie ma niczego poza wodą i tym, co zdrowe w trawie jedzonej przez krowy.

Anna pokręciła głową ze śladem uśmiechu.

Lib nie ciągnęła tematu, bo weszła właśnie Kitty po tacę.

Śledziła wzrokiem dziecko haftujące kwiatek w rogu chusteczki. Głowa nachylona nad ściegiem i tylko wysunięty koniuszek języka, jak u małej dziewczynki, która bardzo się stara.

Pukanie do drzwi frontowych, niedługo po dziesiątej. Lib usłyszała stłumioną rozmowę. Potem Rosaleen O'Donnell zapukała do drzwi sypialni i ominęła wzrokiem Lib.

– Nowi goście do ciebie, złotko. Z pół tuzina, niektórzy aż z Ameryki.

Zapał postawnej Irlandki wzbudził u Lib odrazę; zachowywała się jak, nie przymierzając, przyzwoitka młodej damy na jej pierwszym balu.

– Pani O'Donnell, wydawało mi się oczywiste, że tego rodzaju wizyty trzeba zawiesić.

– A to dlaczego? – Matka gwałtownym ruchem głowy wskazała przez ramię odświętną izbę. – Wyglądają na zacnych ludzi.

– Obserwacja wymaga pewnej systematyczności i spokoju. Bez możliwości sprawdzenia, co odwiedzający mogą mieć przy sobie...

Kobieta przerwała.

– Mieć przy sobie co?

– No, jedzenie – uściśliła Lib.

– W tym domu jest dostatek jedzenia i nikt nie musi go przywozić aż zza Atlantyku. – Rosaleen O'Donnell parsknęła śmiechem. – Zresztą Anna go nie chce. Jeszcze pani nie znalazła na to dowodów?

– Do moich obowiązków należy nie tylko pilnowanie, czy nikt niczego dziecku nie podaje, ale też sprawdzanie, czy ktoś nie ukrywa jedzenia na zapas.

– Ale po co mieliby to robić, skoro specjalnie przyjechali z tak daleka, żeby zobaczyć tę niezwykłą dziewczynkę, która nie je?

– Mimo wszystko.

Pani O'Donnell zacisnęła wargi w linijkę.

– Jak goście są w domu, to już są, za późno, żeby ich wyprosić, bo się śmiertelnie poobrażają.

W tej chwili Lib pomyślała, że chyba zatrzaśnie drzwi od sypialni i podeprze je plecami.

Kobieta nie spuszczała z niej przenikliwego spojrzenia.

Lib postanowiła ustąpić do czasu rozmowy z doktorem McBreartym. Bitwa przegrana, wojna wygrana, jak mówią. Zaprowadziła Annę do odświętnej izby i ustawiła się tuż za jej krzesłem.

Gośćmi okazali się: pan z portu Limerick na zachodzie kraju, jego żona i teściowie, a także ich znajome, matka i córka, przybyłe ze Stanów Zjednoczonych. Starsza Amerykanka pospieszyła z informacją, że ona i jej córka to spirytystki.

– Wierzymy, że zmarli do nas przemawiają.

Anna pokiwała głową, bez emocji.

– Wydaje nam się, złotko, że twój przypadek najdonioślej dowodzi tego, jak potężny jest ludzki Umysł. – Kobieta nachyliła się, żeby uścisnąć palce dziecka.

– Proszę nie dotykać – ostrzegła Lib i przybyszka odskoczyła gwałtownie.

Rosaleen O'Donnell wetknęła głowę w drzwi i zaproponowała im herbatę.

Lib była przekonana, że kobieta ją prowokuje. „Żadnego jedzenia" – powiedziała bezgłośnie.

Jeden z panów wypytywał Annę o datę jej ostatniego posiłku.

– Siódmy kwietnia – odpowiedziała.

– W dniu twoich jedenastych urodzin.

- Tak, proszę pana.
- A jak to według ciebie możliwe, że tak długo wytrzymałaś?

Lib spodziewała się, że Anna wzruszy ramionami albo powie, że nie wie, ale ona tylko wymamrotała coś, co brzmiało jak „Anna".

- Mów głośniej, dziewczynko – powiedziała starsza Irlandka.
- Żywię się manną z nieba – oznajmiła Anna. Tak zwyczajnie, jakby mówiła: „Żywię się owsem z pola".

Lib przymknęła na moment oczy, żeby nie było widać, jak przewraca nimi z niedowierzaniem.

- Manną z nieba – powtórzyła młodsza spirytystka starszej. – To ci dopiero.

Goście zaczęli wyjmować prezenty. Z Bostonu przypłynęła zabawka zwana taumatropem; czy Anna coś takiego ma?

- Ja w ogóle nie mam zabawek – odpowiedziała.

Spodobało im się to; ta ujmująca powaga w jej tonie. Pan z Limerick pokazał, jej jak skręcić przytroczone do krążka sznurki, a potem nim zawirować, żeby obrazki po obu stronach zlały się w jeden.

- Ptaszek jest teraz w klatce – zachwyciła się Anna.
- Aha! – zakrzyknął. – Czyste złudzenie.

Krążek zwolnił i zatrzymał się, więc pusta klatka pozostała na rewersie, a ptaszek narysowany z przodu uleciał wolno.

Gdy Kitty przyniosła herbatę, pani wyjęła coś jeszcze dziwniejszego: orzech włoski, z którego w dłoniach Anny wyskoczyła zgnieciona kulka, by po rozwinięciu utworzyć parę niezwykle cienkich żółtych rękawiczek.

- Ze skóry kurczęcia – powiedziała kobieta i pogładziła skórkę. – Kiedy byłam dzieckiem, to był najnowszy krzyk mody. Nie wytwarzano ich nigdzie na świecie poza Limerick. Mam je od pół wieku i jeszcze się nie podarły.

Anna naciągnęła rękawiczki, palec za palcem; okazały się za długie, ale nieznacznie.

- Niech Bóg ma cię w swojej opiece, dziecko.

Gdy goście dopili herbatę, Lib zasugerowała niedwuznacznie, że Anna potrzebuje odpoczynku.

- A zmówiłabyś jeszcze z nami krótką modlitwę? – spytała pani, która podarowała jej rękawiczki.

Anna spojrzała na Lib, a ta poczuła, że musi przytaknąć. Dziewczynka zaczęła:

O dzieciątko potulne i ciche,
Wejrzyj na mnie, małe dziecię,
I lituj się nade mną,
W bólu przyjdę do cię przecie.

– Pięknie!

Starsza pani chciała zostawić kilka pigułek homeopatycznych na pokrzepienie.

Anna pokręciła głową.

– Ależ weź sobie, weź.

– Ona nie może ich przyjąć, matko – syknęła córka kobiety.

– Nie chce mi się wierzyć, że wchłonięcie ich spod języka może się zaliczyć do jedzenia.

– Nie, dziękuję – odpowiedziała Anna.

Po ich wyjściu Lib usłyszała brzęk monet w skarbonce.

Rosaleen O'Donnell zdejmowała kocioł z wygasającego serca paleniska i strzepywała z pokrywy spopielały torf. Owinąwszy dłonie szmatami, uniosła pokrywę i wyjęła okrągły bochen z nakreślonym na górze krzyżem.

Tutaj religia jest dosłownie wszędzie, pomyślała Lib. Zaczynała też rozumieć, dlaczego posiłki smakują torfem. Gdyby zamieszkała tutaj na całe dwa tygodnie, zdążyłaby spożyć dobrą garść torfiastej gleby; na samą myśl poczuła niesmak w ustach.

– Proszę więcej gości nie wpuszczać – odezwała się stanowczym tonem do matki.

Anna stała oparta o dolną część drzwi frontowych i patrzyła, jak całe towarzystwo wsiada do swojego wozu.

Rosaleen O'Donnell wyprostowała się i otrzepała warstwy spódnic.

– U Irlandczyka gość w dom, Bóg w dom, pani Wright. Jak kto zapuka, trzeba otworzyć i go nakarmić i dać schronienie, nawet jeśli podłoga w kuchni już zasłana śpiącymi ludźmi. – Zamaszystym ruchem ręki wskazała hordę niewidzialnych gości.

„Bóg w dom, akurat".

– Ale tu nie chodzi o przyjmowanie nędzarzy – zauważyła Lib.

– Biedni, bogaci, w oczach Boga wszyscy jesteśmy jednacy.

To ten świętoszkowaty ton wytrącił Lib z równowagi.

– To zwykli gapie. Tak się palą do obejrzenia pani córki utrzymującej się przy życiu bez jedzenia, że są gotowi zapłacić za ten zaszczyt! Anna zakręciła swoim taumatropem; przechwycił światło. Pani O'Donnell przygryzła wargę.

– Jeśli ten widok tak ich porusza, że są gotowi dać jałmużnę, to co w tym złego?

I wtedy dziecko podeszło do matki i wręczyło jej prezenty. Po to, żeby odciągnąć dwie kobiety od kłótni? zastanawiała się Lib.

– E, to dla ciebie, złotko – powiedziała Rosaleen.

Anna pokręciła głową.

– A ten złoty krzyżyk, który zostawiła któregoś dnia ta pani? Pan Thaddeus mówił, że zbierze za niego sporo pieniędzy dla potrzebujących, prawda?

– Ale to tylko zabawki – odpowiedziała matka. – No, rękawiczki w łupince, to może by się dało sprzedać... – Obróciła orzech w dłoni. – Ale to kręcidełko sobie zostaw. A co to komu szkodzi. Chyba że pani Wright?

Lib ugryzła się w język.

Minęła dziewczynkę, weszła do sypialni i znów, tak jak wczoraj, przejrzała wszystkie zakamarki – podłogę, pudełko ze skarbami, komodę, pościel.

– Pani się złości? – spytała dziewczynka, skręcając swój taumatrop między palcami.

– O twoją zabawkę? Nie, nie. – Jaka ta Anna jeszcze dziecinna, na przekór swemu ponuremu i zawiłemu położeniu.

– Czyli o gości?

– No cóż. To nie są osoby, którym leży na sercu twoje dobro.

W kuchni rozbrzmiał dzwonek i Anna upadła na kolana. (Nic dziwnego, że dziecko ma posiniaczone golenie). Mijały minuty, a powietrze wypełniała modlitwa Anioł Pański. Jakby mnie zamknęli w klasztorze, pomyślała Lib.

– „Przez Chrystusa, Pana naszego. Amen". – Anna wstała i chwyciła się oparcia krzesła.

– Zakręciło ci się w głowie? – spytała Lib.

Anna milcząco zaprzeczyła i poprawiła sobie chustę.

– Jak często musicie to odmawiać?

– Tylko w południe – powiedziało dziecko. – Lepiej by było też o szóstej rano i wieczorem, ale matula i tatko, i Kitty mają za dużo pracy.

Wczoraj Lib popełniła błąd i powiedziała służącej, że może poczekać na obiad. Tym razem podeszła do drzwi i donośnym głosem poprosiła o coś do jedzenia.

Kitty przyniosła trochę świeżego twarożku; widocznie to było to białe cieknące coś w woreczku zawieszonym między krzesłami. Chleb, jeszcze ciepły, był jak na jej gust nadto zbity od nadmiaru otrąb. Widocznie w oczekiwaniu na jesienne wykopki rodzina wybierała już resztki z dna pojemnika na mąkę.

Chociaż zdążyła przywyknąć do jedzenia w obecności Anny, nadal czuła się jak maciora z nosem w korycie.

Gdy skończyła jeść, zajęła się lekturą pierwszego rozdziału powieści *Adam Bede*. O trzynastej zdumiało ją pukanie do drzwi; prawie zapomniała, że kończy zmianę.

– Niech siostra zobaczy – powiedziała Anna, wprawiając w ruch taumatrop.

– Coś podobnego!

Lib zrozumiała, że tym razem też nie może liczyć na rozmowę z zakonnicą w cztery oczy. Podeszła bliżej, aż jej twarz znalazła się przy bocznej części kornetu siostry, i szepnęła:

– Jak dotąd nie dopatrzyłam się niczego niestosownego. A siostra?

Chwila wahania.

– Mamy się nie naradzać.

– Tak, ale...

– Doktor McBrearty powiedział wyraźnie, że nie powinnyśmy się wymieniać opiniami.

– Nie interesuje mnie siostry opinia – warknęła Lib. – Chodzi mi o podstawowe fakty. Czy może mnie siostra zapewnić, że na przykład zwraca baczną uwagę na wydalane treści? Chodzi mi o stolec.

Bardzo cichy głos:

– Nic takiego się nie zdarzyło.

Lib skinęła głową.

– Wyjaśniłam pani O'Donnell, że nie zgadzam się na żadne kontakty bez nadzoru – ciągnęła. – Powiedzmy, jeden uścisk rano i jeden przed pójściem spać. I żaden z członków rodziny ma nie wchodzić do pokoju Anny pod jej nieobecność.

Zakonnica zachowywała się jak niemowa na usługach grabarza.

Lib ruszyła wyboistą, zabłoconą dróżką poznaczoną elipsami niebieskiego nieba; pozostałość po nocnym deszczu. Dochodziła do wniosku, że bez drugiej pielęgniarki pracującej zgodnie z jej własnymi wysokimi standardami – standardami panny N. – cała obserwacja jest wadliwa. Z powodu braku należytej czujności w stosunku do przebiegłego dziecka cała fatyga i koszty mogą pójść na marne.

A jednak Lib nie znalazła jak dotąd niezbitych dowodów na przebiegłość dziewczynki. Rzecz jasna poza jednym potężnym kłamstwem: twierdzeniem, że żyje bez jedzenia.

„Manna z nieba" – o to zapomniała zapytać siostrę Michaelę. Może i nie ufa zakonnicy, jeśli chodzi o ocenę sytuacji, ale kobiecina chyba zna się na swojej Biblii?

Popołudnie było niemal gorące; Lib zdjęła pelerynę i niosła ją przewieszoną przez ramię. Pociągnęła za kołnierzyk i pożałowała, że nosi taki gruby, gryzący uniform.

W pokoju nad sklepem ze spirytualiami przebrała się w gładki zielony kostium. Nie mogła wytrzymać w pomieszczeniu ani chwili dłużej; zdążyła już spędzić w zamknięciu połowę dnia.

Na dole dwóch mężczyzn wynosiło korytarzem skrzynię o charakterystycznym kształcie. Lib aż się wzdrygnęła.

– Pani wybaczy, pani Wright – powiedziała Meg Ryan. – Dwie chwilki i już schodzą pani z drogi.

Lib patrzyła, jak mężczyźni wstawiają trumnę z surowego drewna za ladę.

– Mój ojciec prowadzi też zakład pogrzebowy – wyjaśniła dziewczyna. – To dlatego, że ma kilka dwukółek na wynajem.

A więc stojący za oknem wóz w razie potrzeby zastępuje karawan. Połączenie prowadzonych przez Ryanów rodzajów działalności usługowej wydało się Lib niesmaczne.

– Dużego ruchu nie ma.

Maggie potaknęła; drzwi za trumną zamknęły się z wolna.

– Zanim nadeszły niedobre czasy, było nas dwa razy więcej.

Nas, czyli ludzi w tej wiosce, czy w całym hrabstwie? A może w ogóle w Irlandii? Domyśliła się, że niedobre czasy oznaczają zarazę ziemniaczaną sprzed dziesięciu czy piętnastu lat. Usiłowała przywołać w pamięci szczegóły. Z dawnych wiadomości pamiętała w zasadzie tylko migające nagłówki o ponurej treści. Za młodu właściwie nie czytała gazet, tylko na nie zerkała. Odkąd wyszła za pana Wrighta, składała tylko „Timesa" i zostawiała obok nakrycia męża.

Przypomniała sobie żebraków.

– Jadąc tutaj, widziałam wiele samotnych kobiet z dziećmi – powiedziała do Maggie Ryan.

– O, wielu mężczyzn wyjeżdża na roboty sezonowe, w pole, tam w pani strony – wyjaśniła Maggie.

Lib zrozumiała, że chodzi o Anglię.

– Ale najwięcej młodych to się pali do wyjazdu do Ameryki, a stamtąd już powrotu nie ma. – Zadarła energicznie podbródek, jakby chciała powiedzieć „krzyżyk na drogę" tym wszystkim młodym, którzy nie są zakotwiczeni w tym miejscu.

Sądząc po rysach, sama Maggie mogła mieć najwyżej dwadzieścia lat.

– A ty o tym nie myślałaś?

– Jak powiadają: cudza strzecha nie pociecha. – W jej tonie więcej było rezygnacji niż czułości.

Lib zapytała ją, jak dojść do doktora McBrearty'ego.

Jego znacznych rozmiarów dom stał przy końcu dróżki, nieco odsunięty od drogi do Athlone. Służąca, tak samo wiekowa jak gospodarz, zaprowadziła Lib do gabinetu. McBrearty wstał i zerwał z nosa ośmiokątne okulary.

Próżność? pomyślała Lib. Zdawało mu się, że wygląda bez nich młodziej?

– Dzień dobry, pani Wright. Jakże się pani miewa?

„Jestem rozdrażniona" – chciała powiedzieć Lib. „Sfrustrowana. Z każdej strony ktoś mi psuje szyki".

– Czy ma mi pani coś pilnego do przekazania? – spytał, gdy usiedli.

– Pilnego? Niezupełnie.

– Czyli żadnych śladów oszustwa?

– Żadnych niezbitych dowodów – poprawiła go Lib. – Ale pomyślałam, że może by pan zajrzał do pacjentki i sam się przekonał.

Jego zapadnięte policzki pokraśniały.

– O, zapewniam panią, stale myślę o małej Annie. Właściwie tak bardzo się przejmuję obserwacją, że za najlepsze wyjście uznałem usunięcie się, by później nikt nie insynuował, że miałem jakikolwiek wpływ na jej wyniki.

Lib westchnęła cicho. McBrearty najwyraźniej nadal zakładał, że obserwacja wykaże, że dziewczynka to współczesny cud.

– Martwię się o niską temperaturę ciała Anny, szczególnie w kończynach.

– Ciekawe. – McBrearty potarł policzek.

– Jej skóra nie jest w najlepszym stanie – ciągnęła Lib. – Ani paznokcie, ani włosy. – To zabrzmiało jak paplanina z pisma o urodzie. – I cała jest porośnięta meszkiem. Ale najbardziej niepokoją mnie jej obrzęki na nogach... na twarzy i rękach też, ale najgorzej jest od kolan w dół. Ucieka się do noszenia butów po starszym bracie.

– Hm, tak, puchlina wodna doskwiera jej już od pewnego czasu, ale Anna nie skarżyła się na bóle.

– No cóż. Ona w ogóle się nie skarży.

Doktor skinął głową, jakby go to uspokoiło.

– Naparstnica to sprawdzony lek na zatrzymanie wody w organizmie, ale ona oczywiście nie przyjmie niczego doustnie. Można by spróbować suchej głodówki...

– Jeszcze bardziej ograniczyć jej płyny? – Lib podniosła głos. – Wypija ledwie kilka łyżeczek wody dziennie.

Doktor McBrearty zaczął skubać bokobrody.

– Mógłbym spróbować zmniejszyć obrzęki mechanicznie.

O co mu chodzi? O upuszczanie krwi? O pijawki? Lib pożałowała, że w ogóle zaczęła rozmawiać o Annie z tym obskurantem.

– Ale to niesie za sobą pewne ryzyko. Nie, nie, koniec końców bezpieczniej poczekać i poobserwować.

Lib to wcale nie uspokoiło. Ale z drugiej strony skoro Anna naraża swoje własne zdrowie, to czyja to wina, jeśli nie jej samej? Albo kogoś, kto ją do tego namawia.

– Nie wygląda na dziecko, które nie jadło od czterech miesięcy, prawda? – spytał lekarz.

– Zupełnie nie.

– Tak właśnie przeczuwałem! Co za cudowna anomalia.

Staruszek zupełnie jej nie zrozumiał. Uparcie pozostaje ślepy na oczywisty wniosek: dziewczynka jest w jakiś sposób dokarmiana.

– Panie doktorze, a nie sądzi pan, że gdyby Anna rzeczywiście nie przyjmowała pożywienia, już dawno zmogłaby ją choroba? Oczywiście w okresie plagi ziemniaczanej widział pan z pewnością wielu umierających z głodu pacjentów, znacznie więcej niż ja – dodała Lib, żeby połechtać jego zawodową próżność.

McBrearty pokręcił głową.

– Tak się składa, że wtedy mieszkałem jeszcze w Gloucestershire. Odziedziczyłem tę posiadłość raptem pięć lat temu i nie mogłem jej wynająć, więc pomyślałem, że wrócę i będę praktykował tutaj.

Wstał, jakby chciał oznajmić, że rozmowa dobiegła końca.

– Jeszcze jedno – powiedziała pospiesznie Lib. – Skłamałabym, mówiąc, że mam najwyższe zaufanie do swojej współpracowniczki. Szczególnie podczas nocnych zmian nie będzie łatwo zachować pełnej czujności.

– Akurat pod tym względem siostra Michaela to stary wyga – zauważył McBrearty. – Przez dwanaście lat służyła w szpitalu dla ubogich w Dublinie.

O! Dlaczego nikomu nie przyszło do głowy poinformować o tym Lib?

– A w Domu Miłosierdzia siostry wstają, zdaje się, o północy na nocne nabożeństwo, a potem o świcie odprawiają jeszcze jutrznię.

– Rozumiem – odpowiedziała Lib, zawstydzona. – Cóż, istotny kłopot polega na tym, że warunki panujące w chacie są zgoła nienaukowe. Nie mam jak zważyć dziecka i brakuje lamp, które dawałyby odpowiednie światło. Do pokoju Anny można bez trudu wejść z kuchni, więc każdy może się tam dostać, kiedy biorę ją na spacer. Bez pańskiej zgody pani O'Donnell nie pozwoli mi nawet zamknąć drzwi przed gapiami, co uniemożliwia dostatecznie rygorystyczną obserwację. Czy mogę liczyć na pańskie poparcie w kwestii niewpuszczania gości?

– Tak, całkowicie. – McBrearty otarł stalówkę o ściereczkę, sięgnął po czystą kartkę i zaczął grzebać w kieszonce na piersi.

– Matka może się oczywiście sprzeciwiać odprawianiu tłumów z powodu utraty korzyści.

Starzec zamrugał zaropiałymi powiekami i dalej grzebał w kieszonce.

– Och, ale wszystkie datki idą do skarbonki dla biednych, którą dał O'Donnellom pan Thaddeus. Jeśli sądzi pani, że zatrzymali choć pensa, to pani tych ludzi zupełnie nie rozumie.

Lib zacisnęła usta.

– Czy pan może szuka swoich okularów? – Wskazała je, leżące między papierami.

– A, doskonale. – Wcisnął okulary na nos i przystąpił do pisania.

– A co pani poza tym sądzi o Annie, jeśli można spytać?

Poza tym?

– Chodzi panu o nastrój?

– Raczej o charakter, jak sądzę.

Lib nie wiedziała, co odpowiedzieć. „Miła dziewczynka, ale oszustka jak się patrzy". Bo Anna na pewno była oszustką, prawda?

– Ogólnie rzecz biorąc spokojna – stwierdziła. – O temperamencie, który panna Nightingale zwykła opisywać jako akumulatywny, taki, którego posiadacz stopniowo przyswaja bodźce.

Na dźwięk tego nazwiska McBrearty tak się rozpromienił, że Lib pożałowała, że je wymieniła. Lekarz podpisał liścik, złożył go i wyciągnął rękę.

– Czy mógłby pan polecić doręczenie go O'Donnellom, żeby wizyty skończyły się już dziś po południu?

– Och, oczywiście. – Zerwał znów z nosa okulary i drżącymi palcami złożył je na pół. – A nawiasem mówiąc, w ostatnim wydaniu „Telegrapha" zamieszczono fascynujący list. – McBrearty zaczął grzebać w papierach na biurku, ale nie znalazł tego, czego szukał. – Pojawia się w nim wzmianka o pewnej liczbie wcześniejszych przypadków „poszczących dziewcząt", które w różnych epokach żyły bez jedzenia, albo tak przynajmniej utrzymywano – poprawił się. – W Wielkiej Brytanii i za granicą.

Doprawdy? Lib nigdy nie słyszała o tym zjawisku.

– Autor sugeruje, że one może... hmm, wolałbym nie nazywać tego po imieniu... wchłaniały własną krew menstruacyjną, utrzymując się tym sposobem przy życiu.

Cóż za odrażająca teoria. Poza tym to dziecko ma dopiero jedenaście lat.

– Według mnie Annie jeszcze daleko do wieku pokwitania.

– No tak, to prawda. – McBrearty miał minę, jakby go ktoś zdzielił. A potem jego kąciki ust się uniosły.

– I pomyśleć, że mieszkałem w Anglii i nigdy nie miałem szczęścia natknąć się na taki przypadek!

Po wyjściu z domu lekarza Lib udała się na przechadzkę, żeby rozprostować zesztywniałe nogi i otrząsnąć się z atmosfery zatęchłego gabinetu.

Dróżka prowadziła w stronę kępy drzew. Lib zauważyła liście klapowane jak na dębie, ale rosnące na gałęziach prostszych niż na dębach angielskich. Żywopłoty były nastroszone i kolcoliste, i Lib wciągnęła zapach ich maleńkich żółtych kwiatów. Rosły tu też zwisłe różowe dzwonki, które Anna O'Donnell na pewno umiałaby nazwać. Lib starała się rozpoznać niektóre ptaki świergoczące w zaroślach, ale nie miała wątpliwości tylko co do niskiego buczenia bąka – syreny niewidocznego we mgle statku.

Przy końcu pola rosło drzewo; w jego dyndających gałęziach było coś osobliwego. Lib wybrała drogę wzdłuż miedzy, chociaż trzewiki miała już tak zabłocone, że sama nie wiedziała, po co ta ostrożność. Okazało się, że drzewo stoi zaskakująco daleko, spory kawałek za bruzdami zaoranego pola i spękanym od słońca i deszczu wypiętrzeniem z szarego wapienia. Podszedłszy bliżej, Lib przekonała się, że to głóg; na tle lśniących liści rysowały się na czerwono młode gałązki. Ale co to za paski zwisają z różowawych gałęzi? Mech?

Nie, to nie mech. Wełna?

Lib prawie wpadła w małą sadzawkę utworzoną w rozpadlinie skalnej. Kilka cali nad taflą wody przywarły do siebie dwie ważki błękitne. Czyżby wypływało stąd źródło? Krawędź sadzawki porastała roślina podobna do pływacza. Naraz poczuła straszliwe pragnienie, ale gdy przykucnęła, ważki znikły i woda zdała jej się czarna jak torfiasta darń. Nabrała trochę w dłoń. Woda zalatywała kreozotem, więc Lib powściągnęła pragnienie i wylała ją z powrotem.

To nie wełna zwisała z gałęzi głogu nad jej głową; to coś wytworzonego przez człowieka i pociętego na paski. Co za dziwo. Wstążki?

Chustki? Wisiały przywiązane do drzewa już tak długo, że zszarzałe wyglądały jak część przyrody.

W maleńkiej jadalni u Ryanów zastała rudowłosego mężczyznę, który dojadał kawałek wieprzowiny z kością i zapisywał coś sprawnie w notesie całkiem podobnym do jej własnego. Na jej widok poderwał się na równe nogi.

– Pani chyba nie z tych stron.

Skąd wiedział? Poznał po jej prostym zielonym stroju? Po sposobie bycia?

Mężczyzna był mniej więcej jej wzrostu, kilka lat młodszy, o widocznej pod marchewkowymi lokami, charakterystycznej dla Irlandczyków mlecznej karnacji; mówił z irlandzkim akcentem, ale wskazującym na człowieka wykształconego.

– William Byrne z „Irish Timesa".

A, czyli pismak, o którym wspominał dagerotypista. Lib uścisnęła wyciągniętą dłoń.

– Pani Wright.

– Zwiedza pani atrakcje środkowej Irlandii?

A zatem nie odgadł, po co tu przyjechała; wziął ją za turystkę.

– A są tu jakieś? – Zabrzmiało to nazbyt zgryźliwie.

Byrne zachichotał.

– Cóż, to zależy, na ile porusza panią widok kręgów kamiennych, grodzisk pierścieniowych albo kurhanów kopułowych.

– Dwie ostatnie nazwy nic mi nie mówią.

Skrzywił się.

– Zdaje się, że to odmiany kręgów kamiennych.

– Zatem wszystkie tutejsze atrakcje są kamienne i okrągłe?

– Poza najnowszą – powiedział William Byrne. – Cudowną dziewczynką, która żywi się powietrzem.

Lib zamarła.

– Według mnie to nic istotnego, ale mój dubliński wydawca chciałby to wypuścić jeszcze w sierpniu. W każdym razie moja klacz skręciła nogę na jakimś wyboju pod Mullingar, musiałem się nią zajmować przez dwa dni, aż jej się polepszyło, a teraz, gdy wreszcie tu dotarłem, nie wpuszczono mnie do jej chatynki!

Dreszcz wstydu; widocznie przyjechał tuż po doręczeniu listu, którego wysłanie zleciła McBrearty'emu. Ale doprawdy, dalsze nagłaśnianie tego przypadku podsyciłoby płomienie ułudy, a wścibstwo reportera mogłoby utrudnić dalszą obserwację.

Lib miała ochotę przeprosić i pójść do siebie, zanim Byrne zdąży rozwinąć temat Anny O'Donnell, ale potrzebowała posiłku.

– Nie mógł pan zostawić konia i wynająć innego?

– Podejrzewałem, że zamiast karmić Polly ciepłą papką, tak jak ja, zwyczajnie by ją zastrzelili.

Lib uśmiechnęła się na myśl o dziennikarzu zwiniętym w kłębek w kącie stajni.

– Chłodne powitanie w progu chaty cudownego dziecka to dla mnie prawdziwa katastrofa – biadał Byrne. – Wysłałem telegrafem zjadliwą wiadomość do redakcji, ale teraz muszę wyczarować obszerne sprawozdanie i wysłać je wieczorem dyliżansem pocztowym.

Czy on zawsze rozmawia z nieznajomymi z taką swadą? Lib nie przyszło do głowy nic prócz pytania:

– Dlaczego zjadliwą?

– Przecież nie świadczy to dobrze o uczciwości rodziców, że nie chcą mnie nawet przepuścić przez próg z obawy, że już na pierwszy rzut oka przejrzę to ich *wunderkind*, prawda?

To nie było w porządku wobec O'Donnellów, ale Lib nie mogła przecież powiedzieć, że właśnie rozmawia z osobą, która zażądała zakazu odwiedzin. Spuściła oczy i omiotła wzrokiem jego notatki.

„Jakże bezkresna jest ludzka naiwność, szczególnie, dodać należy, w połączeniu z prowincjonalną ignorancją. *Ale Mundus vult decipi, ergo decipiatur*, czyli: «Świat chce być oszukiwany, niechaj więc będzie». Tako rzekł Petroniusz w czasach Pana Naszego i aforyzm ten jakże jest aktualny i w naszych czasach".

Weszła Maggie Ryan z kuflem ale dla Byrne'a.

– Wieprzowina była wyborna – powiedział.

– A tam – odparła Maggie z krztyną pogardy. – Głód to najlepsza przyprawa.

– Ja chyba też zjem wieprzowinę – stwierdziła Lib.

– Już wyszła, proszę pani. Mamy baraninę.

Z braku wyboru Lib przystała na baraninę. Potem natychmiast wetknęła nos w *Adama Bede'a*, żeby zniechęcić Williama Byrne'a do ciągnięcia monologu.

Gdy o dwudziestej pierwszej dotarła do chaty, rozpoznała jękliwy refren modlitwy różańcowej: „Święta Maryjo, Matko Boża, módl się za nami grzesznymi, teraz i w godzinie śmierci naszej. Amen".

Sama otworzyła sobie drzwi, weszła i przysiadła na jednym z trójnogich stołków nazywanych przez Irlandczyków zydlami. Ci katolicy są jak dzieci, mamroczą coś i ściskają te swoje paciorki. Siostra Michaela klęczała przynajmniej z uniesioną głową i wzrokiem wbitym w dziewczynkę, ale czy skupiała się na niej, czy raczej na modłach?

Anna miała już na sobie koszulę nocną. Lib obserwowała, jak jej usta bezustannie układają się w słowa: „Teraz i w godzinę śmierci naszej. Amen". Przeniosła spojrzenie kolejno na matkę, ojca i ubogą kuzynkę, i zastanawiała się, które z nich knuje, jak tu uniknąć w nocy jej badawczego spojrzenia.

– Siostro, zostanie siostra na herbatę? – spytała później Rosaleen O'Donnell.

– Nie, Bóg zapłać, pani O'Donnell.

Lib doszła do wniosku, że matka Anny afiszuje się z faworyzowaniem zakonnicy. Oczywiście, że podoba im się siostra Michaela, taka swojska i nieszkodliwa.

Rosaleen O'Donnell sięgnęła po mały pogrzebacz i zaczęła zagarniać rozżarzone kawałki torfu na kształt okręgu. Trzy świeże klocki ułożyła pośrodku niczym szprychy w kole, po czym przysiadła na piętach i przeżegnała się. Gdy torf się zapalił, nabrała popiołu z wiadra i posypała nim płomienie, żeby je przygasić.

Lib pomyślała sennie, że czas, jak ten opał, może być niczym wąż pożerający własny ogon. Że od czasu druidów w tych mrocznych chałupach nic się nie zmieniło i tak już pozostanie. Jak brzmiał ten wers hymnu, który śpiewało się w jej szkole? „Noc ciemna, a do domu daleko".

Gdy zakonnica zapinała w sypialni pelerynę, Lib spytała ją, jak minął dzień.

Według siostry Michaeli Anna przyjęła trzy łyżeczki wody i odbyła krótki spacer. Żadnych objawów poprawy ani pogorszenia.

– A gdyby siostra zauważyła, że dziewczynka robi coś ukradkiem – spytała szeptem Lib – to mam nadzieję, że uznałaby to siostra za fakt istotny i wspomniała mi o tym?

Siostra skinęła powściągliwie głową.

Oszaleć można; co mogły przeoczyć? Dziewczynka z pewnością nie mogła już dłużej wytrzymać. Dzisiejszej nocy ją przyłapie, jest tego prawie pewna.

Zaryzykowała jeszcze jedno:

– A oto i fakt. Manna z nieba – szepnęła siostrze Michaeli do ucha. – Słyszałam, jak Anna dziś rano mówiła jednemu z gości, że żywi się manną z nieba.

Zakonnica znów nieznacznie skinęła głową. Tylko potwierdziła, że słyszała słowa Lib, czy zaświadczyła, że to całkiem możliwe?

– Pomyślałam, że siostra rozpozna to nawiązanie biblijne.

Siostra Michaela ściągnęła brwi.

– Księga Wyjścia, jak sądzę.

– Dziękuję. – Lib próbowała wymyślić jakieś mniej formalne zakończenie rozmowy. – Zawsze mnie frapowało – zaczęła nieco głośniej – dlaczego na was, szarytki, mówi się „siostry wędrowne".

– Widzi pani, pani Wright, bo wychodzimy do świata. Jak w każdym innym zakonie składamy śluby ubóstwa, czystości i posłuszeństwa, ale też ślub czwarty – ślub służby.

Lib nie słyszała dotąd z ust zakonnicy tak wielu słów.

– Jakiego rodzaju służby?

– Służby chorym, ubogim i pogrążonym w niewiedzy – wtrąciła Anna.

– Dobra pamięć, dziecko – pochwaliła zakonnica. – Ślubujemy posługę.

Gdy siostra Michaela wyszła z pokoju, weszła Rosaleen O'Donnell, ale nie odezwała się słowem. Czy po porannej sprzeczce o gości postanowiła nie odzywać się więcej do Angielki? Odwróciła się do niej plecami i pochyliła, żeby wziąć w ramiona drobniutką córkę. Lib słuchała szeptanych czułości i patrzyła na ręce Anny, zwisające wzdłuż ciała, próżne.

Kobieta wyprostowała się i powiedziała:

– Śpij dobrze, mój skarbie, i niech twoje łóżko nawiedzą najsłodsze sny. „Aniele Boży, stróżu mój, ty zawsze przy mnie stój". – Pochyliła się z powrotem tak, że prawie dotykała czołem czoła dziecka. – „Rano, wieczór, we dnie, w nocy bądź mi zawsze ku pomocy, strzeż duszy, ciała mego, zaprowadź mnie do żywota wiecznego".

– Amen – uzupełniła dziewczynka. – Dobranoc, matuś.

– Dobranoc, złotko.

– Dobranoc, pani O'Donnell – wtrąciła z ostentacyjną grzecznością Lib.

Po kilku minutach weszła posługaczka z nieosłoniętą lampą. Postawiła ją, zapaliła z trzaskiem zapałkę i przyłożyła ją do knota, aż się zajął, po czym zrobiła znak krzyża.

– Wedle paninego życzenia.

– To mi bardzo pomoże, Kitty – powiedziała Lib. Lampa okazała się staroświeckim urządzeniem z palnikiem w formie rozgałęzionego sztyftu umieszczonego wewnątrz stożkowatego szklanego klosza, ale dawała śnieżnobiałe światło. Lib pociągnęła nosem.

– To nie tran wielorybi?

– Ciecz palna.

– A co to takiego?

– A żebym ja wiedziała.

Tajemniczą ciecz palną czuć było trochę terpentyną; może zmieszano ją z alkoholem.

„Musimy być jak padlinożercy podczas klęski"; to zdanie panny N. powróciło teraz do Lib. W Scutari pielęgniarki musiały przekopywać się przez magazyny w poszukiwaniu chlorku wapnia, nalewki z opium, koców, skarpet, drewna, mąki, grzebieni na wszy... Czego nie mogły znaleźć – albo czego im nie wydzielono – musiały wymyślić same. Podarta pościel zmieniała się w temblaki, a wypchane worki – w małe materace; desperacja została matką prowizorki.

– Tutaj puszka, a tu nożyce do lampy – wyjaśniła Kitty. – Po sześciu godzinach pani ją zgasi, przytnie zwęglony koniec, dopełni i zapali na nowo. I człowieczyna kazał uważać na przeciągi, bo mogą roznieść sadzę po izbie jak czarny deszcz!

Dziecko klęczało z dłońmi złożonymi równo do modlitwy.

– Dobranoc, złotko – powiedziała jej Kitty, ziewając szeroko, i powlokła się z powrotem do kuchni.

Lib otworzyła notes na nowej stronie i sięgnęła po swój grafitowy ołówek.

Wtorek, 9 sierpnia, 21:37
Tętno: 93 uderzenia na minutę
Płuca: 14 oddechów na minutę
Język: bez zmian.

Pierwsza nocna zmiana. Nigdy nie przeszkadzała jej praca w takich godzinach; cisza niesie pewną równowagę. Ostatni raz oklepała pościel. Poszukiwanie ukrytych okruchów weszło jej już w nawyk.

Spojrzenie Lib padło na bieloną ścianę i pomyślała o wmieszanym w nią oborniku, włosach, krwi i maślance. Jak taka powierzchnia może być w ogóle czysta? Wyobraziła sobie, jak Anna próbuje ją ssać, żeby się czymkolwiek pożywić, jak niesforny malec zajadający garściami ziemię. Ale nie, to z pewnością zostawiłoby ślady na twarzy. Poza tym Anna nie zostawała już sama, przynajmniej nie od początku obserwacji. Świece, odzież, stronice książek, fragmenty własnej skóry – żadnej z tych rzeczy nie mogła skubać niezauważona.

Anna zakończyła modły szeptami do Świętego Alberta. Potem przeżegnała się i weszła pod pościel i szary pled. Głowę złożyła na cienkim podgłówku.

– Nie masz innej poduszki? – spytała Lib.

Mizerny uśmiech.

– Zanim zachorowałam na koklusz, w ogóle nie miałam poduszki.

Co za paradoks; Lib miała ujawnić światu podstęp dziewczynki, ale zależało jej, żeby się porządnie wyspała. Pielęgniarka zawsze zostanie pielęgniarką.

– Kitty! – zawołała w kierunku drzwi. O'Donnellowie już zniknęli, ale służąca rozkładała na ławie cienki stary siennik. – Czy mogę prosić o drugą poduszkę dla Anny?

– Pani weźmie moją – odpowiedziała Kitty, wyciągając rękę z bezkształtnym tłumoczkiem w bawełnianej poszewce.

– Nie, nie...

– Śmiało, taka jestem śpiąca, że nawet nie zauważę.

– Co się dzieje, Kitty? – Z dobudówki dobiegł głos Rosaleen O'Donnell; alkierz – tak nazywali wnękę.

– Ona chce drugą poduszkę dla dziecka.

Matka odsunęła zasłonę z worków po mące.

– Czy Annie coś dolega?

– Chciałam tylko zapytać, czy nie znalazłaby się zapasowa poduszka – wyjaśniła z zakłopotaniem Lib.

– Niech pani weźmie obie – powiedziała Rosaleen O'Donnell, po czym podeszła z poduszką i położyła ją na podgłówku służącej.

– Kochanie, dobrze się czujesz? – zapytała, wtykając głowę przez drzwi.

– Doskonale – odparła Anna.

– Jedna wystarczy – zdecydowała Lib, sięgając po poduszkę Kitty.

Pani O'Donnell pociągnęła nosem.

– A nie robi ci się niedobrze od zapachu tej lampy? Nie kłuje cię w oczy?

– Nie, matuś.

Kobieta obnosiła się ze swoją troską, tak właśnie; chciała stworzyć wrażenie, że bezduszna pielęgniarka wyrządza dziecku krzywdę, upierając się przy okrutnie jaskrawym świetle.

Wreszcie drzwi się zamknęły i pielęgniarka została sam na sam z dzieckiem.

– Na pewno jesteś zmęczona – odezwała się Lib.

Dłuższa chwila milczenia.

– Sama nie wiem.

– Możesz mieć trudności z zaśnięciem, bo nie przywykłaś do lampy. Chciałabyś poczytać? Albo żebym ja ci poczytała?

Żadnej odpowiedzi.

Lib podeszła bliżej dziewczynki, ale okazało się, że ta już zasnęła. Śnieżne policzki krągłe jak brzoskwinie.

Żywi się manną z nieba. Co za brednie. A co to właściwie jest manna, jakiś rodzaj pieczywa?

Księga Wyjścia, czyli Stary Testament. Ale jeśli chodzi o Biblię, to w kuferku ze skarbami Anny znalazła tylko psalmy. Przekartkowała je, starając się nie poruszyć małych obrazków. Nie znalazła żadnej wzmianki o mannie. Jej wzrok przyciągnął pewien ustęp. „Synowie obcy schlebiali mi; synowie obcy zestarzeli się i kulejąc, odciągali od dróg swoich". Co to, u licha, znaczy? Anna jest tu w pewien sposób obca, bez wątpienia. I gdy postanowiła oszukać cały świat, odciągnęła od typowej dziecięcej drogi.

Lib zdała sobie sprawę, że zamiast zadawać sobie pytanie, jak dziecko mogłoby się dopuścić takiego oszustwa, należałoby zapytać dlaczego? Dzieci plotą czasem androny, owszem, ale tę szczególną historię wymyślić mogła tylko osoba o perwersyjnej naturze. Anna nie wykazywała najmniejszego zainteresowania poszukiwaniem własnego szczęścia. Pannica pragnęła uwagi, może nawet sławy, ale czy za cenę pustego żołądka, obolałego ciała i ciągłego zamartwiania się, jak kontynuować tę grę pozorów?

Chyba że to oczywiście O'Donnellowie uknuli ten potworny plan i przymusili do niego Annę, żeby czerpać zyski z odwiedzin gości walących drzwiami i oknami do ich domu. Ale Anna nie zachowywała się jak dziecko działające pod przymusem. Miała w sobie rodzaj cichej stanowczości, aurę samodyscypliny niezwykłą u osoby w tak młodym wieku.

Oczywiście dorośli też potrafią bezczelnie kłamać, a szczególnie w sprawach związanych ze swoimi ciałami. Doświadczenie podpowiadało Lib, że ci, którzy nie oszukaliby sklepikarza nawet o pensa, kłamią w takich sprawach jak to, ile wypili brandy albo do czyjego wchodzili pokoju i po co. Dziewczęta w pękających w szwach gorsetach wypierają się swojego stanu, dopóki nie złapią ich bóle porodowe. Mężowie zarzekają się, że rozkwaszone twarze żon to nie ich sprawka. Każdy jest skarbnicą sekretów.

Wymyślnie zdobione święte obrazki, niektóre z brzegami jak filigranowe koronki, i wypisane na nich egzotyczne nazwy odciągały jej uwagę od Biblii. Święty Alojzy Gonzaga, Święta Katarzyna ze Sieny, Święty Filip Neri, Święta Małgorzata Szkocka, Święta Elżbieta Węgierska; jak komplet laleczek w strojach narodowych. „On może wybrać każdego" – oznajmiła Anna, choćby grzesznika czy niewierzącego. A oto cała seria obrazków męki Chrystusowej: „Pan nasz z szat obnażony". Kto uznał, że takie ponure obrazy mogą trafić w ręce dziecka, w dodatku takiego wrażliwego?

Jeden z obrazków przedstawiał dziewczynkę w łodzi z gołębiem nad głową i napisem *Le Divin Pilote*. Czy ten tytuł oznacza, że Chrystus prowadzi łódź swą niewidzialną ręką? A może raczej gołąb. Czy nie tak przedstawiano przypadkiem Ducha Świętego? A może ta postać, którą Lib wzięła za dziewczynkę, to długowłosy Jezus o dziecięcych proporcjach ciała?

Na następnym obrazku kobieta w purpurze – pewnie Matka Boska, domyśliła się Lib – prowadzi stado spragnionych owiec do sadzawki o marmurowych brzegach. Co za osobliwa mieszanina elegancji i sielskości. Na kolejnym obrazku ta sama kobieta owija bandażem krągłą owcę. Taki opatrunek długo się nie utrzyma, oceniła Lib. *Mes brebis ne périssent jamais et personne ne les ravira de ma main*. Próbowała rozszyfrować francuskie zdanie. Jej coś tam nigdy nie zginie i nikt tego nie wyrwie z jej ręki?

Anna poruszyła się, a jej głowa stoczyła się z dwóch poduszek i zawisła przekrzywiona na ramieniu. Lib szybko zamknęła księgę, zasłaniając obrazki.

Ale Anna spała dalej. Wyglądała przy tym anielsko, jak zresztą każde dziecko pogrążone w takim bezruchu. Ale łagodne rysy tej twarzy o kremowej cerze o niczym nie świadczą, upomniała się Lib; nawet śpiący dorośli wyglądają niewinnie. Obłudnica.

Przypomniała sobie o czymś: o Madonnie z Dzieciątkiem. Sięgnęła za ułożone w kuferku książki i wyjęła świecznik. Co Anna mogła powierzyć tej pastelowej figurce? Potrząsnęła nią; żadnego dźwięku. To wydrążona tuba z otwartym dnem. Zajrzała w głąb zacienionej głowy Maryi w poszukiwaniu maleńkiego schowka na jakieś wielce odżywcze pożywienie. Wsunąwszy tam palec, wyczuła... coś, o co mogła ledwie zahaczyć krótko przyciętym paznokciem. Miniaturową paczuszkę?

Nożyczki z torby. Lib zagłębiła ostrza we wnętrzu figurki, wzdłuż jej pofałdowanej ścianki. Przydałby się raczej haczyk, ale gdzie go tu znaleźć w środku nocy? Sięgnęła głębiej...

I syknęła, bo całość pękła na dwie części. Porcelanowe dziecko oddzieliło się w jej dłoniach od porcelanowej matki.

Paczuszka – w gruncie rzeczy niewinna – oderwała się od kryjówki. Gdy Lib rozwinęła papier, znalazła tylko kosmyk włosów; ciemny, ale nie rudy jak u Anny. Pożółkły świstek wydarto, najwyraźniej na chybił trafił, z gazety zatytułowanej „Freeman's Journal" wydanej pod koniec minionego roku.

Uszkodziła jeden ze skarbów dziewczynki na próżno, jak jakaś niezdarna nowicjuszka na pierwszej zmianie. Lib wsunęła paczuszkę między skorupy, złożyła je i zwróciła na miejsce.

Anna spała dalej. Lib nie miała już gdzie zaglądać, nie miała nic do roboty poza wpatrywaniem się w dziewczynkę jak jakaś czcząca ikonę wyznawczyni. Nawet jeśli dziecko przemycało od czasu do czasu mały kęs, jakże to mogło wystarczyć do złagodzenia skurczów żołądka? Dlaczego jej nie dręczyły od samego ranka?

Lib przestawiła twarde wyplatane krzesło pod takim kątem, by stało przodem do łóżka. Usiadła i skrzyżowała ramiona. Spojrzała na zegarek: 22:49. Żeby poznać godzinę, nie trzeba było naciskać guzika, ale i tak to zrobiła dla samego doznania – głuchego odgłosu pod kciukiem, dziesięciokrotnego, początkowo szybkiego i silnego, a z czasem wolniejszego i słabszego.

Potarła oczy i utkwiła je w dziewczynce. „Tak to nie mogliście jednej godziny czuwać ze mną?" – przypomniała sobie ten wers z Ewangelii. Ale ona przecież nie czuwa z Anną. Ani też nie czuwa nad nią, żeby uchronić ją przed wszelką krzywdą. Ona tylko czuwa przy niej.

Anna chwilami wydawała się niespokojna. Owinęła się kocem na kształt młodego liścia paproci. Czyżby było jej zimno? Drugiego koca nie było; trzeba było poprosić i o niego, gdy Kitty jeszcze nie spała. Lib otuliła dziecko kraciastą chustą. Anna wymamrotała coś, jakby się modliła, ale to nie dowodziło, że nie śpi. Na wszelki wypadek Lib siedziała cicho jak mysz pod miotłą. (Panna N. nie pozwalała pielęgniarkom budzić pacjentów, ponieważ gwałtowne przebudzenie mogło wyrządzić ogromne szkody).

Dwukrotnie musiała przycinać knot i raz dolać paliwa; co za kłopotliwy, cuchnący szmelc. Po północy przez chwilę zdawało jej się, że z sąsiedniej kuchni, z okolic paleniska, dobiegają głosy O'Donnellów. Czyżby dopracowywali swój spisek? Czy tylko wymieniali zdawkowe uwagi, jak to się często czyni w przerwie między pierwszą i drugą turą snu? Lib nie dosłyszała głosu Kitty; być może znużona służąca przespała to wszystko.

O piątej rano, gdy do drzwi sypialni zapukała zakonnica, Anna oddychała powoli i miarowo, co oznaczało najgłębszy sen.

– Siostro Michaelo. – Lib poderwała się i poczuła sztywność w kończynach.

Zakonnica skinęła uprzejmie głową.

Anna poruszyła się i przewróciła na drugi bok. Lib wstrzymała oddech, aż nabrała pewności, że dziecko dalej śpi.

– Nie mogłam znaleźć Biblii – szepnęła. – O co właściwie chodziło z tą manną?

Krótka chwila wahania; zakonnica zastanawiała się najwyraźniej, czy narzucone zasady zezwalają na tego typu rozmowę.

– Jeśli dobrze pamiętam, codziennie spadała z nieba i żywiła Izraelitów, gdy uciekali przez pustynię przed prześladowcami. – Wyjęła z torby czarny tom i przekartkowała połyskliwy pelur. Spojrzała na którąś stronę, potem na poprzednią i na jeszcze wcześniejszą. Przyłożyła do papieru szeroką opuszkę.

Lib zaczęła jej czytać przez ramię.

„Stało się tedy wieczorem, że wzleciały przepiórki i okryły obóz; z rana zaś rosa leżała wokoło obozu. A gdy okryła wierzch ziemi, ukazało się na puszczy coś drobnego i jakby w stępie utłuczonego, na podobieństwo szronu na ziemi. Gdy to ujrzeli synowie izraelscy, rzekli jeden do drugiego: Manhu? (to znaczy: Cóż to jest?), bo nie wiedzieli, co by to było. Rzekł im Mojżesz: Ten to jest chleb, który wam dał Pan do jedzenia".

– Czyli ziarna? – spytała Lib. – Coś stałego, choć przedstawianego jako rosa?

Palec zakonnicy przesunął się po kartce i zatrzymał na kolejnym wersie:

„I nadał mu dom Izraelów imię manna; a była ona jako nasienie kolendry białe, a smak jego jako białego chleba z miodem".

Najbardziej uderzyła Lib prostota, czy wręcz głupota tego sposobu myślenia: dziecięce marzenie o zbieraniu z ziemi łakoci. Prawie jak odnalezienie w lesie domku z piernika.

– I to już wszystko?

– „A synowie Izraelowi jedli mannę czterdzieści lat" – przeczytała zakonnica i bezszelestnie zamknęła księgę.

Zatem Anna O'Donnell wierzyła, że żywi się czymś w rodzaju niebiańskiego grysiku. „Manhu? – bo nie wiedzieli, co by to było". Lib miała wielką ochotę pochylić się nad drugą kobietą i powiedzieć: „Siostro Michaelo, tak między Bogiem a prawdą, czy może siostra choć raz zapomnieć o swoich uprzedzeniach i przyznać, że to wszystko banialuki?".

Ale właśnie takich konsultacji zabronił im McBrearty. (Z obawy, że Angielka może się okazać zbyt wprawna w wymiataniu starych pajęczyn zabobonów za pomocą miotły logiki?) Zresztą może i lepiej nie pytać. Według Lib dostatecznie fatalne było to, że obie pracują pod nadzorem starego konowała. Gdyby jej podejrzenia, że druga pielęgniarka wierzy, że dziecko żywi się chlebem z tamtego świata, miały się potwierdzić, jak mogłaby dalej z nią współpracować?

W drzwiach stanęła Rosaleen O'Donnell.

– Pani córka jeszcze się nie obudziła – odezwała się Lib.

Twarz natychmiast znikła.

– Od teraz ta lampa ma się palić każdej nocy – oznajmiła zakonnicy.

– Niech tak będzie.

Wreszcie wstydliwa sprawa: Lib otworzyła kuferek i wskazała rozłupany świecznik.

– To się przewróciło, niestety. Czy mogłaby siostra przeprosić Annę w moim imieniu?

Siostra Michaela zacisnęła wargi i spróbowała z powrotem złożyć Matkę z Dzieciątkiem.

Lib podniosła torbę i pelerynę.

W drodze do wioski drżała na całym ciele. Coś ją skręcało w grzbiecie. To pewnie głód; nie miała niczego w ustach od wczorajszej kolacji w karczmie, jeszcze przed rozpoczęciem zmiany. Myśli tonęły jej we mgle. Była zmęczona. Jest środa rano, a ona nie spała od poniedziałku. A co gorsza, przechytrzyła ją mała dziewczynka.

Nie minęła dziesiąta, a Lib była już z powrotem na nogach. W takim hałasie, jak ten dobiegający z dołu, ze sklepu, nie sposób zmrużyć oka.

Pan Ryan, jej czerwonolicy gospodarz, dyrygował chłopcami znoszącymi beczki do piwnicy. Zakaszlał przez ramię, co zabrzmiało tak, jakby ktoś rozdzierał karton, i oznajmił, że już za późno na śniadanie, bo jego córka Maggie ma przecież do wygotowania pościel, więc pani Wright będzie musiała poczekać do obiadu.

Lib zamierzała zapytać, czy ktoś może jej wyczyścić trzewiki, ale ostatecznie poprosiła tylko o szmaty, pastę i szczotkę, żeby zrobić to samodzielnie. Jeśli sądzą, że Angielka jest zbyt wyniosła, by brudzić sobie rączki, to się grubo mylą.

Gdy jej buty znów błyszczały, usiadła w swoim pokoju i zagłębiła się w lekturze *Adama Bede'a*, ale morały pana Eliota zaczęły ją nużyć, poza tym burczało jej w brzuchu. Po drugiej stronie ulicy rozbrzmiał dzwon na Anioł Pański. Lib spojrzała na zegarek, który pokazywał już dwie minuty po południu.

Gdy zeszła do jadalni, przekonała się, że nikogo tam nie ma; widocznie reporter wrócił już do Dublina. Usiadła i w milczeniu przeżuwała swoją szynkę.

– Dzień dobry, pani Wright – powiedziała Anna, gdy Lib weszła po południu do sypialni. Dziecko było czujne jak zwykle; robiło na drutach pończochy z kremowej wełny.

Na widok siostry Michaeli Lib uniosła pytająco brwi.

– Nic nowego – szepnęła zakonnica. – Przyjęła dwie łyżeczki wody – dodała i wyszła, zamykając za sobą drzwi.

Anna nie zająknęła się słowem o uszkodzonym świeczniku.

– Może zdradzi mi pani dzisiaj swoje imię z chrztu? – spytała.

– Zadam ci w zamian zagadkę – zaproponowała Lib.

– Dobrze.

Nie mam nóg, a pląsać umiem.
Jestem jak liść, lecz nie rosnę na drzewach.
Jestem jak ryba, lecz w wodzie omdlewam.
Służę ci wiernie, lecz blisko nie podchodź!

– Blisko nie podchodź – powtórzyła cicho Anna. – Dlaczego? Co by się stało, gdybym podeszła?

Lib milczała wyczekująco.

– Nie dawać wody. Nie dotykać. Tylko pozwolić pląsać... – Uśmiechnęła się szeroko. – Płomień!

– Bardzo dobrze – pochwaliła Lib.

To popołudnie zdawało się wyjątkowo długie. Nie w taki cichy, rozwlekły sposób jak nocna zmiana; tym razem nudę przerywały irytujące zdarzenia. Dwa razy ktoś pukał do drzwi frontowych i Lib czekała w gotowości. Głośna rozmowa w progu, po czym Rosaleen O'Donnell wpadała do pokoju Anny i ogłaszała, że zgodnie z poleceniem doktora McBrearty'ego musiała odprawić gości z kwitkiem. Pół tuzina ważnych osobistości z Francji, a potem grupa z wyspy Cape; niesłychane! Ci zacni ludzie usłyszeli o Annie, gdy przejeżdżali przez Cork czy Belfast, i przyjechali aż stamtąd pociągiem i wozem, bo nie wyobrażali sobie, że przed wyjazdem z kraju mieliby jej nie poznać. Nalegali, by pani O'Donnell przekazała ten bukiet, te pouczające książki i ich głęboki żal, że nie pozwolono im nawet rzucić okiem na cudowną dziewczynkę.

Za trzecim razem Lib przygotowała już notkę i zasugerowała matce, by przyczepić ją do drzwi frontowych.

PROSIMY NIE PUKAĆ.
RODZINY O'DONNELLÓW NIE NALEŻY NIEPOKOIĆ.
JEJ CZŁONKOWIE BĘDĄ WDZIĘCZNI ZA DOBRĄ MYŚL.

Rosaleen wzięła kartkę z ledwie słyszalnym prychnięciem.

Zdawało się, że Anna dziergająca wytrwale swoje ściegi nie zwraca na to wszystko uwagi. Zajmowała się swoimi zwykłymi sprawami jak każda inna dziewczynka – czytała, siedziała nad robótkami, układała w wysokim dzbanie kwiaty od gości – tyle że nie jadła.

Nie jadła z pozoru, poprawiła się Lib, poirytowana, że choć przez chwilę uwierzyła w ten cyrk. Ale jednego była pewna: że pod jej okiem dziewczynka nie dostaje ani okruszka. Nawet jeśli jakimś sposobem zakonnica przysnęła w poniedziałkową noc i Anna zdołała podkraść kilka kęsów, było już środowe popołudnie, czyli cały trzeci dzień bez jedzenia.

Serce zaczęło jej walić jak oszalałe, bo naszła ją myśl, że jeśli baczny nadzór powstrzymuje Annę przed zdobywaniem jedzenia za pomocą wcześniej stosowanych metod, to dziewczynka może zacząć poważnie cierpieć. Czy to możliwe, że obserwacja może przynosić odwrotny skutek i zmieniać kłamstwo O'Donnellów w prawdę?

Z kuchni dobiegał miarowy, naprzemienny świst i łoskot – to służąca wyrabiała masło w staroświeckiej maselnicy. Śpiewała przy tym niskim głosem.

– Czy to jakiś hymn? – spytała dziecka Lib.

Anna pokręciła głową.

– Kitty musi przywabić masło, żeby się udało.

Zaczęła recytować śpiewnie:

Pódź, masełko, pódź,
Pódź, masełko, pódź,
Bo u wrót Piotr Święty czeka
Placka z masłem chce –
Nie zwlekaj.

Co sobie myśli to dziecko, gdy słucha o maśle czy placku? zastanawiała się Lib.

Zapatrzyła się na niebieską żyłę na grzbiecie dłoni Anny i pomyślała o tej dziwnej teorii McBrearty'ego na temat wchłaniania krwi.

– Jak rozumiem, nie masz jeszcze periodów, prawda? – spytała cicho.

Anna wyglądała na skonsternowaną.

Jak na to mówią Irlandki?

– Miesiączki? Krwawiłaś kiedy?

– Kilka razy – odpowiedziała Anna i twarz jej się wygładziła.

– Naprawdę? – Lib była zaskoczona.

– Z ust.

– A! – Czy jedenastoletnie wiejskie dziecko naprawdę może być tak niewinne, by nie wiedzieć, jak to jest, gdy dziewczynka staje się kobietą?

Anna usłużnie wetknęła palec do ust; wyjęła go z czerwienią na opuszku.

Lib speszyła się, że pierwszego dnia nie dość dokładnie przejrzała dziąsła dziewczynki.

– Otwórz na chwilkę, szeroko.

Tak, tkanka była rozpulchniona, miejscami fioletoworóżowa. Lib chwyciła siekacz i wykręciła go; poruszył się lekko?

– Mam dla ciebie następną zgadywankę – powiedziała dla rozluźnienia atmosfery.

Stado białych owiec
na wzgórze czerwone
tu się wspina, tam się wspina,
wnet nieporuszone.

– Zęby – powiedziała niewyraźnie Anna.

– Całkiem słusznie. – Lib otarła dłonie o fartuch.

Dotarło do niej, że będzie musiała ostrzec dziewczynkę, nawet jeśli nie należy to do jej obowiązków.

– Anno, wydaje mi się, że cierpisz na dolegliwość typową dla osób odbywających długie morskie podróże, spowodowaną ubogą dietą.

Dziewczynka słuchała z przekrzywioną głową, jakby opowiadano jej bajkę.

– Nic mi nie dolega.

Lib skrzyżowała ramiona.

– Sądzę, że jest wprost przeciwnie, a wiem, co mówię.

Anna tylko się uśmiechnęła.

Lib zalała fala gniewu. Dziecko otrzymało w darze zdrowie, a podejmuje taką straszliwą grę...

Weszła właśnie Kitty z tacą dla pielęgniarki, a za nią podmuch przesyconego dymem powietrza.

– Czy ogień zawsze musi płonąć tak mocno? – spytała Lib. – Nawet w taki ciepły dzień?

– Dym osusza strzechę i chroni belki – odpowiedziała służąca, wskazując niski sufit. – Gdyby z naszej winy ogień przestał się palić, chałupa na pewno by się zawaliła.

Lib nawet nie próbowała jej poprawiać. Czy w ogóle istnieje jakaś dziedzina życia, której ta istota nie postrzega przez pociemniały pryzmat zabobonu?

Dzisiejszy obiad składał się z trzech małych rybek zwanych płociami, które pan złowił siecią w jeziorze. Nieszczególnie smacznych, ale zawsze to jakaś odmiana po daniach z owsa. Lib wyjęła z ust wiotkie ości i odłożyła je na krawędź talerza.

Mijały godziny. Lib czytała powieść, ale co chwilę gubiła wątek. Anna wypiła dwie łyżeczki wody i oddała odrobinę moczu. Jak dotąd nie pojawił się żaden dowód przyjmowania pokarmów. Przez kilka minut padał deszcz i po małej szybce spływały krople. Gdy się przejaśniło, Lib miała ochotę wyjść na spacer, ale co, jeśli po dróżce kręcą się gorliwi delikwenci z nadzieją, że uda im się choć zerknąć na Annę?

Dziecko wyjęło z książek święte obrazki i szeptało do nich czułe słówka.

– Bardzo cię przepraszam za uszkodzenie twojego świecznika. – Lib usłyszała własny głos. – Żałuję, że taka ze mnie niezdara i że w ogóle go wyjmowałam.

– Przebaczam pani – oznajmiła Anna.

Lib próbowała sobie przypomnieć, czy ktoś kiedykolwiek powiedział to do niej w taki oficjalny sposób.

– Wiem, że bardzo go lubiłaś. To był, zdaje się, twój prezent z okazji bierzmowania?

Dziewczynka wyjęła z kuferka złożone skorupy i pogłaskała je w miejscu pęknięcia.

– Lepiej się za bardzo nie przywiązywać.

Ten ton wyrzeczenia zmroził Lib. Czyż pazerność, zachłanność na wszelkie przyjemności życia nie leży w dziecięcej naturze? Przypomniały jej się słowa modlitwy różańcowej: „wygnańcy, synowie Ewy". Przeżuwający wszystko, co im spadnie z nieba.

Anna wzięła małą paczuszkę z włosami i wepchnęła ją z powrotem do wnętrza Maryi.

Za ciemne, by należały do niej. Czyżby to były włosy jej koleżanki? Albo brata? Tak, Anna mogła równie dobrze poprosić Pata o kosmyk, zanim statek poniósł go w dal.

– A jak się modlą protestanci? – spytało dziecko.

Lib zdumiało to pytanie. Zaczęła zbierać siły, żeby udzielić bezbarwnej odpowiedzi o podobieństwach między tymi dwiema tradycjami. Ale odrzekła tylko:

– Ja się nie modlę.

Anna wybałuszyła oczy.

– Ani nie chodzę do kościoła, już od wielu lat – dodała Lib. Jak się powiedziało *a*, to trzeba powiedzieć i *b*.

– „Więcej szczęścia niż uczta" – zacytowała dziewczynka.

– Słucham?

– „Modlitwa daje więcej szczęścia niż uczta".

– Mnie nigdy się szczególnie nie przysłużyła. – Lib poczuła się absurdalnie skrępowana tym wyznaniem. – Zdawało mi się, że pozostaje bez odpowiedzi.

– Biedna pani Wright – szepnęła Anna. – Dlaczego nie zdradzi mi pani swojego imienia?

– Dlaczego biedna? – spytała Lib.

– Bo musi pani mieć samotną duszę. Ta cisza, którą pani słyszała, kiedy próbowała się pani modlić, to był odgłos nasłuchującego Boga. – Twarz dziecka się rozjaśniła.

Od tej rozmowy uwolniło Lib zamieszanie przy drzwiach frontowych. Męski głos, górujący tubalnie nad głosem Rosaleen O'Donnell; choć Lib mogła rozróżnić tylko pojedyncze słowa, słyszała, że to angielski dżentelmen, z pewnością rozzłoszczony. Potem rozległ się trzask zamykanych drzwi.

Anna nie podniosła nawet wzroku znad książki, którą wybrała. *W ogrodzie duszy.*

Weszła Kitty, żeby sprawdzić, czy lampa jest przygotowana.

– Podobno kiedyś u kogoś zajęły się opary – ostrzegła pielęgniarkę. – I w nocy cała rodzina spaliła się na popiół!

– Widocznie lampa była usmolona, więc dopilnuj, żeby tę dokładnie wytrzeć.

– Tak jest – odpowiedziała z potężnym ziewnięciem Kitty.

Po pół godzinie powrócił ten sam rozzłoszczony gość.

Minutę później wmaszerowywał do pokoju Anny z Rosaleen O'Donnell za plecami. Wysokie, wypukłe czoło i długie, siwe loki. Przedstawił się Lib jako doktor Standish, ordynator szpitala w Dublinie.

– Przyniósł list od doktora McBrearty'ego – wyjaśniła Rosaleen O'Donnell, wymachując jakąś kartką. – Napisał, że możemy zrobić wyjątek i go wpuścić jako nadzwyczaj wybitnego gościa.

– Zważywszy na to, że znalazłem się tutaj za sprawą czysto zawodowej uprzejmości – warknął z bardzo wyszukanym angielskim akcentem – wcale nie jestem zachwycony, że tracę czas i jestem zmuszany do ganiania tam i z powrotem tymi paskudnymi uliczkami tylko po to, by uzyskać zgodę na przebadanie dziecka. – To powiedziawszy, wbił w Annę spojrzenie jasnoniebieskich oczu.

Anna sprawiała wrażenie zaniepokojonej. Czyżby obawiała się, że lekarz odkryje coś, czego nie udało się odkryć McBrearty'emu i pielęgniarkom? zastanawiała się Lib. Czy tylko dlatego, że mężczyzna jest taki srogi?

– Czy mogę zaproponować panu herbatę, panie doktorze? – spytała pani O'Donnell.

– Nie, dziękuję – odpowiedział tak szorstko, że wycofała się i zamknęła za sobą drzwi.

Doktor Standish pociągnął nosem.

– Kiedy ostatnio odkażano pokój, siostro?

– Świeże powietrze wpadające przez okno...

– Proszę się tym zająć. Chlorek wapnia albo cynku. Ale najpierw proszę łaskawie rozebrać dziecko.

– Dokonałam już wszelkich koniecznych pomiarów, jeśli zechce pan rzucić okiem – zaproponowała Lib.

Zbył jej notatnik machnięciem ręki i nakazał jej rozebrać Annę do naga.

Dziecko drżało, stojąc na plecionym dywaniku z rękami zwisającymi wzdłuż tułowia. Kąty łopatek i łokci; nabrzmiałe łydki i wzdęty brzuch; Anna miała jeszcze trochę ciałka, ale wszystko jej się obsunęło, jakby się powoli rozpuszczała. Lib odwróciła wzrok. Co za dżentelmen obnaża jedenastolatkę jak oskubaną gęś na haku?

Standish niestrudzenie trącał i poszturchiwał Annę, i opukiwał ją swoimi zimnymi przyrządami, zalewając ją przy tym gradem poleceń.

– Wysuń bardziej język. – Wsadził jej palec tak głęboko, że Anna się zakrztusiła. – Czy tu boli? – pytał, uciskając ją między żebrami. – A tu? A może tu?

Anna niezmiennie kręciła głową, ale Lib jej nie wierzyła.

– Możesz się schylić jeszcze niżej? Weź wdech i trzymaj – powiedział lekarz. – A teraz zakaszl. Jeszcze raz. Głośniej. Kiedy się ostatnio wypróżniałaś?

– Nie pamiętam – szepnęła Anna.

Zacisnął palce na jej zniekształconych nogach.

– Czy to cię boli?

Anna wzruszyła nieznacznie ramionami.

– Odpowiadaj.

– Nie nazwałabym tego bólem.

– To jakie słowo byś wolała?

– Szmery.

– Szmery?

– Tak jakby szemrały.

Standish prychnął, podniósł jedną z jej opuchniętych stóp i podrapał paznokciem podeszwę.

Szmery? Lib próbowała sobie wyobrazić, jak to jest mieć obrzęknięte ciało, gdy każda komórka jest nabrzmiała, jakby miała wybuchnąć. Czy to rodzaj przenikliwego drgania, jakby całe ciało zmieniło się w napięty łuk?

W końcu Standish polecił dziecku się ubrać i zgarnął przyrządy z powrotem do torby.

– Tak jak podejrzewałem, zwykły przypadek histerii – rzucił w stronę Lib.

Lib spojrzała na niego z zakłopotaniem. Anna nie przypominała żadnego z pacjentów histerycznych, z którymi zetknęła się w szpitalu: żadnych tików, paraliżów, konwulsji; żadnych wrzasków ani nieruchomych spojrzeń.

– Miałem już na swoich oddziałach takich nocnych łasuchów, pacjentów, którzy jedli tylko wtedy, kiedy nikt ich nie widział – dodał. – Ten przypadek nie wyróżnia się na ich tle, tyle tylko, że pacjentce pozwolono się na wpół zagłodzić.

Na wpół zagłodzić. Czyli Standish uważał, że Anna przemyca jedzenie, ale znacznie mniej, niż jej potrzeba? Albo może, że do poniedziałku, czyli przed rozpoczęciem obserwacji, otrzymywała niemal wystarczające porcje, ale od tego czasu już zupełnie nic? Lib miała straszliwe przeczucie, że lekarz może mieć rację. Ale czy Annie bliżej do śmierci głodowej, czy do zdrowia? Jak zmierzyć poziom istnienia?

Anna jakby nigdy nic wiązała troczki reform i zachowywała się tak, jakby niczego nie słyszała.

– Moje zalecenia są bardzo proste – oznajmił Standish. – Kwarta mąki arrarutowej na mleku, trzy razy dziennie.

Lib spojrzała na niego i powiedziała to, co oczywiste:

– Ona nie przyjmie niczego doustnie.

– To ją utucz jak owcę, kobieto!

Anna wzdrygnęła się nieznacznie.

– Doktorze Standish... – zaprotestowała Lib. Wiedziała, że personel więzień i zakładów dla obłąkanych ucieka się często do używania siły, ale...

– Jeśli mój pacjent odmawia repety, pielęgniarki wiedzą, że mają użyć gumowego zgłębnika, od góry albo od dołu.

Lib dopiero po chwili zrozumiała, co lekarz ma na myśli, mówiąc o dole. Zrobiła krok naprzód i stanęła między nim a Anną.

– Jedynie doktor McBrearty może wydać takie zalecenie, i to tylko za zgodą rodziców.

– Tak właśnie podejrzewałem, gdy przeczytałem o tym przypadku w prasie – zapienił się Standish. – Opiekując się tą smarkulą i dodając tej farsie powagi poprzez ustanowienie formalnego dozoru, McBrearty wystawił się na pośmiewisko. Nie, wystawił na pośmiewisko cały swój nieszczęsny kraj!

Lib nie mogła się z tym nie zgodzić. Spojrzała na opuszczoną głowę Anny.

– Ale, panie doktorze, taki niepotrzebny rygor...

– Niepotrzebny? – prychnął drwiąco. – Niech siostra tylko na nią spojrzy: parchata, włochata i pękata od puchliny.

Drzwi od sypialni zamknęły się za nim z hukiem. W izbie zaległa pełna napięcia cisza. Lib usłyszała, jak lekarz burknął coś w kuchni do O'Donnellów, po czym pomaszerował do swojego wozu.

Rosaleen O'Donnell wetknęła głowę do sypialni.

– Co się stało, na litość boską?

– Nic – odpowiedziała Lib i wytrzymała jej spojrzenie, aż ta odwróciła wzrok.

Lib zdawało się, że Anna szlocha, ale nie, dziecko wyglądało na jeszcze bardziej zadumane niż zwykle; właśnie poprawiało sobie maleńkie mankiety.

Standish miał za sobą lata, nie, wręcz dziesiątki lat studiów i doświadczenia, których brakowało Lib i które pozostawały poza zasięgiem jakiejkolwiek kobiety. Spierzchnięta, pokryta meszkiem skóra Anny, obrzmiałe ciało – to niezbyt ciężkie objawy, ale czy lekarz ma rację, twierdząc, że z powodu niedożywienia dziecko faktycznie jest w niebezpieczeństwie? Lib miała ochotę wziąć dziewczynkę w ramiona.

Ale pohamowała się, rzecz jasna.

Przypomniała sobie pewną piegowatą pielęgniarkę ze Scutari, która żaliła się, że nie wolno im iść za głosem serca – na przykład poświęcić kwadransa na rozmowę z umierającym człowiekiem i dodać mu otuchy.

Panna N. się wzburzyła. „A wiecie, co pomoże temu człowiekowi, co doda mu otuchy, jeśli to w ogóle możliwe? Byle jaka poduszka, na której mógłby złożyć swoje pogruchotane kolano. Więc nie słuchajcie głosu serca, słuchajcie mnie i róbcie dalej, co do was należy".

– Co to znaczy „odkażono"? – zapytała Anna.

Lib zamrugała powiekami.

– Powietrze można oczyszczać, spalając w nim pewne substancje dezynfekujące. Moja nauczycielka w to nie wierzyła. – Zrobiła dwa kroki w stronę łóżka Anny i zaczęła bardzo starannie wygładzać pościel.

– Dlaczego?

– Bo z pokoju należy usunąć to, co szkodzi, a nie tylko sam zapach – wyjaśniła Lib. – Moja nauczycielka nawet stroiła sobie z tego żarty.

– Lubię żarty – powiedziała Anna.

– Otóż stwierdziła, że odkażanie ma ogromne znaczenie w medycynie, bo wyzwala tak okropny zapach, że zmusza człowieka do otwarcia okna.

Anna zdobyła się na niegłośny chichot.

– A często stroiła sobie żarty?

– Pamiętam tylko ten jeden.

– A tej izbie co szkodzi? – Dziecko rozejrzało się po ścianach, jakby miało z nich wyskoczyć licho.

– Szkodzi ci jedynie twój post. – Słowa Lib zabrzmiały jak kamienie wrzucane do pustego pomieszczenia. – Twój organizm potrzebuje pokarmu.

Dziewczynka pokręciła głową.

– Na pewno nie chleba doczesnego.

– Każdy organizm...

– Mój nie.

– Anno O'Donnell! Słyszałaś, co powiedział doktor? „Na wpół zagłodzona". Możesz sobie wyrządzić wielką krzywdę.

– On jakoś dziwnie wygląda.

– Nie, to ty dziwnie wyglądasz. Kiedy widzisz, powiedzmy, kawałek bekonu, to niczego nie czujesz? – spytała Lib.

Dziewczynka zmarszczyła drobne brwi.

– Żadnej chęci wzięcia go do ust i pogryzienia, tak jak to robiłaś przez jedenaście lat?

– Już nie.

– Dlaczego? Co się zmieniło?

Długa pauza. Wreszcie Anna powiedziała:

– Bo to jak podkowa.

– Podkowa?

– Jakby bekon był podkową albo pieńkiem, albo kamieniem – wyjaśniła. – Kamień to nic złego, ale nikt nie chce go gryźć, prawda?

Lib spojrzała na nią zdumiona.

– Pani kolacja, proszę pani – obwieściła Kitty, wchodząc z tacą i stawiając ją na łóżku.

Gdy tego wieczora Lib otwierała drzwi sklepu ze spirytualiami, trzęsły jej się ręce. Opuszczając posterunek, chciała zamienić kilka słów z zakonnicą, ale miała jeszcze zbyt stargane nerwy po spotkaniu z doktorem Standishem.

Dziś w barze nie było widać biesiadujących farmerów. Lib doszła już prawie do schodów, gdy w drzwiach zamajaczyła jakaś postać.

– Nie powiedziała mi pani, kim naprawdę jest, siostro Wright.

Pismak. Lib jęknęła w duchu.

– A więc nadal pan tu jest, panie... Burke, tak?

– Byrne – poprawił ją. – William Byrne.

Jakże skutecznie wytrąca człowieka z równowagi udawanie, że nie zapamiętało się jego nazwiska.

– Dobranoc, panie Byrne. – Zaczęła wchodzić po schodach.

– Przez grzeczność doprawdy mogłaby pani zostać choć minutę. Dopiero od Maggie Ryan dowiedziałem się, że to pani nie pozwoliła mnie wpuścić do chaty!

Lib odwróciła się.

– Nie sądzę, abym powiedziała coś, co wprowadziłoby pana w błąd w kwestii mojej tu obecności. Jeśli wyciągnął pan nieuzasadnione wnioski...

– Nie wygląda pani ani nie wysławia się jak żadna z pielęgniarek, które dotąd znałem – zaprotestował.

Lib skryła uśmiech.

– Widocznie pańskie doświadczenie ogranicza się do sióstr starej daty.

– Nie inaczej – potwierdził Byrne. – Kiedy więc mogę pomówić z pani podopieczną?

– Ja tylko chronię Annę O'Donnell przed intruzami ze świata zewnętrznego, również – a może w szczególności – dodała Lib – przed przedstawicielami prasy.

Byrne podszedł bliżej.

– Czy nie sądzi pani, że ona zabiega o uwagę tego świata, podając się za cudaka, wybryk natury taki jak jarmarczna syrena z Fidżi?

Lib aż się wzdrygnęła na to porównanie.

– To tylko mała dziewczynka.

Świeczka w dłoni Williama Byrne'a uniosła się i oświetliła jego miedziane loki.

– Ostrzegam panią, rozbiję obóz pod oknem. Będę harcował jak małpa, przyciskał nos do szyby i robił miny, aż dziecko zacznie mnie błagać, żebym wszedł.

– Nie zrobi pan tego.

– A jak zamierza mnie pani powstrzymać?

Lib westchnęła. Marzyła o łóżku.

– Sama odpowiem na pańskie pytania, czy to wystarczy?

Mężczyzna zacisnął wargi.

– Wszystkie?

– Oczywiście, że nie.

Uśmiechnął się.

– Wobec tego moja odpowiedź brzmi: nie.

– A harcuj pan do woli – powiedziała Lib. – Zasunę zasłony. – Weszła jeszcze dwa stopnie i dodała: – Naprzykrzanie się i ingerowanie w przebieg obserwacji przysporzy panu i pańskiej gazecie wyłącznie złej sławy. I oczywiście narazi pana na gniew całej komisji.

Niskie pomieszczenie wypełniło się jego śmiechem.

– Czy pani nie poznała swoich przełożonych? Żaden z nich panteon gromowładnych. Szarlatan, ojczulek, nasz właściciel pubu i kilkoro ich pobratymców – oto i cała pani komisja!

Zbił ją tym z tropu. McBrearty dał jej do zrozumienia, że składa się ona z samych „ważnych ludzi".

– Podtrzymuję propozycję, na rozmowie ze mną wyjdzie pan lepiej niż na nachodzeniu O'Donnellów.

Jasne oczy Byrne'a przyjrzały jej się badawczo.

– Zgoda.

– Może jutro po południu?

– W tej chwili, siostro Wright. – Przywołał ją swoją wielką dłonią.

– Już prawie dwudziesta druga – zaoponowała.

– Wydawca dobierze mi się do skóry, jeśli nie poślę następnym dyliżansem niczego sensownego. Proszę! – dodał prawie chłopięcym głosem.

Lib zeszła z powrotem po schodach i usiadła przy stole, żeby mieć to już za sobą. Wskazała jego poplamiony atramentem notes.

– Co pan już ma? Homera i Platona?

Byrne uśmiechnął się krzywo.

– Rozmaite opinie innych podróżnych, którym odmówiono dzisiaj wstępu. Uzdrowiciela z Manchesteru, który poprzez nałożenie rąk chciał przywrócić dziewczynce apetyt. Jakiegoś medyka ważniaka, ze dwa razy bardziej rozzłoszczonego niż ja z powodu odprawienia z kwitkiem.

Lib się skrzywiła. Standish i jego zalecenia to ostatnia rzecz, jaką chciałaby omawiać. Przyszło jej na myśl, że jeśli dziś wieczorem dziennikarz nie zastał dublińskiego lekarza u Ryanów, to znaczy, że widocznie po przebadaniu Anny Standish od razu z turkotem odjechał z powrotem do stolicy.

– Pewna kobieta zasugerowała, że może dziewczynka kąpie się w oleju, który przenika częściowo przez pory i skórki przy paznokciach – ciągnął Byrne. – A jeden typ zapewniał mnie, że jego kuzyn z Filadelfii osiąga niezwykłe rezultaty, posługując się magnesami.

Lib zaśmiała się pod nosem.

– Cóż, sama mnie pani skazała na ochłapy – powiedział Byrne, zdejmując nasadkę z pióra. – Po co zatem ta cała otoczka tajemniczości? Co pani pomaga ukrywać O'Donnellom?

– Wprost przeciwnie, prowadzimy obserwację jak najskrzętniej, żeby ujawniać wszelkie próby oszustwa – odpowiedziała. – Nie dajemy się w żaden sposób odciągnąć od śledzenia każdego ruchu dziewczynki, aby mieć pewność, że do jej ust nie trafia ani kęs jedzenia.

Przestał pisać i oparł się o ławę.

– To dość barbarzyński eksperyment, nieprawdaż?

Lib przygryzła wargę.

– Załóżmy, że mała kokietka od wiosny jakimś sposobem pozyskuje jedzenie, dobrze?

W tej wiosce pełnej fanatyków trzeźwe podejście Byrne'a niosło ulgę.

– Ale jeśli obserwujecie ją tak doskonale, to znaczy, że Anna O'Donnell nie jadła nic od trzech dni.

Lib przełknęła z trudem ślinę. Właśnie tego zaczęła się dzisiaj obawiać, ale nie chciała się do tego przyznawać przed tym typem.

– Chyba jeszcze nie aż tak doskonale. Podejrzewam, że podczas zmian zakonnicy... – Czy naprawdę zamierzała oskarżyć współpracownicę, bez żadnych dowodów? Zmieniła taktykę. – Tę obserwację prowadzimy dla dobra samej Anny, żeby ją wyplątać z oszukańczej sieci. – Bo chyba Anna pragnie stać się na powrót zwyczajnym dzieckiem?

– Poprzez głodzenie? – Jej rozmówca myślał równie analitycznie jak ona.

– „Jestem okrutny, bo chcę twego dobra"* – zacytowała Lib.

Byrne znał ten cytat.

– Hamlet zabił trzy osoby albo pięć, jeśli liczyć Rozenkranca i Gildensterna.

Niełatwo było dorównać dziennikarzowi erudycją.

---

*   William Szekspir, *Hamlet*, w przekładzie Stanisława Barańczaka, W drodze, Poznań 1990.

– Zaczną mówić, jeśli dziewczynka opadnie z sił – powiedziała z naciskiem. – Jedno albo oboje rodziców, albo służąca, ktokolwiek za tym stoi. Zwłaszcza że położyłam kres oskubywaniu gości z pieniędzy.

Byrne uniósł brwi.

– Zaczną mówić, wezmą winę na siebie i pozwolą się postawić przed sądem za oszustwo?

Lib zdała sobie sprawę, że nie przemyślała karnych konsekwencji tej sprawy.

– No cóż, głodne dziecko prędzej czy później się złamie i przyzna.

Ale wypowiedziawszy te słowa, pojęła, że w nie sama nie wierzy. Anna O'Donnell jakimś sposobem wzniosła się ponad głód.

Lib poderwała się na równe nogi.

– Muszę się położyć, panie Byrne.

Zakołysał się na krześle.

– Jeśli naprawdę nie ma pani nic do ukrycia, pani Wright, to proszę mnie dopuścić do dziewczynki na dziesięć minut, a ja w następnej depeszy wygłoszę peany na pani cześć.

– Nie podoba mi się ton tych pertraktacji.

Tym razem jej nie zatrzymał.

Już w pokoju Lib próbowała zasnąć. Te ośmiogodzinne zmiany wprowadzały zamęt w jej rytmie dobowym. Wysunęła się z zagłębienia w materacu i przyklepała poduszkę.

I gdy tak siedziała w ciemnościach, pierwszy raz naszła ją myśl: a jeśli Anna nie kłamie? Co wtedy?

Przez dłuższą chwilę usiłowała odrzucić wszystkie fakty. Prawdziwa opieka pielęgniarska zaczyna się od zrozumienia istoty choroby – tego nauczyła się od panny N. Należy uwzględnić zarówno fizyczny, jak i psychiczny stan osoby cierpiącej. Pytanie więc brzmi: czy dziewczynka wierzy w swoją własną historię?

Odpowiedź była oczywista. Anna O'Donnell wprost emanowała pewnością. Może to i przypadek histerii, ale najzupełniej szczerej.

Lib poczuła, jak opadają jej ręce. Czyli to dziecko o łagodnych rysach to żaden wróg; żadna zatwardziała więźniarka. Zaledwie dziewczynka uwikłana w rodzaj snu na jawie, bezwiednie stąpająca ku krawędzi klifu. Zaledwie pacjentka, która potrzebuje jej profesjonalnej pomocy – i to szybko.

Rozdział 3

Post

fast (ang.)
    powstrzymywać się od jedzenia
    okres postu
    umocowany, otoczony, mocny, umocniony
    stały, niezachwiany, wytrwały

Był czwartek, piąta rano, gdy Lib weszła do sypialni. Przy świetle kopcącej lampy obserwowała śpiącą Annę O'Donnell.

– Bez zmian? – szepnęła do zakonnicy.

Przeczący ruch okrytej kornetem głowy.

Jak Lib miałaby poruszyć temat wizyty doktora Standisha bez wyrażania swojego zdania? I co zakonnica, która wierzy, że dziewczynka może się żywić manną z nieba, pomyślałaby o jego teorii, że Anna to histeryczka, która próbuje się zagłodzić?

Siostra Michaela wzięła pelerynę i torbę i wyszła.

Twarz dziecka na poduszce przypominała opadły owoc. Lib zauważyła, że oczy ma podpuchnięte bardziej niż zwykle, może to dlatego, że przez całą noc leżała płasko. Na jednym z policzków odcisnęło jej się na czerwono zagniecenie poduszki. Ciało Anny było jak czysta kartka zapisywana stopniowo przez wszystko, co jej się przydarzało.

Lib przysunęła sobie jedno z krzeseł i usiadła, obserwując Annę z odległości nie większej niż dwie stopy. Zaokrąglony policzek; unoszące się z oddechem klatka piersiowa i brzuch.

A więc dziewczynka naprawdę wierzyła, że nie je od czterech miesięcy. Tylko że jej ciało świadczyło o czymś innym. To więc musiało znaczyć, że do niedzielnej nocy ktoś podkarmiał Annę, a ona później... jakoś o tym zapomniała? Albo może w ogóle tego nie zarejestrowała. Czy to możliwe, że ktoś ją dokarmiał, kiedy znajdowała się w swoistym transie? Czy dziecko pogrążone w głębokim śnie mogło przełykać pokarm bez zadławienia tak, jak lunatyk potrafi błądzić po domu z zamkniętymi oczami? Może po przebudzeniu Anna czuła tylko sytość, jak nakarmiona niebiańską rosą.

Ale to nie wyjaśniało, dlaczego dzień za dniem, cztery doby od rozpoczęcia tej obserwacji, dziecko nie wykazywało żadnego zainteresowania jedzeniem. Co więcej, mimo wszystkich osobliwych objawów, które ją nękają, dziecko żyje w przekonaniu, że może się obejść bez pokarmu.

Obsesja, mania – Lib przypuszczała, że tak to można określić. Choroba duszy. Histeria? – jak nazwał ją ten okropny lekarz. Anna przypominała Lib baśniową księżniczkę, na którą ktoś rzucił czar. Co mogłoby przywrócić dziewczynkę do normalnego życia? Nie książę. Magiczne ziele z krańców świata? Jakiś wstrząs, który wyszarpałby jej z gardła kawałek zatrutego jabłka? Nie, coś tak zwykłego jak oddech: zdrowy rozsądek. A gdyby tak Lib właśnie w tej chwili potrząsnęła dziewczynką i wytrąciwszy ją ze snu, powiedziała: „Opamiętaj się!".

Domyślała się jednak, że istota szaleństwa tkwi w odmowie pogodzenia się z diagnozą. Oddziały Standisha były pełne takich ludzi.

Zresztą czy dzieci w ogóle można uznać za w pełni zdrowe na umyśle? Wiek siedmiu lat uznaje się za wiek rozumności, ale Lib odnosiła wrażenie, że głowy siedmiolatków wciąż jeszcze kipią od wyobraźni. Dzieci żyją po to, by się bawić. Oczywiście można im zlecać drobne prace, ale w wolnych chwilach traktują swoje zabawy tak poważnie, jak ludzie obłąkani swoje urojenia. Dzieci, jak mali bogowie, tworzą swoje miniaturowe światy z gliny albo nawet z samych słów. Dla nich prawda nigdy nie jest prosta.

Ale Anna ma jedenaście lat, czyli nie powinna już mieć w sobie niczego z siedmiolatki. Inne jedenastolatki wiedzą, kiedy jadły, a kiedy nie; są już dość duże, by odróżnić fantazję od rzeczywistości. Z Anną O'Donnell było inaczej; było coś wyraźnie nie tak.

Na razie nadal głęboko spała. Za nią w małej szybce rozlewał się jak płynne złoto oprawiony widnokrąg. I pomyśleć, że miałaby zastraszyć to delikatne dziecko rurkami, pompować w jego ciało jedzenie „od góry i od dołu"...

Żeby otrząsnąć się z tych myśli, Lib sięgnęła po *Zapiski o pielęgniarstwie*. Rzuciło jej się w oczy zdanie, które zaznaczyła przy pierwszej lekturze: „Nie wolno jej plotkować ani gadać po próżnicy; na pytania o swojego pacjenta odpowiadać powinna tylko tym osobom, które mają prawo je zadawać".

Czy William Byrne miał takie prawo? Wczoraj wieczorem w jadalni nie należało z nim rozmawiać tak otwarcie, może nawet w ogóle.

Podniosła wzrok i drgnęła, bo dziecko patrzyło wprost na nią.

– Dzień dobry, Anno – powiedziała zbyt pospiesznie, jakby przyznawała się do winy.

– Dzień dobry, pani Nie-Wiadomo-Jaka.

To była zuchwałość, ale Lib mimo woli się roześmiała.

– Elizabeth, jeśli musisz wiedzieć.

Zabrzmiało to jakoś obco. Ostatnią osobą, która używała tego imienia, był jej mąż podczas ich trwającego jedenaście miesięcy małżeństwa. W szpitalu wszyscy nazywali ją panią Wright.

– Dzień dobry, pani Elizabeth – powiedziała na próbę Anna.

To już skojarzyło jej się z całkiem nieznaną kobietą.

– Nikt się tak do mnie nie zwraca.

– To jak się do pani mówi? – spytała Anna, unosząc się na łokciach i przecierając jedno z zaspanych oczu.

Lib zdążyła już pożałować, że zdradziła swoje imię, ale w końcu nie zostanie tu na długo, więc czy to naprawdę ma znaczenie?

– Pani Wright albo siostro, albo proszę pani. Wyspałaś się?

Dziewczynka usiadła, nie bez trudu.

– „Jam spał i twardo zasnąłem" – wyszeptała. – To jak się do pani zwraca rodzina?

Ten nagły przeskok między Pismem a rozmową zbił Lib z pantałyku.

– Już jej nie mam. – W zasadzie to była prawda; siostra postanowiła usunąć się z jej życia, zresztą nie wiadomo, czy jeszcze żyje.

Anna zrobiła wielkie oczy.

Lib przypomniała sobie, że w dzieciństwie rodzina jawiła jej się jako coś równie nieuniknionego i niezbędnego jak łańcuch gór wokół doliny. Kto by pomyślał, że z biegiem lat człowiek przeniesie się na nieograniczone lądy. Dotarło do niej teraz, że jest całkiem sama na świecie.

– Ale jak pani była mała – powiedziała Anna. – Jak panią wołali? Eliza? Elsie? Effie?

– A to co, baśń o Titeliturym? – zażartowała Lib.

– A to kto?

– Taki jeden karzeł, który...

Ale już Rosaleen O'Donnell pospieszyła przywitać córkę, nawet nie zaszczyciwszy pielęgniarki spojrzeniem. Rozłożyste plecy niczym tarcza rzucona przed dziecko, ciemnowłosa głowa pochylona nad twarzą dziewczynki. Czułe słówka; ani chybi po gaelicku. Całe to widowisko zagrało Lib na nerwach.

Domyślała się, że gdy matka ma przy sobie tylko jedno dziecko, skupia na nim cały swój zapał. Czy Anna i Pat mieli jeszcze jakieś rodzeństwo?

Tymczasem Anna klęczała już przy matce ze złączonymi dłońmi i zamkniętymi oczami.

– „Bardzo zgrzeszyłam myślą, mową, uczynkiem i zaniedbaniem, moja wina, moja wina, moja bardzo wielka wina". – Z każdym słowem „wina" zamknięta dziecięca pięść uderzała w piersi.

– Amen – zakończyła śpiewnie pani O'Donnell.

Anna rozpoczęła kolejną modlitwę:

– „O Maryjo, bez grzechu poczęta, módl się za nami, którzy się do Ciebie uciekamy..."

Lib zastanawiała się, jak spędzić długi poranek. Trzeba będzie chronić później dziewczynkę przed spojrzeniami niedoszłych gości.

– Anno – odezwała się, gdy matka wróciła do kuchni. – Przejdziemy się na poranny spacer?

– Ledwie dnieje.

Lib nawet jeszcze nie sprawdziła Annie tętna, ale to może poczekać.

– Czemu nie? Ubierz się i zarzuć pelerynę.

Dziewczynka przeżegnała się i odmawiając pod nosem modlitwę do Świętego Alberta, ściągnęła przez głowę koszulę nocną. Czyżby na jej łopatce pojawił się nowy, zielonkawobrązowy siniec? Lib zapamiętała go sobie.

Gdy przechodziły przez kuchnię, Rosaleen O'Donnell orzekła, że jest jeszcze ciemno i wdepną w krowi placek albo połamią sobie nogi w kostkach.

– Będę strzegła pani córki jak oka w głowie – powiedziała Lib i pchnęła dzielone drzwi.

Wyszły z chaty, Lib przodem, a kury na ich widok rozgdakały się i rozpierzchły. Owionęło je cudowne wilgotne powietrze.

Tym razem ruszyły za chatę słabo wydeptaną miedzą. Anna szła powoli i nierówno, komentując niemal wszystko, co zobaczyła. Czy to nie zabawne, że skowronków nie da się dojrzeć na ziemi, tylko dopiero wtedy, gdy podrywają się ku niebu, żeby śpiewać? O, a tamtą górę, za którą wschodzi słońce, nazywa swoim wielorybem.

Lib nie widziała w tym spłaszczonym krajobrazie żadnych gór. Anna wskazywała niewielkie wypiętrzenie; bez wątpienia mieszkańcy martwego punktu Irlandii dostrzegali szczyt w każdej fałdzie.

Anna chciałaby czasem dojrzeć wiatr; czy pani Jakby-Elizabeth miewa też takie myśli?

– Mów do mnie: pani Wright...

– Albo siostro, albo proszę pani – powiedziała Anna i zachichotała.

Dziecko pełne życia, pomyślała Lib; jak, u licha, może być „na wpół zagłodzone"? Ktoś musi nadal podkarmiać Annę.

Żywopłoty skrzyły się w słońcu.

– Jakie to wody są najrozleglejsze i najbezpieczniejsze do pokonania? – spytała Lib.

– To zgadywanka?

– Oczywiście, nauczyłam się jej jako mała dziewczynka.

– Hm. Najrozleglejsze wody... – powtórzyła Anna.

– Wyobrażasz sobie coś w rodzaju morza, prawda? Nie tym tropem.

– Widziałam morze na obrazkach.

Dorastać na takiej małej wyspie i nie dotrzeć nawet na jej kraniec...

– Ale wielkie rzeki na własne oczy – dodała z dumą Anna.

– Ach tak? – powiedziała Lib.

– Tullamore i Brosnę, jak pojechaliśmy na jarmark w Mullingar.

Lib rozpoznała nazwę miasta w środkowej Irlandii, w którym skręcił nogę koń Williama Byrne'a. Ciekawe, czy reporter także na dzisiejszą noc zatrzymał się u Ryanów, w pokoju po drugiej stronie korytarza, z nadzieją, że dowie się czegoś jeszcze o przypadku Anny. Czy też „Irish Timesowi" wystarczą jego satyryczne doniesienia z miejsca akcji?

– Woda w mojej zagadce nie wygląda nawet jak najszersze rzeki. Wyobraź sobie, że rozprzestrzenia się po całej ziemi, ale można nią bezpiecznie przejść.

Anna wytężała szare komórki i w końcu pokręciła głową.

– Rosa – powiedziała Lib.

– O! Mogłam się domyślić.

– Taka jest drobna, że nikt o niej nie pamięta. – Przypomniała jej się opowieść o mannie z nieba: „rosa leżała wokoło obozu i oto ukazało się na puszczy coś drobnego".

– Jeszcze jedną – prosiła Anna.

– Na razie nie mogę sobie żadnej przypomnieć – powiedziała Lib.

Dziewczynka szła w milczeniu dobrą minutę, prawie utykając. Czyżby ją bolało?

Lib kusiło, żeby ująć ją pod rękę i poprowadzić nierówną ścieżką, ale nie. „Tylko obserwować", upomniała się w duchu.

Przed nimi zamajaczyła jakaś postać, którą Lib wzięła za Malachy'ego O'Donnella, ale gdy podeszły bliżej, okazało się, że to przygarbiony starszy człowiek. Wycinał czarne bryły i układał je w stertę; torf na opał, domyśliła się Lib.

– Szczęść Boże pracy! – zawołała do niego Anna.

Skinął głową w odpowiedzi. Jego szpadel miał kształt, jakiego Lib nigdy nie widziała, czerpak był zakrzywiony na podobieństwo skrzydeł.

– Czy to kolejna modlitwa, którą musisz recytować? – spytała dziecko, gdy przeszły dalej.

– Szczęść Boże pracy? Tak, inaczej mogłaby mu się stać krzywda.

– Czułby się zraniony, że o nim nie pomyślałaś? – odparła Lib z nutą sarkazmu.

Anna wyglądała na zdziwioną.

– Nie, mógłby sobie odciąć palec szpadlem.

A, czyli to rodzaj rytuału ochronnego.

Dziewczynka zaczęła teraz śpiewać lekko chropawym głosem.

W ranach twych, o Panie
Ukryj, osłoń mnie,
Ażebym już nigdy
Nie odłączyła się.

Według Lib poruszająca melodia nie pasowała do makabrycznego tekstu. Sam pomysł, żeby ukryć się wewnątrz rany jak czerw...

– Idzie doktor McBrearty – oznajmiła Anna.

Starzec, z rozwianymi połami, spieszył do nich od strony chałupy. Zdjął kapelusz przed Lib, po czym zwrócił się do dziecka:

– Twoja matka powiedziała mi, że zażywasz powietrza, Anno. Ogromnie się cieszę, że widzę cię z takimi różanymi policzkami.

Anna ma co prawda dość zaczerwienioną twarz, ale raczej z wysiłku, pomyślała Lib; określenie „różane" to lekka przesada.

– Stan ogólny nadal dość dobry? – spytał cicho McBrearty pielęgniarkę.

Panna N. była bardzo rygorystyczna, jeśli chodzi o omawianie kondycji chorych w ich obecności.

– Pójdź przodem – zasugerowała Annie Lib. – Może nazbierasz kwiatów do swojego pokoju?

Dziewczynka posłuchała. Lib nie spuszczała jej jednak z oka. Przyszło jej na myśl, że mogą tu rosnąć jagody, może nawet niedojrzałe orzechy... Czy histeryczka – jeśli Anna nią jest – byłaby zdolna do bezwiednego pochłaniania kęsów jedzenia?

– Nie do końca wiem, jak odpowiedzieć na pańskie pytanie – odparła lekarzowi. W głowie pobrzmiewały jej słowa Standisha: „na wpół zagłodzona".

McBrearty dźgał laską miękką ziemię.

Lib nie bez wahania zmusiła się do wymówienia tego nazwiska:

– Czy miał pan okazję rozmawiać wczoraj z doktorem Standishem, po tym jak wyszedł od Anny? – Uzbroiła się już w najbardziej przekonujące argumenty przeciwko dożywianiu na siłę.

Starzec skrzywił się, jakby ugryzł coś kwaśnego.

– Jego ton był wielce nieelegancki. I pomyśleć, że akurat jemu spośród wszystkich chętnych gości wyświadczyłem tę uprzejmość i wpuściłem go do chaty!

Lib milczała wyczekująco.

Ale McBrearty najwyraźniej nie zamierzał relacjonować wysłuchanej połajanki.

– Układ oddechowy nadal w normie? – spytał.

Lib przytaknęła.

– Serce, tętno?

– Tak – przyznała.

– Sen bez zakłóceń?

Znów skinienie głowy.

– Sprawia wrażenie pogodnej – zauważył lekarz. – I głos ma jeszcze mocny. Żadnych torsji ani biegunki?

– No cóż, trudno się tego spodziewać po osobie, która nie je.

Załzawione oczy starca rozbłysły.

– A więc sądzi pani, że ona rzeczywiście żyje bez...

– To znaczy je za mało, żeby mogła dojść do torsji – przerwała mu Lib. – Anna nie oddaje stolca, a moczu nieznaczne ilości. Według mnie to by sugerowało, że trochę pokarmów przyjmuje albo, co bardziej prawdopodobne, przyjmowała przed rozpoczęciem obserwacji, ale nie dość, by móc się wypróżnić. – Czy powinna wspomnieć o domniemanym nocnym dokarmianiu nieświadomej niczego Anny przez kilka ostatnich miesięcy? Struchlała; naraz wydało jej się to równie nieprawdopodobne jak teorie samego lekarza.

– Nie wydaje się panu, że ma jeszcze bardziej wytrzeszczone oczy? – spytała. – Na skórze widać sińce i łuszczące się plamy, do tego krwawią jej dziąsła. Pomyślałam, że to może szkorbut. Albo nawet pelagra. Na pewno wygląda anemicznie.

– Zacna pani Wright. – McBrearty wydłubał końcówką laski miękką kępę trawy. – Czyżbyśmy zaczęli przekraczać swoje kompetencje? – Zabrzmiało to jak pobłażliwe ojcowskie upomnienie.

– Bardzo przepraszam, panie doktorze – odpowiedziała sztywno.

– Podobne tajemnice niechaj pani zostawi tym, którzy mają należyte wykształcenie.

Lib dałaby wiele, żeby się dowiedzieć, gdzie i jak starannie kształcił się McBrearty, i czy odbyło się to w tym stuleciu, czy może w poprzednim.

– Pani ma po prostu obserwować.

Jednak w takim zadaniu nie było niczego prostego; Lib wiedziała to teraz, wiedziała to i trzy dni temu.

– To ona! – W oddali rozległ się pisk. Dobiegał z przeładowanego wozu stojącego pod domem O'Donnellów. Kilkoro pasażerów machało rękami.

Już oblężenie, nawet takim wczesnym rankiem. Gdzie się podziewa Anna? Lib rozglądała się gorączkowo, aż odnalazła wzrokiem dziewczynkę wąchającą jakiś kwiatek. Nie mogła znieść myśli o słodkich oczach, pochlebstwach, natrętnych pytaniach.

– Muszę ją zabrać do środka, panie doktorze. – Podbiegła do podopiecznej i chwyciła ją za ramię.

– Proszę...

– Nie, Anno, nie będziesz z nimi rozmawiała. Mamy zasady i musimy się ich trzymać.

Pospiesznie, skracając drogę przez pole, przeprowadziła dziewczynkę do chaty; po piętach deptał im lekarz. Anna potknęła się i wykrzywił jej się trzewik.

– Boli? – spytała Lib.

Przeczący ruch głowy.

Lib pociągnęła ją więc dalej, wzdłuż ściany chałupy – dlaczego nie ma tu tylnego wejścia? – i poprzez grupkę gości wykłócających się z Rosaleen O'Donnell utytłaną mąką aż po łokcie.

– Idzie, idzie ten maleńki cud! – zawołał jeden z mężczyzn.

Przepchnęła się do nich jedna z kobiet.

– Pozwól mi tylko złapać się rąbka sukienki, kochanie...

Lib wystawiła rękę i osłoniła dziecko.

– ...chociaż kapkę śliny albo odrobinę łoju z twojej skóry do uzdrowienia tej rany na mojej szyi!

Dopiero gdy znaleźli się w środku i Lib zatrzasnęła drzwi za McBreartym, dotarło do niej, że Anna dyszy, i to nie tylko ze strachu przed wyciągniętymi rękami. Przecież dziewczynka jest słabowita, przypomniała sobie Lib. Co za niedbała z niej pielęgniarka, że zmusiła dziecko do trudu ponad siły? Ach, ależ panna N. by ją zganiła.

– Jesteś chora, złotko? – spytała Rosaleen O'Donnell.

Anna osunęła się na najbliższy stołek.

– Chyba tylko zasapana – powiedział McBrearty.

– Zagrzeję ci flanelę. – Matka wyszorowała ręce i rozwiesiła przy palenisku kawałek tkaniny.

– Trochę zmarzłaś na spacerze – zauważył McBrearty.

– Ona zawsze marznie – mruknęła Lib. Anna miała zsiniałe dłonie. Lib przesadziła ją na stojące przy ogniu krzesło z oparciem i rozcierała jej zgrubiałe palce – delikatnie, żeby nie wyrządzić jej krzywdy.

Gdy flanela się zagrzała, Rosaleen owinęła nią czule szyję Anny.

Lib chętnie pomacałaby najpierw tkaninę, żeby sprawdzić, czy nie kryje się w niej coś jadalnego, ale zabrakło jej odwagi.

– A jak ci się układają stosunki z panią Wright, moja droga? – spytał lekarz.

– Bardzo dobrze – odparła Anna.

Czy dziecko powiedziało tak z uprzejmości? Lib pamiętała tylko chwile, w których była dla dziewczynki sroga i opryskliwa.

– Uczy mnie zgadywanek – dodała Anna.

– Uroczo! – Lekarz złapał palcami opuchnięty nadgarstek dziecka, sprawdzając tętno.

Rosie O'Donnell, stojąca z Kitty przy stole pod tylnym oknem, przerwała lepienie podpłomyków.

– Jakich zgadywanek?

– Takich zmyślnych – odpowiedziała matce Anna.

– Czujesz się już trochę lepiej? – spytał McBrearty.

Anna skinęła z uśmiechem głową.

– Wobec tego już pójdę. Miłego dnia, Rosaleen – powiedział z ukłonem.

– I panu też, panie doktorze. Bóg zapłać za wizytę.

Gdy za McBreartym zamknęły się drzwi, Lib poczuła się posępnie, ponuro. Ledwie jej słuchał; zlekceważył ostrzeżenia Standisha. Zbyt pochłonęła go własna fascynacja „maleńkim cudem".

Zwróciła uwagę na pusty stołek przy drzwiach.

– Widzę, że skarbonka znikła.

– Chłopak od Corcoranów zaniósł ją panu Thaddeusowi razem z tymi malutkimi rękawiczkami w skorupce orzecha – powiedziała Kitty.

– Każdy pens na pomoc i pociechę dla potrzebujących – rzuciła Rosaleen O'Donnell w stronę Lib. – Pomyśl o tym, Anno. Gromadzisz bogactwa w niebie.

Jakże Rosaleen pławiła się w blasku sławy córki. To matka była mózgiem całej operacji, a nie tylko jednym ze spiskowców; tego Lib była niemal pewna. Unikała teraz jej wzroku, żeby nie afiszować się ze swoją niechęcią.

Na gzymsie paleniska, kilka centymetrów od twarzy Lib, obok starej fotografii całej rodziny stanęła druga, nowsza. Dziewczynka na obu podobiznach wyglądała tak samo – te same smukłe kończyny, ta sama niesamowita, nieobecna mina. Jakby dla Anny czas się zatrzymał; jakby ktoś ją zakonserwował za szybą.

Ale najdziwaczniejszy był jej brat. Twarz nastoletniego Pata wyglądała podobnie do nieco delikatniejszej twarzy siostry, poza tym, że wzorem innych chłopców zaczesywał włosy na bok. Ale jego oczy; w ich błysku było coś niezdrowego. Usta ciemne, jakby pomalowane. Opiera się o niezłomną matkę jak znacznie młodsze dziecko albo zapijaczony lekkoduch. Jak brzmiał wers tego psalmu? „Synowie obcy zestarzeli się".

Anna rozpostarła dłonie jak wytworny wachlarz i grzała je przy ogniu.

Jak tu się dowiedzieć o nim czegoś więcej?

– Z pewnością tęskno pani za synem, pani O'Donnell.

Cisza.

– A pewno, że tęskno – powiedziała po chwili Rosaleen O'Donnell. Siekała właśnie przerośnięty pasternak, dzierżąc tasak w jednej wielkiej, ale wymizerowanej dłoni. – Co zrobić. Jak powiadają: ile Bóg ześle, tyle człek dźwignie.

A Bóg go jeszcze oskubie, pomyślała Lib.

– A dawno się odzywał?

Tasak znieruchomiał, a Rosaleen O'Donnell podniosła na nią wzrok.

– On patrzy na nas z góry.

Co, czyżby Patowi O'Donnellowi powiodło się w Nowym Świecie? Tak bardzo, że nie raczył napisać do swojej plebejskiej rodziny?

– Z nieba. – Głos Kitty.

Lib zrobiła wielkie oczy.

Posługaczka wymierzyła palec w górę, jakby chciała się upewnić, czy Angielka zrozumiała.

– W listopadzie umarł.

Dłoń Lib poderwała się do ust.

– Nawet nie miał piętnastu lat – dodała posługaczka.

– Och, pani O'Donnell! – wykrzyknęła Lib. – Proszę mi wybaczyć ten brak taktu. Nie miałam pojęcia... – Wskazała dagerotyp, na którym chłopiec zdawał się spoglądać na nią z pogardą, a może z rozbawieniem? Zrozumiała, że zrobiono go nie przed jego śmiercią, ale po.

Anna, rozparta na krześle, wpatrywała się w płomienie jak zahipnotyzowana i mogło się wydawać, że nie słyszy ani słowa.

Zamiast się obrazić, Rosaleen O'Donnell uśmiechała się z aprobatą.

– Wygląda pani jak żywy? A bo coś pani powiem...

Podparty na kolanach matki. Poczerniałe wargi, pierwsza oznaka rozkładu; że też Lib się nie domyśliła. Czy syn O'Donnellów leżał w tej kuchni przez cały dzień, albo dwa, albo trzy, a jego rodzina czekała na dagerotypistę?

Rosaleen O'Donnell podeszła tak blisko, że Lib aż się wzdrygnęła. Postukała w szybkę.

– Ale ładnie mu te oczy powlekli, co?

Na odbitce ktoś domalował na zamkniętych powiekach denata białka i źrenice; stąd ten wzrok bazyliszka.

I wtedy wszedł pan O'Donnell, strzepując tupaniem błoto z butów. Żona powitała go po gaelicku, po czym przeszła na angielski.

– Nie uwierzysz w to, Malachy. Pani Wright myślała, że Pat jest jeszcze po tej stronie!

Kobieta miała istny dar czerpania przyjemności z koszmarów.

– Biedny Pat – powiedział Malachy, kiwając głową, bez śladu urazy.

– To przez te oczy, całkiem ją zmyliły. – Rosaleen O'Donnell wskazała palcem szybkę. – Pieniądz w błoto nie poszedł.

Anna siedziała z dłońmi złożonymi bezwładnie na kolanach, w jej oczach odbijały się płomienie. Lib zapragnęła ją wyprowadzić z tej izby.

– To jego brzuch go zabił – powiedział Malachy O'Donnell.

Kitty pociągnęła nosem i otarła jedno oko wystrzępionym rękawem.

– Zwymiotował kolację. Już nic więcej nie tknął.

Mężczyzna zwracał się do Lib, więc musiała przytakiwać.

– Ból go chwycił najpierw tu, potem tu, widzi? – Malachy dźgnął się palcem najpierw w okolicy pępka, a potem nieco niżej i na prawo. – Napęczniał jak jajo. – Lib nie słyszała dotąd, żeby mówił tak płynnie. – Rano jakby zeszło, tośmy pomyśleli, że nie trzeba kłopotać doktora McBrearty'ego.

Lib znów skinęła głową. Czy ojciec zwracał się do niej o fachową opinię? Czy szukał przebaczenia?

– Ale Pat dalej był taki słaby i zmarznięty – powiedziała Rosaleen O'Donnell. – Znieśliśmy mu na łóżko wszystkie koce z domu i położyliśmy przy nim jego siostrę, żeby go zagrzała.

Lib przeszły dreszcze. Nie tylko z powodu samej sytuacji, ale i odtwarzania jej w obecności wrażliwej dziewczynki.

– Posapywał i gadał od rzeczy, jakby przez sen – szepnęła matka.

– Do śniadania już było po nim, nieboraku – powiedział Malachy O'Donnell. – Ani po księdza nie zdążylim posłać. – Pokręcił gwałtownie głową, jakby strząsał muchę.

– Złego licho nie bierze – wykrzyknęła Rosaleen.

– Tak mi przykro – powiedziała Lib. Odwróciła się w stronę dagerotypu, żeby uniknąć wzroku rodziców. Przekonała się jednak, że nie może znieść tego błysku w oczach, wzięła więc Annę za wciąż zimną dłoń i wróciła z nią do sypialni.

Jej spojrzenie padło na kuferek ze skarbami. Ciemnobrązowe włosy w figurce, którą stłukła... musiały należeć do brata. Milczenie Anny niepokoiło Lib. Jak można położyć dziecko przy umierającym bracie w charakterze szkandeli.

– Na pewno brakuje ci brata.

Dziewczynka się skrzywiła.

– To nie tak. To znaczy brakuje, oczywiście, pani Elizabeth, ale nie o to chodzi. – Podeszła blisko do Lib i szepnęła: – Matula i tatko myślą, że on trafił do nieba. Tylko że, widzi pani, kto to wie? „Nie rozpaczać, ale nie być pewnym miłosierdzia" to dwa niewybaczalne grzechy przeciwko Duchowi Świętemu. Jeśli Pat jest w czyśćcu, to płonie...

– Och, Anno – wtrąciła Lib. – Niepotrzebnie się zadręczasz. On był ledwie chłopcem.

– Ale wszyscy jesteśmy grzesznikami. A on tak szybko zachorzał, że nie dostał w porę rozgrzeszenia. – Na kołnierzyk dziewczynki spadły łzy.

Czyli spowiedź – tak, katolicy twierdzą uparcie, że ten sakrament ma wyjątkową moc zmazywania grzechów.

Anna zawodziła tak, że Lib z trudnością rozróżniała słowa:

– Nie zostaniemy dopuszczeni, jeśli się nie oczyścimy.

– Doskonale, to twój brat zostanie oczyszczony – orzekła Lib absurdalnie praktycznym tonem opiekunki dziecięcej napełniającej balię do kąpieli.

– Ogniem, tylko ogniem!

– Och, dziecko... – Dla Lib to był egzotyczny język i szczerze mówiąc, zupełnie nie chciała go poznawać. Poklepała niezgrabnie dziewczynkę po ramieniu. Wyczuła guzek kości.

***

– Niech pan nie pisze o tym w gazecie – poprosiła Lib znad talerza bliżej nieokreślonej potrawki. (Gdy o trzynastej trzydzieści wróciła ze zmiany, w małej jadalni u Ryanów zastała Williama Byrne'a).

– Niech pani mówi.

Lib postanowiła wziąć to za obietnicę. Odezwała się cicho:

– Anna O'Donnell opłakuje swojego jedynego brata, który zmarł z powodu niestrawności dziewięć miesięcy temu.

Byrne tylko skinął głową i wytarł talerz kawałkiem chleba.

Lib się rozzłościła.

– Nie sądzi pan, że taki powód wystarczy, by dziecko załamało się psychicznie?

Wzruszył ramionami.

– Można powiedzieć, że cały mój kraj jest pogrążony w żałobie, pani Wright. Po siedmiu latach głodu i moru która rodzina nie ma za sobą załamania?

Lib nie wiedziała, co odpowiedzieć.

– Siedem lat? Naprawdę?

– Nieurodzaj przyszedł w czterdziestym piątym, a ziemniaki obrodziły jak należy dopiero w pięćdziesiątym drugim – powiedział.

Lib wyjęła dyskretnie z ust kawałek kości – królik, pomyślała.

– A co Anna może wiedzieć o tych ogólnonarodowych sprawach? Może czuje się jak jedyna dziewczynka, która kiedykolwiek straciła brata. – W głowie rozbrzmiał jej hymn: „Ażebym już nigdy nie odłączyła się". – Może trapi ją pytanie, dlaczego Bóg zabrał jego, a nie ją.

– Czyli sprawia wrażenie przygnębionej?

– Czasami – odparła niepewnie Lib. – Ale innym razem jest wprost przeciwnie: promienieje jakąś skrywaną radością.

– Skoro mowa o skrywaniu: nie przyłapała jej pani jeszcze na ukradkowej próbie zdobycia jedzenia?

Lib pokręciła głową.

– Doszłam do wniosku, że Anna naprawdę wierzy, że żyje bez pożywienia – bąknęła pod nosem. Zawahała się, ale musiała podzielić się z kimś swoją teorią. – Przyszło mi na myśl, że ktoś z domowników może karmić śpiące dziecko, wykorzystując jego urojenia.

– O, bez przesady. – William Byrne odsunął z twarzy rude loki.

– Taki podstęp wyjaśniałby, skąd przekonanie Anny, że nie jadła od czterech miesięcy. Jeśli ktoś wlewał jej do gardła papkę, a ona była w tym czasie zupełnie nieprzytomna...

– Możliwe. Ale czy prawdopodobne? – Sięgnął po ołówek. – Czy mogę to nadać w następnej depeszy?

– Ależ nie! To tylko przypuszczenia, nie fakty.

– Napiszę, że to fachowa opinia jej pielęgniarki.

Mimo paniki Lib poczuła przyjemne ukłucie na myśl, że Byrne traktuje ją poważnie.

– Poza tym kategorycznie zabroniono mi wyrażania opinii, dopóki w następną niedzielę nie złożę sprawozdania przed komisją.

Byrne odrzucił ołówek.

– To po co mnie pani zwodzi, skoro nie mogę zacytować ani słowa?

– Przepraszam – powiedziała rzeczowym tonem Lib. – Uznajmy temat za zamknięty.

Uśmiechnął się żałośnie.

– Czyli pozostaje mi wrócić do relacjonowania plotek. A nie wszystkie są życzliwe. Wie pani, w tych stronach dziewczynka nie jest bynajmniej ulubienicą gminu.

– Czyżby niektórzy uważali, że kłamie?

– Oczywiście, albo jeszcze gorzej. Wczoraj wieczorem postawiłem piwo jednemu robotnikowi z obłędem w oczach, a on podzielił się ze mną swoim przekonaniem, że za tym wszystkim stoją złe duchy.

– Jak to?

– Anna podobno nie je dlatego, że jest jakimś potwornym odmieńcem w skórze dziewczynki.

„To te one za tym stoją... tylko się nią wysługują". Takie słowa brodatego farmera podsłuchała Lib pierwszego wieczora po przyjeździe. Widocznie chodziło mu o to, że za Anną stoi niewidzialna horda duchów.

– Chłopina miał nawet na to receptę. „Jak tak, to ubijem albo wrzucim do ognia" – powtarzał Byrne z bezlitośnie wiernym akcentem. – „A niech wraca, skąd przylezła!"

Lib aż się wzdrygnęła. Dla niej potworna była raczej taka pijacka ignorancja.

– Miała pani kiedyś pod opieką pacjenta takiego jak Anna O'Donnell? Pokręciła głową.

– Zatrudniano mnie do najróżniejszych dwuznacznych przypadków, ludzi zdrowych, którzy udawali, że cierpią na jakąś osobliwą przypadłość. Ale z Anną jest odwrotnie. To niedożywione dziecko, które utrzymuje, że tryska zdrowiem.

– Hm. Ale czy hipochondryków można nazwać symulantami? – spytał Byrne.

Lib zmieszała się, jakby ktoś przyłapał ją na szyderstwie z pracodawców.

– Umysł potrafi zwieść ciało – zauważył Byrne. – Człowiek myśli o swędzeniu i od razu je czuje. Albo weźmy ziewanie... – Zasłonił usta dłonią i ziewnął szeroko.

– Tak, ale... – Lib musiała przerwać, bo sama też ziewała.

Byrne zarechotał głośno, ale zaraz ucichł i zapatrzył się w przestrzeń.

– Wydaje mi się dość prawdopodobne, że wytrenowany umysł może nakazać ciału funkcjonowanie bez jedzenia, przynajmniej przez pewien czas.

Zaraz, zaraz. Gdy Lib poznała Byrne'a, nazwał Annę oszustką; przy kolejnym spotkaniu oskarżył Lib, że powstrzymuje ją przed jedzeniem. A teraz, wzgardziwszy jej teorią o dokarmianiu przez sen, sugeruje, że doniesienia o cudzie mogą być jednak prawdziwe?

– Niech pan nie mówi, że przechodzi na stronę O'Donnellów.

Wykrzywił wargi.

– W moim zawodzie otwarta głowa to podstawa. W Indiach – wysłano mnie do Lucknow, żebym relacjonował powstanie – słyszy się o fakirach utrzymujących, że potrafią zawiesić czynności życiowe.

– Fakirach?

– Tak, świętych mężach. Pułkownik Wade, były pełnomocnik gubernatora generalnego Pendżabu, opowiadał mi, że był świadkiem odkopania osobnika zwanego fakirem z Lahore. Czterdzieści dni pod ziemią, bez jedzenia, picia, światła, prawie bez powietrza, i człowiek wyskoczył zdrów i krzepki.

Lib prychnęła.

Byrne zaledwie wzruszył ramionami.

– Mogę pani tylko powiedzieć, że ten zaprawiony w bojach weteran z takim przekonaniem perorował na ten temat, że niemal byłem skłonny mu uwierzyć.

– Pan, cyniczny wyga prasowy.

– Czyżby? Kiedy widzę fałszerstwo, to nazywam rzeczy po imieniu – odparł Byrne. – Czy to czyni ze mnie cynika?

– Przepraszam – bąknęła Lib, zakłopotana. – Powiedziałam więcej, niż zamierzałam.

– Częsta przywara ludzi prasy. – Uśmiech przelotny jak umykająca ryba.

Czy udaje urażonego tylko po to, by wzbudzić we mnie poczucie winy? zastanawiała się oszołomiona Lib.

– To co, możliwe, że Anna jest maluczką irlandzką joginką?

– Gdyby pan ją znał, toby się pan z niej nie naigrywał – wyrzuciła z siebie Lib.

Mężczyzna zerwał się na równe nogi.

– Bezzwłocznie przyjmuję zaproszenie.

– Nie, nie. Reguły wizyt są ściśle ustalone.

– To jak się tam dostał doktor Standish z Dublina, jeśli wolno spytać? – Nadal się z nią droczył, ale w jego głosie dało się słyszeć urazę. – Wczoraj nie wspomniała pani, że jego wpuściła przy drugim podejściu.

– Kanalia!

William Byrne opadł z powrotem na krzesło.

– Kanalia go wpuściła?

– Standish to kanalia – powiedziała Lib. – Czy mogę liczyć na pańską dyskrecję?

Odwrócił z trzaskiem notatnik.

– Zalecił przymusowe karmienie przez zgłębnik.

Byrne się skrzywił.

– Otrzymał zgodę na wejście dzięki interwencji doktora McBrearty'ego, wbrew mojej opinii – dodała Lib. – Ale to się już nie powtórzy.

– A co, ze strażniczki zmieniła się teraz pani w pretoriankę, Elizabeth Wright? Stanie pani na przełęczy i powstrzyma wszystkie smoki?

Nie odpowiedziała. Skąd William Byrne zna jej imię?

– Czy nie mylę się, sądząc, że darzy pani dziewczynkę sympatią?

– Taka moja praca – warknęła Lib. – To pytanie bez związku.

– Moja praca polega na zadawaniu pytań, wszystkich.

Przyjrzała mu się bacznie.

– Dlaczego pan tu jeszcze jest, panie Byrne?

– Muszę przyznać, że osiągnęła pani biegłość w sztuce witania innych podróżnych z otwartymi ramionami. – Tak mocno odchylił się na krześle, że aż skrzypnęło.

– Proszę mi wybaczyć. Ale z jakiego powodu ta sprawa zasługuje na tyle dni pańskiej niepodzielnej uwagi?

– Uczciwe pytanie – przyznał William Byrne. – Zanim wyjechałem w ostatni poniedziałek, powiedziałem wydawcy, że na ulicach Dublina mogę mu wyszukać z tuzin wygłodniałych urwisów. Po co się wyprawiać aż na torfowiska?

– I co on na to? – spytała Lib.

– To, czego się spodziewałem: „Ta jedna zagubiona owca, Williamie".

Po chwili dotarło do niej, że to nawiązanie do Ewangelii: pasterz porzuca stado dziewięćdziesięciu dziewięciu owiec, by odszukać jedną zagubioną.

– Śledztwo dziennikarskie musi być zawężone. – Wzruszył ramionami. – Jeśli się rozproszy emocje czytelnika i ukierunkuje je na wielu choćby nie wiadomo jak nieszczęsnych bohaterów, nie uroni łzy nad żadnym.

Skinęła głową.

– Z pielęgniarkami jest tak samo. Instynktownie troszczymy się bardziej o jednostkę niż o tłum.

Byrne uniósł jasnokasztanową brew.

– To dlatego panna... to znaczy ta pani, która mnie szkoliła – poprawiła się Lib – nie pozwalała nam się przysiadać do poszczególnych pacjentów, żeby im poczytać i tak dalej. Twierdziła, że to rodzi przywiązanie.

– Flirty, macanki i tak dalej?

Powstrzymała rumieniec.

– Nie miałyśmy czasu do stracenia. Powtarzała nam: „Róbcie, co do was należy, i ruszajcie dalej".

– Panna Nightingale sama jest teraz niepełnosprawna, rzecz jasna – powiedział Byrne.

Lib wytrzeszczyła oczy. W ostatnich latach nie słyszała o publicznej działalności swojej nauczycielki, ale zakładała, że panna N. pracuje bez rozgłosu nad swoją misją reformowania szpitali.

– Najmocniej przepraszam – powiedział, nachylając się nad stołem. – Pani nic nie wie.

Lib nie mogła dojść do siebie.

– Czyli to naprawdę była taka wybitna osoba, jak mówią?

– Nadzwyczaj – odrzekła Lib zdławionym głosem. – I nadal jest, sprawna czy nie.

Odsunęła talerz z resztkami potrawki – naraz straciła apetyt – i podniosła się zza stołu.

– Śpieszno pani się stąd wyrwać? – spytał William Byrne.

Lib postanowiła odpowiedzieć tak, jakby chodziło mu o środkową Irlandię, a nie tę ciasną jadalnię.

– No cóż. Czasem można odnieść wrażenie, że do tej części świata nie zawitał jeszcze dziewiętnasty wiek.

Byrne się uśmiechnął.

– Mleko dla skrzatów, woskowe krążki strzegące przed pożarem i powodzią, dziewczynki żywiące się powietrzem... czy Irlandczycy uwierzą we wszystko?

– Skrzaty skrzatami – odrzekł Byrne. – Większość moich rodaków łyknie każdą papkę, którą nakarmią nas księża.

A zatem i on jest katolikiem; nie wiedzieć czemu to zaskoczyło Lib.

Skinął na nią ręką. Nachyliła się w jego stronę.

– Dlatego osobiście stawiam na pana Thaddeusa – szepnął. – Córka O'Donnellów może i jest prostolinijna, może nawet przespała czteromiesięczne nocne dokarmianie, jeśli pani się nie myli, ale niech pani pomyśli, kto pociąga za sznurki.

Jak uderzenie obuchem. Dlaczego Lib o tym nie pomyślała? Ksiądz był rzeczywiście zbyt wygadany, zbyt pogodny.

Ale chwileczkę. Wyprostowała się. Myślmy logicznie i obiektywnie.

– Pan Thaddeus utrzymuje, że od początku nakłaniał Annę do jedzenia.

– Nakłaniał? Zaledwie? To jego parafianka i to szczególnie żarliwej wiary. Na jego rozkaz wspięłaby się na klęczkach na wysoką górę. Nie, moim zdaniem za tą mistyfikacją od początku stoi ojczulek.

– Ale co by nim kierowało?

Byrne potarł kciukiem o opuszki.

– Datki gości są przekazywane ubogim – zauważyła Lib.

– Czyli Kościołowi.

Lib zakręciło się w głowie. Brzmiało to straszliwie wiarygodnie.

– Jeśli pan Thaddeus doprowadzi do uznania przypadku Anny za cud, a z tej posępnej wioski uczyni cel pielgrzymek, to zyski będą nieograniczone. Fundusz na budowę świątyni pod wezwaniem poszczącej dziewczynki!

– Ale jak mógł ją dokarmiać ukradkiem przez sen?

– Nie mam pojęcia – przyznał Byrne. – Musiał wejść w konszachty ze służącą albo z O'Donnellami. Kogo pani podejrzewa?

Lib zaoponowała.

– Nie wzięłabym na siebie...

– A, daj pani spokój, tak między nami. Od poniedziałku spędzała pani w tym domu dnie i noce.

Lib zawahała się, a potem powiedziała, bardzo cicho:

– Rosaleen O'Donnell.

Byrne skinął głową.

– Kto to powiedział, że matka to dziecięce określenie Boga?

Lib nigdy o tym nie słyszała.

Byrne rozhuśtał ołówek w palcach.

– Pamiętajmy, że bez dowodów nie mogę puścić tego do druku, bo oskarżą mnie o zniesławienie.

– Ależ oczywiście!

– Założę się, że jeśli na pięć minut dopuści mnie pani do dziecka, to uda mi się od niego wyciągnąć całą prawdę.

– To niemożliwe.

– Dobrze. – Byrne mówił już swoim zwykłym tubalnym głosem. – To niech ją pani sama przepyta.

Lib nie spodobał się pomysł występowania w roli jego szpiega.

– W każdym razie dziękuję za towarzystwo, pani Wright.

Już prawie piętnasta, a następna zmiana Lib zaczynała się o dwudziestej pierwszej. Potrzeba jej było powietrza, ale za oknem mżyło, zresztą zdaje się, że jeszcze bardziej przydałaby jej się drzemka. Lib poszła więc na górę i zdjęła trzewiki.

Pomyślała, że skoro zaraza ziemniaczana zmieniła się w taką wieloletnią katastrofę, która zakończyła się zaledwie siedem lat temu, to dziecko, obecnie jedenastoletnie, musiało się urodzić w okresie głodu. Odstawione od piersi pośród głodu, wychowywane pośród głodu – takie doświadczenia nie pozostają bez wpływu. Każda oszczędna komórka organizmu Anny została przyuczona do radzenia sobie z niedostatkiem. „Nigdy nie była łasa na smakołyki" – tak Rosaleen O'Donnell wychwalała córkę. Widocznie Annę rozpieszczano, ilekroć mówiła, że już się najadła. Każdym kęsem oddawanym siostrze albo służącej zasługiwała sobie na uśmiech.

Ale to by nie wyjaśniało, dlaczego wszystkie inne irlandzkie dzieci chciały jeść obiady, a Anna nie.

Może to kwestia innej matki, pomyślała Lib. Podobnej do tej baśniowej, która zachwalała światu córkę, twierdząc, że potrafi prząść złoto. Czyżby Rosaleen O'Donnell dostrzegła u córki dar wstrzemięźliwości i wymyśliła sposób, by uczynić z niej swą chlubę, kurę znoszącą złote jaja?

Lib leżała nieruchomo, z zamkniętymi oczami, ale światło kłuło ją przez powieki. Zmęczenie to nie to samo co senność, tak jak potrzeba jedzenia to nie to samo co apetyt. A to, jak i wszystko inne, znów przypomniało jej o Annie.

Gdy nad wiejską ulicą topniały resztki wieczornego światła, Lib skręcała już w prawo, w dróżkę. Nad cmentarzem wschodził bliski pełni księżyc. Pomyślała o leżącym w trumnie synu O'Donnellów. Dziewięć miesięcy; już w stanie rozkładu, ale jeszcze nie szkielet. Czy to jego portki nosi teraz strach na wróble?

Litery na przygotowanej przez Lib kartce wiszącej na drzwiach chałupy rozmazał deszcz.

Siostra Michaela czekała w sypialni.

– Już śpi jak kamień – szepnęła.

Za dnia miały tylko chwilę, żeby Lib mogła podsumować zmianę. Teraz pojawiła się rzadka okazja do rozmowy na osobności.

– Siostro Michaelo... – Ale Lib pojęła, że nie może wspomnieć o swoich domysłach na temat nocnego dokarmiania, bo zakonnica znów zamknie się przed nią jak skrzynia. Nie, lepiej trzymać się płaszczyzny porozumienia, czyli troski o dziewczynkę śpiącą na wąskim łóżku.

– Czy wiedziała siostra o śmierci brata dziecka?

– Niech spoczywa w pokoju. – Zakonnica skinęła głową i przeżegnała się.

Dlaczego więc nikt nie powiedział Lib? Albo raczej dlaczego to ona zdaje się rozumieć wszystko opacznie?

– Anna chyba się o niego zamartwia.

– Naturalnie.

– Nie, chodzi mi o to, że nadmiernie. – Zawahała się. Ta kobieta może i przesiąkła zabobonami i nad każdym mokradłem widzi pląsające anioły, ale Lib nie ma nikogo innego, z kim mogłaby porozmawiać, a kto widziałby dziewczynkę z tak bliska. – Wydaje mi się, że Anna jest niezupełnie zdrowa na umyśle – dokończyła szeptem.

W białkach oczu siostry Michaeli odbiło się światło lampy.

– Nikt nas nie prosił o badanie jej umysłu.

– Śledzę tylko objawy. – Lib nie ustępowała. – Jednym z nich jest rozpamiętywanie śmierci brata.

– Wyciąga pani wnioski, pani Wright. – Zakonnica uniosła surowo palec. – Nie powinnyśmy się zagłębiać w tego rodzaju dyskusje.

– To niemożliwe. Każde słowo, które zamieniamy, dotyczy Anny, i jakżeby mogło być inaczej?

Zakonnica pokręciła energicznie głową.

– Je coś czy nie? To jedyne pytanie.

– Dla mnie to nie jest jedyne pytanie. I dla siostry też nie powinno być, jeśli chce się siostra nazywać pielęgniarką.

Zakonnica zacisnęła szczęki.

– Moje przełożone przysłały mnie tutaj pod zwierzchnictwo doktora McBrearty'ego. Dobranoc pani.

Przewiesiła pelerynę przez rękę i wyszła.

Kiedy po kilku godzinach siedząca przy łóżku Lib zobaczyła, że Annie drżą powieki, sama zapragnęła snu, którego jej zabrakło po południu. Ale tę potyczkę znała nie od dziś i jak każda pielęgniarka wiedziała, że wygra, jeśli tylko przemówi do siebie dostatecznie stanowczo.

Organizmowi należało coś dostarczyć; jeśli nie sen, to pożywienie, a jeśli i to jest niedostępne, to jakiegoś rodzaju bodziec. Lib odłożyła swoją chustę, odsunęła rozgrzaną cegłę, na której trzymała stopy, i zaczęła się przechadzać tam i z powrotem po izbie, po trzy kroki w każdą stronę.

Naszła ją myśl, że William Byrne musiał o nią wypytywać, bo znał jej imię i nazwisko i wiedział, kto ją szkolił. A co ona wie o nim? Tylko tyle, że pisze dla gazety, której nigdy nie czytała, pracował w Indiach jako korespondent i jest katolikiem, choć raczej sceptycznym. Taki jest otwarty i bezpośredni, a jednak nie zdradził wiele więcej niż swoją teorię na temat pana Thaddeusa – daleko posunięty wniosek, który teraz wydał się Lib zupełnie nieprzekonujący. Od poniedziałkowego poranka ksiądz nawet nie zbliżył się do chałupy. Jakże miałaby zapytać Annę: „Czy to pan Thaddeus powstrzymuje cię przed jedzeniem?".

Zaczęła liczyć senne oddechy Anny. Dziewiętnaście na minutę, ale gdyby dziewczynka nie spała, suma byłaby inna, a rytm mniej regularny.

Coś się gotuje w saganie. Brukiew? Warzy się powoli przez całą noc, wypełniając chatę zapachem skrobi. To wystarczyło, żeby Lib zgłodniała, chociaż zjadła u Ryanów obfitą kolację.

Co ją tknęło, żeby znów spojrzeć na łóżko? Ciemne lśniące oczy patrzyły wprost na nią.

– Dawno się obudziłaś?

Nieznaczne wzruszenie ramion.

– Czegoś ci trzeba? Nocnika? Wody?

– Nie, dziękuję, pani Elizabeth.

Coś osobliwego w sposobie wyrażania się Anny: uprzejmym, niemal chłodnym.

– Czy coś cię boli?

– Raczej nie.

– Co się dzieje? – Lib przysunęła się bliżej i pochyliła się nad łóżkiem.

– Nic – sapnęła Anna.

– Czy ty w ogóle czujesz głód? – zaryzykowała Lib. – To zapach brukwi cię obudził?

Blady, prawie żałosny uśmiech.

Lib zaburczało w brzuchu. Głód to sygnał pobudki znany każdemu. Organizm jak niemowlak miauczy co rano: „Nakarm mnie". Ale nie u Anny, już nie. „Histeryczna, obłąkana, szalona" – te określenia do niej nie pasują. Wygląda na to, że jest zwyczajnie dziewczynką, która nie potrzebuje jedzenia.

Och, dość tego, napomniała się w duchu. Gdyby Anna uwierzyła, że jest jedną z pięciu królewskich cór, to czy sama wiara by ją w nią przemieniła*? Dziecko może i nie odczuwa głodu, ale on i tak wżera się w jej ciało, włosy, skórę.

Po chwili tak długiej, że Lib uznała już, że dziecko śpi z otwartymi oczami, Anna nagle się odezwała:

– Niech mi pani opowie o tym karle.

– Jakim karle? – spytała Lib.

– Tym Tite...

– A, o Titeliturym. – Dla zabicia czasu przytoczyła tę dawną baśń. Zmuszona do przywołania szczegółów zdała sobie sprawę, jak dziwaczna to historia. Dziewczyna obarczona niewykonalnym zadaniem, jakim było uprzędzenie złota ze słomy, a wszystko przez przechwałki jej matki. Karzeł, który jej dopomógł. Jego propozycja, że nie odbierze jej pierworodnego dziecka pod warunkiem, że dziewczyna odgadnie jego cudaczne imię...

Po wysłuchaniu baśni Anna leżała bez ruchu. Lib nasunęła się myśl, że być może dziecko wzięło legendę za fakt. Czy wszelkie przejawy sił nadprzyrodzonych były dla niej równie rzeczywiste?

– Bet.

– Słucham?

– Bet – czy tak panią nazywała rodzina?

Lib zachichotała.

– No nie, znów te wygłupy.

– Przecież na co dzień nie mogli pani nazywać Elizabeth. Betsy? Betty? Bessie?

– Nie, nie i jeszcze raz nie.

– Ale zdrobnienie pochodzi od Elizabeth, tak? – dopytywała Anna. – To nie jakieś całkiem inne imię, na przykład Jane?

– Nie, to by było oszustwo – przyznała Lib.

Lib – tak brzmiało pieszczotliwe zdrobnienie jej imienia w czasach, gdy ktoś się jeszcze z nią pieścił. Wymyśliła je jej młodsza siostra, kiedy nie umiała wymówić pełnego imienia. Cała rodzina tak

---

* Nawiązanie do potomstwa królowej Wiktorii (przyp.tłum.).

ją nazywała w czasach, gdy miała rodzinę, gdy rodzice byli na świecie, a siostra nie powiedziała jeszcze, że Lib jest dla niej jak martwa.

Położyła dłoń na dłoni Anny spoczywającej na szarym kocu. Opuchnięte palce były lodowate, więc objęła je dłonią.

– Cieszysz się, że nocą ktoś przy tobie czuwa?

Dziewczynka nie wiedziała, co odpowiedzieć.

– Chodzi mi o to, że nie jesteś sama.

– Ale ja nie jestem sama – oznajmiła Anna.

– No, teraz nie. – Przynajmniej od rozpoczęcia obserwacji.

– Ja nigdy nie jestem sama.

– Prawda – przyznała Lib. Bezustannie w czyimś towarzystwie, jak nie jednej wartowniczki, to drugiej.

– On do mnie przychodzi, jak tylko zasnę.

Dziewczynce opadały już niebieskawe powieki, więc Lib nie dopytywała, co to za on. Odpowiedź była oczywista.

Anna znów zaczęła głęboko oddychać. Lib zadawała sobie pytanie, czy dziecko co noc śni o swoim Zbawicielu. Czy przybywa do niej pod postacią długowłosego mężczyzny, chłopca z aureolą, dzieciątka? Jakiego rodzaju pociechę jej niesie, jakie to ambrozyjskie uczty ponętniejsze niż te ziemskie?

Obserwowanie śpiącej osoby usypia jak nic innego; Lib poczuła, że znów ciążą jej powieki. Wstała i poruszyła głową w jedną i drugą stronę, żeby rozluźnić kark.

„On do mnie przychodzi, jak tylko zasnę". Dziwne sformułowanie. Może Annie w ogóle nie chodziło o Chrystusa, tylko o jakiegoś zwykłego jego, mężczyznę – Malachy'ego O'Donnella? Może nawet pana Thaddeusa? – który wlewa jej do ust płynny pokarm, gdy leży nieprzytomna w stanie snu i półsnu. Czy Anna usiłowała przekazać Lib prawdę, którą sama nie do końca rozumiała?

Z braku innego zajęcia Lib przejrzała kuferek ze skarbami dziewczynki. Otworzyła książkę *O naśladowaniu Chrystusa*, ostrożnie, żeby nie przesunąć świętych obrazków. „Gdybyśmy całkowicie umarli dla siebie samych, a mniej byli wewnętrznie uwikłani – przeczytała na górze strony – moglibyśmy pojmować nawet rzeczy Boże i w zachwycie doświadczać już tchnienia niebios"[*].

---

[*]   Tomasz à Kempis, *O naśladowaniu Chrystusa*, w przekładzie Anny Kamieńskiej, PAX, Warszawa 1995.

Zatrzęsła się na widok tych słów. Jak można uczyć dziecko, żeby umarło dla siebie samego? Jak wiele spośród najbardziej obłąkanych, najsolenniej wyznawanych przez Annę prawd pochodzi z tych książek? Albo z tych pstrokatych obrazków. Tak wiele tu roślin: słoneczników z tarczami zwróconymi ku słońcu; Jezus siedzący na rozłożystej koronie drzewa, poniżej przytuleni ludzie. Sentencje wypisane czcionką gotycką, opisujące go jako brata lub pana młodego. Na jednym z obrazków widniały strome schody wyrąbane w ścianie urwiska, na którego szczycie stał krzyż, a w tle majaczyło wielkie serce niczym zachodzące słońce. Kolejny, zatytułowany *Mistyczne zaślubiny Świętej Katarzyny*: piękna młoda kobieta przyjmowała obrączkę od Dzieciątka siedzącego na kolanach Matki Boskiej.

Ale najbardziej zaniepokoił Lib obrazek dziewczynki unoszącej się na tratwie w kształcie szerokiego krzyża, uśpionej i nieświadomej szalejących wokół fal. *Je voguerai en paix sous la garde de Marie* – głosił napis. Ja coś tam w czymś tam, strzeżona przez Maryję? Dopiero wtedy Lib dostrzegła smutne kobiece oblicze w chmurach, wpatrzone w dziewczynkę na tratwie.

Zamknęła książkę i odłożyła ją na miejsce. Zaraz pomyślała, że zerknie jeszcze raz na obrazek, żeby sprawdzić, jaki ustęp oznacza. Nie znalazła żadnej wzmianki o Maryi ani o łodzi. Jej wzrok przyciągnęło tylko słowo „naczynia"*: „Pan bowiem zlewa swoje błogosławieństwo tam, gdzie widzi naczynia opróżnione". Opróżnione właściwie z czego? dociekała Lib. Strawy? Rozsądku? Indywidualności? Na następnej stronie, obok szpetnego obrazka z aniołem, znalazła zdanie: „Pragniesz mi dać do pożywania pokarm niebieski, Chleb aniołów". A kilka stron dalej, oznaczone obrazkiem z ostatnią wieczerzą: „Jak słodka i radosna uczta, w której Siebie samego dałeś nam na pokarm". A może obrazek odsyłał do ustępu: „Ty sam jesteś moim pokarmem i napojem, moją miłością"**.

Lib mogła sobie bez trudu wyobrazić, że dziecko opacznie zrozumiało te kwieciste frazy. Skoro to jedyne książki Anny, a odkąd

---

* Ang. *vessel* – także statek, łódź lub okręt (przyp. tłum.).
** Wszystkie cytaty zawarte w tym akapicie za: Tomasz à Kempis, *O naśladowaniu Chrystusa*, w przekładzie ks. Władysława Lohna, Wydawnictwo Apostolstwa Modlitwy, Kraków 1981.

zachorowała, rodzice nie puszczają jej do szkoły, to pewnie wyciąga z lektury wnioski, z nikim się nie konsultując...

Oczywiście niektóre dzieci nie pojmują idei metafory. Przypomniała sobie pewną dziewczynkę ze szkoły, beznamiętną osóbkę, która nigdy nie owijała w bawełnę i przy całej swojej erudycji wydawała się upośledzona, jeśli chodzi o przyziemne sprawy. Anna nie sprawiała takiego wrażenia. Ale jak nie nazwać głupotą traktowania języka poezji tak dosłownie? Lib znów miała ochotę potrząsnąć dziewczynką i zawołać: „Jezus nie jest prawdziwym pokarmem, ty tępaczko!".

Nie, to żadna tępaczka. Anna to tęga głowa, po prostu chwilowo brakło jej piątej klepki.

Przypomniała sobie, że kuzyn jednej z pielęgniarek ze szpitala nabrał przekonania, że przecinki i kropki w artykułach „Daily Telegraph" zawierają skierowany do niego zaszyfrowany przekaz.

Dochodziła piąta rano, gdy Kitty wetknęła głowę do izby i przez dłuższą chwilę obserwowała śpiącą dziewczynkę.

Może Anna to ostatnia żyjąca kuzynka Kitty, pomyślała Lib. O'Donnellowie nie wspominali nigdy o innych krewnych. Czy Anna zwierzała się kiedyś kuzynce?

– Siostra Michaela już jest – oznajmiła posługaczka.

– Dziękuję, Kitty.

Ale po Kitty do pokoju weszła Rosaleen O'Donnell.

„A dajże jej spokój" – chciała powiedzieć Lib. Ale ugryzła się w język, Rosaleen tymczasem pochyliła się, żeby obudzić córkę długim uściskiem i szeptanymi do ucha modlitwami. Dwa razy dziennie rozgrywała się scena rodem ze wspaniałej opery – Rosaleen wpadała do izby i dawała teatralny pokaz uczuć macierzyńskich.

Zjawiła się zakonnica i z zasznurowanymi wargami skinęła na przywitanie głową. Lib wzięła swoje rzeczy i wyszła.

Przed chatą posługaczka wlewała wodę z metalowego wiadra do stojącej na ogniu ogromnej balii.

– A co ty robisz, Kitty?

– Dziś pranie.

Jak na gust Lib balię na pranie ustawiono za blisko gnojownika.

– Normalnie piorę w poniedziałek, nie w piątek – powiedziała Kitty. – Tylko że w poniedziałek mamy Lá Fhéile Muire Mór, czy nie?

– Słucham?

– Święto Najświętszej Maryi Panny.

– O, doprawdy?

Kitty podparła się pod boki i zapatrzyła na Lib.

– To piętnastego sierpnia nasza Panienka została wyniesiona.

Lib nie mogła się zdobyć na pytanie, co to znaczy.

– No, wzięta do nieba. – Wskazała wiadrem.

– Czyli że umarła?

– Umarła! – prychnęła szydercza Kitty. – Czy jej ukochany syn by na to przyzwolił?

Nie było sensu gadać z tą babą. Lib skinęła głową i ruszyła w stronę wioski.

Wracała do sklepu w resztkach mroku, z wiszącym nisko nad horyzontem nadgryzionym księżycem. Zanim wtoczyła się po schodach do swojej sypialni nad sklepem, poprosiła Maggie Ryan o odłożenie dla niej śniadania.

Zbudziła się o dziewiątej ze snu, który zamiast rozjaśnić myśli, jedynie je przytępił. Deszcz, jak palce ślepca, opukiwał z cicha dach.

W jadalni ani śladu Williama Byrne'a. Czyżby wrócił już do Dublina, mimo że nakłaniał Lib, by dowiedziała się czegoś więcej o ewentualnym zaangażowaniu księdza w mistyfikację?

Dziewczyna przyniosła jej zimne podpłomyki. Upieczone – jak domyśliła się Lib po chrzęszczącym między zębami popiele – bezpośrednio na żarze. Czy Irlandczycy nienawidzą jedzenia? Chciała zapytać o dziennikarza, ale zaraz się zreflektowała. Jak by to wyglądało?

Pomyślała o Annie O'Donnell, która piątego dnia zbudziła się z jeszcze pustszym żołądkiem niż dotąd. Od razu ją zemdliło, odsunęła więc talerz i poszła do swojego pokoju.

Przez kilka godzin czytała tom z rozmaitymi szkicami, ale zorientowała się, że niczego nie zapamiętała.

Mimo bębniącego o parasolkę deszczu weszła na dróżkę za sklepem, byle znaleźć się na dworze. Na polu kilka smętnych krów. Gdy szła w stronę jedynego wzniesienia, wieloryba Anny, długiego grzbietu rozszerzającego się z jednej strony, a zwężającego z drugiej, przekonała się, że z każdym krokiem gleba staje się coraz bardziej licha. Szła

ścieżką, aż ta urwała się przy torfowiskach. Starała się trzymać wy-
piętrzonych, na oko suchszych i liliowych od wrzosów miejsc. Kątem
oka wychwyciła jakiś ruch; czyżby zając? W niektórych obniżeniach
zalegało coś na podobieństwo gorącego kakao, a w innych połyskiwa-
ła tylko brudna woda.

Żeby nie przemoczyć trzewików, przeskakiwała z jednego grzy-
biastego wzgórka na drugi. Od czasu do czasu odwracała parasolkę
i szpikulcem badała podłoże, żeby sprawdzić jego twardość. Przez
chwilę szła szeroką wstęgą porośniętą kępami turzycy, choć dobiegający spod spodu szmer, być może podziemnego strumienia, napawał
ją niepokojem; czy cały ten obszar jest podmokły?

Zza jej pleców nadfrunął ptak o zakrzywionym dziobie i posłał
w niebo piskliwą skargę. Na całych mokradłach kołysały się pojedyn-
czo i parami białe kępki. Gdy Lib nachyliła się, żeby się przyjrzeć tym
osobliwym porostom, stwierdziła, że rozgałęziają się mnogo jak rogi
maleńkich jeleni.

Z wielkiego rowu w ziemi dobiegał odgłos rąbania. Gdy Lib podeszła i zajrzała do środka, zobaczyła, że szczelina wypełniona jest do
połowy brązową wodą, w której stoi zanurzony po pachy mężczyzna
uczepiony zgiętą ręką czegoś w rodzaju prymitywnej drabiny.

– Już, już! – zakrzyknęła.

Mężczyzna zagapił się na nią.

– Już, jak najszybciej wezwę pomoc – powiedziała.

– Pani, ale mnie nie trza.

– Ale... – Wskazała wezbraną wodę.

– Tylko chcę chwilę odzipnąć.

Lib znów nie zrozumiała. Poczuła, jak palą ją policzki.

Mężczyzna zakołysał się i uczepił teraz drabiny drugą ręką.

– Pani to ta pielęgniarka z Anglii.

– Zgadza się.

– To tam torfu nie wycinają?

Dopiero wtedy dostrzegła wiszący na drabinie skrzydlasty szpadel.

– Nie w moich stronach. A mogę zapytać, dlaczego pan schodzi
tak głęboko?

– A, torf na górze do niczego. – Wskazał krawędź szczeliny. – Sam
mech, tyle co stworzeniu podłożyć czy ranę opatrzyć.

Lib nie mieściło się w głowie, jak można nakładać tę gnijącą substancję na ranę, nawet na polu bitwy.

– Po torf na opał to trzeba się dokopać na głębokość człowieka albo i dwóch.

– Bardzo ciekawe. – Lib chciała wyjść na osobę praktyczną, ale wyraziła się jak niemądra damulka na salonach.

– Pani się zgubiła?

– Nic podobnego. Wyszłam na krótką promenadę. Dla zdrowia – dodała, na wypadek gdyby rębacz nie znał tego słowa.

Mężczyzna skinął głową.

– A skibkę chleba w kieszeni ma?

Lib cofnęła się, skonsternowana. Żebrak?

– Nie. I pieniędzy też nie.

– E, pieniądze to na nic. Na spacerze trza kawałka chleba, żeby odpędzić te one.

– Te one?

– Ano skrzaty.

Następny plecie głupstwa. Lib obróciła się na pięcie.

– Zieloną drogą idzie?

Znów jakieś nawiązanie do czarów? Odwróciła się.

– Obawiam się, że nie rozumiem, o co chodzi.

– Już prawie na nią weszła.

Podążając wzrokiem za wyciągniętą ręką rębacza, Lib dostrzegła z zaskoczeniem ścieżkę.

– Dziękuję.

– A jak tam dzieweczka?

Była bliska udzielenia zdawkowej odpowiedzi „nieźle", ale w porę ugryzła się w język.

– Nie mam prawa udzielać informacji na ten temat. Miłego dnia.

Z bliska „zielona droga" okazała się porządną drogą polną wysypaną szutrem, rozpoczynającą się ni stąd, ni zowąd pośrodku mokradła. Może łączyła to miejsce z sąsiednią wioską, a ostatni odcinek – ten prowadzący aż do wsi O'Donnellów – jeszcze nie został zbudowany? Nie miała w sobie nic z zieleni, ale nazwa brzmiała obiecująco. Lib ruszyła raźno trawiastym poboczem porośniętym gdzieniegdzie kwitnącymi kwiatami.

Po półgodzinie droga zaczęła biec zakosami po zboczu niewielkiego wzniesienia, w górę i zaraz z powrotem w dół, bez wyraźnego powodu. Poirytowana Lib zacisnęła zęby. Czy wybudowanie prostej drogi to naprawdę taka wielka filozofia? Na końcu droga się zawijała, jakby zniechęcona, a jej powierzchnia zaczynała pękać. Ta tak zwana droga urywała się tak samo przypadkowo, jak się zaczynała; szutrową nawierzchnię pochłaniały stopniowo chwasty.

Co za hołota z tych Irlandczyków. Gnuśni, rozrzutni, beznadziejni nieszczęśnicy stale rozpamiętujący dawne krzywdy. Budują drogi donikąd, obwieszają drzewa gnijącymi szmatami.

Lib ruszyła z powrotem. Deszcz padał ukosem pod parasolkę i zmoczył jej pelerynę. Chciała stanowczo rozmówić się z tym człowiekiem, który skierował ją takim bezcelowym szlakiem, ale gdy dotarła do rowu, zastała w nim jedynie wodę. Chyba że pomyliła go z innym? Przy głębokiej bruździe w ziemi leżały na suszarkach kostki torfu.

W drodze do Ryanów wypatrzyła kwiat, który wzięła za mały storczyk, i pomyślała, że może zerwie go Annie. Stanęła na szmaragdowej łacie, żeby dosięgnąć kwiatka, i zbyt późno poczuła, że mech usuwa jej się spod stóp.

Padła jak długa i wylądowała twarzą w mule. Choć niemal natychmiast dźwignęła się na kolana, zdążyła przemoknąć na wskroś. Gdy uniosła spódnicę i postawiła jedną stopę, ta zapadła się w torf. Zasapana, z największym trudem wyczołgała się z trzęsawiska niczym zwierz schwytany w sidła.

Idąc chwiejnym krokiem ścieżką, poczuła ulgę na myśl, że sklep znajduje się blisko i nie musi paradować przez całą wioskę w takim stanie.

Stojący w drzwiach gospodarz uniósł na jej widok krzaczaste brwi.

– Zdradzieckie te wasze bagna, panie Ryan. – Spódnica ociekała jej błotem. – Wielu się w nich topi?

Chrząknął i natychmiast się rozkaszlał.

– Tylko ci, co mają pomieszane w głowie – powiedział, gdy już odzyskał głos. – Albo moczymordy, jak księżyc zajdzie.

Zanim Lib się wysuszyła i przebrała w zapasowy uniform, było już pięć po piątej. Do O'Donnellów szła tak szybko, jak tylko się dało. Byłaby pobiegła, gdyby to nie uwłaczało godności pielęgniarki. Spóźnić się na zmianę dwadzieścia minut, i to po wszystkich przemowach na temat wysokich standardów...

Tam, gdzie znajdowała się rano balia na pranie, rozlewała się teraz szara kałuża, a przy niej stała czwórramienna drewniana kijanka. Pościel i odzież rozwieszono na krzakach i na lince rozpiętej między chałupą a pochylonym drzewem.

W odświętnej izbie, przy filiżance herbaty i bułeczce z masłem, siedział jakby nigdy nic pan Thaddeus. W Lib wezbrała fala wściekłości.

Ale może, zastanowiła się po chwili, ten człowiek jako proboszcz tutejszej parafii, do tego zasiadający w komisji, nie zalicza się do gości? Przy Annie siedziała przynajmniej siostra Michaela. Rozpinając pelerynę, Lib przechwyciła spojrzenie zakonnicy i przeprosiła ją bezgłośnie za spóźnienie.

– Moje drogie dziecko – przemawiał właśnie ksiądz. – Wracając do twojego pytania: ani na górze, ani na dole.

– To gdzie wobec tego? – spytała Anna. – Unosi się gdzieś pomiędzy?

– Czyściec to nie tyle miejsce, co czas przeznaczony na oczyszczenie duszy.

– A ile to czasu, panie Thaddeusie? – Anna, blada jak kreda, siedziała sztywno wyprostowana. – Wiem, że każdy grzech śmiertelny to siedem lat, bo to wykroczenie przeciwko darom Ducha Świętego, ale nie wiem, ile ich popełnił Pat, więc nie mogę policzyć.

Duchowny westchnął, ale nie zaprzeczył dziecku.

Taka bzdurna rachuba budziła w Lib odrazę. Czy to Anna cierpi na manię religijną, czy raczej cały jej naród?

Pan Thaddeus odstawił filiżankę.

Lib obserwowała bacznie, czy na jego talerzyk nie spadł jakiś okruch. Nie żeby potrafiła sobie wyobrazić, że Anna go chwyta i połyka.

– To raczej proces, a nie zamknięty wycinek czasu – wyjaśnił dziewczynce. – W nieskończonej miłości Boga Wszechmogącego czas nie istnieje.

– Ale nie sądzę, żeby Pat był już w niebie u Boga.

Palce siostry Michaeli przesunęły się po dłoni Anny.

Obserwując tę scenę, Lib gorąco żałowała dziewczynki. Ponieważ było ich tylko dwoje, musieli z bratem trzymać się razem w najtrudniejszych chwilach.

– Rzecz jasna tym, którzy przebywają w czyśćcu, nie wolno się modlić – powiedział ksiądz. – Ale my możemy się modlić za nich. Kiedy odkupujemy ich grzechy, naprawiamy winy, to tak jakbyśmy polewali wodą trawiący ich płomień.

– Ależ ja się modlę, panie Thaddeusie – zapewniła go Anna, otwierając szeroko oczy. – Odmawiałam nowennę za dusze w czyśćcu cierpiące przez dziewięć dni każdego miesiąca przez dziewięć miesięcy. Odmawiam na cmentarzu modlitwę Świętej Gertrudy i czytam Pismo Święte, i adoruję Najświętszy Sakrament, i modlę się o wstawiennictwo do wszystkich świętych...

Kapłan uciszył ją uniesioną dłonią.

– Dobrze więc. To już sześć aktów zadośćuczynienia.

– Ale może to za mało wody, żeby wygasić płomień trawiący Pata. Lib niemal pożałowała gimnastykującego się księdza.

– Nie wyobrażaj sobie prawdziwego ognia – przekonywał Annę. – To raczej bolesne poczucie, że jest się zbyt marnym, by stanąć przed obliczem Boga, rodzaj kary wymierzonej samemu sobie, rozumiesz? Dziecko zaszlochało żałośnie.

Siostra Michaela ujęła oburącz lewą dłoń dziewczynki.

– Dobrze już – szepnęła. – Czy Pan nasz nie powiedział: „Nie lękajcie się"?

– Nie inaczej – dodał pan Thaddeus. – Powierzmy duszę Pata naszemu Ojcu niebieskiemu.

Po nabrzmiałej twarzy Anny spłynęła łza, ale dziewczynka otarła ją gwałtownym ruchem.

– O, niech Bóg ma ją w opiece, to wrażliwe nieboziątko – szepnęła zza pleców Lib stojąca w progu Rosaleen O'Donnell. U jej boku kręciła się Kitty.

Lib poczuła się nagle zażenowana wśród takiej publiczności. Czyżby to wszystko zainscenizowała matka wespół z księdzem? A co z siostrą Michaelą – pocieszała dziewczynkę, czy raczej wabiła ją sprytnie w głąb labiryntu?

Pan Thaddeus splótł palce.

– Pomodlimy się, Anno?

– Tak. – Dziewczynka złożyła dłonie. – „Wielbię cię, o Krzyżu Święty, który byłeś ozdobiony najświętszym ciałem mojego Pana, pokryty i zbroczony Jego drogocenną krwią. Wielbię Cię, mój Boże, dla mnie przybity do Krzyża".

Modlitwa do Świętego Alberta! „Wielbię cię", a nie „Albercie" – to właśnie słyszała Lib przez pięć ostatnich dni.

Po krótkiej chwili zadowolenia z rozwikłanej zagadki emocje opadły. To tylko kolejna modlitwa; cóż w tym nadzwyczajnego?

– A teraz sprawa, która mnie tu sprowadziła, Anno – odezwał się pan Thaddeus. – To, że odmawiasz jedzenia.

Czyżby ksiądz chciał się rozgrzeszyć w oczach Angielki? „To już, przekonaj ją do zjedzenia tej pulchnej bułeczki", poleciła mu w duchu.

Anna coś powiedziała, bardzo cicho.

– Trochę głośniej, moja droga.

– Ja nie odmawiam, panie Thaddeusie – powiedziała. – Ja po prostu nie jem.

Lib wpatrywała się w jej poważne, podpuchnięte oczy.

– Bóg ma wgląd w twoje serce – przekonywał pan Thaddeus – i poruszają go twoje dobre intencje. Pomódlmy się, żeby dał ci łaskę przyjmowania pokarmu.

Łaskę przyjmowania pokarmu! Jakby to była jakaś cudowna moc, a przecież to wrodzona umiejętność każdego psa, każdej gąsienicy.

Przez kilka minut cała trójka modliła się w milczeniu. Potem pan Thaddeus zjadł swoją bułeczkę, pobłogosławił Annę i siostrę Michaelę i pożegnał się naprędce.

Lib zaprowadziła Annę z powrotem do sypialni. Nie przychodziły jej do głowy żadne słowa, które nie nawiązywałyby do minionej rozmowy i jednocześnie nie godziły w wiarę dziecka. Powtarzała sobie, że ludzie na całym świecie pokładają zaufanie w amuletach, bożkach i zaklęciach. Jeśli o Lib chodzi, to Anna może sobie wierzyć, w co jej się żywnie podoba, byleby jadła.

Otworzyła „All The Year Round" i próbowała znaleźć artykuł, który wydałby się jej choć trochę ciekawy.

Wszedł Malachy zamienić kilka słów z córką.

– A te to jak się nazywają?

Anna zapoznała go z nazwami kwiatów w dzbanie: łomka zachodnia, bobrek trójlistkowy, wrzosiec bagienny, trzęślica modra, tłustosz. Malachy w roztargnieniu gładził ją po krawędzi ucha. Czy zauważył przerzedzone włosy? zastanawiała się Lib. Łuszczącą się skórę, meszek na twarzy, opuchnięte kończyny? Czy w oczach ojca Anna pozostawała wciąż taka sama?

Tego popołudnia nikt nie zapukał do drzwi chaty; może nieustający deszcz trzymał ciekawskich na dystans. Po spotkaniu z księdzem Anna jakby ucichła. Siedziała z otwartym zbiorem hymnów na kolanach.

Pięć dni, pomyślała Lib, wpijając w nią spojrzenie tak nieruchome, że aż ją zapiekły powieki. Jak to możliwe, że dziecko, nawet uparte, przeżyło pięć dni o kilku łykach wody?

O piętnastej czterdzieści pięć Kitty przyniosła tacę z posiłkiem: kapustą, brukwią i nieodłącznymi podpłomykami owsianymi, ale Lib była tak głodna, że przystąpiła do jedzenia, jakby to była najwykwintniejsza uczta. Tym razem podpłomyki okazały się lekko zwęglone i niedopieczone, ale jakoś je przełknęła. Dopiero gdy opróżniła pół talerza, przypomniała sobie o Annie siedzącej nie dalej niż metr od niej i mamroczącej modlitwę, którą Lib nadal nazywała modlitwą Albertową. Oto co robi z człowiekiem głód: przesłania mu wszystko inne. Papka owsiana zaczęła jej rosnąć w ustach.

Pewna pielęgniarka, którą poznała w Scutari, spędziła trochę czasu na plantacji w Missisipi i opowiadała, że najokropniejsze było to, jak szybko człowiek przestaje zwracać uwagę na obroże i łańcuchy. Potrafimy się przyzwyczaić do wszystkiego.

Lib wpatrywała się w zawartość talerza i próbowała zobaczyć ją oczami Anny: jako podkowę, pieniek albo kamień. Niewykonalne. Spróbowała znów, tym razem wyobrażając sobie jarzyny jako coś oddzielonego, jakby oprawionego w ramę. Oto fotografia zatłuszczonego talerza, a przecież nikt nie przytknąłby języka do obrazka ani nie ugryzłby kartki. Lib dodała jeszcze szybę, drugą ramę i jeszcze jedną szybę, jakby ukrywała zawartość w gablocie. „Niezdatne do jedzenia".

Ale kapusta była jak dobry znajomy; jej pikantny, smakowity zapach bezpośrednio do niej przemawiał. Nabrała jej widelcem do ust.

Anna wpatrywała się w deszcz z twarzą niemal przyciśniętą do usmarowanej szyby.

Lib przypomniała sobie, że panna N. wypowiadała się entuzjastycznie o wpływie światła słonecznego na stan chorych. Twierdziła, że bez niego więdną, dokładnie tak jak rośliny. A to nasunęło jej myśl o McBreartym i jego tajnej teorii o żywieniu się światłem.

Około osiemnastej w końcu się przejaśniło i Lib uznała, że ryzyko napotkania gości o tej porze jest znikome, więc wzięła Annę, otuloną starannie dwiema chustami, na przechadzkę wokół gospodarstwa.

Dziewczynka podsunęła obrzmiałą dłoń brązowemu motylowi, a ten podrygiwał wokół niej, ale nie mógł trafić.

– Czy tamta chmura nie wygląda zupełnie jak foka?

Lib spojrzała przez zmrużone powieki.

– Zdaje się, że nigdy nie widziałaś prawdziwej foki, Anno.

– Widziałam. Prawdziwą na obrazku.

Dzieci lubują się w chmurach, oczywiście: bezkształtnych albo raczej zmiennokształtnych, kalejdoskopowych. Zamglony umysł dziewczynki domagał się kategoryzacji. Nic dziwnego, że dziecko padło ofiarą pragnienia tak niesamowitego jak życie bez apetytu.

Po powrocie zastały w chacie wysokiego, brodatego mężczyznę siedzącego na najporządniejszym krześle i palącego fajkę. Gdy usłyszał, że wchodzą, odwrócił się i rozpromienił na widok Anny.

– Tylko się odwróciłam, a pani wpuściła obcego? – odezwała się Lib do Rosaleen gniewnym szeptem.

– John Flynn to chyba żaden obcy. – Matka nie obniżyła głosu. – Ma wspaniałą wielką farmę nieopodal i wstępuje przecie nieraz wieczorem, żeby przynieść Malachy'emu gazetę.

– Żadnych gości – przypomniała jej Lib.

Głos, który dobiegł spod brody, zabrzmiał bardzo tubalnie.

– Jestem członkiem komisji, która zapewnia pani uposażenie, pani Wright.

I znów pomyłka.

– Proszę mi wybaczyć. Nie wiedziałam.

– Napijesz się kapkę whiskey, Johnie? – Pani O'Donnell ruszyła po małą butelkę dla gości przechowywaną we wnęce obok paleniska.

– Nie, nie tym razem. Jakże się dziś miewasz, Anno? – spytał łagodnie Flynn, przywołując dziecko gestem.

– Bardzo dobrze – zapewniła go Anna.

– Jakaś ty cudowna. – Farmer wpatrywał się w nią szklistymi oczami jak w prawdziwe objawienie. Wyciągnął potężną rękę, jakby chciał pogłaskać dziecko po głowie. – Niesiesz nadzieję nam wszystkim. Właśnie tego najbardziej potrzebujemy w tych ciężkich czasach – powiedział. – Latarni rozświetlającej te pola. Całą tę pogrążoną w mrokach wyspę!

Anna stała na jednej nodze, zakłopotana.

– Odmówisz ze mną modlitwę? – spytał.

– Musi zdjąć z siebie te wilgotne ubrania – powiedziała Lib.

– To wyszeptaj paciorek w mojej intencji, zanim pójdziesz spać! – wołał, gdy Lib pospiesznie prowadziła dziewczynkę do sypialni.

– Ma się rozumieć, panie Flynn – rzuciła przez ramię Anna.

– Bóg zapłać!

Jak tu ciasno i ciemno bez lampy.

– Wkrótce zapadnie zmrok – powiedziała Lib.

– „Kto za mną idzie, nie chodzi w ciemności" – zacytowała Anna, odpinając mankiety.

– Równie dobrze możesz się już przebrać w koszulę nocną.

– Dobrze, pani Elizabeth. A może to Eliza? – Dziewczynka, wyraźnie zmęczona, uśmiechnęła się krzywo.

Lib skupiła się na maleńkich guzikach Anny.

– A może Lizzy? Podoba mi się Lizzy.

– Nie Lizzy – rzekła Lib.

– Izzy? Ibby?

– Ibi-dybi!

Anna prychnęła śmiechem.

– To będę tak panią nazywać, pani Ibi-dybi.

– Ani mi się waż, ty mały chochliku – powiedziała Lib. Czy siedzący za ścianą O'Donnellowie i ich znajomy, Flynn, są ciekawi, skąd to całe rozbawienie?

– Będę – upierała się Anna.

– Lib. – To słowo wymknęło jej się tak bezwiednie jak kaszel. – Mówili na mnie Lib. – Od razu trochę pożałowała, że już się zdradziła.

– Lib – powtórzyła Anna, kiwając z satysfakcją głową.

Uroczo to zabrzmiało w jej ustach. Jak w dzieciństwie, gdy siostra jeszcze ją podziwiała, gdy sądziły, że zawsze będą miały siebie nawzajem.

Odsunęła na bok te wspomnienia.

– A ty? Zdrabniał ktoś twoje imię?

Anna pokręciła głową.

– Mogłabyś być na przykład Annie. Albo Hanną, Nancy, Nan...

– Nan – powtórzyła z naciskiem dziewczynka.

– Najbardziej ci się podoba Nan?

– Ale to nie byłabym ja.

– Kobieta może zmieniać imię i nazwisko. Na przykład przy okazji ślubu.

– A pani miała męża, pani Lib?

Lib skinęła głową, nieufna.

– Jestem wdową.

– Pani się ciągle smuci?

Lib poczuła zakłopotanie.

– Znałam męża niecały rok. – Czy to zabrzmiało chłodno?

– Na pewno go pani kochała – powiedziała Anna.

Na to odpowiedzieć nie umiała. Przywołała w pamięci obraz Wrighta; twarzy nie widziała wyraźnie.

– Czasem, gdy przydarza się tragedia, nie pozostaje nic innego, jak tylko zacząć od nowa.

– Zacząć co?

– Wszystko. Zupełnie nowe życie.

Dziewczynka w milczeniu rozważała tę myśl.

Nie widziały już prawie nic, gdy Kitty wniosła rozjarzoną lampę.

Nieco później przyszła Rosaleen O'Donnell z „Irish Timesem" Johna Flynna. Widniała w nim fotografia Anny, którą zrobił Reilly w poniedziałkowe popołudnie, ale ktoś upodobnił ją do linorytu, podkreślając kontury i cienie. Ten efekt wytrącił Lib z równowagi; to tak, jakby jej dni i noce spędzane w tej ciasnej chacie przełożono na bajkę z morałem. Usunęła złożoną stronę, zanim dostrzegła ją Anna.

– Poniżej jest długi artykuł. – Matka aż promieniała z zadowolenia.

Gdy Anna szczotkowała włosy, Lib podeszła do lampy i przebiegła wzrokiem szpalty. Zorientowała się, że to pierwsza depesza Williama Byrne'a, ta, w której cytował Petroniusza, sklecona w środowy poranek, gdy reporter nie miał jeszcze żadnych potwierdzonych informacji na temat Anny. Nie mogła się nie zgodzić co do „prowincjonalnej ignorancji".

Drugi akapit czytała po raz pierwszy:

„Oczywiście wstrzemięźliwość to od dawien dawna sztuka typowo irlandzka. Jak głosi stara irlandzka maksyma: «Z łoża wstań senny, a od stołu głodny»".

To żadna korespondencja, pomyślała Lib, tylko jakieś pogaduszki; od nonszalanckiego tonu artykułu poczuła niesmak w ustach.

„Stołecznym światowcom, którzy zarzucili używanie gaelickiego, przypomnieć można, że w naszym pradawnym języku słowo środa oznacza «pierwszy post», a piątek – «drugi post». (W obu tych dniach zgodnie z tradycją niemowlę miało zapłakać po trzykroć, zanim dostawało mleko). Czwartek oznacza zaś – dla cudownego kontrastu – «dzień między postami»".

Czy to wszystko prawda? Jakoś nie ufała temu kawalarzowi; Byrne miał sporą wiedzę, ale popisywał się nią dla hecy.

„Nasi przodkowie mieli zwyczaj (odzwierciedlony w irlandz kim idiomie) poszczenia na przekór przestępcy lub dłużnikowi, czyli ostentacyjnego głodzenia się u jego progu. Ponoć sam Święty Patryk pościł na przekór swojemu Stwórcy na nazwanej jego imieniem górze w hrabstwie Mayo, z wyraźnym zresztą sukcesem: tak zawstydził Wszechmogącego, że ten przyznał mu prawo osądzania Irlandczyków w dniu Sądu Ostatecznego. Także w Indiach protesty pod postacią postu u progu stały się tak powszechne, że wicekról proponuje ich zakazać. Korespondent nie zdołał jeszcze ustalić, czy pomijając od czterech miesięcy śniadania, obiady i kolacje, panienka O'Donnell wyraża jakieś dziecięce żale".

Lib najchętniej wrzuciłaby gazetę do ognia. Czy ten typ nie ma serca? Anna to dziecko w trudnej sytuacji, a nie przedmiot anegdotki publikowanej ku wakacyjnej uciesze czytelników prasy.

– Co tam o mnie piszą, pani Lib?

Pokręciła głową.

– To nie o tobie, Anno.

Żeby zatrzeć przykre wrażenie, zerknęła na nagłówki streszczające sprawy wagi światowej. Wybory powszechne, zjednoczenie księstw Mołdawii i Wołoszczyzny, oblężenie Veracruz, wybuchy wulkanów na Hawajach.

Na próżno. Żaden z tych tematów jej nie interesował. Indywidualna opieka pielęgniarska zawsze zawężała horyzonty, a osobliwy charakter tego szczególnego zlecenia jedynie nasilił ten efekt, ograniczając jej świat do jednej izdebki.

Zwinęła gazetę w ciasny rulon i położyła na tacy przy drzwiach. Potem sprawdziła ponownie wszystkie zakamarki, nie dlatego, że wierzyła w istnienie schowków, do których zakradałaby się Anna podczas zmian zakonnicy, ale zwyczajnie z braku innego zajęcia.

Dziecko, przebrane już w koszulę nocną, siedziało spokojnie i dziergało pończochy z wełny. Czy to możliwe, że Anna rzeczywiście nosi w sobie jakieś niewysłowione żale?

– Już czas do łóżka. – Ubiła poduszkę tak, by utrzymywała głowę dziewczynki pod odpowiednim kątem. Sporządziła notatki.

Puchlina nie ustępuje.
Dziąsła bez zmian.
Tętno: 98 uderzeń na minutę.
Płuca: 17 oddechów na minutę.

Gdy zakonnica przyszła na swoją zmianę, Anna już spała.

Lib czuła, że musi się odezwać, chociaż kobieta opierała się dotąd wszelkim propozycjom rozmów.

– Pięć dni i cztery noce, siostro, a ja niczego nie widziałam. A siostra? Proszę mi odpowiedzieć, dla dobra naszej pacjentki.

Chwila wahania, a potem zakonnica pokręciła głową.

– Może dlatego, że nie było nic do zobaczenia – odezwała się jeszcze ciszej niż zwykle.

Czy to ma znaczyć, że nie dochodziło do ukradkowego podkarmiania, bo Anna naprawdę jest żywym cudem, który kwitnie dzięki strawie duchowej? Tę chałupę – i cały ten kraj – wypełnił zaduch nie do opisania i żołądek podszedł Lib do gardła.

Przemówiła tak taktownie, jak tylko potrafiła.

– Mam coś do powiedzenia. I nie dotyczy to Anny, tylko nas.

Zakonnica połknęła haczyk.

– Nas? – powtórzyła po dłuższej chwili.

– Mamy obserwować, prawda?

Siostra Michaela potaknęła.

– A jednak jeśli coś badamy, oddziałujemy na to. Jeśli wkłada się rybę do akwarium albo kwiatek do doniczki w celach naukowych, to zmienia się jego położenie. Bez względu na to, w jaki sposób żyła Anna przez ostatnie cztery miesiące, teraz wszystko się zmieniło, chyba się siostra zgodzi?

Zakonnica przekrzywiła tylko głowę.

– A to z powodu naszej obecności – sprecyzowała Lib. – Obserwacja odmieniła obserwowaną sytuację.

Brwi siostry Michaeli uniosły się gwałtownie i znikły pod paskiem białego płótna.

Lib nie ustępowała.

– Jeśli przypadkiem w ostatnich miesiącach w tym domostwie uciekano się do podstępu, to nasz zapoczątkowany w poniedziałek dozór musiał położyć temu kres. Jest zatem całkiem prawdopodobne, że to siostra i ja powstrzymujemy teraz Annę przed jedzeniem.

– Przecież nic nie robimy!

– Pilnujemy, minuta po minucie. Czy nie przyszpiliłyśmy jej jak motyla? – Złe porównanie; zbyt makabryczne.

Zakonnica pokręciła głową, nie raz, lecz wielokrotnie.

– Obym się myliła – powiedziała Lib. – Ale jeśli jest inaczej, to dziecko od pięciu dni nie miało nic w ustach...

Siostra Michaela nie powiedziała: „To niemożliwe" ani „Anna jedzenia nie potrzebuje". Jej jedyna odpowiedź brzmiała:

– A zauważyła pani jakieś wahania w jej stanie zdrowia?

– Nie – przyznała Lib. – Nic, o czym mogłabym donieść.

– No właśnie.

– No właśnie co, siostro? – Czy mają uznać, że wszystko jest w najlepszym porządku? – Co mamy robić?

– To, co nam zlecono, pani Wright. Ni mniej, ni więcej.

To powiedziawszy, zakonnica usiadła i otworzyła swoją książkę nabożną, jakby wznosiła barykadę.

Ta wieśniaczka, która wylądowała w Domu Miłosierdzia, ma z pewnością dobre serce, pomyślała ze złością Lib. I zapewne miałaby swój rozum, gdyby tylko pozwoliła mu się wyrwać poza ramy narzucone przez przełożonych i ich pana z Rzymu. „Ślubujemy posługę" – chełpiła się siostra Michaela, ale jakiż to pożytek był z niej tutaj? Lib przypomniała sobie, co powiedziała panna N. pielęgniarce, którą odesłała do Londynu po zaledwie dwóch tygodniach w Scutari: „Z kogo nie ma pożytku na froncie, ten tylko przeszkadza".

W kuchni rozpoczęło się już odmawianie modlitwy różańcowej. Gdy Lib tamtędy przechodziła, O'Donnellowie, John Flynn i służąca byli już na klęczkach i recytowali chórem: „Chleba naszego powszedniego daj nam dzisiaj".

Czy ci ludzie nie słyszą, co mówią? A co z chlebem powszednim Anny O'Donnell?

Lib otworzyła z rozmachem drzwi i wyszła prosto w noc.

We śnie coś wiodło ją bez końca do podnóża urwiska wyobrażonego na świętym obrazku, tego ze stojącym na szczycie krzyżem i gigantycznym, czerwonym, pulsującym sercem poniżej. Musiała się wspiąć po schodach wyrąbanych w ścianie zbocza. Szła na drżących, obolałych nogach, ale bez względu na to, ile by stopni pokonała, ani trochę nie przybliżała się do szczytu.

Obudziła się, gdy było jeszcze ciemno, i dotarło do niej, że już sobota rano.

Gdy doszła do chaty, zobaczyła, że po wczorajszym deszczu pranie rozwieszone na krzakach jest jeszcze bardziej mokre niż wcześniej.

Siostra Michaela siedziała przy łóżku i patrzyła, jak pod skłębionym kocem unosi się i opada drobna klatka piersiowa. Lib uniosła pytająco brwi.

Zakonnica pokręciła głową.

– Ile przyjęła wody?

– Trzy łyżeczki – szepnęła siostra Michaela.

Nie żeby to miało jakieś znaczenie; to tylko woda.

Zakonnica pozbierała swoje rzeczy i wyszła, nie odezwawszy się już ani słowem.

Po ciele Anny przesuwał się powoli kwadrat światła: po prawej ręce, piersi, lewej ręce. Czy wszystkie jedenastolatki tak długo śpią? zastanawiała się Lib. Czy chodzi raczej o to, że organizm Anny musi sobie jakoś radzić bez pożywienia?

Właśnie wtedy weszła z kuchni Rosaleen O'Donnell i Anna otworzyła oczy. Lib odsunęła się pod komodę, żeby nie przeszkadzać w porannym powitaniu.

Kobieta stanęła między córką a bladocytrynowym światłem. Gdy się nachyliła, żeby jak zwykle uściskać córkę, Anna położyła otwartą dłoń na szerokiej, kościstej piersi matki.

Rosaleen O'Donnell struchlała.

Anna pokręciła w milczeniu głową.

Rosaleen O'Donnell wyprostowała się i przystawiła palce do policzka dziewczynki. Na odchodnym rzuciła Lib jadowite spojrzenie.

Lib była wstrząśnięta; przecież niczym nie zawiniła. Czy to jej wina, że dziewczynka ma dosyć czułostek matki hipokrytki? Bez względu na to, czy Rosaleen O'Donnell stoi za mistyfikacją, czy jedynie przymyka na nią oko, to co najmniej patrzy teraz biernie, jak jej córka rozpoczyna szósty dzień postu.

Odmówiła przywitania z matką – zanotowała Lib w swoim notatniku. Potem tego pożałowała, bo zapiski miały się ograniczać do faktów medycznych.

Po południu w drodze powrotnej do wioski Lib pchnęła zardzewiałą furtkę prowadzącą na cmentarz. Była ciekawa grobu Patricka O'Donnella.

Nagrobki nie były aż tak stare, jakby się spodziewała; najstarsza inskrypcja pochodziła z 1850 roku. Pewnie wiele z nich zapadło się z powodu grząskiego gruntu, a wskutek wilgoci porosło dodatkowo mchem.

„Pokój jego duszy..." „Na zawsze w naszej pamięci..." „Pozostanie w naszych sercach..." „Tu spoczywa ciało..." „Świętej Pamięci..." „Pamięci jego pierwszej żony, która odeszła z tego świata..." „Dla potomności..." „I jego drugiej żony..." „Módlmy się za duszę... która zmarła, radując się w Panu, pełna nadziei na Zmartwychwstanie". (Doprawdy, pomyślała Lib, kto by się radował na łożu śmierci? Głupiec, który ułożył tę sentencję, nigdy nie siedział przy umierającym i nie nadstawiał ucha w oczekiwaniu na ostatnie tchnienie).

„Lat pięćdziesiąt sześć..." „dwadzieścia trzy lata..." „dziewięćdziesiąt dwa lata..." „trzydzieści dziewięć lat..." „Dzięki składamy Bogu, który dał jej to zwycięstwo". Prawie na każdej tablicy dostrzegała małą inskrypcję IHS otoczoną czymś na kształt promieni słonecznych. Przypominała sobie niejasno, że to skrót zdania *I Have Suffered**. Jedno z zaznaczonych miejsc pochówku było osobliwe: pozbawione nagrobka i szerokie na dobre dwadzieścia trumien. Kto w nim spoczywa? Uświadomiła sobie, że to mogiła zbiorowa, pełna bezimiennych zmarłych.

Przeszły ją ciarki. Ze względu na swój zawód pozostawała w bliskich stosunkach ze śmiercią, ale tu czuła się tak, jakby weszła do wrogiego domu.

Ilekroć dostrzegała wzmiankę o małym dziecku, odwracała wzrok. „Oraz syn i dwie córki..." „Oraz troje dzieci..." „Oraz ich dzieci, które zmarły młodo..." „Lat osiem..." „Dwa lata i dziesięć miesięcy". (Ci zrozpaczeni rodzice, odliczający każdy miesiąc...).

Pąk kwiecia anieli ujrzeli
I szczęściem, miłością porwani
do domu Pańskiego go wzięli,
by kwitł na niebiańskiej polanie.

Lib poczuła, jak w dłoń wbijają jej się paznokcie. Jeśli ziemia to taki niegodny grunt dla najprzedniejszych gatunków boskich, to dlaczego Stwórca je tam przewrotnie posadził? Jaki sens może się kryć za przedwczesnym unicestwieniem takich żywotów?

Już miała zrezygnować z poszukiwań, gdy odnalazła chłopca.

PATRICK MARY O'DONNELL
3 GRUDNIA 1843 – 21 LISTOPADA 1858
ZASNĄŁ W BOGU

---

* *I Have Suffered* – cierpiałem mękę, mylna interpretacja chrystogramu (przyp. tłum.).

Wpatrywała się w skromny wygrawerowany napis i próbowała sobie wyobrazić, co te słowa znaczą dla Anny. Wyobraziła sobie stygnące ciało chłopca w popękanych trzewikach i zabłoconych portkach, cały burzliwy nastoletni animusz.

Grób Pata okazał się jedynym grobem O'Donnellów, co wskazywało, że tylko chłopiec mógł przekazać dalej nazwisko Malachy, przynajmniej w tej wiosce. A także, że jeśli pani O'Donnell zachodziła w ciążę po Annie, to dzieci nie doczekały porodu. Lib zapomniała na chwilę o niechęci do kobiety i wyobraziła sobie, przez co przeszła Rosaleen O'Donnell; co ją zahartowało. „Siedem lat głodu i moru" – jak to ujął po biblijnemu William Byrne. Synek i jego siostrzyczka, i nic lub prawie nic, czym można by je nakarmić w „niedobrych czasach". A potem, gdy Rosaleen przetrwała już te straszne lata, z dnia na dzień straciła swojego niemal dorosłego syna... Taka boleść mogła spowodować osobliwe zmiany w jej psychice. Zamiast tym bardziej kurczowo trzymać się ostatniego dziecka, Rosaleen stwierdziła być może, że jej serce przepalił mróz. Lib mogła zrozumieć to poczucie, że nie ma się już nic do ofiarowania. Czy to dlatego kobieta uczyniła teraz z Anny przedziwny obiekt kultu i woli najwyraźniej, by jej córka była świętą niż człowiekiem?

Na cmentarzu zerwał się wiatr, Lib otuliła się peleryną. Zamknąwszy za sobą skrzypiącą furtkę, skręciła w prawo i minęła kaplicę. Poza niewielkim kamiennym krzyżem ustawionym nad łupkowym dachem kaplica nie różniła się według niej od okolicznych domostw, a jednak jakże wielką władzę miał stający u jej ołtarza pan Thaddeus.

Kiedy doszła do wioski, znów wyszło słońce i wszystko wokół zaiskrzyło. Na rogu ulicy za rękaw złapała ją jakaś rumiana kobieta.

Lib aż się wzdrygnęła.

– Przepraszam, pani kochana. Jak się miewa dziewczynka?

– A żebym to mogła powiedzieć. – Na wypadek, gdyby kobieta zrozumiała ją opacznie, dodała: – Obowiązuje mnie klauzula poufności.

Czy kobieta pojęła to sformułowanie? Sądząc po jej spojrzeniu, nie było to takie oczywiste.

Tym razem Lib skręciła w prawo, w stronę Mullingar, właściwie tylko dlatego, że jeszcze tamtędy nie szła. Nie miała apetytu i nie mogła znieść myśli o siedzeniu w zamknięciu w pokoju u Ryanów.

Z tyłu dobiegł metaliczny stukot końskich kopyt. Dopiero gdy jeździec się z nią zrównał, rozpoznała szerokie barki i rdzawe loki. Skinęła głową, spodziewając się, że William Byrne uchyli kapelusza i pocwałuje dalej.

– Pani Wright. Jakże mi miło, że się na panią natknąłem. – Byrne zsunął się z siodła.

– Dobrze mi zrobi moja codzienna przechadzka. – Nic innego nie przyszło jej do głowy.

– A mnie i Polly przejażdżka.

– Już wydobrzała?

– Raczej tak i podoba jej się na wsi. – Klepnął klacz w lśniący bok. – A pani? Trafiła już pani na jakieś atrakcje?

– Skądże, nawet na krąg kamienny. Właśnie odwiedziłam cmentarz – napomknęła – ale nie znalazłam tam żadnego zabytku.

– To dlatego, że kiedyś grzebanie zmarłych po naszemu było prawnie zakazane, więc wszystkie starsze groby katolickie znajdują się na cmentarzu protestanckim w sąsiednim miasteczku – wyjaśnił.

– Ach. Proszę mi wybaczyć niewiedzę.

– Z chęcią – powiedział Byrne. – Trudniej za to wytłumaczyć pani odporność na uroki tego ślicznego krajobrazu – dodał i zrobił teatralny gest ręką.

Lib zacisnęła wargi.

– Niekończące się moczary. Wpadłam w nie wczoraj głową do przodu i myślałam, że już się nie wydostanę.

Uśmiechnął się.

– Naprawdę niebezpieczne jest jedynie trzęsawisko. Wygląda jak twardy grunt, ale to jakby rozpięta warstwa gąbki. Jeśli się w nią wdepnie, można ją rozerwać i wpaść do zalegającej poniżej mętnej wody.

Lib zrobiła grymas. Miło było porozmawiać o czymś poza obserwacją.

– I są jeszcze wędrujące bagna – ciągnął – które przypominają nieco lawinę...

– To już chyba wytwór wyobraźni.

– Przysięgam – zapewniał Byrne. – Po silnych deszczach cała górna warstwa gleby może się oddzielić i setki akrów torfu przemieszczają się szybciej niż biegnący człowiek.

Lib pokręciła głową.

Ręka na sercu.

– Na honor dziennikarza! Niech pani zapyta miejscowych.

Spojrzała z ukosa na krajobraz i próbowała sobie wyobrazić sunącą w ich stronę brązową falę.

– Mokradło to coś niezwykłego – przekonywał Byrne. – Miękki naskórek Irlandii.

– Pewnie się dobrze pali.

– Co, Irlandia?

Lib wybuchnęła śmiechem.

– Pewnie można by podpalić całą wyspę, gdyby tylko udało się ją wysuszyć – powiedział.

– Z ust mi pan to wyjął.

William Byrne uśmiechnął się półgębkiem.

– A wie pani, że torf ma osobliwą właściwość konserwowania przedmiotów i organizmów w takiej postaci, w jakiej zostały zanurzone? Z tych mokradeł wyciągano już prawdziwe skarby – miecze, sagany, iluminowane księgi – nie wspominając o wyławianych od czasu do czasu niezwykle dobrze zachowanych ciałach.

Lib się skrzywiła.

– Z pewnością brakuje panu miejskich rozrywek Dublina – powiedziała, żeby zmienić temat. – Ma pan tam rodzinę?

– Rodziców i trzech braci – odrzekł.

Nie o to Lib chodziło, ale zdaje się, że dostała już odpowiedź: jest kawalerem. No tak, jest dość młody.

– Prawda jest taka, pani Wright, że haruję jak wół. Pracuję jako irlandzki korespondent wielu angielskich gazet, poza tym pisuję namiętnie o poważnych unionistach dla „Dublin Daily Express", o zajadłych fenianach dla „Nation", o mrzonkach katolickich dla „Freeman's Journal"...

– Istny pies brzuchomówcy – powiedziała Lib. To go rozbawiło.

Przypomniał jej się list McBrearty'ego o Annie, który zapoczątkował całe to zamieszanie.

– A dla „Irish Timesa" komentarze satyryczne?

– Nie, nie. Umiarkowane opinie na temat spraw krajowych i kwestii budzących powszechne zainteresowanie – odpowiedział Byrne drżącym głosem wytwornej matrony. – A w wolnych chwilach, rzecz jasna, studiuję prawo.

Wobec jego ciętego humoru te przechwałki były nawet znośne. Lib pomyślała o artykule, który chciała wczoraj wrzucić do ognia. Uznała, że Byrne wykonuje tylko swoje obowiązki za pomocą dostępnych mu środków, tak jak i ona. Skoro nie wolno mu było nawet zobaczyć Anny, co miałby zamieścić poza nonszalanckim popisem erudycji?

Zrobiło jej się za ciepło; rozpięła pelerynę i przerzuciła ją przez jedną rękę, a wiatr owiewał jej tweedową suknię.

– Niech mi pani powie, bierze pani czasem podopieczną na spacer?

Lib rzuciła mu surowe spojrzenie.

– Dziwnie pofałdowane są te pola.

– Tam się ciągnęły zagony – wyjaśnił. – Sadzono rzędem kartofle i układano na nich wały torfu.

– Ale one są porośnięte trawą.

Wzruszył ramionami.

– Odkąd zapanował głód, w okolicy nie ma już tylu gąb do wykarmienia.

Przypomniała jej się zbiorowa mogiła na cmentarzu.

– Zawinił, zdaje się, jakiś rodzaj grzyba ziemniaczanego?

– To było coś więcej niż tylko grzyb – powiedział Byrne tak zaciekłym tonem, że Lib aż się od niego odsunęła. – Połowa kraju by nie wymarła, gdyby właściciele ziemscy nie wywozili zboża, nie wyłapywali bydła, nie ściągali wysokich opłat za dzierżawę, nie przeprowadzali eksmisji, nie podpalali chałup... Albo gdyby rząd w Westminsterze nie uznał, że najroztropniej będzie siedzieć na dupie i czekać, aż Irlandczycy wymrą z głodu. – Otarł błyszczące od potu czoło.

– Ale pan osobiście nie głodował? – spytała, żeby go ukarać za ten ordynarny ton.

Przyjął to nieźle i skwitował cierpkim uśmiechem.

– Synowi sklepikarza to raczej nie grozi.

– Wszystkie te lata spędził pan w Dublinie?

– Aż skończyłem szesnaście lat i dostałem swoją pierwszą posadę korespondenta specjalnego. – Tę nazwę wypowiedział z lekką ironią. – Czyli wydawca zgodził się posłać mnie na koszt mojego ojca prosto w oko cyklonu, żebym opisał skutki zarazy ziemniaczanej. Starałem się zachowywać neutralny ton i nikogo nie obwiniać. Ale już przy czwartym sprawozdaniu doszedłem do wniosku, że bezczynność to najcięższy z grzechów.

Lib obserwowała napiętą twarz Byrne'a.

Wpatrywał się w dal, w głąb wąskiej ulicy.

– Napisałem, że może i Bóg zesłał plagę, ale głód wywołali Anglicy.

Poruszyło ją to.

– I wydawca to opublikował?

Byrne wybałuszył oczy i zaczął mówić zabawnym głosem:

– „To bunt!" – wrzeszczał. I wtedy zwinąłem się do Londynu.

– Pracować właśnie dla tych angielskich łotrów?

Odegrał scenę, jakby ktoś go ugodził w serce.

– Ależ ma pani dryg do trafiania w czułe punkty, pani Wright. Owszem, nie minął miesiąc, a ja już poświęcałem swe darowane przez Boga talenty młodym damom i wyścigom konnym.

Darowała sobie dalsze kpiny.

– Zrobił pan, co mógł.

– Tak, przez chwilę, jako szesnastolatek. Potem już siedziałem cicho i zgarniałem srebrniki.

Szli w milczeniu. Polly zatrzymała się, żeby skubnąć listek.

– Pan jest jeszcze człowiekiem wiary? – spytała Lib. Pytanie skandalicznie osobiste, ale poczuła, że etap pogawędek o błahostkach mają za sobą.

Byrne skinął głową.

– Z jakiegoś powodu wszystkie nieszczęścia, które widziałem, jeszcze jej ze mnie nie przepędziły. A pani, pani Wright? Raczcj bezbożna?

Lib się wyprostowała. W jego ustach zabrzmiało to tak, jakby była jakąś oszalałą wiedźmą wzywającą Lucyfera na wrzosowiskach.

– Co każe panu sądzić...?

– To pani zadała pytanie – przerwał. – Prawdziwie wierzący nigdy nie pytają.

Słuszna uwaga.

– Wierzę w to, co mogę zobaczyć.

– Czyli w nic poza tym, co poświadczą zmysły? – Jedna z rudych brwi drgnęła.

– Metoda prób i błędów. Nauka – powiedziała. – Tylko na niej możemy polegać.

– Czy sprawiło to wdowieństwo?

– Kto udostępnia panu informacje na mój temat? I dlaczego zakłada się zawsze, że o poglądach kobiety decydują względy osobiste?

– W takim razie wojna?

Jego bystry umysł wiedział, jak dotknąć do żywego.

– W Scutari przyłapałam się na myśli: „Jeśli Bóg nie może zapobiec takim potwornościom, to jaki z niego pożytek?".

– A jeśli może, ale tego nie robi, to musi być diabłem wcielonym.

– Tego nie powiedziałam.

– To Hume – wyjaśnił Byrne.

To nazwisko nic jej nie mówiło.

– Filozof, od dawna nieżyjący – wyjaśnił. – Umysły potężniejsze niż pani znajdowały się w takim samym impasie. To wielka zagadka.

Słychać było tylko ich kroki na zaschniętym błocie i cichy stukot kopyt Polly.

– A co panią napadło, żeby w ogóle pojechać na Krym?

Lib uśmiechnęła się półgębkiem.

– Tak się składa, że artykuł prasowy.

– Russella, w „Timesie"?

– Nie znam człowieka...

– Billy Russell to dublińczyk, jak ja – powiedział Byrne. – Jego doniesienia z frontu wszystko odmieniły. Sprawiły, że nie dało się już na to przymykać oczu.

– Ci wszyscy rozkładający się ludzie... – Lib pokiwała głową. – I nikogo do pomocy.

– A co było najgorsze?

Obruszyła się na takie obcesowe pytanie. Ale odpowiedziała.

– Papiery.

– Jak to?

– Żeby przyznać żołnierzowi łóżko, trzeba było dostarczyć kierownikowi oddziału kolorowy kwitek, który musiał następnie kontrasygnować dostawca i dopiero wtedy, i tylko wtedy, w intendenturze przydzielano łóżko. Żeby zaordynować płynną albo wysokobiałkową dietę albo lekarstwo, albo nawet pilnie potrzebny opiat, należało dostarczyć lekarzowi formularz w innym kolorze i przekonać go, by znalazł czas na wydanie polecenia stosownemu decydentowi, a potem zdobyć podpisy dwóch innych urzędników. Do tego czasu pacjent był już często martwy.

– Chryste Panie. – Nie przeprosił za te słowa.

Lib nie mogła sobie przypomnieć, kiedy ostatnio ktoś jej słuchał z takim zajęciem.

– „Przydział nieuzasadniony": tak określano w intendenturze przedmioty, których, jak sama nazwa wskazuje, nie można dostarczyć, ponieważ mężczyźni powinni mieć w plecaku własne koszule, widelce i tak dalej. Tyle że w niektórych przypadkach plecaki w ogóle nie zostały wyładowane ze statków.

– Ci biurokraci – mruknął Byrne. – Banda bezlitosnych piłacików umywających od wszystkiego ręce.

– Do nakarmienia setki ludzi miałyśmy trzy łyżki. – Głos jej zadrżał dopiero przy słowie „łyżki". – Wieść niosła, że w której z magazynowych szafek jest ich całe mnóstwo, ale nie udało nam się ich znaleźć. W końcu panna Nightingale wcisnęła mi do ręki własną portmonetkę i wysłała na targ po sto łyżek.

Irlandczyk zaśmiał się gorzko.

Tamtego dnia Lib zanadto się spieszyła, żeby zadawać sobie pytania, dlaczego panna N. posłała właśnie ją. Teraz dotarło do niej, że to nie była kwestia kwalifikacji zawodowych, ale spolegliwości. Pomyślała, że to zaszczyt, że została wybrana do załatwienia tej sprawy – znacznie większy niż jakikolwiek wpięty w pelerynę medal.

Wędrowali w milczeniu, już bardzo daleko od wioski.

– Może to dziecinne albo głupie, że jeszcze wierzę. „O Horacy, więcej jest rzeczy na ziemi i w niebie, niż się ich śniło waszym filozofom"* i tak dalej.

– Ani myślałam sugerować...

– Nie, przyznaję: bez tarczy otuchy nie umiem się zmierzyć z makabrą.

– O, otuchy bym nie odmówiła, gdybym tylko umiała jej zaznać – odpowiedziała pod nosem Lib.

---

* William Szekspir, *Hamlet*, w przekładzie Józefa Paszkowskiego, Państwowy Instytut Wydawniczy, Warszawa 1974.

Ich kroki, stukot kopyt Polly i brzęczący gdzieś w żywopłocie ptak.

– Czy nie jest tak, że ludzie zawsze i wszędzie wzywają swojego Stwórcę? – spytał Byrne. Przez chwilę wydał się dziecinny i egzaltowany.

– To tylko dowodzi, że chcemy wierzyć w jego istnienie – szepnęła Lib. – Czy sama siła tego pragnienia nie zwiększa jedynie prawdopodobieństwa, że to sen?

– O, co za chłód.

Przygryzła wargę.

– A co z naszymi zmarłymi? – dociekał Byrne. – Czy poczucie, że nie odeszli do końca, to tylko pobożne życzenie?

Wspomnienie złapało Lib jak skurcz. Ciężar w jej ramionach; blade słodkie ciałko, jeszcze ciepłe, znieruchomiałe. Zaślepiona łzami wyrwała się nie bez trudu do przodu, próbując mu uciec.

Byrne ją dogonił i ujął za łokieć.

Nie umiała się wytłumaczyć. Przygryzła wargę i poczuła smak krwi.

– Tak mi przykro – powiedział, jakby rozumiał.

Lib strząsnęła jego dłoń i objęła się w pasie. Łzy toczyły się po ceracie peleryny przerzuconej przez jej rękę.

– Proszę mi wybaczyć. Żyję z gadaniny, ale powinienem się nauczyć trzymać czasem język za zębami.

Lib próbowała się uśmiechnąć. Naszła ją obawa, że efekt jest groteskowy.

Byrne przez kilka minut trzymał język za zębami, jakby chciał udowodnić, że wie, jak to robić.

– Ostatnio nie jestem sobą – odezwała się wreszcie Lib ochrypłym głosem. – Ta sprawa... wytrąca mnie z równowagi.

Byrne tylko skinął głową.

Że też spośród wszystkich ludzi, przy których nie powinna paplać, musiała wybrać właśnie reportera. A jednak któż inny by ją zrozumiał?

– Obserwuję dziewczynkę, aż mnie pieką oczy. Nie je, a jednak żyje. I to pełniej niż wszyscy znani mi ludzie.

– Czyli zachwiała pani pewnością, tak? – spytał. – Prawie sobie panią zjednała, panią, taką realistkę?

Nie umiała stwierdzić, ile w tym zgryźliwości.

– Sama już nie wiem, co o niej sądzić – powiedziała tylko.

– To może ja spróbuję.

– Panie Byrne...

– Niech pani to uzna za świeże spojrzenie na sprawę. Wiem, jak rozmawiać z ludźmi, jeśli mi wolno tak powiedzieć. Może uda mi się wyciągnąć od dziewczynki prawdę.

Spuściła wzrok i pokręciła głową. O, ten człowiek bez wątpienia umie rozmawiać z ludźmi; ma dryg do wyciągania informacji od ludzi, którzy powinni mieć się na baczności.

– Kręcę się tu od pięciu dni – powiedział już bardziej kategorycznie. – I co z tego mam?

Krew napłynęła jej do twarzy. To oczywiste, że dla dziennikarza cały ten czas spędzony na rozmowie z angielską pielęgniarką to nuda i próżna fatyga. Ani ona piękna, ani mądra, już też niemłoda; jak Lib mogła zapomnieć, że jest tylko środkiem do celu?

Nie ma obowiązku kontynuować wymiany zdań z tym prowokatorem. Obróciła się na pięcie i pomaszerowała w stronę wioski.

Rozdział 4

Czuwanie

vigil (ang.)
   obrządek religijny
   stan celowego czuwania
   warta w przededniu święta

Z krzaków poznikało pranie, a w chacie pachniało parą i rozgrzanym metalem; widocznie kobiety przez całe popołudnie zajmowały się prasowaniem. Nic nie wskazywało na to, aby dzisiejszego wieczora odmawiano różaniec. Malachy O'Donnell palił fajkę, a Kitty zaganiała kury pod kredens.

– Pani wyszła? – spytała Lib.

– Dziś sobotnie spotkanie sodalicji żeńskiej.

– A co to takiego?

Ale posługaczka uganiała się za szczególnie krnąbrnym ptakiem.

Lib miała do niej więcej pilnych pytań, które nasunęły jej się tego popołudnia, gdy leżała bezsennie na łóżku. Z jakiegoś powodu akurat Kitty wydawała jej się najbardziej godna zaufania z całej rodziny, mimo że w głowie młodej kobiety aż się roiło od skrzatów i cherubinów. Lib żałowała wręcz, że już od pierwszego dnia nie zadała sobie trudu, by zaprzyjaźnić się ze służącą. Posunęła się teraz nieco dalej.

– Kitty, nie pamiętasz przypadkiem, jak wyglądał ostatni posiłek twojej kuzynki przed jej urodzinami?

– Pamiętam, oczywiście, jakże mogłabym zapomnieć? – odparła szorstko Kitty. Zgięta wpół zamykała właśnie szafkę i dodała coś, co zabrzmiało jak „petunia".

– Petunia?

– Powiedziała: komunia – rzucił przez ramię Malachy O'Donnell. – Ciało Pana Naszego pod postacią chleba.

Lib wyobraziła sobie, jak Anna otwiera usta i przyjmuje ten maleńki opłatek, który katolicy uznają za ciało swojego Boga.

Służąca skrzyżowała ręce i potaknęła gospodarzowi.

Jej pierwsza komunia święta, Bogu niech będą dzięki.

– Nie chciała za ostatni posiłek żadnej doczesnej strawy, dobrze mówię, Kitty? – mruknął, wpatrując się z powrotem w ogień.

– Ano dobrze.

Ostatni posiłek. Jak u skazańca. Anna przyjęła więc komunię po raz pierwszy i jedyny, a potem zasznurowała usta. Cóż za dziwna, wypaczona doktryna mogła ją do tego skłonić? Czy Anna z jakiegoś powodu wpadła na pomysł, że skoro otrzymała wreszcie boski pokarm, to nie potrzebuje już ziemskiego?

Ojciec siedział ze zwieszoną głową i twarzą niejednolicie oświetloną migotliwymi płomieniami. Lib przypomniała sobie, że któreś z dorosłych musiało utrzymywać Annę przy życiu przez te wszystkie miesiące; czyżby był to Malachy? Raczej nie dawała temu wiary.

Oczywiście między niewinnością a winą rozciągała się jeszcze strefa szarości. A jeśli odkrył podstęp – żony albo księdza, albo obojga – ale wtedy już sława jego pieszczoszki rozniosła się tak daleko, że nie mógł się zdobyć na ingerencję?

W sypialni siostra Michaela stojąca przy łóżku dziewczynki zapinała już pelerynę.

– Zajrzał tu dziś doktor McBrearty – szepnęła.

Czyżby w końcu dotarło do niego to wszystko, co mówiła mu Lib?

– I jakie wydał zalecenia?

– Żadnych.

– Ale co powiedział?

– Nic szczególnego – odrzekła zakonnica z nieodgadnionym wyrazem twarzy.

Spośród wszystkich lekarzy, pod których zwierzchnictwem pracowała Lib, ten życzliwy starzec był najtrudniejszy.

Zakonnica wyszła, a Anna spała dalej.

Nocna zmiana była tak spokojna, że Lib musiała chodzić po pokoju, żeby odpędzić sen. W pewnym momencie wzięła do ręki zabawkę z Bostonu. Po jednej stronie widniał śpiewający ptak, a po drugiej klatka, ale gdy Lib skręciła sznurki tak szybko, jak umiała, jej zmysły dały się nabrać i dwa osobne elementy zlały się w jeden: drgającego, szumiącego ptaka w klatce.

Po trzeciej Anna się zbudziła.

– Mogę coś dla ciebie zrobić? – spytała Lib, nachylając się nad nią. – Może ci niewygodnie?

– Moje stopy.

– Co z nimi?

– Zupełnie ich nie czuję – szepnęła Anna.

Maleńkie palce pod kocem były lodowate. Takie słabe krążenie u tak młodej osoby.

– Dobrze, wstań na chwilę, żeby krew zaczęła znów krążyć. – Dziewczynka zrobiła, co jej kazano, powoli i sztywno. Lib pomogła jej przejść przez pokój. – Lewa, prawa, jak żołnierz.

Annie udało się maszerować niezdarnie w miejscu. Nie odrywała wzroku od otwartego okna.

– Ile dzisiaj gwiazd.

– Zawsze jest ich tyle samo, o ile tylko można je dojrzeć – powiedziała Lib. Wskazała jej Wielki Wóz, Gwiazdę Polarną i Kasjopeję.

– Pani zna je wszystkie? – zachwyciła się Anna.

– Tylko nasze konstelacje.

– A które są nasze?

To znaczy te, które da się dojrzeć z półkuli północnej – wyjaśniła. – Te na południu są inne.

– Naprawdę? – Dziewczynka szczękała zębami, więc Lib zaprowadziła ją z powrotem do łóżka.

Owinięta flanelą cegła dalej wydzielała ciepło ognia, w którym leżała przez cały wieczór. Lib wetknęła ją dziecku pod stopy.

– Ale to pani – sprzeciwiła się Anna, drżąc na całym ciele.

– Nie potrzebuję jej w taką łagodną letnią noc. Czujesz już ciepło? Anna pokręciła głową.

– Ale na pewno poczuję.

Lib spojrzała na wątłą postać leżącą prosto jak figura krzyżowca na grobowcu.

– Spróbuj teraz z powrotem zasnąć.

Ale Anna leżała z szeroko otwartymi oczami. Szeptała swoją Albertową modlitwę, tę, którą powtarzała tak często, że Lib prawie przestała na to zwracać uwagę. Potem odśpiewała kilka hymnów głosem niewiele głośniejszym od szeptu.

Noc ciemna,
A do domu daleko,
Prowadź mnie, prowadź.

W niedzielny poranek należało nadrobić zaległości w spaniu, ale Lib nie pozwoliły na to dźwięczące dzwony kościelne. Leżała bezsennie, zesztywniała, i obracała w myślach wszystko to, czego dowiedziała się dotąd o Annie O'Donnell. Tak wiele osobliwych objawów, które nie składały się jednak na żadną ze znanych jej chorób. Trzeba znów porozmawiać z doktorem McBreartym i tym razem przyprzeć go do muru.

O trzynastej zakonnica doniosła, że dziewczynka była przygnębiona z powodu zakazu wyjścia do kościoła, ale zgodziła się odmówić w zamian liturgię dnia ze swojego mszału, w towarzystwie siostry Michaeli.

Podczas spaceru Lib nadała bardzo wolne tempo, żeby nie przemęczyć Anny, tak jak to się stało ostatnim razem. Zanim ruszyły, przeczesała wzrokiem horyzont, upewniając się, czy w pobliżu nie ma gapiów.

Przeszły przez podwórze; ślizgały im się podeszwy.

– Gdybyś wyglądała bardziej krzepko, mogłybyśmy pójść tędy z pół mili. – Lib wskazała ręką zachód. – Aż do bardzo ciekawego głogu obwieszonego paskami gałganków.

Anna skinęła z entuzjazmem głową.

– Drzewo życzeń przy świętej studni.

– Nie nazwałabym tego studnią, raczej maleńką sadzawką. – Lib przypomniała sobie smolisty zapach wody; może ma delikatnie dezynfekujące działanie? Zresztą nie ma sensu doszukiwać się ziarna wiedzy w zabobonie. – Czy gałganki to coś w rodzaju ofiary?

– Zanurza się je w wodzie i pociera ranę albo bolące miejsce – wyjaśniła Anna. – Potem przywiązuje się szmatkę do drzewa, rozumie pani?

Lib pokręciła głową.

– To, co złe, zostaje na gałganku i człowiek to porzuca. A gdy szmatka zgnije, odejdzie też to, co człowiekowi dolega.

Czyli czas leczy rany, podsumowała w myślach Lib. Zmyślna legenda, bo tkanina rozkłada się tak długo, że do tego czasu dolegliwość chorego z całą pewnością zniknie.

Anna zatrzymała się przy murku, żeby pogłaskać poduszeczkę jaskrawozielonego mchu, a może po to, żeby złapać oddech. Na żywopłocie para ptaków skubała czerwone porzeczki.

Lib sięgnęła po gałązkę z lśniącymi kuleczkami i przysunęła ją do twarzy dziecka.

– Pamiętasz, jak smakują?

– Chyba tak. – Wargi Anny dzieliła od porzeczek ledwie długość dłoni.

– Nie cieknie ci ślinka? – spytała kusząco Lib.

Dziewczynka pokręciła głową.

– Przecież to Bóg stworzył te jagody, prawda? – „Twój Bóg" – miała na końcu języka.

– Wszystko stworzył Bóg – odpowiedziała Anna.

Lib rozgniotła zębami porzeczkę i sok rozprysł jej się w ustach tak szybko, że prawie się wylał. Nigdy dotąd nie jadła niczego równie wyrazistego.

Anna zerwała z krzaka małą czerwoną kuleczkę.

Lib załomotało serce. Czy to ta chwila? Tak po prostu? Zwyczajne życie, na wyciągnięcie ręki, jak te dyndające jagody.

Ale dziewczynka wyciągnęła otwartą dłoń z leżącą pośrodku porzeczką i czekała, aż sfrunie ku niej najśmielszy z ptaków.

W drodze powrotnej do chaty Anna poruszała się powoli, jakby brnęła po kolana w wodzie.

Po dwudziestej pierwszej tego niedzielnego wieczora Lib czuła się tak zmęczona, że była pewna, że zaśnie, gdy tylko złoży głowę na poduszce.

Ale jej umysł zaczął pracować niczym brzęczący szerszeń. Dręczyła ją myśl, że być może wczorajszego popołudnia błędnie oceniła intencje Williama Byrne'a. W końcu cóż takiego zrobił poza tym, że ponownie poprosił o możliwość przeprowadzenia wywiadu z Anną? Przecież w żaden sposób nie uraził Lib; to ona zareagowała drażliwie i wyciągnęła pochopne wnioski. Czy gdyby tak go nużyło jej towarzystwo, to nie skracałby rozmów i nie skupiał się wyłącznie na Annie O'Donnell?

Jego pokój znajduje się po przeciwnej stronie korytarza, ale Byrne pewnie jeszcze nie śpi. Lib żałowała, że nie może z nim – wykształconym katolikiem – porozmawiać teraz o tym, że ostatnim posiłkiem dziecka była komunia święta. Coraz rozpaczliwiej potrzebowała czyjejś niezależnej opinii na temat dziewczynki. Opinii osoby, która swoim sposobem rozumowania zaskarbiła sobie jej zaufanie; nie wrogo nastawionego Standisha, pełnego złudnych nadziei McBrearty'ego, zaślepionej siostry zakonnej, nijakiego księdza czy też otumanionych i zapewne zdemoralizowanych rodziców. Opinii kogoś, kto mógłby jej podpowiedzieć, czy zaczyna już bujać w obłokach.

„Może ja spróbuję" – usłyszała w myślach głos Byrne'a. Przekorny, czarujący.

Przecież jedno nie wyklucza drugiego. Jest dziennikarzem, który żyje z wyszukiwania tematów, ale czyż nie jest prawdopodobne, że jednocześnie chce szczerze pomóc?

Od jej przyjazdu z Londynu minął równy tydzień. Tyle miała w sobie nieuzasadnionego, jak się okazuje, przekonania o przenikliwości własnych sądów. Sądziła, że w tym czasie znajdzie się już z powrotem w Londynie i pokaże przełożonej, gdzie jej miejsce. A tymczasem tkwi tutaj, w tej samej tłustej w dotyku pościeli, i nie rozumie Anny O'Donnell ani trochę lepiej niż tydzień temu. Jest tylko bardziej zdezorientowana i wyczerpana, i zaniepokojona własną rolą w tych wydarzeniach.

W poniedziałek przed świtem Lib wsunęła liścik pod drzwi Byrne'a.

Gdy dokładnie o piątej dotarła do chałupy, Kitty leżała jeszcze na ławie. Powiedziała jej, że dziś nie wykonuje się żadnej pracy poza tą konieczną, ponieważ to święto nakazane.

Lib zatrzymała się; nadarzyła się rzadka okazja do porozmawiania z Kitty w cztery oczy.

– Zdaje się, że bardzo lubisz swoją kuzynkę? – bąknęła pod nosem.

– A pewno, czemu bym miała nie lubić tej kochaneczki.

Za głośno. Lib przystawiła palec do ust.

– A czy nadmieniała kiedyś... – sięgnęła po prostsze określenie – ...czy wspominała ci, dlaczego nie je?

Kitty pokręciła głową.

– A namawiałaś ją kiedyś, żeby coś zjadła?

– Ja nic nie zrobiłam. – Posługaczka usiadła i zamrugała przerażona. – A idźże pani z takim oskarżeniem!

– Nie, nie, chciałam tylko powiedzieć...

– Kitty? – Z alkierza dobiegł głos pani O'Donnell.

Ale narobiła zamętu. Umknęła czym prędzej do sypialni.

Dziecko jeszcze spało, pod trzema kocami.

– Dzień dobry – szepnęła siostra Michaela i pokazała Lib lakoniczny raport ze zmiany.

Umyta gąbką.
Przyjęła 2 łyżeczki wody.

– Sprawia pani wrażenie zmęczonej, pani Wright.

– Czyżby? – warknęła Lib.

– Podobno wędruje pani po całej okolicy.

Czy siostrze chodzi o to, że widziano ją samą? Czy w towarzystwie dziennikarza? Czy miejscowi już gadają?

– Ruch dobrze mi robi na sen – skłamała.

Po wyjściu siostry Michaeli Lib studiowała przez chwilę swoje notatki. Zdawało jej się, że aksamitne białe kartki jawnie z niej szydzą. Liczby się nie zgadzały i nie składały na żadną opowieść poza tą, że Anna to Anna – jedyna w swoim rodzaju. Krucha, pyzata, koścista, pełna życia, oziębła, uśmiechnięta, drobniutka. Dziewczynka czytała, segregowała swoje obrazki, szyła, robiła na drutach, modliła się, śpiewała. Odstępstwo od wszelkich reguł. Cud? Lib wzbraniała się przed tym słowem, ale zaczynała rozumieć, dlaczego niektórzy tak to widzą.

Anna leżała z szeroko otwartymi oczami, orzechami nakrapianymi odłamkami bursztynu. Lib nachyliła się nad nią.

– Nic ci nie dolega, dziecko?

– Wprost przeciwnie, pani Lib. Dziś mamy święto Najświętszej Maryi Panny.

– Już się dowiedziałam – odpowiedziała Lib. – To w tym dniu została wzięta do nieba, tak?

Anna skinęła głową, odwróciła głowę w stronę okna i zmrużyła oczy.

– Jakie dziś jasne światło i barwne aureole wszędzie. A ten zapach wrzosów!

Lib sypialnia zdawała się zawilgocona i zatęchła, a liliowe kłaczki w wazonie nie wydzielały żadnej woni. Ale dzieci są takie otwarte na doznania, a zwłaszcza to dziecko.

Poniedziałek, 15 sierpnia, 6:17
Twierdzi, że spała dobrze.
Temperatura pod pachą nadal niska.
Tętno: 101 uderzeń na minutę
Płuca: 18 oddechów na minutę

Odczyty wahały się raz w jedną, raz w drugą stronę, ale jednak statystycznie rosły. Niebezpiecznie? Tego nie była pewna. To lekarzy szkolono do wydawania takich opinii. Chociaż zdawało się, że McBrearty nie umie sprostać temu zadaniu.

O'Donnellowie i Kitty weszli wcześnie do pokoju, żeby oznajmić Annie, że wychodzą do kaplicy.

– Złożyć pierwsze plony? – spytała Anna i oczy jej się zaświeciły.

– Oczywista – powiedziała matka.

– A co to takiego? – spytała Lib z czystej uprzejmości.

– Chleb upieczony z młodej pszenicy – wyjaśnił Malachy. – A, i dokłada się też owsa i jęczmienia.

– Nie zapominaj, że ofiaruje się też jagody – wtrąciła Kitty.

– I kilka młodych kartofli nie większych niż koniec kciuka, Bogu niech będą za nie dzięki – dodała Rosaleen.

Lib patrzyła przez umazane okno, jak cała grupa rusza w drogę, farmer kilka kroków za kobietami. Jak mogą dbać o swoje święto w drugim tygodniu tej obserwacji? Czy to znaczy, że nie mają nic na sumieniu, czy że są bezdusznymi potworami? Kitty nie sprawiała rano wrażenia nieczułej, raczej zatroskanej o kuzynkę. Ale taka była spięta w obecności angielskiej pielęgniarki, że błędnie zinterpretowała pytanie Lib i sądziła, że ta oskarża się ją o potajemne dokarmianie dziewczynki.

Lib wyprowadziła Annę na spacer dopiero o dziesiątej, ponieważ to tę porę podała w liściku. Dzień był piękny, najpogodniejszy z całego minionego tygodnia; słońce świeciło jak należy, tak jasno jak w Anglii. Ujęła dziecko pod ramię i nadała bardzo ostrożne tempo.

Anna poruszała się w dziwaczny z jej punktu widzenia sposób, z wystawioną brodą. Ale dziewczynka delektowała się całym otoczeniem. Wciągała powietrze, jakby wypełniała je woń esencji różanej, a nie smród bydła i drobiu. Głaskała każdy omszały kamień, który mijała.

– Co się dziś z tobą dzieje, Anno?

– Nic. Cieszę się.

Lib spojrzała na nią nieufnie.

– Matka Boska napełnia wszystko taką światłością, że prawie da się ją powąchać.

Czyżby skąpa albo głodowa dieta otwierała pory? zastanawiała się Lib. Wyostrzała zmysły?

– Widzę swoje stopy, ale czuję, jakby należały do kogoś innego – powiedziała Anna i spojrzała na znoszone trzewiki brata.

Lib zacieśniła chwyt.

Przy końcu ścieżki, niewidoczna z chaty, ukazała się postać w czarnym surducie: William Byrne. Uniósł kapelusz i uwolnił swoje loki.

– Pani Wright.

– A, zdaje się, że znam tego pana – zauważyła Lib, siląc się na swobodę. Tylko czy naprawdę go zna? Gdyby któryś z członków komisji dowiedział się o tym wywiadzie, mogłaby zostać zwolniona za to, że go zaaranżowała.

– Panie Byrne, to Anna O'Donnell.

– Dzień dobry, Anno. – Uścisnął jej dłoń. Lib zauważyła, że zapatrzył się na jej opuchnięte palce.

Zaczęła od błahych uwag o pogodzie, ale w głowie miała mętlik. Gdzie mogą się udać we troje, żeby przypadkiem nikt ich nie wypatrzył? Jak szybko rodzina wróci z mszy? Poprowadziła Byrne'a i Annę w kierunku przeciwnym niż wioska i skręciła w polną drogę, na oko rzadko uczęszczaną.

– Czy pan Byrne to gość, pani Lib?

Zaskoczona dziecięcym pytaniem pokręciła głową. Nie mogła

dopuścić, by Anna doniosła rodzicom, że pielęgniarka pogwałciła wprowadzoną przez siebie zasadę.

– Przyjechałem w te strony tylko na chwilę, zwiedzić okolicę – wyjaśnił Byrne.

– Z dziećmi? – spytała Anna.

– Niestety jeszcze ich nie mam.

– A żonę?

– Anno!

– Nic nie szkodzi – uspokoił Lib Byrne i ponownie zwrócił się do Anny: – Nie, moja droga. Już ją prawie miałem, ale dama rozmyśliła się w ostatniej chwili.

Lib odwróciła wzrok w stronę mokradeł usianych lśniącymi sadzawkami.

– O! – powiedziała smutno Anna.

Byrne wzruszył ramionami.

– Osiedliła się w Cork, niech jej się wiedzie.

Lib się to spodobało.

Byrne dowiedział się, że Anna uwielbia kwiaty, i oznajmił, że to wspaniały zbieg okoliczności, bo i on je kocha. Zerwał czerwoną łodyżkę derenia z ostatnim białym kwiatem i jej wręczył.

– W misji dowiedzieliśmy się, że krzyż wykonano z derenia, więc teraz drzewko wyrasta tylko niskie i poskręcane z żałości – powiedziała mu Anna.

Nachylił się, żeby lepiej ją słyszeć.

– Kwiatki przypominają krzyżyki, widzi pan? Dwa długie płatki i dwa krótkie – tłumaczyła Anna. – Te brązowe końcówki to ślady gwoździ, a pośrodku widać koronę cierniową.

– Fascynujące – przyznał Byrne.

Lib cieszyła się, że mimo wszystko zaryzykowała to spotkanie. Wcześniej potrafił tylko dowcipkować na ten temat, teraz ma okazję choć trochę zrozumieć, kim jest Anna.

Byrne przytoczył opowieść o królu perskim, który na wiele dni zatrzymał swoje wojska tylko po to, żeby podziwiać okazały platan. Po chwili przerwał i wskazał przebiegającą kuropatwę czerwoną, o rudym upierzeniu wyraźnie odcinającym się od trawiastej powierzchni.

– Widzisz, jakie ma czerwone brwi? Zupełnie jak ja.

– Jeszcze bardziej. – Anna się zaśmiała.

Powiedział jej, że sam był w Persji, a także w Egipcie.

– Pan Byrne sporo podróżuje – wtrąciła Lib.

– Och, brałem pod uwagę odleglejsze strony – powiedział.

Lib spojrzała na niego z ukosa.

– Osiadłbym chętnie na przykład w Kanadzie, w Stanach, nawet w Australii lub Nowej Zelandii. Żeby poszerzyć horyzonty.

– Ale tak się odciąć od wszystkich zobowiązań, zawodowych i osobistych... – Lib szukała właściwego określenia. – Czy to w pewnym sensie nie przypomina śmierci?

Byrne skinął głową.

– Sądzę, że na tym właśnie polega emigracja. Taka jest cena życia od nowa.

– Zadać panu zagadkę? – spytała nieoczekiwanie Anna.

– Bardzo chętnie – odpowiedział.

Powtórzyła mu zgadywanki o wietrze, papierze i ogniu; tylko raz czy dwa upewniła się u Lib co do poszczególnych słów. Byrne nie odgadł ani jednej i ilekroć słyszał odpowiedź, uderzał się dłonią w czoło.

Następnie zaczął wypytywać Annę o odgłosy ptaków. Rozpoznała poprawnie melodyjny szloch kulika i dudniące beczenie skrzydeł bekasa, którego nazywała z irlandzka koziołkiem bagiennym.

Wreszcie Anna przyznała, że jest nieco zmęczona. Lib przyjrzała jej się badawczo i dotknęła jej czoła, nadal zimnego jak głaz mimo słońca i wysiłku.

– Chciałabyś tu chwilę odpocząć, żeby pokrzepić się przed drogą powrotną? – spytał Byrne.

– Tak, proszę.

Zdjął surdut i rozłożył go z łopotem na płaskim kamieniu.

– Usiądź sobie – powiedziała Lib i przykucnąwszy, poklepała brązową podszewkę, jeszcze ciepłą od jego pleców.

Anna osunęła się na nią i pogłaskała palcem satynę.

– Nie spuszczę cię z oka – przyrzekła Lib dziewczynce, po czym oboje z Byrnem zaczęli odchodzić.

Oddalali się, aż doszli do zburzonego murku. Stanęli tak blisko siebie, że Lib czuła ciepło płynące jak para spod jego kołnierzyka.

– I co?

– Co „co", pani Lib? – Jego głos zabrzmiał dziwnie sztywno.

– Co pan o niej sądzi?

– Jest rozkoszna. – Byrne mówił tak cicho, że musiała się pochylić, żeby go zrozumieć.

– Prawda?

– Rozkoszne konające dziecko.

Lib zaparło dech w piersiach. Spojrzała przez ramię na Annę, wyprostowaną postać siedzącą na skraju męskiego surduta.

– Czy pani oślepła? – spytał Byrne, nadal tak łagodnie, jakby mówił coś miłego. – Dziewczynka niknie w oczach.

Niemal zaczęła się jąkać.

– Ależ, panie Byrne, skąd... skąd...?

– Chyba właśnie w tym sęk: pani jest za blisko, żeby to dostrzec.

– Ale skąd pan... skąd ta pewność?

– Byłem od niej starszy zaledwie pięć lat, gdy pojechałem badać epidemię głodu – przypomniał jej cichym warknięciem.

– Ale Anna nie... ma przecież zaokrąglony brzuch – przekonywała słabym głosem Lib.

– Niektórzy umierają z głodu szybko, a inni wolno – stwierdził Byrne. – Ci drudzy puchną, ale to tylko woda, nic tam nie ma. – Nie odrywał wzroku od zielonego pola. – Ten kaczy chód, ten potworny meszek na jej twarzy. Wąchała pani ostatnio jej oddech?

Lib próbowała sobie przypomnieć. Nigdy nie uczono jej zapisywania wyników takich pomiarów.

– Gdy ciało zwraca się ku sobie, powiedziałbym: pochłania samo siebie, oddech staje się kwaśny.

Lib odwróciła wzrok i zobaczyła, że dziewczynka opada jak liść. Rzuciła się biegiem.

– Wcale nie zemdlałam – upierała się Anna, gdy William Byrne niósł ją do domu, otuloną jego surdutem. – Tylko odpoczywałam. – Jej oczy wyglądały tak przepastnie jak sadzawki na moczarach.

Przerażenie chwyciło Lib za gardło. „Rozkoszne konające dziecko". Ma rację, szlag by go trafił.

– Niech mnie pani wpuści – poprosił przed chatą Byrne. – Może pani powiedzieć rodzicom, że akurat przechodziłem i przyszedłem pani z pomocą.

– Niech pan stąd znika. – Wyszarpnęła Annę z jego objęć. Dopiero gdy się odwrócił w stronę ścieżki, zbliżyła nos do twarzy dziewczynki i powąchała. Tak. Słaba, okropna, owocowa woń.

Była półprzytomna, gdy w poniedziałkowe popołudnie zbudził ją deszcz grzechoczący o dach. Zobaczyła biały prostokąt pod drzwiami i wzrok ją zmylił; sądziła, że to światło, i dopiero gdy zwlokła się z łóżka, przekonała się, że to kartka. Zapisana odręcznie, w pośpiechu, ale bez błędów.

„Przypadkowe i przelotne spotkanie z samą Poszczącą Dziewczynką dało wreszcie korespondentowi możliwość ukształtowania własnej opinii na temat tego kontrowersyjnego i rozpalającego opinię publiczną pytania, czy dziecko jest jedynie narzędziem nikczemnego oszustwa na społeczeństwie.

Po pierwsze, zaznaczyć należy, że Anna O'Donnell to dziewczę wyjątkowe. Mimo odebrania szczątkowego wykształcenia w wiejskiej szkole publicznej, od nauczyciela, który jest zmuszony uzupełniać dochody w warsztacie szewskim, panna O'Donnell wysławia się w sposób uroczy, opanowany i bezpośredni. Poza tym że słynie z pobożności, ma wielkie zamiłowanie do przyrody oraz wiele współczucia niespotykanego u osoby w tak młodym wieku. Jak napisał pięć tysięcy lat temu pewien egipski mędrzec: roztropne słowa rzadsze są niźli szmaragdy, a jednak płyną z ust ubogich niewolnic.

Ponadto korespondent czuje się w obowiązku zadać kłam doniesieniom o stanie zdrowia Anny O'Donnell. Jej stoicki charakter i pogodna natura mogą przesłaniać prawdę, ale niepewny krok, mizerna postura, obniżona temperatura ciała, obrzmiałe palce, zapadnięte oczy, a przede wszystkim ostra woń oddechu określana jako zapach głodu wskazują jednoznacznie na stan niedożywienia.

Bez spekulowania, jakie tajne środki zastosowano, by przez cztery miesiące utrzymać Annę przy życiu aż do ósmego sierpnia, gdy rozpoczęła się obserwacja, stwierdzić można, a raczej trzeba – całkiem jednoznacznie – że dziecko jest teraz w śmiertelnym niebezpieczeństwie, a jego obserwatorki muszą się mieć na baczności".

Lib zmięła kartkę tak mocno, że ta znikła w jej pięści. Jak to boli, dosłownie każde słowo.

W swoim notesie zapisała tyle znaków ostrzegawczych – dlaczego nie przyjmowała do wiadomości oczywistego wniosku, że stan zdrowia dziecka stale się pogarsza? Kwestia arogancji, uznała; trwała nieugięcie przy własnym zdaniu i przeceniła swoją wiedzę. I jeszcze te jej pobożne życzenia, równie beznadziejne jak te, które obserwowała u rodzin jej podopiecznych. A ponieważ Lib chciała uchronić dziewczynkę przed krzywdą, przez okrągły tydzień oddawała się fantazjom o nocnym dokarmianiu bez jej wiedzy albo niewyjaśnionych mocach umysłu, które utrzymują ją przy życiu. Ale dla osoby postronnej, takiej jak William Byrne, to, że Anna przymiera głodem, okazało się jasne jak słońce.

„Obserwatorki muszą się mieć na baczności".

Z jej poczucia winy powinna się zrodzić wdzięczność dla tego człowieka. Dlaczego więc na wspomnienie jego przystojnej twarzy czuje się taka rozsierdzona?

Wysunęła spod łóżka nocnik i zwymiotowała gotowaną szynkę, którą jadła na kolację.

Tuż przed tym, jak doszła wieczorem do chaty, słońce osunęło się z wolna, a na niebie pokazał się księżyc w pełni, nabrzmiała jasna kula.

Witając się zdawkowo, minęła pospiesznie siedzących przy herbacie O'Donnellów i Kitty. Musiała powiadomić zakonnicę. Przyszło jej na myśl, że być może prawda skuteczniej dotrze do doktora McBrearty'ego z ust siostry Michaeli, jeśli tylko uda jej się przekonać zakonnicę, by stawiła mu czoło.

Ale tym razem zastała Annę leżącą na wznak na łóżku, a siostrę miłosierdzia siedzącą na jego krawędzi; dziecko było tak pochłonięte opowiadaną przez zakonnicę historią, że nawet nie spojrzało na Lib.

– Miała sto lat i cierpiała straszliwe nieustanne bóle – mówiła siostra Michaela. Przesunęła spojrzeniem po Lib i wróciła do Anny.

– Podczas spowiedzi staruszka wyznała, że gdy raz w dzieciństwie uczestniczyła we mszy, przyjęła komunię świętą, ale nie zamknęła w porę ust i hostia zsunęła się na posadzkę. Za bardzo się wstydziła, żeby się z tym zdradzić, więc ją tam zostawiła.

Anna wciągnęła gwałtownie powietrze.

Lib nigdy nie słyszała u drugiej pielęgniarki tak potoczystej mowy.

– I wiesz, co on zrobił, ten ksiądz?

– Kiedy wypadła jej z ust? – upewniła się Anna.

– Nie, ksiądz, któremu się spowiadała w wieku stu lat. Udał się do tego samego kościoła, wówczas już zrujnowanego – ciągnęła siostra Michaela. – Spomiędzy popękanych kamiennych płyt posadzki wyrastał kwitnący krzew. Sięgnął między jego korzenie i co znalazł? Hostię, tak świeżą, jak w dniu, w którym wypadła dziewczynce z ust niemal sto lat wcześniej.

Anna westchnęła cicho z zachwytu.

Lib z trudem powstrzymała się przed złapaniem zakonnicy za łokieć i wyciągnięciem jej z pokoju. Co też ona wygaduje?

– Zaniósł ją z powrotem i położył staruszce na języku, i klątwa została zerwana, a kobieta uwolniona od bólu.

Dziewczynka przeżegnała się niezgrabnie.

– „Wieczne odpoczywanie racz jej dać, Panie, a światłość wiekuista niechaj jej świeci, niech odpoczywa w pokoju wiecznym. Amen”.

Lib zrozumiała, że „uwolnienie od bólu” oznacza śmierć. Trzeba się urodzić w Irlandii, żeby uznać coś takiego za szczęśliwe zakończenie.

Anna zamrugała na jej widok.

– Dobry wieczór, pani Lib. Zupełnie pani nie zauważyłam.

– Dobry wieczór, Anno.

Siostra Michaela wstała i zebrała swoje rzeczy. Podeszła do Lib i szepnęła jej do ucha:

– Całe popołudnie była bardzo podekscytowana, śpiewała hymn za hymnem.

– I uznała siostra, że taka mroczna opowieść ją uspokoi?

Twarz zakonnicy stężała w ramie białego płótna.

– Coś mi się zdaje, że pani nie rozumie naszych opowieści.

Jak na siostrę Michaelę zabrzmiało to bojowo. I zakonnica wymknęła się z pokoju, nim Lib zdążyła powiedzieć to, co chciała jej powiedzieć już od kilku godzin: że według niej – o Byrnie wspomnieć rzecz jasna nie mogła – Anna jest w realnym niebezpieczeństwie.

Zajęła się przygotowywaniem lampy, puszki z cieczą palną, nożyczek do przycinania knota, szklanki z wodą, koców – wszystkiego, co potrzebne na nocną zmianę. Wyjęła swój notes i ujęła Annę za nadgarstek. „Rozkoszne konające dziecko".

– Jak się czujesz?

– Raczej zadowolona, pani Lib.

Dopiero teraz Lib zauważyła, że Anna ma zapadnięte oczy, zatopione pod opuchniętą tkanką.

– Pytałam o odczucia w ciele.

– Jakbym płynęła z prądem.

Zawroty głowy? – zanotowała Lib.

– Coś jeszcze ci dokucza?

– Płynięcie mi nie dokucza.

– Wobec tego czy coś jeszcze się zmieniło? – Ołówek wisiał w gotowości.

Anna pochyliła się w jej stronę, jakby zamierzała jej powierzyć wielką tajemnicę.

– Jakbym słyszała dzwony w oddali.

Dzwonienie w uszach – zapisała Lib.

Tętno: 104 uderzenia na minutę
Płuca: 21 oddechów na minutę

Dziewczynka poruszała się dziś zdecydowanie wolniej, zauważyła teraz Lib, skoro zaczęła już poszukiwać dowodów; jej dłonie i stopy zdawały się nieco chłodniejsze i bardziej posiniałe niż jeszcze tydzień temu. Ale serce biło jej szybciej, jak skrzydła drobnego ptaszka. Policzki miała rozognione, a skórę miejscami szorstką jak drobna tarka. Biła od niej kwaśna woń i Lib chętnie przemyłaby ją gąbką, ale obawiała się, że jeszcze bardziej ją wychłodzi.

– „Wielbię cię, o Krzyżu Święty..." – Anna, zapatrzona w sufit, zaczęła szeptać swoją Albertową modlitwę.

Lib nagle straciła cierpliwość.

– Dlaczego właśnie ją tak często recytujesz? – Spodziewała się, że Anna odpowie znów, że to sprawa osobista.

– Trzydzieści trzy.

– Słucham?

– Tylko trzydzieści trzy razy dziennie – wyjaśniła Anna.

Galopada myśli. To częściej niż raz na godzinę, ale gdy się odejmie sen, wychodzi częściej niż dwa razy w każdej godzinie czuwania. O co zapytałby Byrne, gdyby tu był; jak by rozwikłał tę zagadkę?

– Czy to pan Thaddeus nakazał ci to robić?

Anna pokręciła głową.

– Tyle miał lat.

Lib zrozumiała dopiero po chwili.

– Chrystus?

Skinienie głową.

– Kiedy umarł i zmartwychwstał.

– Ale dlaczego musisz odmawiać tę określoną modlitwę trzydzieści trzy razy dziennie?

– Żeby wydostać Pata z... – urwała nagle.

W otwartych drzwiach stała pani O'Donnell z wyciągniętymi rękami.

– Dobranoc, matuś – powiedziała dziewczynka.

Kamienna mina; Lib z daleka wyczuwała żal kobiety. Czy to może wściekłość, że odmówiono jej czegoś tak drobnego jak uścisk? Czyż matce nie należy się coś od dziecka, które tak długo nosiła?

Rosaleen odwróciła się i zamknęła z hukiem drzwi.

Tak, wściekłość, uznała Lib; nie tylko na dziewczynkę, która nie pozwoli matce podejść bliżej niż na odległość ramienia, ale i na pielęgniarkę, która jest tego świadkiem.

Przyszło jej na myśl, że Anna może – nawet nieświadomie – próbować zadać kobiecie ból. Zachowuje abstynencję od matki, która uczyniła z niej coś w rodzaju jarmarcznej atrakcji.

Za ścianą podniosło się wezwanie do modlitwy różańcowej i zawodzenie domowników. Anna nie spytała dzisiaj, czy może dołączyć, zauważyła Lib; kolejna oznaka tego, że zaczyna opadać z sił.

Dziewczynka obróciła się na bok i podciągnęła nogi. Dlaczego o kimś pogrążonym w spokojnym śnie mówi się, że śpi jak dziecko?

Dzieci śpią często rozwalone jak połamane przedmioty albo właśnie zwijają się w kłębek, jakby chciały cofnąć się w czasie i powrócić do długotrwałego stanu nicości, z którego je wyciągnięto.

Otuliła Annę kocami i dołożyła czwarty, bo dziewczynka nadal się trzęsła. Stała i czekała, aż zaśnie, a za drzwiami skończą się monotonne modły.

– Pani Wright. – W drzwiach stanęła znów siostra Michaela.

– Siostra jeszcze tu? – spytała Lib, rada, że nadarza się kolejna okazja do rozmowy.

– Zostałam na różaniec. Można...?

– Proszę, proszę. – Tym razem Lib wyjaśni wszystko tak dokładnie, że zjedna sobie zakonnicę.

Siostra Michaela zamknęła starannie drzwi.

– Chodzi o legendę – bąknęła pod nosem. – To podanie, które opowiadałam Annie.

Lib zmarszczyła brwi.

– Tak?

– Chodzi o spowiedź. Dziewczynka nie została ukarana za to, że upuściła hostię – powiedziała zakonnica – ale za to, że przez całe życie utrzymywała swoje uchybienie w tajemnicy.

To jakieś teologiczne niuanse; Lib nie miała czasu na coś takiego.

– Siostra mówi samymi zagadkami.

– Widzi pani, kiedy staruszka się w końcu wyspowiadała, zrzuciła z siebie ciężar – szepnęła zakonnica, przenosząc spojrzenie na łóżko.

Lib zamrugała. Czyżby te aluzje oznaczały, że zdaniem zakonnicy Anna ma do wyznania jakąś straszliwą tajemnicę – i że ostatecznie żaden z niej cud?

Próbowała sobie przypomnieć ich przelotne rozmowy z ostatniego tygodnia. Czy zakonnica właściwie powiedziała kiedyś, że jej zdaniem Anna żyje bez jedzenia?

Nie; Lib, zaślepiona uprzedzeniami, założyła po prostu, że tak sądzi. Siostra Michaela zachowywała swoje zdanie dla siebie lub wypowiadała miałkie ogólniki.

Lib przysunęła się do niej i szepnęła:

– Siostra od początku wiedziała.

Siostra Michaela rozłożyła ręce.

– Ja tylko...

– Siostra wie o odżywianiu tak samo wiele jak ja. Obie wiedziałyśmy od początku, że to musi być oszustwo.

– Nie. Nie wiedziałyśmy – szepnęła siostra Michaela. – Tu nie wiadomo niczego na pewno.

– Anna szybko podupada na zdrowiu, siostro. Z dnia na dzień jest coraz słabsza, bardziej odrętwiała i wyziębiona. A wąchała siostra jej oddech? To żołądek zaczyna sam się pochłaniać.

Wyłupiaste oczy zakonnicy zalśniły.

– Siostra i ja musimy dojść prawdy – powiedziała Lib, łapiąc ją za nadgarstek. – Nie tylko dlatego, że powierzono nam to zadanie, ale dlatego, że zależy od tego życie dziecka.

Siostra Michaela obróciła się na pięcie i uciekła z sypialni.

Lib nie mogła jej gonić; była tu uwięziona. Jęknęła tylko bezradnie.

Ale rano zakonnica powróci i Lib będzie już na nią czekać.

Tej nocy Anna co rusz się budziła i z powrotem zasypiała. Obracała głową albo podciągała nogi z drugiej strony. Do końca obserwacji pozostało sześć dni. Nie, napomniała się Lib, tylko pod warunkiem, że Anna przeżyje jeszcze sześć dni. Jak długo dziecko może się utrzymać przy życiu na samej wodzie?

„Rozkoszne konające dziecko". Całe szczęście, że poznała prawdę, powtarzała sobie; teraz może działać. Ale dla dobra Anny musi zachować największą ostrożność, żeby tym razem nie okazywać arogancji i nie tracić panowania nad sobą. „Pamiętaj – powiedziała sobie – jesteś tu obca".

Pościć nie znaczy pospieszać; to najwolniejszy proces na świecie. Pościć znaczy zamknąć drzwi; raptownie, szczelnie. To twierdza, forteca. Pościć znaczy znosić próżnię i powtarzać stale: nie, nie i nie.

Anna wpatrywała się sennie w cienie, które rzucała na ścianę lampa.

– Potrzeba ci czegoś?

Przeczący ruch głową.

„Synowie obcy zestarzeli się i kulejąc odciągali od dróg swoich". Lib siedziała i obserwowała dziewczynkę. Mruganiem koiła suche oczy.

***

Gdy tuż po piątej rano do pokoju zajrzała zakonnica, Lib poderwała się tak gwałtownie, że aż jej chrupnęło w zesztywniałej szyi. Zamknęła drzwi tuż przed nosem Rosaleen O'Donnell.

– Niech siostra posłucha – zaczęła ochrypłym głosem. – Musimy powiedzieć doktorowi McBrearty'emu, że zamartwiając się nadmiernie o zmarłego brata, dziecko gotowe zagłodzić się na śmierć. Pora przerwać obserwację.

– Wzięłyśmy na siebie zobowiązanie – odezwała się zakonnica tak cicho, jakby każda sylaba dobiegała z głębokiego leja w ziemi.

– Ale czy przypuszczała siostra, że sprawy zajdą tak daleko? – Lib wskazała śpiącą dziewczynkę.

– Anna to bardzo szczególna dziewczynka.

– Nie dość szczególna, by miała umrzeć.

Siostra Michaela wiła się jak piskorz.

– Złożyłam śluby posłuszeństwa. Dostałyśmy wyraźne polecenia.

– I wypełniamy je co do joty, tak jak to czynią oprawcy.

Po zadaniu tego ciosu obserwowała minę zakonnicy. Zdjęło ją pewne podejrzenie.

– Czy siostra otrzymała jakieś inne polecenia? Na przykład od pana Thaddeusa albo od przełożonych z zakonu?

– Co ma pani na myśli?

– Czy nakazano siostrze nic nie widzieć, nic nie słyszeć i nic nie mówić, bez względu na to, co siostry zdaniem naprawdę dzieje się w chacie? – Prawie warknęła. – Nakazano poświadczyć cud?

– Pani Wright! – Zakonnica aż pobladła.

– Przepraszam, jeśli się mylę – mówiła ponurym głosem, ale uwierzyła kobiecie. – To dlaczego nie chce siostra porozmawiać ze mną z lekarzem?

– Bo jestem tylko pielęgniarką – odrzekła siostra Michaela.

– Mnie nauczono pełnego znaczenia tego słowa – wściekła się Lib. – A siostrę nie?

Drzwi otwarły się z hukiem. Rosaleen O'Donnell.

– Czy mogę powiedzieć wreszcie dzień dobry swojemu dziecku?

– Anna jeszcze śpi – odparła Lib, odwracając się w stronę łóżka.

Ale dziewczynka leżała z otwartymi oczami. Ile zdążyła usłyszeć?

– Dzień dobry, Anno – przywitała się niepewnie Lib.

Dziewczynka wyglądała na wpół materialnie, jak rysunek na starym pergaminie.

– Dzień dobry, pani Wright. Siostro. Matuś. – Jej uśmiech promieniał blado we wszystkich kierunkach.

O dziewiątej – Lib, jak przystało na osobę o dobrych manierach, czekała jak najdłużej – pomaszerowała do domu McBrearty'ego.

– Doktór wyszedł – oznajmiła gosposia.

– A dokąd to? – Była zbyt rozdygotana ze zmęczenia, żeby ująć to uprzejmiej.

– W sprawie córki O'Donnellów, tak? Czyżby jej się pogorszyło?

Lib spojrzała na sympatyczną twarz kobiety otoczoną wykrochmalonym czepcem. „Anna od kwietnia nie zjadła prawdziwego posiłku – miała ochotę krzyknąć – jakże miałoby się jej nie pogorszyć?"

– Muszę z nim pilnie porozmawiać.

– Został wezwany do sir Otwaya Blacketta.

– A któż to taki?

– Baronet – odpowiedziała kobieta, wyraźnie zdumiona, że Lib tego nie wie. – I sędzia pokoju.

– A gdzie się mieści jego rezydencja?

Gosposia struchlała na wieść, że pielęgniarka zamierza tam ścigać lekarza. Odpowiedziała, że to parę mil za wioską i lepiej, żeby pani Wright wróciła później.

Lib zachwiała się lekko, lecz dostatecznie wiarygodnie, by dać do zrozumienia, że może zasłabnąć w progu.

– Albo może pani chyba poczekać w moim pokoju – dodała kobieta.

Pełna wątpliwości co do statusu Słowiczka, zauważyła Lib; zastanawiała się pewnie, czy nie stosowniej byłoby ją posadzić w kuchni.

Lib spędziła półtorej godziny nad filiżanką wystygłej herbaty. Gdyby tylko miała wsparcie tej przeklętej zakonnicy.

– Doktór wrócił i może panią przyjąć. – Głos gosposi.

Lib poderwała się tak szybko, że aż ją zamroczyło.

Doktor McBrearty siedział w swoim gabinecie i przesuwał nieuważnie jakieś papiery.

– Pani Wright, jakże się cieszę, że pani przyszła.

Spokój przede wszystkim; na dźwięk ostrego kobiecego głosu zatykają się męskie uszy. Pamiętała, że należy wpierw zapytać o zdrowie baroneta.

– Ból głowy. Dzięki Bogu nic poważnego.

– Panie doktorze, przyszłam z powodu śmiertelnej obawy o stan zdrowia Anny.

– Ojej.

– Straciła wczoraj przytomność. Jej tętno galopuje, ale krążenie jest tak słabe, że ledwie czuje własne stopy – powiedziała Lib. – A oddech...

McBrearty uciszył ją gestem dłoni.

– Mhm, rozmyślam intensywnie o małej Annie i poszukuję wyjaśnienia, studiując pilnie archiwa.

– Archiwa? – powtórzyła zdumiona Lib.

– Czy wie pani... zresztą skąd by pani miała wiedzieć, że we wczesnych wiekach średnich Bóg zsyłał na wielu świętych całkowitą utratę apetytu na lata, a nawet dekady? To się nazywało *inedia prodigiosa*, post cudowny.

Czyli mają nawet specjalne określenie na to wynaturzone widowisko, jakby to było coś materialnego niczym kamień albo but. Średniowiecze, w rzeczy samej; w tych stronach ma się jeszcze całkiem dobrze. Lib przypomniała sobie fakira z Lahore. Czy każdy naród ma własne niewiarygodne historie o nadnaturalnych metodach przetrwania?

Staruszek ciągnął z ożywieniem:

– Widzi pani, dążyły do naśladowania Matki Boskiej, która jako niemowlę podobno ssała pierś tylko raz dziennie. Weźmy taką Świętą Katarzynę. Gdy zdołała się zmusić do przełknięcia kęsa jedzenia, wtykała do gardła gałązkę i wszystko zwracała.

Lib zadrżała na wspomnienie opowieści o włosiennicach oraz o chłoszczących się publicznie mnichach.

– Chodziło im o degradację ciała i wyniesienie ducha – wyjaśnił.

Ale dlaczego nie można połączyć jednego z drugim? – zastanawiała się Lib. Czy nie składamy się i z tego, i z tego?

– Panie doktorze, żyjemy współcześnie, a Anna O'Donnell to tylko dziecko.

– Zgoda, zgoda – przyznał. – Ale czy za tymi dawnymi opowieściami nie kryje się jakaś prawda o fizjologii? Weźmy to wspomniane przez panią ciągłe wychłodzenie – postawiłem tu pewną wstępną hipotezę. Czy nie można wykluczyć, że doszło u niej do spowolnienia procesów trawiennych, które z tych właściwych ssakom przerodziły się w gadzie?

„Gadzie?!" – chciała zakrzyknąć.

– Czyż nie jest tak, że ludzie nauki z odległych zakątków globu rok w rok odkrywają pozornie niewytłumaczalne zjawiska? Może nasza młoda przyjaciółka uosabia jakiś rzadki gatunek, który w przyszłości stanie się powszechny? – Głos McBrearty'ego drżał z ekscytacji. – I przyniesie nadzieję całej populacji ludzkiej.

Czy ten człowiek oszalał?

– Jaką nadzieję?

– Uwolnienie od potrzeb, pani Wright! Gdyby przetrwanie bez jedzenia leżało w granicach ludzkich możliwości... to po co, z jakiego powodu ludzie mieliby walczyć o chleb albo o ziemię? To by położyło kres czartyzmowi, socjalizmowi, wojnom.

Jakie to wygodne dla wszystkich tyranów świata, pomyślała Lib; całe społeczeństwa potulnie żywiące się powietrzem.

Lekarz miał natchnioną minę.

– Może dla Wielkiego Medyka nie ma rzeczy niemożliwych.

Lib dopiero po chwili pojęła, kogo miał na myśli. Znów ten Bóg – w tej części świata istny tyran. Wysiliła się na odpowiedź w podobnym duchu.

– Bez strawy, którą nas obdarza, wszyscy pomrzemy – zauważyła.

– Do tej pory żeśmy umierali. Do tej pory.

I Lib w końcu zrozumiała; pojęła żałosne podłoże starczego marzenia.

– A wracając do Anny... – Musiała sprowadzić McBrearty'ego na ziemię. – Dziewczynka szybko opada z sił, co znaczy, że musiała otrzymywać jedzenie, zanim to udaremniliśmy. To nasza wina.

Lekarz zmarszczył brwi i zaczął majstrować przy zausznikach okularów.

– Nie bardzo rozumiem, skąd ten wniosek.

– Dziecko, które poznałam w ubiegły poniedziałek, było pełne życia – powiedziała Lib. – Teraz ledwie stoi na nogach. Mogę jedynie wywnioskować, że musi pan przerwać obserwację i skierować wszystkie wysiłki na to, by nakłonić ją do jedzenia.

Jego pergaminowe dłonie wystrzeliły w górę.

– Moja zacna kobieto, przekracza pani swoje uprawnienia. Pani tu nie została wezwana po to, by cokolwiek wnioskować. Choć pani instynkt opiekuńczy to całkiem naturalna rzecz – dodał już łagodniej. – Przypuszczam, że obowiązki pielęgniarskie, szczególnie przy tak młodej pacjentce, musiały wyzwolić w pani uśpione kompetencje macierzyńskie. Bo, jak rozumiem, pani niemowlę nie przeżyło?

Lib odwróciła wzrok, żeby nie widział jej twarzy. Lekarz rozdrapał dawną ranę, ale zrobił to bez ostrzeżenia i z bólu aż jej się zakręciło w głowie. I z wściekłości; czy przełożona naprawdę została zobligowana do dzielenia się z tym człowiekiem historią jej życia?

– Nie może pani wszakże dopuścić, by osobista strata zaburzyła pani ocenę sytuacji. – McBrearty pokiwał zakrzywionym palcem, niemal figlarnie. – Takie matczyne lęki, jeśli im się pobłaża, mogą prowadzić do irracjonalnych ataków paniki oraz urojeń wielkościowych.

Lib przełknęła ślinę i starała się modulować głos tak, by brzmiał jak najłagodniej i najbardziej kobieco.

– Panie doktorze, proszę. Może gdyby pan zwołał członków komisji i zechciał ich ostrzec o pogarszającym się stanie zdrowia Anny...

Przerwał jej gestem.

– Zajrzę tam ponownie jeszcze dziś po południu, czy to panią uspokoi?

Lib podeszła chwiejnym krokiem do drzwi.

Spartaczyła tę rozmowę. Trzeba było stopniowo podsuwać McBrearty'emu myśl, że przerwanie obserwacji to jego pomysł – i obowiązek – podobnie zresztą jak jej zainicjowanie. Odkąd przyjechała do tego kraju, popełnia błąd za błędem. O, jak panna N. by się za nią wstydziła.

O trzynastej zastała Annę w łóżku z rozgrzanymi cegłami wybrzuszającymi koce wokół jej stóp.

– Potrzebowała się kapkę zdrzemnąć po tym, jak przeszłyśmy się po zagrodzie – szepnęła siostra Michaela, zapinając pelerynę.

Lib odebrało mowę. To pierwszy raz, gdy dziecko położyło się do łóżka w ciągu dnia. Przyjrzała się maleńkiej kałuży na dnie nocnika. Najwyżej łyżeczka cieczy, i to bardzo ciemnej. Czy to możliwe, że mocz zawiera krew?

Kiedy Anna przebudziła się z drzemki, zamieniły parę słów o słońcu za oknem. Jej tętno wynosiło 112, czyli rekordowo dużo.

– Jak się czujesz, Anno?

– Całkiem nieźle. – Ledwie słyszalny głos.

– Może ci zaschło w gardle? Napijesz się trochę wody?

– Jeśli pani sobie życzy. – Anna usiadła i wzięła łyk.

Na łyżeczce został mały, czerwony ślad.

– Otwórz, proszę, usta, dobrze? – Lib zajrzała do środka, przesuwając szczękę Anny w stronę światła. Kilka zębów miało szkarłatne obwódki. Cóż, wiadomo przynajmniej, że krew pochodzi z dziąseł, a nie z żołądka. Jeden z zębów trzonowych rósł pod dziwnym kątem. Trąciła go paznokciem i natychmiast się odchylił. Gdy go wyszarpnęła kciukiem i palcem wskazującym, przekonała się, że to ząb stały, a nie mleczny.

Anna spojrzała na ząb, a potem na Lib. Jakby zachęcała ją do zabrania głosu.

Lib wsunęła ząb do kieszeni fartucha. Wstrzyma się z pokazywaniem go McBrearty'emu. Będzie wypełniała polecenia, dalej gromadziła informacje dla poparcia swojej tezy i czekała na właściwy moment – ale nie bardzo długo.

Dziecko miało ciemne obwódki wokół warg i pod oczami. Lib zapisała wszystko w notesie. Małpi meszek na policzkach zgęstniał i zaczynał się rozprzestrzeniać na szyję. Skupisko łuszczących się, brązowych plam wokół obojczyka. Nawet tam, gdzie skóra była jeszcze blada, robiła się szorstka w dotyku, jak papier ścierny. Źrenice Anny też wydawały się bardziej rozszerzone niż zwykle, jakby z dnia na dzień czarne jamy rozrastały się i pochłaniały jasny brąz.

– A jak twoje oczy? Widzisz tak jak wcześniej?

– Widzę to, co trzeba – odpowiedziała Anna.

Słabnący wzrok – zanotowała Lib.

– Czy jest coś jeszcze... czy coś cię boli?

– Tu tylko. – Anna nieokreślonym gestem wskazała tułów. – Jakby się przetaczał.

– Ból przetacza się przez ciebie?

– Nie mnie. – Tak cicho, że Lib nie była pewna, czy dobrze usłyszała.

Ból nie należy do Anny? Dziewczynka, przez którą przetacza się ból, nie jest Anną? Anna nie jest Anną? Może mózg dziewczynki traci swoje władze. I Lib chyba też.

Dziecko przewracało stronice swojego psałterza i od czasu do czasu mamrotało niektóre wersy. „Ty, który mię podnosisz od bram... Wyrwij mię z ręki nieprzyjaciół moich i od prześladujących mię".

Lib nie wiedziała, czy Anna umie jeszcze odczytać druk, czy też recytuje z pamięci.

„Wybaw mię z paszczęki lwa, a od rogów jednorożców mnie poniżonego!"

Jednorożców? Lib nigdy nie wyobrażała sobie tych baśniowych bohaterów jako drapieżniki.

Anna wyciągnęła rękę, żeby odłożyć tom na komodę. Potem osunęła się z wdzięcznością na łóżko, jakby znów nastała noc.

Zapadła cisza i Lib chciała zaproponować dziewczynce, że jej coś poczyta. Dzieci często wolą, jak im się opowiada, a nie czyta, czyż nie? Ale Lib nie mogła sobie przypomnieć żadnej bajki. Ani nawet piosenki. Anna zazwyczaj nuciła pod nosem; kiedy to ustał ten śpiew?

Spojrzenie dziewczynki przesuwało się od ściany do ściany, jakby szukała drogi ucieczki. Ale nie miało na czym spocząć poza czterema kątami i napiętą twarzą opiekunki.

Lib wezwała przez drzwi służącą i podała jej dzban.

– Kitty, proszę o świeżą pościel, i czy mogłabyś tu wstawić kwiaty?

– Ale jakie?

– Byle kolorowe.

Kitty wróciła po dziesięciu minutach z kompletem pościeli i naręczem traw i kwiatów. Odwróciła głowę w bok, żeby przyjrzeć się leżącej w łóżku dziewczynce.

Lib badała wzrokiem grubo ciosaną twarz posługaczki. Czy to tylko czułość, czy poczucie winy? Czy to możliwe, że Kitty wie, jak dokarmiano do niedawna Annę, nawet jeśli nie robiła tego osobiście? Lib głowiła się, jak o to zapytać, żeby jej nie spłoszyć; jak przekonać służącą do podzielenia się jakimikolwiek posiadanymi przez nią informacjami, jeśli miałyby one ocalić Annę.

– Kitty! – rozległ się rozdrażniony głos Rosaleen O'Donnell.

– Idę! – Posługaczka pospiesznie wyszła.

Lib pomogła dziewczynce przesiąść się na krzesło, żeby móc zmienić pościel.

Anna skuliła się nad dzbanem i zaczęła układać łodygi. Był wśród nich dereń; Lib świerzbiły dłonie, żeby porozrywać jego krzyżopodobne kwiaty, brązowe ślady rzymskich gwoździ.

Dziecko pogłaskało nijaki liść.

– Niech pani spojrzy, pani Lib, nawet małe ząbki mają na sobie jeszcze mniejsze.

Lib pomyślała o ukrytym w jej fartuchu trzonowcu. Naciągnęła mocno i wygładziła prześcieradło. („Zmarszczka może naznaczyć skórę równie mocno jak bat" – powtarzała zawsze panna N.). Wsunęła Annę z powrotem do łóżka i otuliła trzema kocami.

Na obiad, o szesnastej, dostała coś w rodzaju duszonej ryby. Właśnie wycierała talerz chlebem owsianym, gdy do pokoju wpadł doktor McBrearty. Wstała tak szybko, że prawie przewróciła krzesło, dziwnie zawstydzona, że przyłapano ją na jedzeniu.

– Dzień dobry, panie doktorze – wyrzęziła dziewczynka, próbując się podnieść, a Lib podbiegła podłożyć jej pod plecy dodatkową poduszkę.

– I cóż, Anno. Widzę dziś u ciebie ładne kolory.

Czy starzec naprawdę bierze ten nerwowy rumieniec za objaw zdrowia?

Przynajmniej obchodził się z nią delikatnie; podczas badania gawędził o ładnej pogodzie. Wspominając Lib, używał dobrotliwego określenia „nasza zacna pani Wright". – Anna właśnie straciła ząb – oznajmiła Lib.

– Rozumiem – powiedział. – A wiesz, co ci przywiozłem, drogie dziecko, dzięki uprzejmości sir Otwaya Blacketta? Wózek dla chorych, na kołach, żebyś mogła zażywać powietrza i się nie przemęczać.

– Dziękuję, panie doktorze.

Po kolejnej minucie wyszedł, ale Lib wyszła za nim za drzwi sypialni.

– Fascynujące – mruknął.

Gdy usłyszała to słowo, odjęło jej mowę.

– Obrzęk kończyn, ciemniejąca skóra, ten niebieskawy odcień warg i paznokci... naprawdę sądzę, że ciało Anny się adaptuje na poziomie ogólnoustrojowym – zwierzył jej się do ucha. – To zrozumiałe, że organizm zasilany czymś innym niż pożywienie inaczej funkcjonuje.

Lib musiała odwrócić wzrok, żeby McBrearty nie dostrzegł jej furii.

Wózek od baroneta stał tuż przy frontowych drzwiach: masywny pojazd powleczony wytartym zielonym aksamitem, z trzema kołami i rozkładaną budką. Kitty stała przy długim stole i siekała cebulę; z zaczerwienionych oczu kapały jej łzy.

– Ale wobec braku gwałtownych skoków temperatury albo ciągłej bladości nadal nie dostrzegam rzeczywistego, bezpośredniego zagrożenia – ciągnął McBrearty, gładząc bokobrody.

Bladości! Czy ten człowiek uczył się medycyny z francuskich powieści?

– Widywałam umierających, którzy byli raczej żółtawi albo czerwoni, a nie bladzi – powiedziała Lib, mimo woli podnosząc głos.

– Czyżby? Ale niech pani zwróci uwagę, że u Anny nie występują drgawki ani maligna – podsumował. – Oczywiście nie muszę chyba dodawać, że w razie wystąpienia jakichkolwiek objawów poważnego wyczerpania musi pani po mnie posłać.

– Ale ona już jest przykuta do łóżka!

– Kilka dni odpoczynku świetnie jej zrobi. Wcale bym się nie zdziwił, gdyby do końca tygodnia jej stan się poprawił.

Czyli McBrearty jest jeszcze większym idiotą, niż przypuszczała.

– Panie doktorze, jeśli nie odwoła pan tej obserwacji...

Twarz mu stężała na dźwięk groźnej nuty w jej głosie.

– Po pierwsze, taki krok wymagałby jednomyślnej zgody komisji – warknął.

– To niech pan ich zapyta.

Nachylił się nad jej uchem, aż podskoczyła.

– Jak by to wyglądało, gdybym zaproponował przerwanie obserwacji z powodu podejrzeń, że zagraża ona zdrowiu dziecka, bo uniemożliwia potajemne dokarmianie? To by było równoznaczne z deklaracją, że moi dobrzy znajomi O'Donnellowie to nikczemni oszuści!

– A jak to będzie wyglądało, gdy pańscy dobrzy znajomi pozwolą umrzeć własnej córce? – odszepnęła Lib.

McBrearty'emu zaparło dech w piersiach.

– To tak panna Nightingale nauczyła panią rozmawiać ze zwierzchnikami?

– Panna Nightingale nauczyła mnie walczyć o życie moich pacjentów.

– Pani Wright, pani będzie taka uprzejma i puści mój rękaw.

Lib nawet nie zauważyła, że go trzyma.

Starzec wyszarpnął rękę i wyszedł z chaty.

Kitty rozdziawiła usta.

Kiedy Lib pospieszyła z powrotem do sypialni, zastała Annę ponownie pogrążoną we śnie; z jej zadartego nosa dobywało się leciutkie chrapanie. Mimo wszystkich dolegliwości i tak wyglądała dziwnie pięknie.

Właściwie Lib powinna spakować kufer i poprosić, by woźnica zawiózł ją na stację w Athlone. Jeśli sądziła, że ta obserwacja jest nieuzasadniona, nie powinna już dłużej brać w niej udziału.

Ale nie mogła ot tak wyjechać.

Tego samego wieczora o wpół do jedenastej wieczorem Lib przeszła na palcach korytarz i zapukała do drzwi Williama Byrne'a.

Żadnej odpowiedzi.

A może wrócił już do Dublina, oburzony przyzwoleniem Lib na to, co dzieje się z Anną O'Donnell? A gdyby tak w drzwiach stanął inny gość; jak by się wytłumaczyła? Spojrzała na siebie z dystansu i zobaczyła zdesperowaną kobietę pod drzwiami męskiej sypialni.

Policzyła do trzech i wtedy...

Drzwi otwarły się na oścież. William Byrne, z rozwichrzonymi włosami i bez surduta.

– To pani.

Lib pokraśniała tak mocno, że aż ją zapiekły policzki. Jedyna pociecha, że nie zastała go w bieliźnie nocnej.

– Proszę mi wybaczyć.

– Nie, nie. Czy coś się stało? Może zechce pani... – Rzucił okiem na łóżko.

Jego ciasna izba czy jej – bez znaczenia; w żadnej nie dało się porozmawiać. Lib nie mogła go poprosić o zejście do jadalni; o tej porze tym bardziej przyciągnęliby uwagę domowników.

– Należą się panu przeprosiny. Ma pan całkowitą rację, jeśli chodzi o stan zdrowia Anny – szepnęła. – Ta obserwacja to obrzydliwość.

Za głośno wymówiła to słowo; zaraz tu wbiegnie Maggie Ryan. Byrne skinął głową, bynajmniej nie tryumfalnie.

– Rozmówiłam się z siostrą Michaelą, ale bez wyraźnego zezwolenia przełożonych nie zrobi ani kroku – powiedziała Lib. – Przekonywałam doktora McBrearty'ego, że należy zawiesić obserwację i skupić się na odwiedzeniu dziecka od zamiaru zagłodzenia się na śmierć, ale oskarżył mnie o szerzenie irracjonalnej paniki.

– Według mnie te obawy są na wskroś racjonalne.

Spokojny głos Byrne'a dodał jej nieco otuchy. Jak niezbędne stały się dla niej rozmowy z tym człowiekiem, i to tak szybko.

Byrne oparł się o framugę.

– Czy wy, pielęgniarki, składacie przysięgę? Podobną do tej lekarskiej przysięgi Hipokratesa, która nakazuje leczyć i zabrania zabijać?

– Hipokratesa? Raczej Hipokryty!

Byrne uśmiechnął się na te słowa.

– Nie, nie składamy – odpowiedziała. – Pielęgniarstwo jako profesja jest dopiero w powijakach.

– Czyli to dla pani kwestia sumienia.

– Tak – potwierdziła Lib. Dopiero teraz to do niej dotarło. Co tam polecenia; ciąży na niej donioślejszy obowiązek.

– I sądzę, że kryje się za tym coś jeszcze – powiedział. – Pani zwyczajnie lubi swoją małą podopieczną.

Gdyby zaprzeczyła, Byrne by jej nie uwierzył.

– Pewnie w przeciwnym razie byłabym już z powrotem w Anglii.

„Lepiej się za bardzo nie przywiązywać" – stwierdziła któregoś dnia Anna. Panna N. przestrzegała zaś przed zaangażowaniem uczuciowym tak samo jak przed romansami. Lib nauczyła się baczyć czujnie na wszelkie przejawy więzi i w porę je rugować. Gdzie więc pobłądziła?

– Czy powiedziała pani kiedyś Annie jasno i wyraźnie, że musi jeść?

Lib wysiliła pamięć.

– Z pewnością poruszałam ten temat. Ale ogólnie rzecz biorąc, starałam się zachowywać obiektywizm, bezstronność.

– Czas bezstronności już minął – orzekł Byrne.

Kroki na schodach; ktoś nadchodzi.

Lib umknęła do swojego pokoju i zamknęła drzwi najciszej, jak się dało.

Płonące policzki, pulsowanie w skroniach, lodowate dłonie. Co by sobie pomyślała Maggie Ryan, gdyby o tak późnej porze przyłapała angielską pielęgniarkę na rozmowie z dziennikarzem? I czy na pewno by się myliła?

„Każdy jest skarbnicą sekretów".

Stan ducha Lib był straszliwie przewidywalny. Gdyby nie była tak zaabsorbowana Anną, już wcześniej dostrzegłaby zagrożenie. A może nie, bo to dla niej nowe doświadczenie. Nigdy nie czuła niczego podobnego ani w stosunku do męża, ani do żadnego innego mężczyzny.

O ile może być od niej młodszy, z tą jego niespożytą energią i mleczną karnacją? Już słyszała w duszy słowa panny N.: „Zwykła tęsknota kiełkująca jak chwast w jałowej glebie pielęgniarskiego żywota". Czy Lib już zupełnie straciła do siebie szacunek?

Słaniała się ze zmęczenia, ale usnęła dopiero po dłuższym czasie.

Znalazła się znów na zielonej drodze, ramię w ramię z chłopcem, który okazał się jej bratem. We śnie trawa ustępowała bagnom, a ścieżka coraz bardziej blakła. Nie mogła nadążyć; ugrzęzła w mokrej gmatwaninie, a ten brat, mimo jej protestów, puścił jej rękę i ruszył naprzód. Gdy przestała już słyszeć jego nawoływania albo nie umiała ich odróżnić od głosów unoszących się nad nią ptaków, zauważyła, że poznaczył drogę kawałkami chleba. Zanim jednak zdążyła nią pójść, ptaki uniosły chleb w swoich ostrych dziobach. Teraz już nie było wokół ani śladu ścieżki, a Lib została całkiem sama.

W środę rano spojrzała w lustro. Wyglądała mizernie.

Dotarła do chaty przed piątą. Wózek inwalidzki wystawiono przed drzwi; aksamitne obicie zwilgotniało od rosy.

Zastała Annę pogrążoną w głębokim śnie, z twarzą pooraną zmarszczkami poduszki. W nocniku znajdowała się tylko czarnawa strużka.

– Pani Wright... – zaczęła siostra Michaela, jakby chciała się wytłumaczyć.

Lib spojrzała jej prosto w oczy.

Zakonnica zawahała się, po czym wyszła bez słowa.

Nocą Lib obmyśliła nową taktykę. Obierze broń, która z największym prawdopodobieństwem wstrząśnie dziewczynką: Pismo Święte. Spiętrzyła teraz na kolanach cały stos nabożnych tomów Anny i zaczęła je przeglądać, znacząc ustępy paskami wydzieranymi z ostatniej strony notesu.

Gdy nieco później dziewczynka się przebudziła, Lib nie była jeszcze gotowa, odłożyła więc książki z powrotem do kuferka ze skarbami.

– Mam dla ciebie zagadkę.

Anna uśmiechnęła się z wysiłkiem i skinęła głową.

Lib odchrząknęła.

Gdzie cię nie było, tam cię ujrzałem,
Lecz nigdy nie znajdziesz się tam,
A jednak w miejscu zupełnie tym samym
Zobaczyć znów ciebie mam.

– Lustro – odpowiedziała bez namysłu Anna.

– Ale masz bystry umysł – pochwaliła Lib. – Kończą mi się zagadki.

Sięgnęła spontanicznie po lusterko i przystawiła je Annie do twarzy.

Dziecko się wzdrygnęło, a potem zapatrzyło się nieruchomo w swoje odbicie.

– Widzisz, jak teraz wyglądasz? – spytała Lib.

– Widzę – rzekła Anna. I przeżegnała się, po czym wygramoliła z łóżka.

Zachwiała się tak mocno, że Lib od razu ją posadziła.

– Pozwól, że ci zmienię koszulę. – Wyjęła z szuflady świeżą bieliznę.

Dziecko mocowało się z guziczkami, więc to Lib je odpięła. Zdjąwszy przez głowę jej koszulę nocną, wciągnęła gwałtownie powietrze na widok liczby brązowych łat na skórze, czerwonawo-niebieskawych plam, które wyglądały teraz jak rozsypane monety. Pojawiły się też nowe sińce, w nietypowych miejscach, jakby nocą okładali dziewczynkę niewidzialni napastnicy.

Gdy już ubrała Annę i otuliła ją dwiema chustami, żeby przestała się trząść, nakłoniła ją jeszcze do przełknięcia łyżeczki wody.

– Kitty, poproszę jeszcze jeden siennik! – zawołała od progu.

Służąca kucała zanurzona po łokcie w cebrze z naczyniami.

– Nie ma więcej, ale dziewuszka może wziąć mój.

– A ty co zrobisz?

– Do wieczora coś znajdę. Nieważne – powiedziała grobowym tonem Kitty.

Lib się zawahała.

– Dobrze więc. A czy mogę jeszcze prosić o coś miękkiego do położenia na wierzchu?

Posługaczka otarła brew zaczerwienionym przedramieniem.

– Koc?

– Coś jeszcze większego.

Zdjęła z łóżka trzy koce i wytrzepała jej kolejno, tak energicznie, że aż głucho plasnęły. „Znieśliśmy mu na łóżko wszystkie koce z domu" – mówiła Rosaleen O'Donnell. To łóżko musiało należeć do Pata, pomyślała Lib; oprócz niego w domu stało tylko łoże rodziców. Zerwała ostatnią powłokę i odsłoniła siennik. Wypatrzyła trwałe plamy. Czyli Pat umarł właśnie tu; jego ciało stygło w ciepłym uścisku młodszej siostry.

Siedząca na krześle Anna wydawała się zwinięta w znikomy kształt, jak zapakowane w łupinę orzecha rękawiczki z Limerick. Z kuchni dobiegły Lib odgłosy kłótni.

Kwadrans później do sypialni wpadła Rosaleen O'Donnell z siennikiem Kitty i pożyczoną od Corcoranów owczą skórą.

– Mój śpioch dziś rano jakiś milczący. – Ujęła zniekształcone dłonie córki.

Jak ta kobieta mogła uznać, że taki letarg może mieć coś wspólnego z sennością? Czy nie widzi, że Anna roztapia się jak licha świeca?

– No cóż. Jak powiadają, matka rozumie, czego dziecko nie mówi. A oto i tatko.

– Dzień dobry, słoneczko – odezwał się od progu Malachy.

Anna odchrząknęła.

– Dzień dobry, tatulu.

Podszedł i pogłaskał ją po włosach.

- Jak się dzisiaj miewasz?
- Nie najgorzej - odpowiedziała.
Skinął głową, jakby go przekonała.
Czy chodzi o to, że ubodzy żyją z dnia na dzień? zastanawiała się Lib. Czy nie mając wpływu na swoje położenie, nauczyli się, że lepiej nie kusić losu i nie wybiegać zbyt daleko w przyszłość?
Chyba że ta para przestępców doskonale wie, co czyni swojej córce.
Kiedy wyszli, Lib na nowo posłała łóżko: podłożyła dwa sienniki, a na nich owczą skórę i dopiero prześcieradło.
- Wskakuj z powrotem i odpocznij sobie jeszcze.
Wskakuj; co za absurdalne określenie niezdarnych ruchów Anny wczołgującej się na łóżko.
- Ale miękkie - szepnęła dziewczynka, poklepując gąbczastą powierzchnię.
- To po to, żebyś nie dostała odleżyn - wyjaśniła Lib.
- Jak pani zaczęła od nowa, pani Lib? - Jej głos brzmiał cicho i chropawo.
Lib przekrzywiła głowę.
- Kiedy została pani wdową. „Zupełnie nowe życie" - tak pani powiedziała.
Poczuła żal zmieszany z podziwem na myśl, że dziewczynka potrafi wznieść się ponad własne cierpienie i zainteresować się jej przeszłością.
- Na wschodzie wybuchła straszliwa wojna, chciałam pomagać chorym i rannym.
- I pomogła pani?
Mężczyźni ropieli, chlustali, popuszczali, wymiotowali i umierali. Mężczyźni Lib, ci, którzy przydzieliła jej panna N. Czasem umierali w jej ramionach, ale częściej wtedy, gdy z konieczności przebywała w innym pomieszczeniu, mieszając kleik albo składając bandaże.
- Chyba niektórym pomogłam. Trochę.
Przynajmniej tam była. Próbowała. Czy to miało jakieś znaczenie?
- Moja nauczycielka mówiła, że to królestwo piekielne, a my mamy za zadanie przeciągnąć je choć trochę w stronę nieba.
Anna skinęła głową, jakby nie trzeba było tego wyjaśniać.
Środa, 17 sierpnia, 7:49 - zanotowała Lib.

Dziesiąty dzień obserwacji
Tętno: 109 uderzeń na minutę
Płuca: 22 oddechy na minutę
Nie chodzi.

Wyjęła znów książki i przeglądała je, aż znalazła to, czego szukała. Spodziewała się, że Anna zapyta, co robi, ale nie. Dziewczynka leżała bez ruchu ze wzrokiem utkwionym w drobinkach kurzu tańczących w porannych promieniach.
– Jeszcze jedną zagadkę? – odezwała się w końcu Lib.
– O, tak.

Dwa ciała mam,
Lecz w jedno złączone.
Im spokojniej stoję,
Tym szybciej gonię.

– Im spokojniej stoję – powtórzyła cicho Anna. – Dwa ciała.
Lib skinęła w milczeniu głową.
– Poddajesz się?
– Minutkę.
Lib śledziła ruch dłuższej wskazówki zegarka.
– Znalazłaś odpowiedź?
Anna pokręciła głową.
– Klepsydra – powiedziała Lib. – Czas osypuje się jak piasek za szybką i nic go nie opóźni.
Dziecko spojrzało na nią beznamiętnie.
Lib przysunęła krzesło bardzo blisko łóżka. Do boju.
– Anno. Czy ty sobie wmówiłaś, że spośród wszystkich ludzi na świecie Bóg wybrał do postu akurat ciebie?
Anna zaczerpnęła tchu i próbowała coś powiedzieć.
– Wysłuchaj mnie, proszę. Te twoje święte księgi są pełne wprost przeciwnych zaleceń. – Lib otworzyła *W ogrodzie duszy* i znalazła zaznaczony wers. – „Strawa i napój niechaj będą twym lekarstwem, do zdrowia potrzebnym". Albo tutaj, w jednym z psalmów. – Odnalazła

właściwą stronicę. – „Zwiędłem jak siano i wyschło serce moje, ponieważ zapomniałem pożywać chleba mego". A co powiesz na to: „Idźcie, jedzcie rzeczy tłuste i pijcie słodycz?". Albo ten fragment, który stale powtarzacie: „Chleba naszego powszedniego daj nam dzisiaj".

– Nie chodzi o prawdziwy chleb – wymamrotała Anna.

– Prawdziwemu dziecku potrzeba prawdziwego chleba – powiedziała Lib. – Jezus podzielił się chlebem i rybami z pięcioma tysiącami ludzi, prawda?

Anna przełknęła z wysiłkiem ślinę, jakby kamień stanął jej w gardle.

– Zmiłował się nad nimi, bo byli słabi.

– Chciałaś powiedzieć: bo byli ludźmi. Nie mówił: „Słuchajcie moich kazań i zapomnijcie o żołądkach". Dał im posiłek. – Głos zadrżał jej ze wzburzenia. – Podczas ostatniej wieczerzy przełamał się chlebem ze swymi uczniami, prawda? Co im powiedział, jak brzmiały jego ostatnie słowa?

– „Bierzcie i jedzcie" – odparła bardzo cicho Anna.

– A widzisz!

– Ale po poświęceniu to już nie był chleb, tylko on sam – odpowiedziała pospiesznie Anna. – Jak manna. – Pogłaskała skórzaną oprawę psałterza jak koci grzbiet. – Cztery miesiące karmiono mnie manną z nieba.

– Anno! – Lib wydarła jej księgę; zbyt gwałtownie. Psałterz upadł z hukiem na ziemię, rozsiewając wokół święte obrazki.

– A to co za hałas? – Rosaleen O'Donnell wetknęła głowę do sypialni.

– Nic takiego – odpowiedziała Lib; z bijącym mocno sercem zbierała na klęczkach małe obrazki.

Chwila okropnej ciszy.

Lib bała się podnieść wzrok. Nie mogła spojrzeć kobiecie w oczy, nie chciała okazywać emocji.

– Wszystko dobrze, złotko? – spytała córki Rosaleen.

– Tak, matuś.

Dlaczego Anna nie powiedziała, że Angielka zrzuciła psałterz i zmuszała ją do przerwania postu? Wówczas O'Donnellowie bez wątpienia złożyliby skargę na Lib i odesłano by ją do domu.

Anna już się nie odezwała i Rosaleen znikła.

Gdy zostały znów same, Lib wstała i odłożyła dziecku psałterz na kolana, ze stosikiem obrazków na okładce.

– Przykro mi, że wypadły.

– Wiem, gdzie który leżał. – Anna zgrubiałymi, lecz jeszcze sprawnymi palcami powkładała obrazki we właściwe miejsca.

Lib powiedziała sobie w duchu, że chyba jest gotowa stracić tę posadę. Czyż szesnastoletni William Byrne nie został zwolniony za głoszenie wywrotowych poglądów na temat ogarniętych głodem rodaków? Zapewne właśnie to zadecydowało o jego dalszych losach. Nawet nie sama strata, ale to, że ją przetrwał, pojął, że można upaść i zacząć od nowa.

Anna wzięła głęboki oddech i Lib dosłyszała słaby szmer. Woda w płucach, pomyślała. A to oznacza, że nie zostało już wiele czasu.

„Gdzie cię nie było, tam cię widziałem, choć nigdy nie znajdziesz się tam".

– Posłuchasz mnie, proszę? – „Drogie dziecko", miała na końcu języka, ale to łagodny, matczyny język; ona musi przemawiać rzeczowo. – Na pewno zauważyłaś, że twój stan się pogarsza.

Anna pokręciła głową.

– Boli cię tu? – Lib pochyliła się i ucisnęła brzuch dziewczynki w najbardziej wypukłym miejscu.

Twarz dziecka wykrzywiła męka.

– Przepraszam – powiedziała Lib, tylko na wpół szczerze. Zdjęła Annie czepek. – Zobacz, ile codziennie tracisz włosów.

– „Ale i włosy na głowie waszej wszystkie są policzone" – szepnęła dziewczynka.

Lib nie znała siły cudowniejszej niż siła nauki. Jeśli coś może zdjąć urok z tej nieszczęsnej dziewczynki...

– Ciało człowieka to taki silnik – zaczęła, starając się przybrać profesorski ton panny N. – Trawienie to jak spalanie paliwa. Ciało pozbawione paliwa zaczyna niszczyć własne tkanki. – Usiadła i położyła znów dłoń na brzuchu Anny, tym razem delikatnie. – To taki piec. To, co zjadłaś, gdy skończyłaś dziesięć lat, i co sprawiło, że urosłaś w kolejnym roku, zdążyło się spalić w ciągu ostatnich czterech miesięcy. Pomyśl, co jadłaś, gdy miałaś dziewięć i osiem lat. To wszystko spaliło się już na popiół. – Czas zawirował oszałamiająco. – Albo jak miałaś lat siedem, sześć i pięć. Każde pożywienie, które wytwarzał w znoju twój ojciec, każdy ugotowany przez twoją matkę kęs trawi teraz rozpaczliwie w twoim ciele wewnętrzny ogień. – Anna w wieku lat czterech, trzech, zanim wypowiedziała pierwsze zdanie. I dwóch, gdy zaczynała chodzić, i jeszcze jako jednolatka. Aż do pierwszego dnia życia, pierwszego ssania matczynej piersi. – Ale silnik nie może działać dalej bez odpowiedniego paliwa, rozumiesz?

Spokój Anny jak tafla nietłukącego szkła.

– Nie chodzi nawet o to, że z dnia na dzień coraz bardziej cię ubywa – ciągnęła Lib – ale o to, że twoje ciało spowalnia, przestają działać jego mechanizmy.

– Nie jestem maszyną.

– Czymś w rodzaju maszyny, tylko o tym mówię. Nie uwłaczając twojemu Stwórcy – wyjaśniła Lib. – Potraktuj go jako najbardziej pomysłowego z inżynierów.

Anna pokręciła głową.

– Jestem jego dzieckiem.

– Czy mogę zamienić z panią słowo w kuchni, pani Wright? – W drzwiach stała, podparta długimi rękami pod boki, Rosaleen O'Donnell.

Ile zdążyła usłyszeć?

– To nie jest odpowiedni moment.

– Nalegam, proszę pani.

Lib podniosła się z lekkim westchnieniem.

Złamie reguły i zostawi Annę samą w pokoju, ale jakie to ma teraz znaczenie? Nie wyobrażała sobie, żeby dziecko wychyliło się z łóżka i wydłubało okruchy z jakiejś kryjówki, a zresztą gdyby do tego doszło, Lib tylko by się cieszyła. „Oszukaj mnie, przechytrz mnie, bylebyś jadła".

Zamknęła za sobą drzwi, żeby Anna nie dosłyszała ani słowa.

Rosaleen O'Donnell była sama; wyglądała przez najmniejsze okienko. Odwróciła się i zaczęła wymachiwać gazetą.

– John Flynn nabył to dzisiaj w Mullingar.

Lib osłupiała. Czyli nie chodzi o to, co mówiła właśnie dziewczynce. Spojrzała na otwartą gazetę. Napis na górze głosił, że to „Irish

Times" i jej wzrok przykuł natychmiast artykuł Byrne'a o złym stanie zdrowia Anny. „Przypadkowe i przelotne spotkanie z samą Poszczącą Dziewczynką..."

– Mogę wiedzieć, jak doszło do przypadkowego spotkania tego łachmyty z moim dzieckiem? – spytała stanowczo Rosaleen.

Lib główkowała, do czego się przyznać.

– I skąd wziął te bzdury o tym, że jest w śmiertelnym niebezpieczeństwie? Przyłapałam dzisiaj Kitty na chlipaniu w fartuch, bo podobno mówiła pani coś lekarzowi o umierających.

Lib postanowiła przypuścić atak.

– A jak by to pani nazwała, pani O'Donnell?

– O, co za bezczelność!

– Przyglądała się pani ostatnio córce?

– O, to pani wie lepiej niż osobisty lekarz dziewczynki, tak? Pani, która nie umie nawet odróżnić martwego dziecka od żywego? – rzuciła drwiąco Rosaleen i wskazała fotografię na gzymsie.

To zabolało.

– McBrearty wymyślił sobie, że pani córka zmienia się w coś w rodzaju jaszczurki. Takiemu zdziecinniałemu starcowi powierza pani jej życie.

Kobieta zacisnęła pięści; białe knykcie na czerwonym tle.

– Gdyby nie to, że wyznaczyła panią komisja, w tej chwili wyrzuciłabym panią z domu.

– Żeby Anna mogła szybciej umrzeć?

Rosaleen O'Donnell rzuciła się na nią.

Zaskoczona Lib usunęła się, żeby uniknąć ciosu.

– Co pani może o nas wiedzieć! – wrzasnęła kobieta.

– Wiem tyle, że z powodu niedożywienia Anna nie wstaje już z łóżka.

– Jeśli dziecko... ma jakieś trudności, to tylko z nerwów, że ją pilnujecie jak jaką więźniarkę.

Lib prychnęła. Przysunęła się bliżej, prężąc mięśnie jak do skoku.

– Która matka by na coś takiego zezwoliła?

Rosaleen O'Donnell zrobiła coś, czego Lib się najmniej spodziewała: wybuchnęła płaczem.

Lib patrzyła na nią bez słowa.

– Czy nie starałam się, jak tylko mogłam? – zawodziła, a zmarszczki na jej twarzy wypełniły się spływającymi łzami. – Czy to nie moja krew z krwi, moja ostatnia nadzieja? Czy nie sprowadziłam jej na świat i nie chowałam czule, i nie karmiłam, póki na to pozwalała?

Lib pojęła, jak to musiało wyglądać. Ten wiosenny dzień, gdy grzeczna córeczka O'Donnellów ukończyła jedenaście lat i z niewyjaśnionych przyczyn odmówiła zjedzenia choćby jednego kęsa więcej. Dla jej rodziców to okropne zdarzenie było zapewne równie druzgocące jak choroba, która poprzedniej jesieni odebrała im syna. Żeby odnaleźć jakiś sens w tych kataklizmach, Rosaleen O'Donnell musiała widocznie wmówić sobie, że to część boskiego planu.

– Pani O'Donnell – zaczęła – proszę mi wierzyć...

Ale kobieta umknęła; dała nura za parcianą zasłonę, do małej przybudówki.

Lib wróciła do sypialni, zupełnie roztrzęsiona. Takie współczucie dla kobiety, której dotąd nie znosiła, zamąciło jej w głowie.

Anna nie dawała po sobie poznać, że słyszała kłótnię. Leżała podparta poduszkami i przeglądała z zajęciem swoje święte obrazki.

Lib próbowała powściągnąć emocje. Spojrzała Annie przez ramię na ilustrację dziewczynki unoszącej się na tratwie w kształcie krzyża.

– Wiesz, morze jest całkiem inne niż rzeka.

– Większe – rzuciła Anna i dotknęła opuszkiem obrazka, jakby próbując wyczuć wilgoć.

– Nieskończenie większe – zaznaczyła Lib. – Poza tym rzeka porusza się tylko w jedną stronę, a morze jakby oddychało: wdech-wydech, wdech-wydech.

Anna z wysiłkiem nabrała tchu.

Lib zerknęła na zegarek: prawie dziewiąta. „Południe" – tyle tylko napisała w liściku, który wsunęła przed świtem pod drzwi Byrne'a. Nie podobały jej się te popielate jak łupek chmury, ale klamka już zapadła. Poza tym w Irlandii pogoda zmienia się co kwadrans.

Punktualnie w południe w kuchni rozbrzmiało donośnie wezwanie na Anioł Pański. Lib miała nadzieję, że to odciągnie uwagę domowników.

– Może mały spacer, Anno?

Rosaleen O'Donnell i służąca klęczały – „Anioł Pański zwiastował

Pannie Maryi..." - gdy Lib przeszła pospiesznie przez kuchnię, żeby wprowadzić stojący przed drzwiami do chaty wózek inwalidzki. „Teraz i w godzinie śmierci naszej. Amen".

Przepchała go przez kuchnię; zaskrzypiało tylne koło.

Annie udało się wygramolić z łóżka i klęknąć obok. „Niech mi się stanie według słowa twego" - recytowała śpiewnie. Lib przykryła wózek kocem, pomogła dziewczynce usiąść i dołożyła jeszcze trzy pozostałe, otulając szczelnie jej opuchnięte stopy, po czym minąwszy szybko rozmodlonych dorosłych, wyprowadziła ją na zewnątrz.

Lato miało się już ku końcowi; te gwiaździste żółte kwiatki na długich łodygach zaczynały gdzieniegdzie brązowieć. Skłębiona chmura rozpruła się jak pod sznur i wylało się z niej światło.

- Słońce wyszło - wychrypiała Anna i złożyła głowę na podgłówku.

Lib ruszyła pospiesznie ścieżką, pchając podskakujący wózek po wybojach i kamieniach. Skręciła w dróżkę i od razu zobaczyła Williama Byrne'a.

Nie uśmiechnął się na jej widok.

- Nieprzytomna?

Dopiero teraz Lib zobaczyła, że Anna osunęła się na wózku i półleży z przekrzywioną głową. Dała jej lekkiego prztyczka w policzek i przekonała się z ulgą, że Anna porusza lekko powieką.

- Tylko drzemie - powiedziała.

Byrne nie bawił się w konwenanse.

- I co, czy pani argumenty ją przekonały?

- Spływają po niej jak woda po kaczce - przyznała, skręcając wózek w stronę przeciwną niż wioska i pchając go dalej, żeby dziewczynka się nie zbudziła. - Ten post to jej punkt oparcia. Jej rutyna, powołanie.

Skinął ponuro głową.

- Jeśli będzie jej się pogarszało w takim tempie...

Co chce powiedzieć?

Oczy Byrne'a były ciemne, prawie granatowe.

- Czy bierze... czy wzięłaby pani pod uwagę środki przymusu?

Lib zobaczyła tę scenę w wyobraźni: przytrzymując Annę, wpycha jej do gardła rurkę i tuczy. Podniosła oczy, napotkała jego roziskrzony wzrok.

– Chybabym nie umiała. I nie chodzi o delikatny żołądek – zapewniła.

– Wiem, ile by to panią kosztowało.

Ale nie chodziło też o to, przynajmniej nie tylko. Nie umiała tego wyjaśnić.

Szli w milczeniu dobrą minutę, i kolejną. Lib pomyślała, że ktoś mógłby ich wziąć za rodzinę zażywającą świeżego powietrza.

Byrne znów podjął temat, tym razem bardziej ożywionym tonem.

– Okazuje się, że za mistyfikacją nie stoi wcale ojczulek.

– Pan Thaddeus? Skąd ta pewność?

– O'Flaherty, nauczyciel, twierdzi, że może i McBrearty nakłonił ich do powołania tej komisji, ale to ksiądz nalegał, by rozciągnąć nad dziewczynką oficjalny dozór i zatrudnić doświadczone pielęgniarki.

Lib namyślała się przez chwilę. Byrne miał rację; po co winowajca miałby się domagać obserwacji? Może ze względu na własną nieufność w stosunku do księży zbyt pochopnie przejęła podejrzenia Byrne'a co do pana Thaddeusa.

– Dowiedziałem się też więcej o misji, o której wspominała Anna – dodał Byrne. – Wiosną ubiegłego roku zjechali tu redemptoryści z Belgii...

– Redemptoryści?

– Misjonarze. Papież rozsyła ich po całym świecie chrześcijańskim niczym psy myśliwskie, żeby zagarniali wiernych i tropili nieprawomyślnych. Wbijają wieśniakom do głów swoje dogmaty i próbują na powrót tchnąć w ich dusze bojaźń Bożą. Ci redemptoryści przez trzy tygodnie trzy razy dziennie dręczyli okoliczny ludek bagienny. – Przesunął palcem po pstrokatym krajobrazie. – Zdaniem Maggie Ryan jedna z homilii była szczególnie płomienna: trawiący wszystko ogień piekielny, pisk niewiniątek, a po wszystkim takie kolejki do spowiedzi, że tłum stratował klechę i uszkodził mu żebra. Misję zamykało masowe Quarantore...

– Co takiego? – Lib znów nic nie rozumiała.

– Nabożeństwo czterdziestogodzinne, czyli trwające tyle, ile czasu spędził Pan nasz w grobie. To ty nic nie wiesz, ty poganko, ty – dodał z silnym irlandzkim akcentem.

Uśmiechnęła się na to.

– Przez czterdzieści godzin we wszystkich pobliskich kaplicach wystawiano Przenajświętszy Sakrament, a tłum wiernych przetaczał się dróżkami, żeby paść przed nim na twarz. Cały tej rejwach zwieńczyło bierzmowanie wszystkich uprawnionych do tego sakramentu chłopców i dziewcząt.

– Z Anną włącznie – odgadła Lib.

– Na dzień przed jej jedenastymi urodzinami.

Bierzmowanie: moment wyboru. „Wtedy kończy się dzieciństwo" – mówiła Anna. Hostia święta na języku – jej Bóg pod postacią małego pszennego krążka. Ale jak mogła podjąć taką tragiczną decyzję, że to jej ostatni posiłek? Czy to możliwe, że źle odczytała słowa cudzoziemskich księży, gdy ci podgrzewali emocje tłumu?

Nagle tak ją zemdliło, że musiała się zatrzymać i oprzeć na skórzanych rączkach wózka.

– Dowiedział się pan, o czym było to kazanie, które wywołało takie poruszenie?

– Och, o cudzołóstwie, a o czymże innym?

Na dźwięk tego słowa Lib odwróciła gwałtownie głowę.

– Czy to orzeł? – Zamarli, słysząc cienki głosik.

– Gdzie? – spytał Annę Byrne.

– Tam wysoko, nad zieloną drogą.

– Nie sądzę – odparł. – To tylko wroni król.

– Przeszłam kiedyś tę tak zwaną zieloną drogę – zagaiła Lib. – Długa i rozwlekła strata czasu.

– Tak się składa, że to pomysł Anglików – powiedział Byrne.

Spojrzała na niego z ukosa. Czy to kolejny z jego żartów?

– Zimą czterdziestego siódmego Irlandię po raz pierwszy w historii zasypał śnieg. Ponieważ działalność dobroczynną uznano za demoralizującą – zauważył ironicznie – głodujących zachęcono do wykonywania robót publicznych. A w tych stronach oznaczało to wybudowanie drogi znikąd donikąd.

Lib zmarszczyła brwi i ruchem głowy wskazała dziewczynkę.

– O, na pewno to wszystko słyszała. – Ale pochylił się i spojrzał na Annę.

Dziewczynka znów spała, złożywszy bezwładnie głowę w rogu wózka. Lib otuliła ją poluzowanymi kocami.

– Mężczyźni zbierali z ziemi kamienie i za marne grosze rozdrabniali je ręcznie na kruszywo – ciągnął cicho. – Kobiety taszczyły kosze i usypywały drogę. Dzieci zaś...

– Panie Byrne... – sprzeciwiła się Lib.

– Przecież chciała pani się czegoś dowiedzieć o drodze – przypomniał.

Czy Byrne ma jej za złe, że jest Angielką? Czy gdyby wiedział, jakimi uczuciami go darzy, to zareagowałby pogardą? Może nawet litością? Litość byłaby gorsza.

– Będę się streszczał. Jeśli kogoś powalił mróz, głód albo gorączka, to grzebano go na poboczu, w worku, ledwie kilka cali pod powierzchnią.

Lib pomyślała o swoich trzewikach stąpających po miękkim, ukwieconym skraju zielonej drogi. Bagno nie zapomina; ma osobliwe właściwości konserwujące.

– Już wystarczy – jęknęła. – Proszę.

Wreszcie zapadła między nimi zbawienna cisza.

Anna drgnęła i zwróciła twarz w stronę wytartego aksamitu. Kropla deszczu, zaraz następna. Lib rzuciła się otwierać pordzewiałe zawiasy czarnej budki, a Byrne w ostatniej chwili pomógł rozłożyć ją nad śpiącym dzieckiem. Lunęło jak z cebra.

W swoim pokoju u Ryanów nie mogła spać, nie mogła czytać; siedziała tylko i się zamartwiała. Wiedziała, że należałoby zjeść kolację, ale ściskało ją w gardle.

O północy lampa na komodzie Anny świeciła słabo, a leżące dziecko zdawało się składać z garści ciemnych włosów rozrzuconych na poduszce; ciało ledwie zaburzało płaszczyznę koców. Przez cały wieczór Lib rozmawiała z dzieckiem – a właściwie przemawiała do niego – aż w końcu zachrypła.

Siedziała teraz przy samym łóżku i rozmyślała o zgłębniku. Wąskim, giętkim, natłuszczonym, nie szerszym od słomki, wsuwającym się między wargi dziewczynki tak powoli, tak delikatnie, że Anna mogłaby się nawet nie przebudzić. Lib wyobrażała sobie, jak do dziecięcego żołądka spływa po trochu świeże mleko.

Bo co, jeśli obsesja Anny była zarówno przyczyną, jak i konsekwencją postu? W końcu kto by umiał myśleć trzeźwo z pustym żołądkiem? Może paradoksalnie dziecko poczułoby znów normalny głód, gdyby do jego żołądka trafiło pożywienie. Gdyby Lib dokarmiła Annę zgłębnikiem, to faktycznie by ją pokrzepiła. Wyciągnęłaby ją znad krawędzi, dała czas na opamiętanie. To by nie był przymus, tylko wzięcie odpowiedzialności; akurat siostra Wright, w odróżnieniu od innych dorosłych, ma dość odwagi, by zrobić to, co należy i ocalić Annę O'Donnell przed nią samą.

Lib zacisnęła zęby tak mocno, że aż ją zabolały.

Czy dorośli nie sprawiają czasem dzieciom bólu dla ich dobra? Albo pielęgniarki pacjentom? Czyż Lib nie czyściła oparzeń i nie wydłubywała z ran szrapneli, przywracając poszkodowanych do świata żywych za pomocą tych brutalnych metod? Wreszcie obłąkani i więźniowie przeżywają powtarzane kilka razy dziennie przymusowe dożywianie.

Wyobraziła sobie, jak Anna przebudza się, zaczyna się szamotać, dławić i krztusić, i patrzy na nią z wyrzutem wilgotnymi oczami. A Lib zatyka drobny nosek i przyciska głowę dziewczynki do poduszki. „Leż spokojnie, moja droga. Pozwól. Tak trzeba". I wpycha nieustępliwie zgłębnik.

„Nic!" zabrzmiało jej w głowie tak głośno, że sama nieomal krzyknęła.

To by nie pomogło. Należało to oznajmić po południu Byrne'owi. Na poziomie fizjologicznym pewnie tak; breja wpompowana Annie w gardło dostarczyłaby jej energii, ale nie utrzymałaby jej przy życiu. Mogłaby jedynie pogłębić jej wyizolowanie od świata. Złamać w niej ducha.

Lib przez pełną minutę odliczała oddechy. Dwadzieścia pięć, za dużo, niebezpiecznie szybko. Ale nadal tak doskonale regularnie. Mimo przerzedzonych włosów, burych plam i zajadu w kąciku ust Anna wyglądała tak samo pięknie jak każde inne śpiące dziecko.

„Cztery miesiące karmiłam się manną z nieba". Tak powiedziała dziś rano. A w ubiegłym tygodniu wyznała odwiedzającej ją spirytystce: „Żywię się manną z nieba". Ale dziś – zauważyła Lib – wyraziła się inaczej, używając tęsknie czasu przeszłego: „Cztery miesiące karmiłam się manną z nieba".

Anna rozpoczęła swój post cztery miesiące temu, w kwietniu, i aż do przybycia pielęgniarek utrzymywała się przy życiu dzięki mannie, cokolwiek tajemniczego i odżywczego przez to rozumiała.

Ale nie, to nie miało sensu, bo w takiej sytuacji objawy całkowitego postu wystąpiłyby u niej już po kilku dniach. Lib nie odnotowała takiego pogorszenia aż do poniedziałku drugiego tygodnia, gdy Byrne ją na to uczulił. Czy dziecko naprawdę mogło opaść z sił dopiero po siedmiu dniach?

Lib przekartkowała wstecz swój notes, serię depesz telegraficznych z odległego frontu. Żaden dzień pierwszego tygodnia nie różnił się niczym od pozostałych aż do...

Odmówiła przywitania z matką.

Spojrzała na te starannie wykaligrafowane słowa. Sobotni poranek, sześć dni od rozpoczęcia obserwacji. To żaden zapis o charakterze medycznym; Lib zamieściła go tylko z powodu niewyjaśnionej zmiany w zachowaniu dziecka.

Jak mogła być tak ślepa?

To nie było zwyczajne poranne i wieczorne powitanie, ale uścisk, podczas którego grubokoścista sylwetka kobiety całkowicie zasłaniała twarz dziecka. Pocałunek podobny do tego, jaki wielki ptak oddałby pisklęciu w gnieździe.

Złamała zasadę panny N. i potrząsnęła śpiącą Anną.

Dziewczynka zamrugała i skuliła się na widok światła lampy.

Lib szepnęła:

– Kiedy karmiłaś się manną, to kto... – Nie „kto ci ją dawał", bo Anna gotowa odpowiedzieć, że manna pochodziła od Boga. – Kto ci ją przynosił?

Spodziewała się oporu, zaprzeczenia. Jakiejś skomplikowanej fikcyjnej opowieści o aniołach.

– Matula – odszepnęła Anna.

Czy dziewczynka zawsze odpowiadała tak bezpośrednio na zadawane jej pytania? Gdyby tylko Lib nie odnosiła się z taką wzgardą do świętoszkowatych legend, może zwróciłaby baczniejszą uwagę na to, co dziecko ma jej do przekazania.

Przypomniała sobie, jak Rosaleen O'Donnell co rano i co wieczór wślizgiwała się do pokoju na dozwolone przywitanie, uśmiechnięta, lecz dziwnie milcząca. Taka była gadatliwa w innych okolicznościach, ale nie wtedy, gdy przychodziła objąć córkę. Tak, Rosaleen zawsze miała zasznurowane wargi aż do momentu, gdy nachylała się i całym ciałem zasłaniała Annę.

Lib przysunęła się bliżej małego ucha.

– Podawała ci ją z ust do ust?

– Poprzez święty pocałunek. – Anna skinęła głową, bez śladu wstydu.

Lib zalała jasna krew. Czyli w kuchni matka przeżuwała jedzenie na papkę, a potem karmiła nim Annę na oczach pielęgniarek; dwa razy dziennie wyprowadzała je w pole.

– A jaki smak ma manna? Mleczny czy może owsiany?

– Niebiański – odpowiedziała Anna takim tonem, jakby to było oczywiste.

– Mówiła ci, że pochodzi z nieba?

Anna wyglądała na zdziwioną tym pytaniem.

– Przecież stamtąd pochodzi manna.

– Ktoś jeszcze o tym wie? Kitty? Twój ojciec?

– Nie sądzę. Nigdy o tym nie mówiłam.

– Dlaczego? – dopytywała Lib. – Matka ci zakazała? Groziła ci?

– To tajemnica.

Sekretne spotkanie, zbyt uświęcone, by dało się je ująć w słowa. Tak, Lib mogła sobie wyobrazić, jak kobieta o tak silnym charakterze przekonuje o tym swoją córeczkę. Zwłaszcza taką dziewczynkę jak Anna, dorastającą w świecie tajemnic. Dzieci pokładają takie zaufanie w dorosłych, których opiece są powierzone. Czy dożywianie zaczęło się w dniu jedenastych urodzin Anny, czy może znacznie wcześniej? Czy to taka sztuczka: matka czyta córce biblijną opowieść o mannie z nieba i zaciemnia jej obraz świata mistycznymi rojeniami? Czy też obie strony tej śmiertelnej gry w jakiś niewypowiedziany sposób przyczyniły się do jej zapoczątkowania? W końcu córka jest bystrzejsza i bardziej oczytana od matki. Rodziny mają swoje osobliwe zwyczaje, niedostrzegalne dla obcych.

– Dlaczego mi to powiedziałaś? – spytała Lib.

– Bo pani jest przyjaciółką.

I dziewczynka zadarła poufale głowę. Lib ścisnęło się serce.

– Nie jesz już manny, prawda? Od soboty.

– Już jej nie potrzebuję – odparła Anna.

„Czyż jej nie karmiłam, póki na to pozwalała?" – lamentowała Rosaleen. Lib widziała żal i skruchę kobiety, i nadal nic z tego nie rozumiała. Matka postawiła córkę na piedestale w charakterze światła przewodniego. Dostarczając jej ukradkiem porcje pożywienia, miała szczery zamiar utrzymywania jej przy życiu bez końca. To Anna po tygodniu obserwacji położyła temu kres.

Czy dziecko miało pojęcie, jakie będą konsekwencje? Czy rozumie to teraz?

– To, czym matka pluła ci w usta... – Lib celowo nie owijała w bawełnę – to było jedzenie z kuchni. Te porcje papki utrzymywały cię przy życiu przez te wszystkie miesiące.

Przerwała w oczekiwaniu na reakcję, ale spojrzenie dziecka straciło ostrość.

Lib ujęła je za obrzmiałe nadgarstki.

– Matka cię okłamała, nie rozumiesz? Potrzebujesz pożywienia jak każdy. Nie jesteś pod żadnym względem wyjątkowa. – Zabrzmiało to niewłaściwie, jak stek obelg. – Jeśli nie będziesz jeść, dziecko, to umrzesz.

Anna spojrzała jej prosto w oczy, a potem skinęła głową i się uśmiechnęła.

Rozdział piąty

Zmiana

shift (ang.)
  zmiana (odmiana)
  zmiana (wyznaczony czas pracy)
  środek do celu
  ruch, początek

W czwartek nadciągnął skwar, sierpniowe niebo zrobiło się straszliwie niebieskie. Kiedy William Byrne wszedł w południe do jadalni, zastał tam Lib wpatrującą się samotnie w miskę zupy. Podniosła wzrok i na jego widok próbowała się uśmiechnąć.

– Jak się miewa Anna? – spytał, siadając naprzeciwko i muskając kolanami jej spódnicę.

Nie mogła odpowiedzieć.

Wskazał głową jej zupę.

– Skoro pani nie śpi, to trzeba mieć chociaż siłę.

Zgrzytnęła unoszona przez Lib łyżka. Przystawiła ją prawie do ust, ale zaraz odłożyła z cichym pluskiem.

Byrne pochylił się nad stołem.

– Co jest?

Lib odsunęła miskę. Zerkając na drzwi z obawy przed wejściem Ryanówny, opowiedziała mu o „mannie z nieba" dostarczanej pod pozorami uścisku.

– Chryste Panie – zdumiał się Byrne. – Ma kobieta tupet.

O, jak dobrze to z siebie wyrzucić.

– Nie dość, że Rosaleen O'Donnell zmuszała dziecko do życia o dwóch małych porcjach jedzenia dziennie, to jeszcze przez pięć ostatnich dni ani pisnęła, chociaż córka odmówiła przyjmowania manny.

– Przypuszczam, że nie wie, jak się przyznać, nie skazując się na potępienie.

W Lib odezwały się skrupuły.

– Nie może pan tego opublikować, jeszcze nie teraz.

– A dlaczego nie?

Jak mógł w ogóle o to zapytać?

– Zdaję sobie sprawę, że pański zawód polega na rozgłaszaniu wszystkiego, co się da – warknęła – ale tu chodzi o ocalenie dziewczynki.

– Wiem o tym. A co z pani zawodem? Tyle czasu z nią pani spędziła, a jak daleko pani zaszła?

Lib ukryła twarz w dłoniach.

– Przepraszam. – Byrne złapał ją za palce. – Przemawia przeze mnie poczucie klęski.

– Taka jest prawda.

– A jednak proszę o wybaczenie.

Lib wyswobodziła palce; jeszcze paliły ją policzki.

– Niech mi pani wierzy, nagłośnienie oszustwa zadziała na korzyść Anny.

– Ale powszechny skandal w żaden sposób nie nakłoni jej do jedzenia!

– Skąd ta pewność?

– Anna została z tym teraz całkiem sama. – Głos jej się załamał. – Wygląda na to, że pogodziła się z perspektywą śmierci.

Byrne odrzucił z twarzy loki.

– Ale dlaczego?

– Może dlatego, że wasza religia nawkładała jej do głowy chorobliwych bzdur.

– Może dlatego, że pomyliła chorobliwe bzdury z prawdziwą religią!

– Sama nie wiem, dlaczego to robi – przyznała Lib. – Poza tym, że ma to coś wspólnego z tęsknotą za bratem.

Zmarszczył brwi, skonsternowany.

– Powiedziała już pani zakonnicy o mannie?

– Rano nie było okazji.

– A McBrearty'emu?

– Pan jest pierwszy.

Byrne spojrzał na nią tak, że pożałowała tego wyznania.

– No cóż. Uważam, że wieczorem powinna się pani podzielić tym odkryciem z członkami komisji.

– Dzisiaj? – powtórzyła z niedowierzaniem.

– To nie wezwali pani i siostry? O dwudziestej drugiej gromadzą się tu, w pokoju na zapleczu. – Wskazał głową łuszczącą się tapetę. – Na żądanie lekarza.

A więc możliwe, że McBrearty jednak wziął sobie do serca wczorajsze słowa Lib.

– Nie. Jesteśmy tylko pielęgniarkami, po co by mieli nas wysłuchiwać? – odparła zgryźliwym tonem i złożyła podbródek na splecionych dłoniach. – Może gdybym poszła do niego teraz i opowiedziała o sztuczce z manną...

Byrne pokręcił głową.

– Lepiej wejść z marszu na zebranie i obwieścić wszystkim członkom komisji, że powiodło się pani zadanie, do którego wykonania panią zatrudniono.

Powiodło? Miała raczej poczucie beznadziejnej porażki.

– Ale w jaki sposób to by miało pomóc Annie?

Zaczął zawzięcie gestykulować.

– Kiedy obserwacja się zakończy i dziecko nie będzie już w centrum zainteresowania, będzie miało czas... możliwość zmiany zdania...

– Ale ona nie pości po to, żeby zaimponować czytelnikom „Irish Timesa" – stwierdziła Lib. – To układ między nią a waszym pazernym Bogiem.

– Niech go pani nie wini za głupotę jego wyznawców. On prosi nas tylko o to, żebyśmy żyli.

Spojrzeli na siebie.

I wtedy twarz Byrne'a rozjaśnił uśmiech.

– Wie pani co, nigdy nie spotkałem kobiety, w ogóle osoby o równie bluźnierczych zapędach.

Patrzył na Lib, a ją ogarniała powoli fala ciepła.

Słońce prosto w oczy. Uniform zdążył już przylepić jej się do boków. Gdy doszła do chaty, wiedziała już, że – proszona czy nie – pójdzie wieczorem na zebranie komisji.

Weszła do kuchni i napotkała ciszę. Rosaleen O'Donnell i służąca siedziały przy długim stole i skubały mizerną kurę. Czy pracowały w pełnym napięcia milczeniu, czy może rozmawiały – pewnie o angielskiej pielęgniarce – aż usłyszały, że wchodzi?

– Dzień dobry – powiedziała Lib.

– Dzień dobry – odpowiedziały, nie odrywając wzroku od padliny.

Lib spojrzała na długie plecy Rosaleen O'Donnell i pomyślała: „Mam cię, ty szatański pomiocie". Prawie poczuła słodki smak zemsty na myśl, że dzierży broń, która mogłaby obrócić podłe oszustwo kobiety w pył.

Ale na to jeszcze za wcześnie. Od tego kroku nie będzie już odwrotu; gdyby Rosaleen wyrzuciła ją z chaty, Lib straciłaby szansę wywarcia wpływu na Annę.

Dziecko leżało zwrócone twarzą do okna i zwinięte w kłębek; klatka piersiowa unosiła się i opadała, a popękane wargi z trudem chwytały powietrze. W nocniku pusto.

Także zakonnica sprawiała wrażenie wymizerowanej. „Źle" – powiedziała bezgłośnie, zgarniając pelerynę i torbę.

Lib położyła jej rękę na ramieniu, żeby ją zatrzymać.

– Anna poczyniła wyznanie – szepnęła jej do ucha, ledwie słyszalnie.

– Księdzu?

– Mnie. Do soboty matka, markując pocałunek, karmiła ją przeżutym jedzeniem i wmawiała dziewczynce, że to manna z nieba.

Zakonnica zbladła i przeżegnała się.

– O dwudziestej drugiej u Ryanów zbiera się komisja – ciągnęła Lib. – Trzeba z nimi pomówić.

– Czy to polecenie doktora McBrearty'ego?

Lib miała ochotę skłamać, ale w końcu powiedziała:

– Ten człowiek ma urojenia. Uważa, że Anna zmienia się w istotę zmiennocieplną! Nie, musimy poinformować pozostałych członków komisji.

– W niedzielę, zgodnie z wytycznymi.

– Trzy dni to za długo! Anna może nie przeżyć – szepnęła. – I siostra o tym wie.

Zakonnica odwróciła wzrok i zamrugała powiekami.

– Ja mogę mówić, ale siostra musi mnie poprzeć.

Chwila wahania.

– Moje miejsce jest tutaj.

– Z pewnością ktoś może siostrę zastąpić przez godzinę – powiedziała Lib. – Choćby Ryanówna.

Zakonnica pokręciła głową.

– Zamiast szpiegować Annę, powinniśmy wszyscy zrobić, co tylko w naszej mocy, żeby nakłonić ją do jedzenia. Do życia.

Okryta gładką tkaniną głowa kołysała się jak dzwon.

– Nie takie polecenia nam wydano. To wszystko okropnie smutne, ale...

– Smutne? – uniosła się Lib. – Tak to siostra nazywa? – spytała zjadliwie.

Twarz siostry Michaeli zmarszczyła się posępnie.

– Dobre pielęgniarki przestrzegają zasad – warknęła Lib – ale najlepsze wiedzą, kiedy je złamać.

Zakonnica uciekła z pokoju.

Lib wzięła długi, nierówny oddech i usiadła obok Anny.

Kiedy dziecko się zbudziło, jego tętno brzmiało jak wibrująca tuż pod skórą struna skrzypiec. *Czwartek, 18 sierpnia, 13:03, tętno 125, nitkowate* – zanotowała Lib równie czytelnie jak zwykle. *Trudności z oddychaniem.*

Wezwała Kitty i poprosiła ją o zniesienie poduszek z całego domu.

Kitty wytrzeszczyła oczy i popędziła wypełnić polecenie.

Lib spiętrzyła poduszki za plecami Anny, żeby dziewczynka mogła prawie siedzieć, co niejako ułatwiało jej oddychanie.

– „Ty, który mię podnosisz od bram..." – wymamrotała Anna z zamkniętymi oczami. – „Wyrwij mię z ręki nieprzyjaciół moich i od prześladujących mię".

Jakże chętnie Lib by to uczyniła: uwolniła Annę, wyrwała ją z jej własnych okowów, gdyby tylko wiedziała jak.

– Jeszcze wody? – Podsunęła łyżkę.

Powieki Anny poruszyły się, ale pozostały zamknięte; pokręciła głową. „Niech mi się stanie".

– Może i nie czujesz pragnienia, ale i tak musisz pić.

Zlepione zgęstniałą śliną wargi rozchyliły się powoli i przyjęły łyżeczkę wody.

Na dworze łatwiej by było porozmawiać otwarcie.

– Chciałabyś znów wyjechać wózkiem na dwór? Piękne mamy popołudnie.

– Nie, dziękuję, pani Lib.

Lib zapisała i to: *Zbyt słaba, by jechać wózkiem.* Jej notes nie wypełniał już tylko luk w pamięci. Stał się dowodem przestępstwa.

– Łódka mi wystarczy – wymamrotała Anna.

Czy to jakaś zagadkowa metafora łóżka, dziecięcego spadku po bracie? Czy też post zaczął już oddziaływać na mózg? „Nieznaczne splątanie?" – zanotowała. Przyszło jej na myśl, że może Anna powiedziała niewyraźnie „łóżko", a ona zrozumiała „łódka".

– Anno. – Ujęła oburącz opuchniętą dłoń. Ale chłód, jak u lalki z porcelany. – Słyszałaś pewnie o grzechu samobójstwa.

Powieki się uniosły, ale orzechowe oczy na nią nie patrzyły.

– Przeczytam ci fragment rachunku sumienia – powiedziała Lib i sięgnęła po mszał z zaznaczonym dzień wcześniej fragmentem. – „Czy przyczyniasz się do skrócenia żywota swego albo przyspieszenia śmierci? Czy pożądasz śmierci, poprzez namiętności albo niecierpliwość swoją?"

Anna pokręciła głową.

– „Odlecę i odpocznę" – szepnęła.

– Jesteś tego pewna? Czy samobójcy nie idą czasem do piekła? – Lib nie ustępowała. – Nawet cię nie pochowają u boku Pata, tylko za murem cmentarnym.

Anna obróciła się policzkiem do poduszki jak małe dziecko cierpiące na ból ucha.

Lib przypomniała sobie pierwszą zagadkę, jaką zadała dziewczynce: „Nie jestem i być widoczny nie mogę". Nachyliła się bliżej i szepnęła:

– Dlaczego próbujesz się zabić?

– Poświęcić się. – Zamiast zaprzeczyć, Anna ją poprawiła, po czym zaczęła mamrotać w kółko Albertową modlitwę: „Wielbię cię, o Krzyżu Święty, który byłeś ozdobiony najświętszym ciałem mojego Pata, pokryty i zbroczony Jego drogocenną krwią".

Zanim zbladło popołudniowe słońce, Lib przesadziła dziecko na krzesło, żeby przewietrzyć pościel i wygładzić prześcieradło. Anna siedziała z kolanami pod brodą. Pokuśtykała na nocnik, ale oddała tylko kilka ciemnych kropel. Następnie wróciła do łóżka, powłócząc nogami jak staruszka, staruszka, którą nigdy nie zostanie.

Gdy dziecko drzemało, Lib przechadzała się po pokoju. Nie miała nic do roboty poza poproszeniem o więcej rozgrzanych cegieł, bo dreszczów Anny nie powstrzymał nawet całodniowy upał.

Posługaczka miała obwiedzione czerwienią powieki, kiedy po półgodzinie przyniosła cztery popielate jeszcze od ognia cegły i wetknęła je pod koce Anny. Dziecko twardo spało.

— Kitty — odezwała się Lib, ku własnemu zaskoczeniu. Serce waliło jej jak młot. Jeśli się myli, jeśli służąca jest równie zepsuta jak pani O'Donnell i uczestniczy w jej spisku, to ta próba przyniesie więcej szkody niż pożytku. Od czego by tu zacząć? Nie od oskarżeń ani nawet suchych informacji. Współczucie. Tego jej potrzeba, żeby poruszyć młodą kobietę.

— Twoja kuzynka umiera.

W oczach Kitty natychmiast wezbrały łzy.

— Wszystkie dzieci Boże potrzebują jedzenia — powiedziała Lib i dodała ściszonym głosem: Jeszcze kilka dni temu Annę utrzymywał przy życiu niecny podstęp, przestępcza praktyka znana na całym świecie. — Pożałowała słowa „przestępcza", bo oczy służącej rozszerzyły się ze strachu. — Wiesz, co chcę przez to powiedzieć?

— A skądże bym miała wiedzieć? — odpowiedziała Kitty z miną zająca wietrzącego lisa.

— Twoja pani... — Ciotka? dociekała teraz. Jakaś kuzynka? — Pani O'Donnell karmiła dziecko z własnych ust, udając, że je całuje, rozumiesz? — Zorientowała się, że Kitty gotowa obwinić dziewczynkę. — Anna w całej swej niewinności sądziła, że dostaje świętą mannę z nieba.

Otwarte szeroko oczy zmrużyły się raptownie. Gardłowy dźwięk. Lib pochyliła się w jej stronę.

— Co mówiłaś?

Cisza.

— Na pewno jesteś wstrząśnięta, rozumiem...

— Ty! — Tym razem wymowa nie pozostawiała wątpliwości, podobnie jak wykrzywiająca twarz służącej wściekłość.

— Mówię ci to po to, żebyś mi pomogła uratować twojej młodszej kuzynce życie.

Twarde dłonie chwyciły ją za twarz i zacisnęły się na ustach.

— Zamknij swoją kłamliwą gębę.

Lib zatoczyła się do tyłu.

– Jak zaraza weszłaś do tego domu i rozsiewasz swoją truciznę. Bezbożnica bez serca, wstydu nie masz?

Dziecko w łóżku poruszyło się, jakby zbudziły je głosy, i obie kobiety zamarły.

Kitty opuściła ręce. Zrobiła dwa kroki w stronę łóżka, nachyliła się i najdelikatniej jak mogła ucałowała Annę w skroń. Kiedy się wyprostowała, twarz miała zalaną łzami.

Po chwili trzasnęły za nią drzwi.

Chociaż spróbowałaś, powiedziała sobie Lib, stojąc jak słup soli.

Tym razem nie pojmowała, gdzie popełniła błąd. Może to było nieuniknione, że Kitty stanie ślepo po stronie O'Donnellów; byli dla niej wszystkim – rodziną, domem, jedynym źródłem utrzymania.

Lepiej próbować, niż próżnować? Chyba tylko dla jej własnego sumienia; dla głodującej dziewczynki to nic nie znaczyło.

Wyrzuciła przywiędłe kwiaty i włożyła mszał z powrotem do kuferka.

Zaraz coś ją tknęło; wyjęła go raz jeszcze i przekartkowała w poszukiwaniu Albertowej modlitwy. Dlaczego spośród wszystkich istniejących formułek Anna recytuje właśnie tę?

Oto i ona – modlitwa na Wielki Piątek za Dusze Święte, jak została objawiona Świętej Brygidzie. Z treści nie dowiedziała się niczego nowego: „Wielbię cię, o Krzyżu Święty, który byłeś ozdobiony najświętszym ciałem mojego Pana, pokryty i zbroczony Jego drogocenną krwią". Zmrużyła oczy, żeby odczytać tekst wydrukowany poniżej drobną czcionką. „Gdy się ją odmówi trzydzieści trzy razy w czasie piątkowego postu, trzy dusze zostaną z czyśca uwolnione, a jeśli to Wielki Piątek – trzydzieści trzy". Dodatek wielkanocny – nagroda przemnożona przez jedenaście. Lib już miała zamknąć książkę, gdy zarejestrowała poniewczasie jedno słowo: „post".

„Gdy się ją odmówi trzydzieści trzy razy w czasie postu".

– Anno. – Nachyliła się i dotknęła policzka dziewczynki. – Anno!

Zamrugała powiekami i spojrzała na nią.

– Ta twoja modlitwa „Wielbię cię, o Krzyżu Święty". Czy to przez nią pościsz?

Uśmiech Anny był przedziwny: radosny, lecz podszyty mrokiem.

Wreszcie, pomyślała Lib, wreszcie. Ale zamiast satysfakcji czuła raczej głęboki żal.

– To on pani powiedział? – spytała Anna.

– Kto?

Anna wskazała sufit.

– Nie – zaprzeczyła Lib. – Domyśliłam się.

– Kiedy się czegoś domyślamy, to znaczy, że Bóg nam podpowiada.

– Próbujesz utorować bratu drogę do nieba.

Anna skinęła głową z dziecięcą pewnością.

– Jeśli codziennie będę odmawiać modlitwę trzydzieści trzy razy i pościć...

– Anno – jęknęła Lib. – Jestem pewna, że post oznacza tu opuszczenie tylko jednego posiłku w jeden piątek dla zbawienia trzech dusz, albo trzydziestu trzech, jeśli to Wielki Piątek. – Po co uwiarygodnia te absurdalne liczby, powtarzając je z namaszczeniem jak pozycje z księgi rachunkowej? – W książce nie jest nigdzie napisane, że należy zupełnie zrezygnować z jedzenia.

– Duszom potrzeba starannego oczyszczenia. – Annie zalśniły oczy. – Ale dla Boga nie ma rzeczy niemożliwych, więc nie zrezygnuję, będę dalej odmawiać modlitwę i błagać go, żeby zabrał Pata do nieba.

– Ale twój post...

– To zadośćuczynienie. – Z trudem zaczerpnęła tchu.

– Nigdy nie słyszałam o takim niedorzecznym i okropnym układzie – powiedziała Lib.

– Nasz Ojciec niebieski nie zawiera z nikim układów – upomniała ją Anna. – Niczego mi nie obiecał. Ale może zmiłuje się nad Patem. A może nawet nade mną – dodała. – Wtedy Pat i ja znów będziemy razem. Siostra i brat.

Ten plan miał w sobie coś osobliwie prawdopodobnego, pewną senną logikę, która mogła przemówić do jedenastolatki.

– Wpierw przeżyj życie – nalegała Lib. – Pat poczeka.

– Czeka już dziewięć miesięcy, trawiony przez płomienie. – Anna załkała, ale jej policzki pozostały suche jak kreda.

Czyżby dziecko było już tak odwodnione, że nie może nawet zapłakać?

– Pomyśl tylko, jak będą za tobą tęsknić ojciec i matka. – Tyle tylko zdołała wykrztusić. Czy rozpoczynając tę straszną grę pozorów, Rosaleen O'Donnell miała pojęcie, do czego ona doprowadzi?

Anna skrzywiła się lekko.

– Będą wiedzieli, że Pat i ja jesteśmy bezpieczni w niebie. Jeśli taka Boża wola – poprawiła się.

– Chyba w mokrej ziemi, bo do niej trafisz – powiedziała Lib, tupiąc obcasem w klepisko.

– Tylko ciało – odrzekła dziewczynka z cieniem pogardy. – A dusza... – Wywinęła się jak wąż.

– Co? Co robi?

– Zrzuca cielesną powłokę jak stary płaszcz.

Lib naszła myśl, że jest jedyną osobą na świecie, która ma pewność, że to dziecko chce umrzeć. Ciążyło jej to na barkach jak peleryna z ołowiu.

– Twoje ciało... każde ciało to cud. Cud stworzenia. – Szukała odpowiednich słów; to był obcy język. Tej małej fanatyczce nie ma co opowiadać o przyjemności albo szczęściu, jedynie o służbie. Jak to ujął Byrne? – Anno, w dniu, w którym po raz pierwszy otworzyłaś oczy, Bóg poprosił cię tylko o jedno: żebyś żyła.

Anna spojrzała na nią bez słowa.

– Widziałam martwo urodzone dzieci. I ludzi, którzy cierpieli tygodniami albo miesiącami, zanim złożyli broń – opowiadała mimowolnie drżącym głosem. – Ni do rymu, ni do sensu.

– Taka jego wola – wychrypiała Anna.

– Doskonale, wobec tego jego wolą jest też to, żebyś przeżyła. – Lib zobaczyła oczami wyobraźni masową mogiłę ofiar zarazy. – Kiedy byłaś malutka, umarły setki tysięcy, a może nawet miliony twoich rodaków. To znaczy, że twoim świętym obowiązkiem jest dalej trwać. Oddychać, jeść jak każdy z nas, znosić powszedni trud życia.

Dziecko poruszyło nieznacznie szczęką na znak odmowy, bezustannej odmowy.

Lib poczuła się niewymownie zmęczona. Wypiła pół szklanki wody, usiadła i zapatrzyła się w przestrzeń.

Gdy o dwudziestej do sypialni wszedł Malachy O'Donnell, żeby powiedzieć dobranoc, Anna już twardo spała. Stanął niepewnie; pod pachami miał plamy potu.

Lib z największym trudem zmobilizowała się do działania. Gdy zaczął się wycofywać w stronę drzwi, skorzystała z okazji.

– Muszę panu powiedzieć, panie O'Donnell, że pańska córka już długo nie pociągnie – szepnęła.

W oczach błysnęło mu przerażenie.

– Doktór mówił...

– Myli się. Jej tętno gwałtownie przyspiesza, spada temperatura, a płuca wypełniają się wodą.

– O, biedactwo! – Zapatrzył się na zarys drobnego ciałka pod kocami.

Lib musiała się ugryźć w język, żeby nie wyśpiewać całej historii o mannie. Stawanie między tym człowiekiem a jego żoną to poważna sprawa, i ryzykowna, bo z jakiej racji Malachy miałby uwierzyć Angielce, a nie Rosaleen? Skoro Kitty tak rozwścieczyły oskarżenia Lib pod adresem jej pani, to czy Malachy nie zareaguje podobnie? W końcu Lib nie miała niezbitego dowodu. Nie potrafiła się zdobyć na przebudzenie Anny i przymuszenie jej do powtórzenia całej historii ojcu; poza tym miała poważne wątpliwości, czy to by się udało.

Nie. Nie prawda się liczy, lecz Anna. Skoro Lib zdarła już zasłonę, trzeba się teraz trzymać tego, co Malachy może zobaczyć na własne oczy. Powiedzieć mu tylko tyle, by obudził się w nim troskliwy ojciec.

– Anna chce umrzeć – oświadczyła – w nadziei, że w ten sposób uwolni waszego syna z czyśćca.

– Co? – Dziki wzrok.

– To rodzaj targu – wyjaśniła Lib. Czy aby właściwie zinterpretowała tę koszmarną historię? – Poświęcenia.

– Wszelki duch Pana Boga chwali – wymamrotał Malachy.

– To może jak się zbudzi, powie pan jej, że jest w błędzie?

Zasłonił twarz wielką dłonią i powiedział coś stłumionym głosem.

– Słucham?

– Anny nie przegada.

– Co pan plecie. To dziecko – podkreśliła Lib. – Pańskie dziecko.

– Dwa razy sprytniejsze ode mnie, albo i lepiej – powiedział Malachy. – Bóg jeden wie, skąd ona się urwała.

– Jeśli pan czegoś szybko nie zrobi, to ją stracicie. Niech pan będzie z nią stanowczy. Jak ojciec.

– Tylko ziemski – powiedział ze smutkiem Malachy. – Ona jego tylko wysłucha. – Zadarł głowę w stronę nieba.

W drzwiach stanęła zakonnica; już dwudziesta pierwsza.

– Dobry wieczór, pani Wright.

Malachy czym prędzej czmychnął, a Lib próbowała dojść do siebie. Co za ciemny lud!

Dopiero gdy zarzucała na siebie pelerynę, przypomniała sobie o tym przeklętym zebraniu.

– Zamierzam zabrać dziś głos przed komisją – przypomniała również siostrze Michaeli.

Skinienie głową. Lib uświadomiła sobie, że zakonnica nie przyprowadziła do chaty żadnego zastępcy, co oznacza, że konsekwentnie odmawia udziału w zebraniu.

– Para z kotła z wrzątkiem może jej ułatwić oddychanie – rzuciła na odchodnym.

Czekając w swoim pokoju na pięterku, czuła ucisk w żołądku. Nie tylko z nerwów na myśl o spotkaniu z pracodawcami, ale i z powodu targających nią sprzecznych uczuć. Gdyby przekonała członków komisji, że oto osiągnięto cel obserwacji – czyli opowiedziała im o oszukańczej sztuczce z manną – równie dobrze mogliby jej z miejsca podziękować i odesłać do domu. W takim przypadku najpewniej nie udałoby się jej pożegnać z Anną przed wyjazdem do Anglii. (Wspomniała szpital i z jakiegoś powodu nie mogła sobie wyobrazić powrotu do dawnego życia).

Osobista strata jest bez znaczenia, powiedziała sobie; każda pielęgniarka musi się pożegnać z każdym pacjentem, w taki czy inny sposób. Ale co z Anną; kto się nią zaopiekuje i czy ktoś lub coś nakłoni ją do porzucenia tego fatalnego postu? Lib rozumiała paradoksalność tej sytuacji: jak dotąd nie udało jej się zachęcić dziewczynki do zjedzenia ani okruszyny, a jednocześnie była przekonana, że tylko ona jest do tego zdolna. Czy jej arogancja zaczyna się ocierać o manię wielkości?

„Bezczynność to najcięższy z grzechów"; tak powiedział Byrne o swoich doniesieniach z frontu walki z głodem.

Spojrzała na zegarek. Kwadrans po dwudziestej drugiej; nawet jeśli Irlandczycy są z natury spóźnialscy, to komisja pewnie zdążyła się już zebrać. Wstała, poprawiła swój szary uniform i wygładziła włosy.

Zszedłszy do sklepu, poczekała przed pokojem na zapleczu, aż rozpoznała niektóre głosy: lekarza i księdza. Dopiero wtedy zapukała do drzwi.

Cisza. Może jej nie usłyszeli. Czy to kobiecy głos? Czyżby siostrze Michaeli mimo wszystko udało się dotrzeć na zebranie?

Kiedy otworzyła drzwi, najpierw zobaczyła Rosaleen O'Donnell. Ich spojrzenia się spotkały. Za żoną Malachy. Oboje wydawali się wstrząśnięci widokiem pielęgniarki.

Lib przygryzła wargę; nie spodziewała się tu rodziców.

Na wielkim krześle z rzeźbionym oparciem, u szczytu stołu utworzonego z trzech blatów na kozłach, siedział niewysoki mężczyzna o długim nosie, w starym żakardowym surducie. Pewnie sir Otway Blackett; sądząc po sposobie bycia, emerytowany wojskowy. Na stole rozpoznała egzemplarz „Irish Timesa"; czyżby dyskutowali o artykule Byrne'a?

– A to jest...? – zapytał sir Otway.

– Angielska pielęgniarka, przyszła nieproszona – odpowiedział postawny John Flynn, siedzący na sąsiednim krześle.

– To zebranie ma charakter poufny, pani Wright – odezwał się doktor McBrearty.

Pan Ryan – jej gospodarz – szybkim ruchem głowy wskazał Lib kierunek, jakby chciał powiedzieć, że ma wracać na górę.

Jedyną nieznaną jej osobą był mężczyzna o przetłuszczonych włosach, najpewniej O'Flaherty, miejscowy nauczyciel. Lib patrzyła hardo na kolejne twarze; nie da się zastraszyć. Wyjdzie od solidnych podstaw: danych z notesu.

– Panowie wybaczą. Pomyślałam, że należą wam się najnowsze wieści na temat stanu zdrowia Anny O'Donnell.

– Co za wieści? – spytała drwiąco Rosaleen O'Donnell. – Jak wychodziłam z pół godziny temu, to spała jak aniołek.

– Złożyłem już sprawozdanie, pani Wright – skarcił ją doktor McBrearty.

– A przekazał pan członkom komisji, że Anna jest tak obrzmiała od puchliny, że już nie może chodzić? Jest osłabiona, wyziębiona i wypadają jej zęby. – Lib przekartkowała notes, nie dlatego, że go potrzebowała, ale po to, by pokazać, że ma to czarno na białym. – Jej tętno przyspiesza z godziny na godzinę, a z płuc dochodzą szmery, bo zaczyna w nich wzbierać woda. Skórę ma pokrytą strupami i sińcami, a włosy wypadają jej garściami jak starej...

Dopiero teraz zobaczyła, że sir Otway uniósł dłoń, żeby ją uciszyć.

– Przyjmujemy to do wiadomości, szanowna pani.

– Od początku twierdziłem, że to wszystko bzdura. – Ciszę przerwał Ryan, właściciel pubu. – Kto by mógł przeżyć bez jedzenia?

„Skoro od samego początku miał pan sceptyczne nastawienie, to dlaczego zgodził się pan poprzeć plan obserwacji?" – chciała spytać Lib.

– Siedźże cicho – odezwał się John Flynn.

– Jestem takim samym członkiem komisji jak i ty.

– Ależ niepodobna się zniżać do sprzeczek – wtrącił się ksiądz.

– Panie Thaddeusie – zagaiła Lib, robiąc krok w jego stronę. – Dlaczego nie powiedział pan Annie, że ma zakończyć post?

– Zdaje się, że słyszała pani coś wprost przeciwnego – odparł ksiądz.

– Delikatną sugestię! Odkryłam, że Anna chce się zagłodzić w obłędnej nadziei na zbawienie duszy brata. – Potoczyła wzrokiem po twarzach zebranych, żeby sprawdzić, czy usłyszeli. – Najwyraźniej z błogosławieństwem rodziców. – Lib wymierzyła ręką w O'Donnellów.

– Ty nieoświecona heretyczko! – wybuchnęła Rosaleen O'Donnell.

Och, jak miło móc wreszcie mówić otwarcie. Lib zwróciła się do pana Thaddeusa:

– To pan jest w tej wiosce reprezentantem Rzymu, dlaczego nie rozkaże pan Annie jeść?

Mężczyzna się obruszył.

– Stosunek między kapłanem a parafianinem jest uświęcony, a pani nie ma prawa tego rozumieć.

– Jeśli Anna nie posłucha pana, to czy nie może pan wezwać biskupa?

Proboszcz wybałuszył oczy.

– Nie mogę... nie wolno mi wikłać w tę sprawę moich przełożonych ani całego Kościoła.

– Co to znaczy: wikłać? – odezwał się Flynn. – Jeśli okaże się, że Anna żywi się jedynie strawą duchową, to czyż nie przyniesie Kościołowi chwały? Czy ta dziewczynka nie może być pierwszą od trzynastego wieku świętą irlandzką?

Pan Thaddeus zasłonił się dłońmi jak sztachetami płotu.

– Kanonizacja nawet się jeszcze nie zaczęła. Dopiero gdy zgromadzone zostaną liczne świadectwa i wykluczone inne możliwe wyjaśnienia, będzie mógł wysłać delegację urzędników, którzy zbadają, czy cud jest wynikiem działalności świętej osoby. Do tego czasu wobec braku dowodów musi cierpliwie trzymać się z daleka.

Do Lib dotarło, że podmiotem jest tu Kościół. Nie słyszała dotąd, by sympatyczny ksiądz przemawiał tak beznamiętnie, prawie jakby czytał kodeks. „Wobec braku dowodów". Czyżby dawał do zrozumienia wszystkim zebranym, że roszczenia O'Donnellów są nieuzasadnione? Może Lib ma wśród tych mężczyzn choć jednego poplecznika. Przypomniała sobie, że chociaż jest przyjacielem rodziny, to właśnie on naciskał komisję, by przeprowadziła wnikliwe dochodzenie. Drgnęły mięśnie na pyzatej twarzy proboszcza, jakby wiedział, że się zdradził.

John Flynn zaczerwienił się, pochylił i wymierzył oskarżycielsko palec w jego stronę.

– Nie jesteś godzien, by choćby zawiązać jej bucik!

„Wielgachny trzewik" – poprawiła go w myślach Lib. Stopy Anny już dawno spuchły tak bardzo, że mieściły się tylko w trzewikach nieboszczyka brata. Dla tych ludzi dziewczynka stała się symbolem; zatraciła już cechy cielesne.

Lib musiała wykorzystać tę przełomową chwilę.

– Panowie, pragnę powiadomić o czymś jeszcze, o sprawie pilnej i doniosłej, która usprawiedliwi, mam nadzieję, moje tu wtargnięcie. – Nie patrzyła w stronę Rosaleen O'Donnell z obawy, że jej drapieżne spojrzenie wytrąci ją z równowagi. – Odkryłam, jaką metodą...

Coś skrzypnęło; drzwi otwarły się i niemal natychmiast cofnęły, jakby wpuściły ducha. A w szparze zamajaczył czarny kształt i do pokoju weszła tyłem siostra Michaela, wciągając za sobą wózek.

Lib odebrało mowę. Owszem, nakłaniała zakonnicę do przyjścia. Ale z Anną?

Drobniutka dziewczynka półleżała na wózku baroneta, owinięta ciasno kocami. Jej głowa zwisała pod dziwnym kątem, ale oczy pozostawały otwarte.

– Tatko – wyszeptała. – Matuś. Pani Lib. Pan Thaddeus.

Policzki Malachy'ego O'Donnella były mokre od łez.

– Dziecko – odezwał się pan Thaddeus – ponoć gromadzą się nad tobą chmury.

Wyjątkowo marny irlandzki eufemizm.

– Czuję się bardzo dobrze – odpowiedziała cichutko Anna.

Lib od razu wiedziała, że nie może opowiedzieć o mannie. Nie ten czas, nie to miejsce. W końcu to tylko pogłoska, relacjonowanie dziecięcego wyznania. Rosaleen O'Donnell wrzasnęłaby z pewnością, że to Angielka z czystej złośliwości zmyśliła tę bluźnierczą historię. Członkowie komisji zwróciliby się do Anny z żądaniem potwierdzenia tej tezy. I co wtedy? Dla Lib zmuszanie dziewczynki do wybrania między pielęgniarką a Rosaleen było zbyt ryzykowne; które dziecko nie stanęłoby w obronie matki? Nie mówiąc już o bezwzględnym okrucieństwie takiego kroku.

Zmieniła taktykę: skinęła głową zakonnicy i podeszła do wózka.

– Dobry wieczór, Anno.

Słaby uśmiech.

– Czy mogę zdjąć koce, żeby panowie lepiej cię widzieli?

Nieznaczne potaknięcie. Świst, ziewnięcie dla nabrania tchu.

Lib odwinęła dziecko i przysunęła wózek do stołu, żeby blask świec objął jej białą koszulę. Żeby członkowie komisji zobaczyli całą tę karykaturalną dysproporcję: dłonie, łydki, kostki i stopy wielkoluda wszczepione w ciałko elfa. Zapadnięte oczy, bezwład, rumień na twarzy, sine palce, dziwne znamiona na kostkach i szyi. Wyniszczone ciało Anny było wymowniejszym świadectwem niż jakiekolwiek słowa Lib.

– Panowie, druga pielęgniarka i ja byłyśmy świadkami powolnej egzekucji dziecka. Okres dwóch tygodni obrano na chybił trafił, prawda? Proszę, by z dzisiejszym wieczorem zawiesić obserwację i skierować wysiłki na ratowanie Annie życia.

Przez dłuższą chwilę w pokoju zalegała cisza. Lib obserwowała McBrearty'ego. Jego wiara we własne teorie została zachwiana, to było widać; drżały mu pergaminowe wargi.

– To nam chyba wystarczy – orzekł sir Otway Blackett.

– Tak, siostro, może siostra zawieźć Annę do domu – potwierdził McBrearty.

Zakonnica, potulna jak zwykle, skinęła głową i wyprowadziła wózek. O'Flaherty poderwał się i przytrzymał jej drzwi.

– Państwu już dziękujemy, panie i pani O'Donnell.

Mina Rosaleen wyrażała sprzeciw, ale kobieta wyszła w ślad za mężem.

– I pani Wright... – Pan Thaddeus i jej wskazał drzwi.

– Zostaję do końca zebrania – wycedziła przez zęby.

Za O'Donnellami zamknęły się drzwi.

– Oczywiście panuje ogólna zgoda co do tego, że musimy mieć niezbitą pewność, zanim dojdzie do odstąpienia od uzgodnionego trybu postępowania i przedwczesnego zawieszenia obserwacji? – zapytał baronet.

Szmery i pomruki wokół stołu.

– Przecież zostało zaledwie parę dni – odezwał się Ryan.

Zebrani pokiwali głowami.

Oszołomiona Lib zdała sobie sprawę, że nie chodzi im o to, że równie dobrze można odwołać obserwację, skoro pozostały tylko trzy dni. Chcieli ją kontynuować do niedzieli. Czy oni nie widzieli tego dziecka?!

Baronet i John Flynn pletli jakieś bzdury o procedurze i ciężarze dowodu.

– W gruncie rzeczy obserwacja to jedyny sposób na poznanie prawdy raz na zawsze – przypomniał komisji McBrearty. – Dla dobra nauki, dla dobra ludzkości...

Lib nie mogła już tego wytrzymać.

– Zostanie pan wykreślony z rejestru lekarzy – powiedziała podniesionym głosem, wskazując McBrearty'ego. Blefowała; nie miała pojęcia, jak daleko musi się posunąć lekarz, by odebrano mu prawo uprawiania zawodu. – Wy wszyscy! Wasze zaniedbania można uznać za karalne! Odmowa zaspokojenia potrzeb życiowych dziecka – improwizowała, wymierzając oskarżycielsko palec we wszystkich po kolei. – Potajemne udaremnianie prawidłowego funkcjonowania wymiaru sprawiedliwości. Współudział w samobójstwie.

– Droga pani – warknął baronet – czy mogę pani przypomnieć, że zatrudniono panią na okres dwóch tygodni, za wcale pokaźne dziennie wynagrodzenie? Końcowego świadectwa co do tego, czy obserwowana dziewczynka przyjmuje pożywienie, będziemy od pani wymagać w niedzielę.

– Anna nie doczeka niedzieli!

– Pani Wright, niechże pani nad sobą zapanuje – zalecił ksiądz.

– Ona narusza warunki umowy – zaznaczył Ryan.

John Flynn skinął głową.

– Gdyby nie to, że zostały tylko trzy dni, zaproponowałbym, żeby ją odprawić.

– Właśnie – przytaknął baronet. – Ogromnie niezrównoważona.

Lib ruszyła chwiejnym krokiem do drzwi.

Sen, skrobanie. Do długiej szpitalnej sali wlewają się szczury, wypełniają przejście i skaczą od jednego łóżka polowego do drugiego, chłepcąc świeżą krew. Mężczyźni krzyczą, ale nad ich głosami góruje skrobanie, wściekłe pocieranie pazurami o drewno...

Nie. Drzwi. Skrobanie w drzwi, na pięterku u Ryanów. Ktoś, kto nie chce zbudzić nikogo poza Lib.

Wygramoliła się z łóżka i poszukała po omacku podomki. Uchyliła lekko drzwi.

– Panie Byrne!

Nie przeprosił, że zakłóca jej spokój. Patrzyli na siebie w migotliwym blasku jego świecy. Lib rzuciła okiem na ginące w ciemnościach schody; w każdej chwili ktoś mógł tu wejść. Gestem zaprosiła go do środka.

Byrne wszedł bez wahania. Biło od niego ciepło, jakby wrócił z przejażdżki. Lib wskazała jedyne krzesło, a on je zajął. Sama przycupnęła na łóżku obok rozrzuconej pościeli, na tyle daleko, by nie dotknąć jego nóg, ale dość blisko, by mogli rozmawiać ściszonymi głosami.

– Słyszałem o zebraniu – zaczął.

– Od którego z nich?

Pokręcił głową.

– Od Maggie Ryan.

Lib poczuła głupie ukłucie na wieść, że Byrne jest w takich zażyłych stosunkach ze służącą.

– Wychwyciła tylko strzępy rozmów, ale odniosła wrażenie, że rzucili się na panią jak wataha wilków.

Lib prawie parsknęła śmiechem.

Opowiedziała mu o wszystkim: o niesłabnącej nadziei Anny na odkupienie młodzieńczych grzechów brata poprzez złożenie ofiary z siebie samej. O swoich podejrzeniach, że ksiądz sprowadził ją do tego kraju w nadziei, że obserwacja wykaże, że nie ma żadnego cudu i tym samym uda mu się ocalić jego drogi Kościół przed ośmieszającym wyniesieniem na ołtarze fałszywej świętej. O członkach komisji i ich upartej odmowie odstąpienia od planu.

– Niech pani sobie da z nimi spokój – powiedział Byrne.

Lib spojrzała na niego bez słowa.

– Wątpię, by którykolwiek z nich zdołał przekonać dziewczynkę do rezygnacji z tego szaleństwa. Ale pani... ona panią lubi. Ma pani na nią wpływ.

– Niewystarczający – zaoponowała.

– Jeśli nie chce jej pani zobaczyć w skrzynce, niech pani użyje tego wpływu.

Przez chwilę Lib wyobraziła sobie dziecięce pudełko ze skarbami, a potem zrozumiała, że miał na myśli trumnę. Czterdzieści sześć cali – przypomniała sobie pierwszy pomiar wzrostu Anny. Niewiele więcej niż cztery cale każdego roku życia na ziemi.

– Leżałem teraz i rozmyślałem o pani, Lib Wright.

Zjeżyła się cała.

– W związku z czym?

– Jak daleko się pani posunie, żeby ocalić tę dziewczynkę?

Dopiero gdy zadał to pytanie, pojęła, że zna odpowiedź.

– Nie cofnę się przed niczym.

Uniósł sceptycznie brew.

– Nie jestem tym, za kogo pan mnie uważa, panie Byrne.

– A za kogo według pani ją uważam?

– Za zbzikowaną grymaśnicę, świętoszkowatą wdowę. Prawda jest taka, że nawet nie jestem wdową. – Te słowa wypłynęły jej z ust bez ostrzeżenia.

Irlandczyk aż się wyprostował.

– Nie była pani mężatką? – Twarz rozgorzała ciekawością, czy może odrazą?

– Byłam. Nadal jestem, o ile mi wiadomo. – Lib nie mogła uwierzyć, że zdradza swoją najstraszniejszą tajemnicę, i to akurat dzienni-karzowi. Ale było też w tym coś chwalebnego, niespotykane poczucie, że stawia wszystko na jedną kartę. – Wright nie umarł, tylko... – Zbiegł? Wziął nogi za pas? Odszedł? – Pożegnał się ze mną.

– Dlaczego? – wyrzucił z siebie Byrne.

Lib wzruszyła ramionami tak gwałtownie, że aż poczuła ból.

– Czyli zakłada pan, że miał powód. – Mogła mu powiedzieć o dziecku, ale nie chciała, jeszcze nie teraz.

– Nie! Pani mnie źle zrozumiała, pani...

Próbowała sobie przypomnieć, czy zabrakło mu kiedyś słowa.

– Co go opętało, że zostawił kogoś takiego jak pani?

Poczuła, jak do oczu napływają jej łzy. To ta nuta oburzenia w jej obronie tak ją poruszyła.

Na współczucie rodziców liczyć nie mogła. Byli raczej zbulwer-sowani, że Lib tak niefortunnie straciła męża niecały rok po tym, jak go złapała. (Do pewnego stopnia sądzili pewnie, że go zaniedbywała, chociaż nigdy nie przyznali tego wprost). Okazali się dość lojalni, by pomóc jej przeprowadzić się do Londynu i podawać się za wdowę. Ten spisek tak oburzył siostrę Lib, że nie odezwała się już słowem ani do niej, ani do rodziców. Ale z ust rodziców nigdy nie padło to jedno py-tanie: „Jak on mógł?"

Zamrugała powiekami, bo nie mogła znieść myśli, że Byrne po-myśli sobie, że płacze za mężem, który w istocie nie był wart jednej łzy. Zdobyła się na słaby uśmiech.

– I pomyśleć, że to Anglicy mają Irlandczyków za głupców! – dodał.

Parsknęła głośnym śmiechem i zaraz stłumiła go dłonią.

A William Byrne ją pocałował, tak nagle i tak mocno, że prawie się przewróciła. Ani słowa, tylko ten jeden pocałunek, i już go nie było.

O dziwo zasnęła, mimo natłoku myśli.

Gdy się zbudziła, wymacała leżący na stole zegarek i wcisnęła guzik. Wybił w jej pięści cztery godziny: jeden, dwa, trzy, cztery. Pią-tek rano. Dopiero wtedy przypomniała sobie, jak Byrne ją pocałował. Nie. Jak się pocałowali.

Ukłucie winy; wyprężyła się jak struna. Skąd mogła mieć pew-ność, że Annie w nocy się nie pogorszyło, że nie zaczerpnęła ostatniego

nierównego oddechu? „We dnie, w nocy bądź mi zawsze ku pomocy".
Zapragnęła znaleźć się z powrotem w tym małym, dusznym pokoju.
Czy dziś rano O'Donnellowie w ogóle ją wpuszczą po tym, co powiedziała na zebraniu?

Ubrała się po ciemku, nawet nie zapalając świecy. Zeszła po omacku po schodach i mocowała się z frontowymi drzwiami, aż sztaba się uniosła i wypuściła ją na zewnątrz.

Jeszcze ciemno; chudnący księżyc z poluzowanym opatrunkiem chmury. Tak cicho, tak samotnie, jakby całą krainę spustoszyła jakaś klęska, a Lib była ostatnią osobą przemierzającą jej błotniste ścieżki.

Ale jedno światło w małym oknie chaty O'Donnellów nie zgasło od jedenastu dni i nocy, niczym straszliwe oko, które zapomniało, jak się mruga. Lib weszła w jasną kwadratową plamę i zajrzała do środka.

Siostra Michaela siedziała przy łóżku ze wzrokiem wbitym w profil Anny. Drobną twarzyczkę odmienioną przez światło. Śpiąca królewna; ocalona niewinność; dziecko, które wygląda idealnie, może dlatego, że się nie porusza, o nic nie prosi, nie sprawia żadnego kłopotu. Ilustracja z bulwarówki: *Ostatnie czuwanie*. Albo *Ostatni spoczynek Aniołka*.

Lib musiała się poruszyć albo siostra Michaela miała tę niesamowitą zdolność przeczuwania, że ktoś ją obserwuje, bo podniosła głowę i powitała ją ledwie dostrzegalnym skinieniem głowy.

Lib podeszła do drzwi frontowych i weszła do kuchni, przygotowana na odtrącenie.

Malachy O'Donnell popijał herbatę przy ogniu. Rosaleen i Kitty wyskrobywały coś z jednego garnca i przekładały do drugiego. Posługaczka nie podniosła głowy. Jej pani zerknęła w stronę Lib, ale tylko przelotnie, jakby poczuła przeciąg. A zatem O'Donnellowie nie zamierzali się przeciwstawiać komisji, zakazując Lib wstępu do chałupy, przynajmniej nie dzisiaj.

Anna spała tak twardo, że wyglądała jak woskowa figura.

Lib ujęła siostrę Michaelę za chłodną dłoń i uścisnęła ją, co wyraźnie spłoszyło zakonnicę.

– Dziękuję, że siostra wczoraj przyszła.

– Ale to na nic, prawda? – spytała siostra Michaela.

– Nie szkodzi.

Kwadrans po szóstej wzeszło słońce. Anna, jakby przywołana

przez światło, oderwała się od poduszki i wyciągnęła rękę w stronę pustego nocnika. Lib podsunęła go jej pospiesznie.

To, co dziewczynka zwróciła, było jaskrawożółte, ale przezroczyste. Jak ten wydrążony żołądek mógł z samej tylko wody wytworzyć ciecz o takiej jarmarcznej barwie? Anna zadrżała i ścisnęła wargi, jakby chciała strząsnąć ostatnie krople.

– Boli cię? – spytała Lib. To ostatnie dni, bez wątpienia.

Anna spluwała i spluwała bez końca, aż spoczęła z powrotem na poduszce, z głową zwróconą w stronę komody.

Lib zapisała w notesie:

Zwróciła żółć; pół kwarty?
Tętno: 128 uderzeń na minutę
Płuca: 30 oddechów na minutę; obustronny szmer wody
Tętnice szyjne rozszerzone.
Bardzo niska temperatura ciała.
Szklisty wzrok.

Anna starzała się, jakby czas przyspieszał z dnia na dzień. Jej skóra przypominała pomarszczony pergamin poznaczony skazami, jakby ktoś wypisał na nim wiadomość atramentem, a potem ją wydrapał. Lib zauważyła, że kiedy dziecko potarło obojczyk, na jego skórze pozostały niewygładzone fałdy. Na poduszce leżały rozrzucone ciemnorude kosmyki; Lib zebrała je i wsunęła do kieszeni fartucha.

– Czyżby ci kark zesztywniał, dziecko?

– Nie.

– To dlaczego odwracasz się w tę stronę?

– Bo okno jest za jasne – powiedziała Anna.

„Niech pani użyje swojego wpływu” – powiedział Byrne. Ale jakie jeszcze argumenty może wymyślić?

– Powiedz sama – zaczęła – jaki Bóg chciałby odebrać ci życie w zamian za duszę twojego brata?

– On chce mnie – szepnęła Anna.

Kitty wniosła na tacy śniadanie i drżącym głosem powiedziała coś o wyjątkowo pięknej pogodzie.

– A jak ty się dzisiaj czujesz, złotko?

– Bardzo dobrze – wycharczała jej kuzynka.

Posługaczka zasłoniła usta zaczerwienioną dłonią, po czym wróciła do kuchni.

Na śniadanie były podpłomyki ze słodkim masłem. Lib pomyślała o Świętym Piotrze u wrót, który „placka z masłem chce". Pieczywo miało smak popiołu. Zrobiło jej się niedobrze; odłożyła podpłomyk na talerz i odstawiła tacę pod drzwi.

– Wszystko się rozciąga, pani Lib – wymamrotała nosowym głosem Anna.

– Rozciąga?

– Pokój. Świat mieści się w środku.

Czy to już maligna?

– Zimno ci? – spytała Lib, siadając przy łóżku.

Anna pokręciła głową.

– Gorąco? – dopytywała.

– Nie, nijak. Żadnej różnicy.

To szkliste spojrzenie przypominało jej wyretuszowane źrenice Pata O'Donnella. Od czasu do czasu powieki Anny drgały. Pewnie od zaburzeń widzenia.

– Widzisz to, co masz przed sobą?

Chwila wahania.

– Przeważnie.

– Przeważnie wszystko?

– Wszystko – poprawiła ją Anna. – Przeważnie.

– Ale czasem nie widzisz?

– Robi się czarno. Ale widzę co innego.

– Co?

– Coś pięknego.

„Tak wygląda śmierć głodowa" – prawie ryknęła Lib. Ale czy ktoś kiedyś przekonał dziecko krzykiem? Nie, musi przemawiać najstaranniej, jak tylko umie.

– Jeszcze zagadkę, pani Lib – poprosiło dziecko.

Lib była zdumiona. Ale widocznie nawet umierający potrzebują rozrywki dla zabicia czasu.

– Hm, pomyślmy. Tak, zdaje się, że mam jeszcze jedną. Co to takiego: im mniejsze, tym straszniejsze?

– Straszniejsze? – powtórzyła Anna. – Mysz?

– Przecież ludzie tak samo, jeśli nie bardziej boją się szczurów, które są przecież kilkakrotnie większe – zauważyła Lib.

– Racja. – Dziewczynka westchnęła z wysiłkiem. – Coś, co budzi silniejszy lęk, gdy jest mniejsze.

– Raczej cieńsze – podpowiedziała Lib. – Węższe.

– Strzała – mruknęła Anna. – Nóż? – Kolejny wymuszony oddech. – Proszę o podpowiedź.

– Wyobraź sobie coś, po czym można przejść.

– I może zrobić krzywdę?

– Tylko przy fałszywym kroku.

– Most! – zawołała Anna.

Lib skinęła głową. Z jakiegoś powodu przypomniał jej się pocałunek Byrne'a. Już nic jej tego nie odbierze; to wspomnienie pozostanie z nią na resztę życia. Dodaje jej odwagi.

– Anno... – zaczęła. – Już wystarczy.

Dziecko zamrugało powiekami.

– Wystarczy twojego postu, wystarczy modlitwy. Jestem pewna, że Pat trafił już szczęśliwie do nieba.

– Kto to wie. – Szept.

Lib spróbowała z innej strony:

– Wszystkie twoje dary, mądrości, dobroci, siły, są potrzebne tu, na ziemi. Bóg chce, żebyś właśnie tu dokonała jego dzieła.

Anna pokręciła głową.

– Mówię to jako twoja przyjaciółka. – Zadrżał jej głos. – Stałaś mi się bardzo drogą, najdroższą dziewczynką na świecie.

Nikły uśmiech.

– Doprowadzasz mnie do rozpaczy.

– Przepraszam, pani Lib.

– To jedz! Proszę. Choćby jeden kęs. Łyk. Błagam cię.

Wzrok Anny był śmiertelnie poważny, nieustępliwy.

– Proszę! Przez wzgląd na mnie. Przez wzgląd na wszystkich, którzy...

Głos Kitty od drzwi.

– Pan Thaddeus.

Lib poderwała się na równe nogi.

Ksiądz ubrany w warstwy czerni wyglądał na spoconego. Czyżby Lib poruszyła jego sumienie podczas wczorajszego zebrania? Gdy witał się z Anną, uniosły mu się kąciki ust, ale w oczach miał ból.

Lib starała się wyzbyć niechęci do tego człowieka. W końcu kto, jeśli nie ksiądz, mógłby przekonać Annę, że jej rozważania teologiczne podszyte są obłędem.

– Anno, czy chcesz pomówić z panem Thaddeusem na osobności?

Nieznaczne drgnięcie głowy; nie.

Ksiądz odczytał aluzję Lib.

– Dziecko, może chcesz się wyspowiadać?

– Nie teraz.

Rosaleen O'Donnell zaczęła splatać gruzłowate palce.

– A co by tam ona nagrzeszyła, skoro tak leży jak cherubinek?

„Boisz się, że ona mu powie o mannie" – jęknęła w duchu Lib. „Ty potworze!"

– To może odśpiewamy hymn? – zaproponował pan Thaddeus.

– To jest myśl – powiedział Malachy O'Donnell, pocierając policzek.

– Cudnie – wydyszała Anna.

Lib podsunęła jej wodę, ale dziecko odmówiło.

Do sypialni wśliznęła się też Kitty. Pomieszczenie wypełnione sześcioma osobami wydało się nieznośnie zatłoczone.

Rosaleen O'Donnell zaintonowała pieśń:

Z kraju wygnania
Wołam do cię w głos,
Matko najmilejsza,
Wejrzyj na mój los.

Dlaczego Irlandia to kraj wygnania? głowiła się Lib.

Inni zawtórowali: mąż, posługaczka, ksiądz, nawet leżąca Anna.

Maryjo litośnie,
Wejrzyj na mnie dziś,
Oto dziecię twoje
Niesie k'tobie pieśń.

Lib poczuła ukłucie gniewu. „Nie, to twoje dziecię woła pomocy, twoje!" – powiedziała szeptem do Rosaleen O'Donnell.

Następny wers zaintonowała zaskakująco ciepłym altem Kitty; śpiew wygładził wszystkie zmarszczki na jej twarzy.

W ciemności i w smutku
Stój u boku mego,
O światłości, o schronienie,
Obroń mię od zła wszelkiego.

Choć zasadzki wokół,
Ja nie ulęknę się,
Bo choć słaby jestem,
Matka przygarnie mnie.

Lib dopiero teraz zrozumiała: cała ziemia to kraj wygnania. Każda korzyść, każda satysfakcja życiowa to dla każdej duszy spieszącej gorliwie do nieba jedynie przedmiot wzgardy.

„Choć zasadzki wokół". Ta chałupa spojona gnojem i posoką, włosami i mlekiem – matnia, która chwyta i unicestwia małe dziecko.

– Niech cię Bóg błogosławi, moja droga – pożegnał się z Anną pan Thaddeus. – Zajrzę do ciebie jutro.

I to wszystko, na co go stać? Hymn, błogosławieństwo i w nogi? Za księdzem wysypali się gęsiego O'Donnellowie i Kitty.

W sklepie ani śladu Byrne'a. Zapukała do jego drzwi, lecz nie doczekała się odpowiedzi. Może pożałował pocałunku?

Przez całe popołudnie leżała na wznak na łóżku, z oczami suchymi jak papier. Sen był odległą krainą.

„Światem może wstrząsać zawierucha, wy róbcie swoje" – nakazywała jej nauczycielka.

Jaką miała teraz powinność wobec Anny? „Wyrwij mię z ręki nieprzyjaciół moich" – modliła się dziewczynka. Czy Anna była jej oswobodzicielką, czy kolejnym wrogiem? „Nie cofnę się przed niczym" – chełpiła się wczoraj w rozmowie z Byrne'em. Ale co może zrobić dla ocalenia dziecka, które ocalone być nie chce?

O siódmej z oporem zeszła na kolację, bo czuła się osłabiona. Zając z rożna ciążył jej teraz w żołądku jak ołów.

Nadciągnął duszny sierpniowy wieczór. Gdy Lib doszła do chałupy, ciemny widnokrąg połykał już słońce. Zapukała do drzwi chaty, struchlała ze strachu. Między jej zmianami Anna mogła już stracić przytomność.

W kuchni pachniało owsianką i dymem z niegasnącego paleniska.

– Co u niej? – spytała Rosaleen O'Donnell.

– Bez zmian, nasz aniołeczek.

„Żaden aniołeczek. Człowiek".

Na tle zmatowiałej pościeli Anna wyglądała upiornie żółto.

– Dobry wieczór, dziecko. Pozwól, że obejrzę twoje oczy.

Dziewczynka otworzyła je i zaraz zamrugała.

Lib odciągnęła dolną powiekę, żeby obejrzeć gałkę. Nie myliła się; białko przybrało żółtawy odcień żonkila. Zerknęła na siostrę Michaelę.

– Doktor zajrzał po południu i potwierdził, że to żółtaczka – mruknęła zakonnica, zapinając pelerynę.

Lib odwróciła się do stojącej w progu Rosaleen O'Donnell.

– To oznacza, że cały organizm Anny się rozpada.

Matka nic na to nie odrzekła; przyjęła to jak wieść o burzy albo odległej wojnie.

Lib przechyliła nocnik. Pusto.

Zakonnica pokręciła głową.

Czyli Anna nie oddaje już moczu. Do tego zmierzała krzywa odczytów. Ustawały wszystkie funkcje życiowe.

– Jutro o dwudziestej trzydzieści msza wotywna – oświadczyła Rosaleen O'Donnell.

– Wotywna? – powtórzyła Lib.

– W określonej intencji – bąknęła pod nosem siostra Michaela.

– Za Annę. Czy to nie miło, złotko? – spytała matka. – Pan Thaddeus odprawi specjalną mszę, bo zapadasz na zdrowiu; wszyscy przyjdą.

– Wspaniale. – Anna oddychała tak, jakby musiała na tym skupić cały wysiłek.

Lib wyjęła stetoskop i poczekała na wyjście dwóch pozostałych kobiet.

Tego wieczora zdawało jej się, że słyszy w sercu Anny coś nowego; jakby cwał. Czyżby coś jej się uroiło? Słuchała uważnie. Tak; trzy uderzenia zamiast zwykłych dwóch.

Następnie policzyła oddechy. Dwadzieścia dziewięć na minutę; coraz szybsze. Temperatura ciała chyba też się obniżyła, choć dwa ostatnie dni były upalne.

Usiadła i wzięła Annę za spierzchniętą rękę.

– Twoje serce zaczyna podrygiwać. Czujesz? – Jak osobliwie leży, z zupełnie nieruchomymi kończynami. – Na pewno cię to boli.

– Tak bym tego nie nazwała – szepnęła Anna.

– Jak zwał, tak zwał.

– Siostra mówi, że to pocałunek Jezusa.

– Co takiego? – dociekała Lib.

– Kiedy coś boli. Mówi, że zbliżyłam się do krzyża na tyle, że może się nachylić i mnie pocałować.

Zakonnica pewnie chciała dodać dziecku otuchy, ale Lib poczuła grozę.

Suchotniczy oddech.

– Szkoda tylko, że nie wiem, jak długo to potrwa.

– Umieranie? – spytała Lib.

Dziewczynka skinęła głową.

– W twoim wieku śmierć nie przychodzi naturalnie. Dzieci są takie żywotne. – To najdziwniejsza rozmowa, jaką kiedykolwiek toczyła z pacjentem. – Boisz się?

Chwila wahania. I lekkie skinienie.

– Nie chce mi się wierzyć, że naprawdę chcesz umrzeć.

Jaka żałość na twarzy dziecka. Anna nigdy wcześniej jej nie okazywała.

– „Bądź wola Twoja" – szepnęła dziewczynka i przeżegnała się.

– To nie sprawka Boga – przypomniała jej Lib – tylko twoja własna.

Zwiotczałe wargi zadrżały i wreszcie się zamknęły. Świszczący oddech ucichł i się wyrównał.

Lib trzymała opuchniętą dłoń. Sen, chwilowa łaska. Miała nadzieję, że dziewczynka prześpi noc.

Za ścianą zaczęto odmawiać różaniec. Odgłos był stłumiony; dziś recytowali ciszej. Lib czekała, aż modlitwa się zakończy, aż w chacie ustanie życie, O'Donnellowie udadzą się do swojej nory, a Kitty spocznie na kuchennej ławie. Aż zgasną wszystkie szmery.

Wreszcie zasnęli wszyscy poza Lib. Wartowniczką. „W nocy bądź mi zawsze ku pomocy".

Pomyślała, że może powinna zadać sobie pytanie, dlaczego chce, żeby Anna przeżyła tę piątkową noc, i kolejną, i wszystkie inne, które jej pozostały. Czy kierując się współczuciem, nie powinna sobie życzyć, by to się już skończyło? W końcu wszystko, czym chciała ulżyć Annie – łyk wody, jeszcze jedna poduszka – jedynie przedłużało jej udrękę.

Przez chwilę wyobraziła sobie, jak to wszystko kończy: podnosi koc, składa, przykrywa dziecięcą twarz i opiera się na niej całym ciężarem. To by nie było trudne i nie trwało dłużej niż parę minut. To byłby w istocie miłosierny uczynek.

„Morderstwo".

Jak doszło do tego, że rozważa zabicie pacjentki?

Złożyła to na karb niewyspania, niepewności. Zamętu i chaosu. Bagniste pustkowie, zagubione dziecko i ona brnąca za nim przez odmęty.

Nie rozpaczać, przykazała sobie. Czyż to nie jeden z grzechów śmiertelnych? Przypomniała sobie opowieść o człowieku, który przez całą noc mocował się z aniołem i upadał raz za razem. Nie wygrał, ale też się nie poddał.

„Myśl, myśl". Wytężyła szare komórki. „A jakąż to historię może mieć dziecko?" – spytała pierwszego ranka Rosaleen O'Donnell w odpowiedzi na dociekania Lib. Ale każda choroba to jakaś opowieść, z początkiem, rozwinięciem i zakończeniem. Jak odtworzyć właśnie tę?

Powiodła spojrzeniem po pokoju. Gdy jej wzrok padł na skrzynkę ze skarbami, przypomniała sobie stłuczony świecznik i kosmyk ciemnych włosów. Brat, Patrick O'Donnell, znany jej tylko z fotografii z domalowanymi oczami. Z jakiego powodu jego młodsza siostra nabrała przekonania, że musi odkupić jego duszę swoją własną?

Lib rozmyślała intensywnie, próbując pojąć zmagania Anny z jej perspektywy. Postawić się na miejscu dziewczynki, która dosłownie odczytuje pradawne narracje. Cztery i pół miesiąca postu; jak taka hojna ofiara może nie wystarczyć do zadośćuczynienia za grzechy zwykłego chłopca?

– Anno. – Szept. I zaraz głośniej: – Anno!

Dziecko wybudziło się z trudem.

Zatrzepotało ciężkimi powiekami.

Lib przystawiła wargi do ucha dziewczynki.

– Czy Pat zrobił coś złego?

Cisza.

– Coś, o czym nikt nie wie?

Lib czekała. Obserwowała mrugające powieki. „Dajże jej spokój" – powiedziała sobie w duchu, nagle wyczerpana. Jakie to ma teraz znaczenie?

– Mówił, że to nic złego. – Anna ledwie mówiła. Leżała z zamkniętymi oczami, jakby nadal pogrążona we śnie.

Lib wstrzymała oddech i milczała.

– Mówił, że liczy się podwójnie.

Lib nic z tego nie rozumiała.

– Co się liczy podwójnie?

– Miłość.

„Miły mój dla mnie, a ja dla niego" – jedna z pieśni Anny.

– Co masz na myśli?

Anna miała już otwarte oczy.

– On mnie w nocy poślubił.

Lib zamrugała powiekami. Pokój pozostał nieruchomy, ale świat wokół jakby się osunął i zakręciło jej się w głowie.

„On do mnie przychodzi, jak tylko zasnę" – powiedziała Anna, ale nie myślała o Jezusie. „On chce mnie".

– Byłam jego siostrą, ale i oblubienicą – szepnęła dziewczynka. – Podwójnie.

Lib poczuła, że zbiera jej się na wymioty. Drugiej sypialni nie było; rodzeństwo musiało spać tutaj. Tylko ten składany parawan, który wystawiła za drzwi pierwszego dnia, oddzielał łóżko Pata – to łóżko, jego łoże śmierci – od leżącego na podłodze siennika Anny.

– Kiedy to się stało? – Słowa drapały ją w gardle.

Wzruszenie ramion.

– Ale ile miał lat, pamiętasz?

– Może trzynaście.

– A ty?

- Dziewięć - powiedziała Anna.

Lib zmarszczyła brwi.

- Anno, czy to się stało tylko raz, jednej jedynej nocy, czy może...?

- Małżeństwo jest na wieki wieków.

Co za potworna dziecięca naiwność. Lib mruknęła cicho, zachęcając ją, by mówiła dalej.

- Kiedy bracia i siostry biorą ślub, to święta tajemnica. Sekret między nami a niebiosami, mówił Pat. Ale potem umarł. - Głos jej się załamał, ale nie spuszczała wzroku z Lib. - Zastanawiałam się, czy się nie pomylił.

Lib przytaknęła.

- Może Bóg zabrał Pata za to, co zrobiliśmy. Ale to niesprawiedliwe, pani Lib, bo Pat ponosi teraz całą karę.

Lib zacisnęła wargi, żeby pozwolić dziecku mówić.

- A potem na misji... - Anna załkała mocno. - Ksiądz z Belgii powiedział na kazaniu, że siostra z bratem... to grzech śmiertelny, drugi najgorszy z sześciu rodzajów grzechu nieczystości. Skąd biedny Pat mógł o tym wiedzieć!

O, „biedny" Pat dobrze wiedział, inaczej nie rozpiąłby połyskliwej sieci nad tym, co noc w noc robił swojej młodszej siostrze.

Umarł tak szybko, że nie zdążył pójść do spowiedzi - wyjęczała dziewczynka. - Może trafił prosto do piekła - mówiła, urywając po każdym słowie; w tym świetle jej wilgotne oczy wydawały się zielone. - Ogień piekielny nie oczyszcza, tylko rani, a końca nie ma.

- Anno! - Lib dość już usłyszała.

- Nie wiem, czy zdołam go wydostać, ale muszę spróbować. Na pewno w mocy Boga leży wyrwanie kogoś...

- Anno! Ty nie zrobiłaś niczego złego.

- Przecież zrobiłam.

- Nie wiedziałaś - stwierdziła stanowczo Lib. - To twój brat wyrządził ci krzywdę.

Anna pokręciła głową.

- Ja też go kochałam podwójnie.

Lib zabrakło słów.

- Jeśli Bóg pozwoli, wkrótce będziemy znów razem, ale tym razem bez ciał. Bez ślubu - tłumaczyła się Anna. - Tylko jako brat i siostra.

– Anno, ja już nie dam rady, ja... – Lib siedziała w kucki przy łóżku, oślepiona, bo cały pokój zalał się wodą.

– Niech pani nie płacze, pani Lib. – Chude ręce wyciągnęły się do niej, objęły jej głowę i złożyły ją na łóżku. – Droga pani Lib.

Jej łkanie wytłumiły koce, dwa twarde grzbiety dziecięcych nóg. Wszystko na opak: pociesza ją dziecko, i to takie dziecko!

– Niech się pani nie przejmuje, wszystko jest dobrze – szepnęła Anna.

– Nieprawda!

– Wszystko jest dobrze. Wszystko będzie dobrze.

„Dopomóż jej". Lib modliła się do Boga, w którego nie wierzyła. „Dopomóż mnie. Wszystkim nam dopomóż".

Usłyszała tylko ciszę.

W środku nocy – nie mogła czekać dłużej – przeszła po omacku przez kuchnię, mijając zarys sylwetki śpiącej posługaczki. Skóra na policzkach Lib była jeszcze napięta i słona od łez. Kiedy jej palce odnalazły szorstką kotarę oddzielającą przybudówkę od kuchni, szepnęła:

– Pani O'Donnell.

Szmer.

– Coś z Anną? – Ochrypły głos Rosaleen.

– Nie, śpi twardo. Muszę z panią pomówić.

– O co chodzi?

– Na osobności – powiedziała Lib. – Proszę.

Po wielu godzinach namysłu doszła do wniosku, że musi ujawnić sekret Anny. Ale tylko jednej osobie, o dziwo tej, której najmniej ufała: Rosaleen O'Donnell. Miała nadzieję, że to odkrycie wzbudzi wreszcie w Rosaleen litość dla udręczonej dziewczynki. To sprawa rodzinna, i jeśli ktoś miałby prawo usłyszeć prawdę o tym, co jedno dziecko uczyniło drugiemu, to właśnie matka Pata i Anny.

W głowie rozbrzmiała jej pieśń maryjna: „Matko najmilejsza, wejrzyj na mój los".

Rosaleen O'Donnell odsunęła zasłonę i wyszła z pokoiku. Jej źrenice wyglądały niepokojąco w czerwonawym świetle rozżarzonego paleniska.

Lib skinęła na nią ręką i Rosaleen podążyła za nią po klepisku. Pielęgniarka otworzyła drzwi na podwórze i Rosaleen po krótkiej chwili wahania wyszła za nią przed dom.

Zamknąwszy drzwi, Lib od razu przemówiła, póki starczyło jej odwagi.

– Wiem o mannie – zaczęła, żeby zyskać przewagę.

Rosaleen utkwiła w niej nieruchome spojrzenie.

– Ale nie powiedziałam członkom komisji. Światu nie potrzeba wyjaśnienia, jak Anna przeżyła te wszystkie miesiące. Liczy się to, czy będzie żyła dalej. Jeśli kocha pani córkę, pani O'Donnell, to dlaczego nie zrobi pani, co w pani mocy, żeby nakłonić ją do jedzenia?

Ani słowa. A potem bardzo cicho:

– Taka wola.

– Taka wola? – powtórzyła z odrazą Lib. – Wola boska? Powołanie do męczeństwa w wieku jedenastu lat?

– Jej wola – uściśliła Rosaleen.

To niedorzeczne stwierdzenie odjęło jej mowę.

– Czy pani nie rozumie, jaka ona jest zrozpaczona, jak ją dręczy poczucie winy? Równie dobrze mogłaby wybrać skok prosto w bagno.

Ani słowa.

– Ona nie jest nieskalana. – Peryfraza Lib zabrzmiała idiotycznie i pruderyjnie.

Rosaleen zmrużyła oczy.

– Muszę panią poinformować, że ktoś ją tknął, i to pani rodzony syn. – Brutalna prawda prosto w oczy. – Zaczął przy niej majstrować, gdy miała ledwie dziewięć lat.

– Pani Wright – odezwała się kobieta. – Dość mam już tych sensacyjek.

Czy to dla niej zbyt niewyobrażalne okropieństwo, by mogła je przyjąć do wiadomości? Czy musiała uwierzyć, że Lib to sobie zmyśliła?

– Z tym samym zbereźnym łgarstwem wyskoczyła po pogrzebie Patricka – ciągnęła Rosaleen. – I powiedziałam jej, że ma nie szkalować swojego nieszczęsnego brata.

Lib musiała się oprzeć o pylastą ścianę chałupy. Czyli dla kobiety to żadna nowina. „Matka rozumie, czego dziecko nie mówi" – czy nie tak brzmiało porzekadło? Ale Anna to powiedziała! Pod wpływem żalu z powodu śmierci drogiego Pata przełamała się i w listopadzie opowiedziała tę haniebną historię matce. A Rosaleen nazwała ją kłamczuchą i do tej pory trzymała się tej myśli, choć widziała, jak jej córka marnieje w oczach.

– Ani słowa więcej – warknęła Rosaleen. – I niech cię diabli wezmą.

Tuż po szóstej rano w sobotni poranek Lib wsunęła liścik pod drzwi Byrne'a.

Potem wyszła ze sklepu i pod cienkim księżycem ruszyła pospiesznie przez grząskie pole. Oto królestwo piekieł wynurzające się bezpowrotnie z boskiego nieboskłonu.

Głóg przy małej świętej studni wyrósł tuż przed nią; jego przegniłe proporczyki tańczyły w powiewach ciepłego wiatru. Lib pojęła teraz sens tego zabobonu. Czy gdyby mogła dokonać obrzędu, który dałby szansę ocalenia Anny, to czy na pewno by nie spróbowała? Dla dobra dziecka pokłoniłaby się drzewu, skale i wydrążonej brukwi. Pomyślała o wszystkich ludziach, którzy od wieków odchodzili od drzewa i starali się uwierzyć, że zostawiają za sobą cierpienia i smutki. Mijały lata i niektórzy przypominali sobie: „Skoro nadal czuję ból, to znaczy, że szmatka jeszcze się nie rozpadła".

Anna chciała wyzbyć się ciała, zrzucić je „jak stary płaszcz". Strząsnąć pomarszczoną skórę, własne imię, bolesną przeszłość; skończyć z tym wszystkim. Tak, Lib by jej tego życzyła, co więcej – pragnęłaby, by Anna odrodziła się na nowo, jak w wierzeniach ludzi z Dalekiego Wschodu. Żeby zbudziła się rano i odkryła, że jest kimś innym. Małą dziewczynką, której nikt nie wyrządził krzywdy, która nie ma do spłacenia żadnych długów, której wolno najeść się do syta.

I wtedy na tle jaśniejącego nieba zarysowała się spiesząca ku niej sylwetka i Lib od razu poczuła to, czego tak naprawdę nigdy nie zaznała: że ciało bezsprzecznie ma swoje prawa.

Loki Williama Byrne'a wiły się wężowato, a kamizelka zapięta była krzywo. W dłoni ściskał jej liścik.

– Zbudziłam cię? – spytała niemądrze.

– Nie spałem – odpowiedział, biorąc ją za rękę.

Wbrew wszystkiemu poczuła, jak ogarnia ją ciepło.

– Wczoraj wieczorem u Ryanów wszyscy rozmawiali tylko o Annie – powiedział. – Rozeszła się fama, że powiadomiłaś członków komisji o gwałtownym pogorszeniu jej stanu zdrowia. Zdaje się, że na tę mszę wybierze się cała wioska.

Co za zbiorowy obłęd ogarnął ten lud?

– Skoro tak się przejmują, że dziecku pozwala się na samobójstwo, to dlaczego nie wedrą się do chaty? – spytała Lib.

Byrne wzruszył teatralnie ramionami.

– My, Irlandczycy, rezygnację mamy we krwi. Czy też, inaczej mówiąc: fatalizm.

Wsunął jej rękę pod swoją i ramię w ramię szli w cieniu drzew. Słońce już wzeszło i zanosiło się na kolejny koszmarnie śliczny dzień.

– Byłem wczoraj w Athlone – powiedział. – Wykłócałem się z policją. Posterunkowy to chodząca nadęta apatyczność w czapce i z muszkietem; gładził tylko wąs i powtarzał, że to niezmiernie delikatna sprawa. Oznajmił, że wobec braku dowodów na popełnienie przestępstwa stróż prawa nie może zakłócać miru domowego.

Lib przytaknęła. Doprawdy, cóż by tu zdziałała policja? Mimo to doceniła starania Byrne'a, by coś zrobić, cokolwiek by to było.

Jakże żałowała, że nie może mu zdradzić, czego się dowiedziała poprzedniej nocy, i to nie tylko dlatego, że potrzebowała się tym z kimś podzielić, ale i ze względu na to, że Byrne'owi zależało na Annie równie mocno jak jej samej.

Ale nie. Wyjawienie sekretu, który dziecko skrywało w swoim wątłym ciele, mężczyźnie, jakiemukolwiek mężczyźnie, nawet takiemu, który staje w jej obronie, byłoby oczywistą zdradą. Czy po tym wszystkim Byrne mógłby patrzeć tak samo na tę niewinną dziewczynkę? Lib była winna Annie bezwarunkową dyskrecję.

Nie mogła też powiedzieć nikomu innemu. Skoro rodzona matka Anny oskarżyła ją o kłamstwo, to najpewniej podobnie zareagowałaby reszta świata. Lib nie mogła skazywać Anny na bezduszną ingerencję lekarską przy okazji badania; jej ciało penetrowano już dostatecznie długo. Zresztą nawet gdyby dało się to zweryfikować, to to, co było zdaniem Lib kazirodczym gwałtem, inni nazwaliby uwiedzeniem. Czyż nie zdarza się nagminnie, że dziewczynę – choćby nie wiadomo jak młodą – obwinia się o sprowokowanie agresora zalotnym spojrzeniem?

– Doszłam do okropnego wniosku – powiedziała do Byrne'a. – Anna nie może pozostać w tej rodzinie.

Zmarszczył brwi.

– Ale ona nie ma nikogo innego. I niczego innego nie zna. Czym jest dziecko bez rodziny?

„Własnego gniazda pewniejsze kurczątko" – chlubiła się Rosaleen O'Donnell. A co, jeśli pisklę o nietypowym upierzeniu znajdzie się w niewłaściwym gnieździe, a samiczka zwróci ku niemu swój ostry dziób?

– Wierz mi, to żadna rodzina – powiedziała Lib. – Nie kiwną palcem, żeby ją uratować.

Byrne skinął głową. Ale czy z przekonaniem?

– Widziałam już śmierć dziecka – powiedziała. – Drugi raz nie dam rady.

– W twoim zawodzie...

– Nie. Nie rozumiesz. Mojego dziecka. Mojej córki.

Byrne spojrzał na nią szeroko otwartymi oczami i ścisnął mocniej jej rękę.

– Trzy tygodnie i trzy dni, tyle wyżyła.

Meczała, kasłała jak koza. Mleko Lib musiało skwaśnieć, bo dziecko odwracało twarz albo pluło, a gdy coś przedostawało mu się do żołądka, jedynie szkodziło, jakby było przeciwieństwem jedzenia, magiczną pomniejszającą miksturą.

Byrne nie powiedział: „Takie rzeczy się zdarzają". Nie dodał, że żałoba Lib to tylko kropla w oceanie ludzkiego bólu.

– To wtedy odszedł Wright?

Lib potaknęła.

– „Nie ma po co zostawać" – tak to ujął. Nie żeby mi jeszcze zależało – dodała po chwili.

– Nie zasługiwał na ciebie – warknął.

Och, tu nie o to chodziło. Ona nie zasłużyła na stratę córki; wiedziała o tym nawet w najczarniejszych chwilach. Mimo gniewnych przytyków Wrighta nie uczyniła niczego, czego nie należało uczynić, nie zaniechała niczego, co zaniechać mogła. Los jest bezimienny, a życie to dzieło przypadku, „opowieść idioty".

Poza takimi rzadkimi chwilami jak ta, gdy człowiek zaczyna rozumieć, w jaki sposób może zawalczyć o lepszą kondycję świata.

W jej głowie odezwał się głos panny N.: „Potrafi pani poświęcić wszystko i wziąć sprawy w swoje ręce?".

Lib trzymała się ramienia Byrne'a jak liny. Zorientowała się, że dopiero teraz podjęła ostateczną decyzję.

– Zabieram Annę – powiedziała.

– Dokąd?

– Byle daleko stąd. – Przebiegła wzrokiem po płaskim horyzoncie. – Im dalej, tym lepiej.

Byrne zajrzał jej w twarz.

– W jaki sposób miałoby to skłonić dziecko do jedzenia?

– Jeszcze nie wiem i nie umiem tego wyjaśnić, ale jednego jestem pewna: musi opuścić to miejsce i tych ludzi.

– Idziesz po te cholerne łyżki – stwierdził cierpko.

Początkowo nie zrozumiała, ale potem przypomniała sobie sto łyżek ze Scutari i niemal się uśmiechnęła.

– Nazwijmy rzeczy po imieniu – ciągnął, tym razem już tonem pełnym ogłady. – Zamierzasz dziewczynkę porwać.

– Pewnie można tak powiedzieć – odparła Lib chropawym ze strachu głosem. – Ale nigdy pod przymusem.

– Sądzisz więc, że Anna pójdzie z tobą po dobroci?

– Niewykluczone, pod warunkiem że jej to należycie objaśnię.

Wrodzony takt nie pozwolił Byrne'owi wytknąć jej nikłych szans powodzenia tego przedsięwzięcia.

– Jak zamierzasz się przemieszczać? Wynająć woźnicę? Złapią cię, zanim dojedziesz do sąsiedniego hrabstwa.

Lib poczuła nagle, że dopada ją zmęczenie.

– Możliwe, że wyląduję w więzieniu, Anna umrze, a to i tak niczego nie zmieni.

– A jednak chcesz spróbować.

Walczyła ze sobą. „Lepiej zatonąć na fali, niż stać bezczynnie na brzegu". Niedorzecznością byłoby cytowanie panny N., która struchlałaby na wieść, że jedną z jej pielęgniarek aresztowano za uprowadzenie dziecka. Ale jajko może jednak bywa mądrzejsze od kury.

A Byrne, ku jej zdumieniu, powiedział:

– Wobec tego trzeba to zrobić dzisiaj.

***

Kiedy o trzynastej Lib przybyła na swoją zmianę, drzwi od sypialni zastała zamknięte. Siostra Michaela, Kitty i O'Donnellowie klęczeli w kuchni; Malachy trzymał w dłoni czapkę.

Lib złapała za klamkę.

– Nie wolno – warknęła Rosaleen. – Pan Thaddeus udziela Annie sakramentu pokuty.

Pokuta; to chyba inne określenie spowiedzi?

– To element sakramentu chorych – szepnęła do Lib siostra Michaela.

Czyżby Anna umierała? Lib zachwiała się i już myślała, że upadnie.

– Nie chodzi tylko o to, by pomóc pacjentom w doznaniu *bona mors* – zapewniła ja siostra Michaela.

– Słucham?

– Dobrej śmierci. To też sakrament dla każdego, kto znajduje się w niebezpieczeństwie. Znane są nawet przypadki przywracania zdrowia, jeśli taka wola Pana.

Znów jakieś bajki.

W sypialni zabrzęczał wysoko dzwonek i pan Thaddeus otworzył drzwi.

– Możecie wszyscy wejść na namaszczenie.

Zebrani powstali z klęczek i zaszurali w progu w ślad za Lib.

Anna leżała odkryta. Na komodzie rozesłano białe płótno, na którym znajdowały się gruba biała świeca, krzyżyk, złote naczynia, jakiś suszony listek, małe białe kulki, kawałek chleba, naczynia z wodą i olejem oraz biały proszek.

Pan Thaddeus zanurzył prawy kciuk w oleju.

– *Per istam sanctam unctionem et suam piissima misericordiam* – zaintonował. – *Indulgeat tibi Dominus quidquid per visum, auditum, gustum, odoratum, tactum et locutionem, gressum deliquisti.*

Dotknął powiek, uszu, warg, nosa, dłoni i w końcu podeszew jej zniekształconych stóp.

– Co on wyprawia? – szepnęła Lib do siostry Michaeli.

– Ściera plamy. Grzechy, które popełniła każdą częścią ciała – wyjaśniła jej do ucha zakonnica, wpatrując się wiernie w księdza.

W Lib wezbrała złość. „A co z grzechami, których się na niej dopuszczono?".

Następnie kapłan sięgnął po naczynie z białymi kuleczkami i musnął jedną z nich każdy ślad po oleju; czyżby bawełna? Odstawił naczynie i potarł kciukiem chleb.

– Niechaj to święte namaszczenie przyniesie spokój i pociechę – powiedział rodzinie. – Pamiętajcie: „I otrze Bóg wszelką łzę z oczu".

– Bóg zapłać, panie Thaddeusie – zawołała Rosaleen O'Donnell.

– Czy to niebawem, czy za lat wiele... – jego głos zabrzmiał melodyjnie i kojąco – ... spotkamy się wszyscy na wieki wieków, w świecie, który nie zna smutku ni rozłąki.

– Amen.

Obmył dłonie w naczyniu z wodą i wytarł je w białe płótno.

Malachy O'Donnell podszedł do córki i nachylił się, jakby chciał ją pocałować w czoło, ale zaraz zastygł, jakby Anna była teraz zbyt święta, by ją tykać.

– Trzeba ci czegoś, złotko?

– Proszę tylko o koce, tatulu – odpowiedziała, szczękając zębami.

Naciągnął je i przykrył ją aż po brodę.

Pan Thaddeus spakował do torby całe wyposażenie i Rosaleen O'Donnell odprowadziła go do drzwi.

– Proszę poczekać! – zawołała Lib, przechodząc przez pokój. – Muszę z panem porozmawiać.

Rosaleen O'Donnell złapała ją za rękaw tak mocno, że aż trzasnął szew.

– Nie zatrzymujemy kapłana dla czczej gadaniny, kiedy niesie Przenajświętszy Sakrament.

Lib wyrwała się i popędziła za księdzem.

– Panie Thaddeusie! – zawołała już na podwórzu.

– O co chodzi? – Mężczyzna zatrzymał się i odsunął nogą kurę.

Musiała się dowiedzieć, czy Anna zdradziła mu właśnie swój plan odkupienia Pata własną śmiercią.

– Czy Anna rozmawiała z panem o swoim bracie?

Jego gładka twarz stężała.

– Pani Wright, jedynie nieznajomość naszej wiary tłumaczy pani próbę nakłonienia mnie, bym naruszył tajemnicę spowiedzi.

– Czyli pan wie.

– Takie rodzinne nieszczęścia należy utrzymywać w tajemnicy, a nie rozpowiadać – powiedział. – Anna niepotrzebnie poruszyła z panią ten temat.

– Ale gdyby pan ją przekonał, wyjaśnił, że Bóg by nigdy...

Ksiądz ją zagłuszył.

– Od miesięcy powtarzam tej nieszczęsnej dziewczynce, że jej grzechy zostały odpuszczone, a poza tym nie godzi się mówić źle o zmarłych.

Lib wytrzeszczyła oczy. O zmarłych. Czyli nie chodzi mu o to, że Anna zamierza oddać życie za zbawienie brata. „Jej grzechy"; pan Thaddeus mówił o tym, co jej zrobił Pat. „Od miesięcy powtarzam tej nieszczęsnej dziewczynce". To musi oznaczać, że jeszcze wiosną, po zakończeniu misji, Anna otworzyła serce przed swoim proboszczem i opowiedziała mu o wszystkich swych wątpliwościach co do „potajemnego małżeństwa", o całym swym wstydzie. A on, w odróżnieniu od Rosaleen O'Donnell, okazał się na tyle rozważny, że uwierzył dziewczynce. Ale na pocieszenie dodał jedynie, że to jej grzechy zostały odpuszczone i że nigdy więcej nie powinna o tym wspominać!

Zanim Lib doszła do siebie, ksiądz był już w połowie ścieżki. Patrzyła, jak znika za żywopłotem. Ile podobnych nieszczęść przydarzyło się w innych rodzinach i na ile z nich pan Thaddeus spuścił zasłonę? Czy tylko tak potrafi zareagować na cierpienie dziecka?

W zadymionej chacie Kitty wrzucała do ognia zawartość małych naczynek: sól, chleb i nawet wodę, która gwałtownie zasyczała.

– Co robisz? – spytała Lib.

– Jeszcze został na nich ślad świętego oleju – odparła posługaczka. – Więc trzeba je zakopać albo spalić.

Tylko w tym kraju ktoś mógłby wpaść na pomysł spalenia wody.

Rosaleen O'Donnell układała puszki z herbatą i cukrem w wyłożonej papierem wiszącej szafce.

– A co z doktorem McBreartym? – spytała Lib. – Czy komuś przyszło do głowy posłać i po niego?

– Chyba był tu rano? – odpowiedziała Rosaleen, nawet się nie odwracając.

Kitty zajęła się zeskrobywaniem przypalonej owsianki i przekładaniem jej do miednicy.

Lib nie ustępowała.

– I co powiedział o Annie?

– Że jej los jest teraz w rękach Boga.

Kitty wydała cichy odgłos; szloch?

– Jak i nas wszystkich – bąknęła Rosaleen.

Wściekłość przeszyła Lib jak prąd, wściekłość na lekarza, matkę, służącą i mężczyzn z komisji.

Ale upomniała się, że ma przecież do spełnienia misję i nie może pozwolić, by coś ją od niej odciągnęło.

– A to specjalne nabożeństwo o wpół do dziewiątej wieczór – zagadnęła posługaczkę, siląc się na spokój – to jak długo potrwa?

– Trudno powiedzieć.

– Dłużej niż zwykła msza?

– O, o wiele dłużej – powiedziała Kitty. – Ze dwie albo i trzy godziny.

Lib skinęła głową, niby z uznaniem.

– Pomyślałam, żc zostanę dzisiaj dłużcj, żeby siostra mogła wam towarzyszyć w kościele.

– Nie trzeba – powiedziała zakonnica, stając w progu sypialni.

– Ale siostro... – Za gardło chwyciła ją panika. Wymyśliła na poczekaniu argument i zwróciła się do Malachy'ego O'Donnella, który siedział przy palenisku i dumał nad gazetą – Czy siostra Michaela nie powinna do was dołączyć, skoro dziecko tak ją lubi?

– Jak najbardziej.

Zakonnica ściągnęła brwi; wahała się.

– Tak, siostra musi tam z nami być – orzekła Rosaleen O'Donnell. – Żeby nas podtrzymać na duchu.

– Chętnie – powiedziała zakonnica, ale w jej oczach malowała się konsternacja.

Lib pospieszyła do sypialni, żeby nie dać im szansy na zmianę zdania.

– Dzień dobry, Anno. – Głos miała dziwnie radosny; całe szczęście, że udało się chociaż przedłużyć zmianę do nocy.

Wyniszczona twarz, ziemista cera.

– Dzień dobry, pani Lib. – Dziewczynka leżała bezwładnie, jakby opuchnięte kostki przygwoździły ją do łóżka, tylko od czasu do czasu jej ciałem wstrząsał dreszcz. Oddychała głośno.

– Może odrobinę wody?

Pokręciła głową.

Lib zawołała do Kitty, że potrzebuje jeszcze jednego koca. Posługaczka podała jej go z kamienną miną.

„Trzymaj się" – chciała szepnąć dziecku do ucha Lib. „Poczekaj jeszcze trochę, tylko do wieczora". Ale nie mogła się zdradzić ani słowem, jeszcze nie teraz.

To był najdłuższy dzień w jej życiu. W domu panowała atmosfera tłumionej mobilizacji. O'Donnellowie i służąca kręcili się po kuchni, wymieniając ponure pomruki i od czasu do czasu zaglądając do Anny. Lib wypełniała swoje obowiązki: poprawiała Annie poduszki, zwilżała jej wargi szmatką. Jej własny oddech także spłycił się i przyspieszył.

O szesnastej Kitty przyniosła miskę z czymś w rodzaju warzywnej potrawki. Lib zmusiła się do jedzenia.

– Coś ci podać, złotko? – spytała służąca rażąco pogodnym głosem. – Twój ten, jak mu tam? – Podniosła taumatrop.

– Pokaż mi, Kitty.

Posługaczka zawirowała sznurkami i sprawiła, że ptaszek pojawił się w klatce, a potem uleciał.

Anna odetchnęła ciężko.

– Możesz go sobie wziąć.

Młodej kobiecie zrzedła mina. Ale nie spytała, co Anna ma na myśli, odłożyła tylko zabawkę.

– Dać ci na kolana skrzynkę ze skarbami?

Anna pokręciła głową.

Lib podsadziła ją nieco wyżej na poduszkach.

– Wody?

Znów przeczący ruch głową.

Kitty odezwała się spod okna:

– Znowu ten od zdjęć.

Lib zerwała się jak oparzona i zajrzała służącej przez ramię. REILLY & SYNOWIE, DAGEROTYPIŚCI – głosił napis na wozie. Nie słyszała, jak podjechał. Wyobrażała sobie, jak pomysłowo zaaranżowałby Reilly scenę śmierci: subtelne światło z boku, rodzina klęcząca wokół Anny, z tyłu przebrana w uniform pielęgniarka ze spuszczoną głową.

– Pogoń go precz.

Kitty zrobiła zdziwioną minę, ale nie protestowała; wyszła z sypialni.

– Moje święte obrazki i książki, i drobiazgi – szepnęła Anna, patrząc na kuferek.

– Chciałabyś je obejrzeć? – spytała Lib.

Odmówiła.

– One są dla matuli. Na później.

Lib przytaknęła. To nawet rodzaj zadośćuczynienia: papierowi święci w zastępstwie dziecka z krwi i kości. Czyż Rosaleen O'Donnell od dawna nie popycha córki do grobu, może nawet od listopada, od śmierci Pata?

Może po stracie Anny kobieta pokochałaby ją wreszcie bez przymusu. Martwa córka, w odróżnieniu od żywej, jest doskonała. Oto wybór Rosaleen O'Donnell, powiedziała sobie Lib: zostać zbolałą, dumną matką dwóch aniołów.

Pięć minut później wóz Reilly'ego powoli ruszył. Stojąca w oknie Lib pomyślała: „Jeszcze wróci". Przypuszczała, że scenę pośmiertną jeszcze łatwiej zaaranżować.

Po godzinie wszedł Malachy O'Donnell i przykląkł ciężko przy łóżku śpiącej córki. Złożył dłonie – na czerwonej skórze wyodrębniły się białe kropki kostek i zaczął mamrotać *Ojcze nasz*.

Lib z mieszanymi uczuciami obserwowała jego spuszczoną, siwiejącą głowę. Ten człowiek nie ma w sobie nic z wrogości żony i na swój bierny sposób naprawdę kocha Annę. Gdyby tylko udało mu się wyrwać z otępienia i zawalczyć o swoje dziecko... Może warto dać mu ostatnią szansę?

Obeszła łóżko i nachyliła się nad jego uchem.

– Kiedy pana córka się zbudzi, niech pan ją ubłaga, żeby coś zjadła, dla pańskiego dobra – powiedziała.

Malachy pokręcił w milczeniu głową.

– Przecie by się zadławiła – odezwał się po chwili.

– Łykiem mleka? Przecież ono ma konsystencję wody?

– Nie mogę.

– Dlaczego? – dociekała Lib.

– Pani tego nie zrozumie.

– To niech mnie pan naprowadzi!

Malachy westchnął przeciągle, z wysiłkiem.

– Obiecałem jej.

Lib wytrzeszczyła oczy.

– Że nie poprosi jej pan, żeby jadła? Kiedy?

– Miesiące temu.

Sprytne dziecko; Anna zdążyła związać ojcu ręce.

– Ale to było jeszcze wtedy, kiedy pan wierzył, że może przeżyć bez jedzenia, prawda?

Skinął smętnie głową.

– Ale jeszcze wtedy cieszyła się zdrowiem. A teraz, sam pan widzi.

– Wiem – szepnął Malachy O'Donnell. – Wiem. Ale mimo wszystko obiecałem, że nigdy jej o to nie poproszę.

Jakim trzeba być idiotą, żeby złożyć taką deklarację? Ale obrażanie tego człowieka tylko zaszkodzi, upomniała się w duchu Lib. Lepiej się skupić na tu i teraz.

– Pańska obietnica ją teraz zabija. Wobec tego można ją chyba uchylić?

Malachy wił się jak piskorz.

– To była tajemnica i uroczysta przysięga, na Biblię, pani Wright. Mówię to pani tylko po to, żeby mnie pani nie oskarżała.

– Ale oskarżam – powiedziała Lib. – Wszystkich was oskarżam.

Malachy zwiesił głowę, jakby stała się za ciężka dla jego karku. Ogłuszony wół.

Ale bohaterski na swój tępy sposób; Lib zrozumiała, że zaryzykowałby wszystko, byle dotrzymać danego córce słowa. Prędzej by zezwolił na śmierć Anny, niż ją zawiódł.

Po jego nieogolonym policzku stoczyła się łza.

– Ale jeszcze nie straciłem nadziei.

Jakiej nadziei? Że Anna nagle zawoła jeść?

– Była już taka dzieweczka, co umarła w łóżku i miała jedenaście lat.

Sąsiadka? A może to jakaś historia z gazety? zastanawiała się Lib.

– I wie pani, co Pan nasz rzekł ojcu? – spytał Malachy i niemal się uśmiechnął. – „Nie bój się. Nie bój się, wierz tylko, a włos jej z głowy nie spadnie".

Lib odwróciła z odrazą głowę.

– Jezus powiedział, że tylko śpi, i wziął ją za rękę – ciągnął Malachy. – A przecie powstała i zjadła?

Ten człowiek jest pogrążony we śnie tak głębokim, że Lib nie zdoła go z niego wyrwać. Trzyma się kurczowo swojej naiwności i nie chce wiedzieć, pytać, myśleć, podważać złożonej Annie przysięgi; nie chce już niczego. A przecież być rodzicem to działać, słusznie czy błędnie, a nie oczekiwać cudu? Lib uznała, że Malachy, na równi z żoną, od której tak bardzo się różni, zasłużył na stratę córki.

Wypłowiałe słońce obsunęło się po niebie. Czy już nigdy się nie skryje?

Ósma wieczór. Anna dygotała.

– Ile jeszcze – mamrotała. – Niech mi się stanie. Niech mi się stanie.

Lib nakazała Kitty nagrzać w kuchni flanele i ułożyła je na kocach, podwijając po obu stronach. Uchwyciła drażniącą woń. Ciebie całą, pomyślała. Każdą odbarwioną, wychudłą, obrzmiałą kończynę, każdy centymetr realnej, śmiertelnej dziewczynki – ukrywam w sercu.

– Możemy teraz iść na mszę wotywną, złotko? – Rosaleen O'Donnell podeszła do łóżka i pochyliła się nad córką.

Anna skinęła głową.

– Na pewno? – spytał ojciec od drzwi.

– Idźcie – wydyszała dziewczynka.

Fora ze dwora, pomyślała Lib.

Ale gdy para wyszła, pospieszyła za nimi.

– Pożegnajcie się – powiedziała cichym, gardłowym głosem.

O'Donnellowie wybałuszyli oczy.

– Może nadejść lada chwila – szepnęła Lib.

– Przecież...

– Czasem przychodzi bez ostrzeżenia.

Twarz Rosaleen przypominała rozdartą maskę. Wróciła do łóżka.

– Może nie powinniśmy dziś wychodzić, kochanie.

Lib przeklęła się w duchu. Jedyna szansa, jedyny dogodny czas, by mogła wcielić w życie swój szokujący plan, i musiała to teraz zaprzepaścić. Czyżby brakło jej odwagi?

Nie; to poczucie winy z powodu próby, którą zamierza podjąć. Wiedziała tylko, że musi pozwolić O'Donnellom należycie pożegnać się z dzieckiem.

– Idźcie, matuś. – Anna dźwignęła z trudem głowę. – Idźcie za mnie na mszę.

– Tak?

– Całus. – Jej opuchnięte ręce wyciągnęły się w stronę głowy matki.

Rosaleen pozwoliła się objąć. Złożyła pocałunek na czole Anny.

– Bywaj, kochanie.

Lib usiadła i zaczęła odwracać strony „All the Year Round", tak ślepo, że nikt by się nie domyślił, jak mocno pragnie, by było już po wszystkim.

Malachy pochylił się nad żoną i dzieckiem.

– Módl się za mnie, tatku.

– Zawsze – powiedział niewyraźnym głosem. – Zobaczymy się jeszcze.

Anna przytaknęła i głowa opadła jej na poduszkę.

Lib poczekała, aż wyjdą do kuchni. Głosy rodziców, Kitty. Łupnęły drzwi frontowe. Błoga cisza.

Zaczęło się.

Patrzyła, jak chuda klatka piersiowa Anny unosi się i opada. Nasłuchiwała cichych szmerów w płucach.

Weszła pospiesznie do kuchni i odnalazła bańkę z mlekiem. Powąchała je, żeby się upewnić, czy jest świeże, i odszukała czystą butelkę. Wypełniła ją do połowy mlekiem, zatkała korkiem i wybrała kościaną łyżeczkę. Znalazła też porzucony placek owsiany i odłamała kawałek. Zawinęła wszystko w serwetkę.

Wróciła do sypialni i przysunęła krzesło blisko Anny. Czy to czysta pycha każe jej wierzyć w powodzenie tej misji, skoro wszystkie inne sposoby zawiodły? Żałowała, że nie ma więcej czasu; więcej siły perswazji. „O Boże, jeśli w ogóle istniejesz, naucz mnie przemawiać językiem aniołów".

– Anno. – powiedziała – Wysłuchaj mnie. Mam ci coś do przekazania.

– Od kogo?

Lib wymierzyła w górę palec. Uniosła przy tym wzrok, jakby coś jej się objawiło na suficie.

– Ale pani przecież nie wierzy – powiedziała Anna.

– Ty mnie odmieniłaś – odparła Lib, całkiem szczerze. – Czy nie mówiłaś sama, że on może wybrać każdego?

– To prawda.

– Oto co mam ci do powiedzenia: a gdybyś tak mogła przeobrazić się w inną dziewczynkę?

Anna otworzyła szeroko oczy.

– Gdybyś mogła zbudzić się jutro i przekonać, że jesteś kimś innym, dziewczynką, która nigdy niczym nie zawiniła, to czybyś tego chciała?

Anna skinęła głową jak bardzo małe dziecko.

– Oto jest święte mleko. – Lib uniosła butelkę tak uroczyście, jak ksiądz przy ołtarzu. – Szczególny dar od Boga.

Dziecko ani mrugnęło.

Skąd pewność w głosie Lib? A czy słońce boże nie zalewa bożej trawy, czy boża krowa jej nie zjada, czy nie wytwarza bożego mleka dla dobra swojego bożego cielęcia? Czyż to wszystko nie jest darem? Piersi Lib pamiętały jeszcze, jak spływało z nich mleko, ilekroć słyszała pomiaukiwanie córki.

– Jeśli je wypijesz – ciągnęła – nie będziesz już Anną O'Donnell. Dziś wieczorem Anna umrze, a Bóg przyjmie jej ofiarę i powita ją i Pata w niebie.

Dziewczynka ani drgnęła. Na jej twarzy malowała się pustka.

– Staniesz się inną dziewczynką. Odmienioną. Kiedy tylko przyjmiesz łyżkę tego świętego mleka, twoje życie zacznie się od nowa; taką ono ma moc – obiecała Lib. Mówiła teraz tak szybko, że prawie połykała sylaby. – Staniesz się dziewczynką o imieniu Nan, która ma osiem lat i mieszka daleko, daleko stąd.

Anna patrzyła na nią spode łba.

Teraz cały plan się zawali. Oczywiście, że dziewczynka jest wystarczająco bystra, by – jeśli tylko zechce – przejrzeć tę fikcję. Lib mogła tylko liczyć na swoje przeczucie, że Anna rozpaczliwie poszukuje wyjścia, pragnie innej baśni, jest nawet skłonna spróbować czegoś tak niewiarygodnego jak przywiązanie gałganka do cudownego drzewa.

Minęła chwila. Kolejna. I jeszcze jedna. Lib wstrzymała oddech.

Wreszcie mętne oczy rozbłysły jak fajerwerki.

– Tak.

– Jesteś gotowa?

– Anna umrze? – Szept. – Słowo?

Lib skinęła głową.

– Anna O'Donnell dzisiaj umiera. – Przyszło jej na myśl, że dziewczynka, która bądź co bądź kieruje się pewną logiką, mogła uznać, że Lib podaje jej truciznę.

– Pat i Anna? Razem w niebie?

– Tak – potwierdziła Lib. Bo kimże on był, jak nie tylko nieokrzesanym, samotnym chłopcem? „Wygnańcy, synowie Ewy".

– Nan – powtórzyła z powagą i lubością Anna. – Osiem lat. Daleko, daleko stąd.

– Tak. – Lib miała świadomość, że wykorzystuje umierające dziecko. W tej chwili nie była jego przyjaciółką; raczej obcą nauczycielką. – Uwierz mi.

Kiedy sięgnęła po butelkę z mlekiem i napełniła łyżeczkę, Anna lekko się spłoszyła.

Teraz już żadnych słów otuchy, tylko rygor.

– Innego wyjścia nie ma. – Co to mówił o emigracji Byrne? – Taka jest cena życia od nowa. Nakarmię cię. Otwórz usta. – Lib zmieniła się w podżegaczkę, trucicielkę, wiedźmę. Jakąż szkodę wyrządzi Annie ten łyk mleka, przykuwając z powrotem ducha do ciała. Na jakie ją otworzy potrzeby, tęsknoty i udręki, ryzyko i żal, cały nieświęty zamęt zwany życiem.

– Zaraz. – Dziewczynka uniosła rękę.

Lib zadrżała ze strachu. „Teraz, w godzinie śmierci naszej".

– Modlitwa – powiedziała Anna. – Muszę się najpierw pomodlić.

„Łaska przyjmowania pokarmu" – przypomniała sobie modlitwę księdza Lib. „Daj jej tę łaskę".

Anna opuściła głowę.

– Pobłogosław nas, Panie, i te szczodre dary, które od ciebie otrzymujemy. Amen.

Po czym jej spierzchnięte wargi rozchyliły się, żeby najzwyczajniej w świecie przyjąć łyżeczkę.

Lib nie wyrzekła słowa, przelewając płyn do ust dziewczynki. Patrzyła na krtań wznoszącą się jak fala. Była przygotowana na krztuszenie, wymioty, skurcze, spazmy.

Anna przełknęła. Raz-dwa i post został przerwany.

– A teraz okruszek placka. – Tyle, ile zamknęło się między jej palcem wskazującym a kciukiem. Położyła odłamek na fioletowawym języku i patrzyła, jak znika.

– Umarła – szepnęła Anna.

– Tak, Anna umarła. – Lib bez namysłu przykryła twarz dziewczynki dłonią i zamknęła opuchnięte powieki.

Odczekała dłuższą chwilę.

– Zbudź się, Nan. Czas rozpocząć nowe życie.

Dziecko zamrugało i otworzyło wilgotne oczy.

„Moja wina, moja wina". To Lib ponosi całą odpowiedzialność za przywabienie tej promiennej dziewczynki z powrotem do kraju wygnania. Osadzenie jej ducha, zakotwiczenie jej w splamionej ziemi.

Lib najchętniej od razu dałaby jej więcej jedzenia, żeby napełnić to skurczone ciało, wynagrodzić mu cztery miesiące głodówki. Ale wiedziała, jak groźne może być obciążanie żołądka. Wetknęła więc butelkę, łyżeczkę i zawinięty w serwetkę odłamek placka do kieszeni fartucha. Ziarnko do ziarnka; z kopalni wychodzi się równie długo, jak się tam wchodzi. Pogłaskała łagodnie dziewczynkę po czole.

– Musimy już iść.

Dreszcz. Czyżby pomyślała o porzucanej rodzinie? Potem skinienie głowy.

Lib otuliła dziewczynkę ciepłą peleryną, którą znalazła w komodzie, włożyła na jej zniekształcone nogi dwie pary pończoch i trzewiki brata, na dłonie wsunęła mitenki i owinęła ją trzema chustami, zmieniając ją w ciemny tobół.

Otworzyła drzwi kuchenne i obie części drzwi frontowych. Na zachodzie krwistoczerwone słońce. Wieczór był ciepły; w obejściu zagdakała samotna kura.

Lib wróciła do sypialni i podniosła dziewczynkę. Lekka jak piórko. (Lib przypomniała sobie własne dziecko, ten znikomy jak bochen chleba ciężar w jej ramionach). Ale gdy niosła dziewczynkę za dom, czuła, jak drżą jej nogi.

A potem z ciemności wychynął William Byrne ze swoją klaczą. Chociaż Lib go wyglądała, drgnęła na jego widok. Czyżby zabrakło jej wiary, że się zjawi, tak jak obiecał?

– Dobry wieczór, mała...

– Nan – wtrąciła Lib, zanim zdążył wszystko zepsuć, wypowiadając dawne imię. – Poznaj Nan.

Teraz nie ma już odwrotu.

– Dobry wieczór, Nan – powiedział, w mig wszystko pojmując. – Wybierzemy się na przejażdżkę moją Polly. Pewnie pamiętasz Polly. Nie będziesz się bała.

Dziecko, z oczami jak spodki, nie odezwało się słowem, tylko przywarło do ramion Lib i oddychało chrapliwie.

– Nie ma powodu do obaw, Nan – powiedziała Lib. – Panu Byrne'owi możemy zaufać. – Przechwyciła jego spojrzenie. – Zabierze cię w bezpieczne miejsce i poczeka z tobą, a ja niedługo dojadę.

Czy to prawda? Mówiła szczerze, chociaż tyle; pragnęła tego z całego serca.

Byrne wskoczył na siodło i schylił się po dziewczynkę.

Lib poczuła zapach końskiej sierści.

– Ktoś cię widział, jak odjeżdżałeś? – spytała, zatrzymując ich tylko na krótką chwilę.

Przytaknął i poklepał swoją sakwę.

– Kiedy siodłałem konia, skarżyłem się Ryanowi, że wezwano mnie pilnie z powrotem do Dublina.

Wreszcie Lib podała mu swój ciężar.

Zanim dziewczynka ją puściła, przytuliła się do niej z całych sił.

Byrne posadził ją przed sobą.

– Nie bój się, Nan.

Złapał jedną ręką lejce i spojrzał ciekawie na Lib, jakby nigdy wcześniej jej nie widział. Nie, pomyślała – jakby oglądał ją po raz ostatni i zapamiętywał jej rysy. Gdyby coś pokrzyżowało im plany, mogliby się więcej nie spotkać.

Wetknęła mu do sakwy jedzenie.

– Jadła? – spytał, poruszając bezgłośnie ustami.

Lib skłoniła głowę.

Jego uśmiech aż rozjaśnił ciemniejące niebo.

– Następna łyżeczka za godzinę – szepnęła. Potem wspięła się na palce i ucałowała go tam, gdzie mogła sięgnąć, czyli w grzbiet ciepłej dłoni. Poklepała dziecko przez chustę.

– Do zobaczenia niebawem, Nan. – Odwróciła się.

Kiedy Byrne mlasnął językiem i Polly ruszyła przed siebie polem, oddalając się od wioski, Lib spojrzała za siebie przez ramię i przez chwilę oglądała tę scenę jak na obrazie. Koń i jeźdźcy, drzewa, blednące smugi na niebie. Nawet torfowisko z łatami wody. Tu, w martwym punkcie, coś na kształt piękna.

Weszła szybko do chaty, upewniając się po drodze, czy nadal ma w kieszeni fartucha swój notes.

Najpierw przewróciła obydwa krzesła w sypialni. Potem zrzuciła torbę; kopnęła ją w stronę krzeseł. Wzięła swoje *Zapiski o pielęgniarstwie* i po chwili wahania dorzuciła je do stosu, gdzie wylądowały rozpostarte jak ptasie skrzydła. Jeśli jej opowieść ma zabrzmieć wiarygodnie, nic nie może ocaleć. Przeciwieństwo pracy pielęgniarki: gwałtowne, bezładne ruchy.

Następnie udała się do kuchni i z wnęki przy palenisku wyjęła butelkę whiskey. Wylała alkohol na poduszki i upuściła butelkę. Sięgnęła po puszkę z cieczą palną i wytrząsnęła jej zawartość na łóżko, podłogę, ściany, komodę i kuferek z uchylonym wiekiem, odsłaniającym wszystkie skarby. Zamknęła puszkę byle jak.

Dłonie cuchnęły jej cieczą palną; jak to później wyjaśni? Otarła je o fartuch. Później się nie liczy. Wszystko gotowe?

„Nie bój się, wierz tylko, a włos jej z głowy nie spadnie".

Wyjęła z kuferka obrazek ze zdobionym brzegiem i wizerunkiem jakiegoś nieznanego jej świętego, i przystawiła go do wylotu klosza. Zajął się natychmiast, wokół świętej postaci zabłysła aureola z ognia.

„Ogień, tylko ogień nas oczyści".

Lib przystawiła obrazek do siennika, który wydął się od dymu; zbutwiałe źdźbła zatrzeszczały sucho. Płonące łoże, jak jakiś cud z pstrokatego obrazu. W twarz uderzył ją żar, który przywołał wspomnienie ognisk z kukłami Guya Fawkesa.

Tylko czy cały pokój stanie w płomieniach? To ich jedyna, niewielka szansa na uniknięcie kary za to oszustwo. Czy po trzech bezdeszczowych dniach strzecha jest dostatecznie sucha? Lib spojrzała na niski sufit. Stare belki wyglądały na mocne, a ściany - na solidne. Nie mogła zrobić już nic więcej; zakołysała lampą i podrzuciła ją w stronę dźwigarów.

Deszcz szkła i ognia.

Lib biegła przez podwórze, płomienie z fartucha sięgały już jej twarzy jak smok, przed którym nie ma ucieczki. Waliła w niego dłońmi. Jej pisk zdawał się dobywać z obcych ust. Stoczyła się ze ścieżki i rzuciła w mokre objęcia bagna.

Przez całą noc padało. Mimo że była niedziela, policja z Athlone przysłała dwóch funkcjonariuszy; właśnie przegrzebywali ubłocone pogorzelisko, w które zmieniła się chałupa O'Donnellów.

Lib czekała w korytarzu za sklepem ze spirytualiami; owinięte bandażami, poparzone dłonie cuchnęły maścią. Wszystko zależy od deszczu, myślała wyczerpana. Od tego, o której zaczął padać. Czy zagasił pożar, zanim zawaliły się belki? Czy wąska sypialnia przemieniła się w nierozpoznawalne zgliszcza, czy opowiada – czarno na białym – historię zaginionego dziecka?

Ból. Ale nie to trzymało Lib w uścisku. Lęk – o siebie, oczywiście, ale też o dziewczynkę. (Nan – tak nazywała ją w głowie, próbując przywyknąć do nowego imienia). Jest taki etap zagłodzenia, z którego nie można już wyjść. Organizm zapomina, co się robi z jedzeniem; zanikają narządy. A może płuca małego dziecka zostały nadmiernie obciążone, albo jego wysłużone serce. „Proszę, oby się zbudziła dziś rano". William Byrne miał się nią zaopiekować, w najbardziej anonimowej spośród znanych sobie kwater na przedmieściach Athlone. Dalej ich plan się urywał. „Proszę, Nan, weź jeszcze łyk, jeszcze kęs".

Dotarło do niej, że oto minęły dwa tygodnie. Od początku była mowa o tym, że właśnie dziś pielęgniarki mają złożyć sprawozdanie przed komisją. Dwa tygodnie temu, zaraz po przyjeździe, wyobrażała sobie, że zaimponuje miejscowym drobiazgową relacją procesu demaskowania kłamstwa. Nic na to nie wskazuje; stoi tu oprószona popiołem, okaleczona, roztrzęsiona.

Nie miała złudzeń, jakie wnioski wyciągnęliby najchętniej członkowie komisji. Gdyby mogli, uczyniliby z cudzoziemki kozła ofiarnego. Ale o co właściwie mieliby ją oskarżyć? O zaniedbanie? Podpalenie? Zabójstwo? A może – jeśli policja zorientuje się, że w tlącym się błocie nie ma ani śladu ciała – o porwanie i oszustwo.

„Dojadę do was jutro albo pojutrze" – powiedziała Byrne'owi. Czy dał się nabrać i uwierzył w jej pewność siebie? Skłaniała się ku myśli, że raczej nie. Podobnie jak ona robił dobrą minę do złej gry, ale wiedział, że Lib realnie grożą lata za kratkami. Wszedłby wtedy z dzieckiem na statek jako jego ojciec, a Lib nie pisnęłaby ani słówka o celu ich podróży.

Otworzyła poczerniałą okładkę notesu. Czy ostatni opis brzmi wiarygodnie?

Sobota, 20 sierpnia, 20:32
Tętno: 139
Płuca: 35 oddechów, szmery
Mocz: brak
Nie przyjmuje wody.
Wycieńczenie.
20:47 – majaczenie
20:59 – znacznie utrudniony oddech, zaburzenia rytmu serca
21:07 – zgon

– Pani Wright.

Lib zatrzasnęła gorączkowo notes.

Stanęła przy niej zakonnica, z podkrążonymi oczami.

– Jak pani poparzenia?

To siostra Michaela wracając z kościoła natknęła się wczoraj wieczorem na Lib, wyciągnęła ją z bagna, zaprowadziła do wsi i opatrzyła ręce. Lib była w takim stanie, że nie musiała niczego udawać.

– Nie wiem, jak siostrze dziękować.

Zakonnica spuściła wzrok i pokręciła głową.

Jednym z powodów, dla których Lib dręczyło sumienie, było to, że za opiekę odpłacała zakonnicy okrucieństwem. Siostra Michaela spędzi resztę życia w przekonaniu, że obie przyczyniły się do śmierci Anny O'Donnell albo przynajmniej nie udało im się jej zapobiec.

Cóż, nic na to nie poradzi. Dziewczynka najważniejsza.

Lib dopiero teraz pojęła, na czym polega wilcza natura matki. Pomyślała, że jeśli jakimś cudem przejdzie pomyślnie dzisiejsze przesłuchanie, ucieknie i dotrze do pokoju w Ahtlone, gdzie czeka na nią William Byrne, zostanie matką dziecka albo kimś do niej zbliżonym.

„Bądź ty zawsze matką nam" – czy tak brzmiał ten hymn? Kiedy w przyszłości Nan-niegdyś Anna będzie szukała w kimś winy, padnie na Lib. Również na tym polega macierzyństwo, pomyślała – na wzięciu odpowiedzialności za wyparcie dziecka z ciepłego mroku wprost w przerażający blask nowego życia.

Właśnie wtedy przeszedł koło nich pan Thaddeus w towarzystwie O'Flaherty'ego. Księdza nie otaczała już pogodna aura; postarzał się w ciągu jednej nocy. Na widok pielęgniarek skinął głową, ponuro i z roztargnieniem.

– Nie ma potrzeby, by członkowie komisji przesłuchiwali siostrę – powiedziała Lib do zakonnicy. – Nic siostra nie wie. – To zabrzmiało zbyt szorstko. – To znaczy, w chwili śmierci była siostra w kaplicy, a nie na miejscu.

Zakonnica nakreśliła znak krzyża.

– Niech spoczywa w pokoju, niebożątko.

Odsunęły się, żeby przepuścić baroneta.

– Nie powinnam im kazać na siebie czekać – powiedziała Lib i zrobiła krok w stronę pokoju na zapleczu.

– Lepiej nic nie robić, ani nie mówić, dopóki pani nie wezwą. Pokora, pani Wright, pokora i skrucha.

Lib zrobiła wielkie oczy.

– Skrucha? – zapytała, zdecydowanie za głośno. – Czy to nie oni powinni się czuć skruszeni?

– Sza! Błogosławieni cisi.

– Ale ja im mówiłam, trzy dni temu...

Zakonnica podeszła tak blisko, że niemal dotknęła wargami ucha Lib.

– Niech pani będzie cichą, pani Wright, a być może puszczą panią wolno.

To była rozsądna rada; Lib ugryzła się w język.

Przeszedł John Flynn; twarz miał napiętą, pooraną zmarszczkami.

A jakimi słowami pociechy mogła się odwdzięczyć siostrze Michaeli?

– Anna – jak to siostra wtedy ujęła? – miała dobrą śmierć.

– Odeszła w pokorze? Ulegle? – Wyraz tych wielkich oczu zdradzał jakiś konflikt wewnętrzny, chyba że Lib się zdawało. Coś więcej niż boleść; wątpliwości? Może nawet podejrzenia?

Poczuła, jak coś ją ściska w gardle.

– Raczej w pokorze – zapewniła zakonnicę. – Była gotowa.

Korytarzem przeszedł śpiesznie doktor McBrearty; policzki miał zapadnięte i sapał jak po biegu. Przechodząc, nawet nie spojrzał na pielęgniarki.

– Przykro mi, siostro – powiedziała Lib drżącym głosem. – Tak bardzo mi przykro.

– Ciii... – zaszemrała zakonnica, łagodnie, jakby przemawiała do dziecka. – Tak między nami, pani Wright, miałam wizję.

– Wizję?

– Rodzaj objawienia. Wyszłam z kaplicy nieco wcześniej, bo, widzi pani, niepokoiłam się o Annę.

Lib zakołatało serce.

– Gdy szłam dróżką, zdawało mi się, że zobaczyłam... chyba widziałam anioła odjeżdżającego prędko z dzieckiem.

Wstrząs. Ona wie. Głos w głowie Lib: „Nasz los jest w jej rękach". Siostra Michaela ślubowała posłuszeństwo; jakże mogłaby nie przyznać przed komisją, co widziała?

– Czy to było prawdziwe objawienie? Jak pani sądzi? – spytała zakonnica, nie spuszczając z Lib świdrującego spojrzenia.

Zdobyła się tylko na skinienie głową.

Straszliwa cisza. A potem:

– Niezbadane są ścieżki Pana.

– Istotnie – odpowiedziała ochryple Lib.

– Czy dziecko odeszło do lepszego świata? Czy tylko tyle może mi pani obiecać?

Kolejne skinienie.

– Pani Wright. – Ryan machnął kciukiem. – Już czas.

Lib opuściła zakonnicę bez słowa pożegnania. Nie mogła uwierzyć własnym uszom. Była jeszcze przygotowana na oskarżycielski krzyk, ale niczego takiego nie usłyszała. Mimo woli obejrzała się przez ramię. Zakonnica stała ze zwieszoną głową i złączonymi dłońmi. „Daje nam wolną rękę".

W pokoju naprzeciw stołu na kozłach, za którym siedzieli członkowie komisji, ustawiono zydel, ale Lib poszła za radą siostry Michaeli i nie usiadła, żeby stworzyć wrażenie pokorniejszej.

McBrearty zamknął starannie drzwi.

– Sir Otwayu? – odezwał się z szacunkiem właściciel pubu.

Baronet wykonał dłonią wytworny gest.

– Jako że nie jestem tu w charakterze sędziego pokoju, lecz najzupełniej prywatnie...

– Wobec tego ja zacznę – przemówił Flynn swoim gburowatym tonem. – A zatem pani na pierwszy ogień, siostro Wright...

Na pierwszy ogień? Z trudem pohamowała śmiech; czy Flynn się w ogóle zorientował, co powiedział?

– Co się, u licha, wydarzyło wczoraj wieczorem?

– Panowie... – zaczęła Lib ledwie słyszalnie. Nie musiała udawać drżenia głosu. Poprawiła bandaż, który wpijał jej się w nadgarstek, i przeszywający ból rozjaśnił jej w głowie. Zamknęła oczy, zwiesiła głowę jak pokonana i zaczęła przejmująco szlochać.

– Szanowna pani, jeśli będzie się pani tak poddawać, to tylko sobie pani zaszkodzi – odezwał się cierpko baronet.

Zaszkodzi pod względem prawnym, czy chodzi mu tylko o stan zdrowia?

– Proszę nam po prostu opowiedzieć, co się stało dziewczynce – dodał Flynn.

Lib uderzyła w lament.

– Anna już nie... wczoraj wieczorem słabła z minuty na minutę. Moje notatki. – Rzuciła się do McBrearty'ego i położyła przed nim notes otwarty na stronie z cyframi. – Nigdy nie sądziłam, że odejdzie tak szybko. Dygotała, nie mogła złapać tchu... i nagle ucichła. – Lib nabrała gwałtownie powietrza. Niech sześciu mężczyzn zaduma się nad ostatnim oddechem dziecka. – Wołałam o pomoc, ale zdaje się, że w pobliżu nikogo nie było. Widocznie sąsiedzi wybrali się do kościoła. Próbowałam wlać jej do gardła trochę whiskey. Wpadłam w panikę; biegałam wokół jak oszalała.

Gdyby wiedzieli cokolwiek o pielęgniarkach szkolonych przez pannę Nightingale, uznaliby to za mało prawdopodobne. Lib mówiła coraz szybciej:

– W końcu spróbowałam ją podnieść, posadzić na wózku i zawieźć do wsi w poszukiwaniu pana, doktorze McBrearty, żeby sprawdzić, czy nie można jej ocucić. – Utkwiła w nim spojrzenie, ale zaraz do niej dotarło, co powiedziała. – To znaczy, była już całkiem martwa, ale mimo to miałam jeszcze nadzieję.

Starzec zakrył usta dłonią, jakby miał zwymiotować.

– Ale ta lampa... musiałam ją strącić spódnicą. Nie wiedziałam, że płonę, dopóki ogień nie sięgnął mi do pasa. – Poczuła pulsowanie w zabandażowanych rękach i uniosła je na dowód swoich słów. – Ani się obejrzałam, a już palił się koc. Wyciągnęłam jej ciało z łóżka, ale tego już było dla mnie za wiele, zobaczyłam, że płomienie pełgają po ściankach puszki...

– Jakiej puszki? – spytał O'Flaherty.

– Z cieczą palną – odparł pan Thaddeus.

– Śmiercionośna trucizna – warknął Flynn. – Za nic bym tego nie trzymał w domu.

– Dolewałam paliwa do lampy, żeby w pokoju było jasno i żebym wszystko dokładnie widziała. Mogłam ją obserwować minuta po minucie. – Teraz Lib płakała już całkiem szczerze. Dziwne, że właśnie to wspomnienie okazało się nie do zniesienia: ciągłe światło na twarzy śpiącego dziecka. – Wiedziałam, że puszka wybuchnie, więc uciekłam. Niech mi Bóg wybaczy – dodała. Łzy kapały jej z brody; prawda i kłamstwa tak się zmieszały, że sama ich już nie rozróżniała. – Wybiegłam z chaty. Usłyszałam, jak puszka wybucha mi za plecami, ogień huczał przeraźliwie i już się nie zatrzymałam, biegłam, żeby ocalić życie.

Tak wyraźnie widziała w wyobraźni tę scenę, jakby naprawdę ją przeżyła. Ale czy uwierzą jej ci ludzie?

Ukryła twarz w dłoniach i przygotowywała się na ich odpowiedź. Oby policjanci nie wyciągali teraz poczerniałych krokwi, nie badali resztek łóżka i komody i nie grzebali w tej stercie popiołu. Oby byli gnuśni i apatyczni. Oby doszli do wniosku, że maleńkie zwęglone kości muszą być bezpowrotnie zagrzebane w zgliszczach.

Głos zabrał sir Otway.

– Gdyby nie była pani tak oburzająco nieostrożna, pani Wright, moglibyśmy w końcu dotrzeć do sedna tej sprawy.

„Nieostrożność" – czy to jedyny zarzut, z którym się mierzy? „Sprawa" – czy mowa o śmierci dziecka?

– Sekcja zwłok z pewnością pozwoliłaby określić, czy w jelitach znajduje się częściowo przetrawiony pokarm – dodał baronet. – Mam rację, doktorze?

Czyli w gruncie rzeczy chodzi tylko o to, że brakuje dziewczynki, którą mogliby pokroić, żeby zaspokoić powszechną ciekawość.

McBrearty kiwał tylko głową, jakby mu odebrało mowę.

– Naturalnie, że trochę jedzenia musiała tam mieć – bąknął pod nosem Ryan. – Cała ta śpiewka o cudzie to wierutne bzdury.

– Wprost przeciwnie, gdyby w jelitach dziewczynki niczego nie znaleziono, to O'Donnellowie odzyskaliby dobre imię! – wybuchnął Flynn. – A tak para pobożnych chrześcijan straciła ostatnie dziecko, małą męczennicę! a ta kretynka zniszczyła wszystkie dowody ich niewinności.

Lib stała ze zwieszoną głową.

– Ale pielęgniarki nie ponoszą odpowiedzialności za śmierć dziecka – odezwał się w końcu pan Thaddeus.

– Oczywiście, że nie. – McBrearty odzyskał głos. – One tylko służyły tej komisji i pracowały pod zwierzchnictwem lekarza dziewczynki, czyli moim.

Ksiądz i lekarz najwyraźniej próbowali uwolnić od winy Lib i zakonnicę, sprowadzając je do roli bezmózgich wołów roboczych. Nie skomentowała tego, bo nie miało to już żadnego znaczenia.

– Ale ta ze względu na pożar nie powinna dostać całego wynagrodzenia – zauważył nauczyciel.

Lib prawie krzyknęła. Jeśli ci ludzie zaproponują jej choć jedną judaszową monetę, ciśnie im ją w twarz.

– Panowie, nie zasłużyłam nawet na pół miedziaka.

ANGIELSKO-IRLANDZKA SPÓŁKA TELEGRAFICZNA
Otrzymała następującą wiadomość
23 sierpnia 1859 roku

Nadawca: William Byrne
Adresat: wydawca, Irish Times
Końcowy artykuł nadany pocztą przyjąłem posadę prywatnego sekretarza dżentelmena zdążającego do Kaukazu przepraszam że nie powiadomiłem wcześniej odmiana dobrze zrobi et cetera z wdzięcznością W.B.

Ostatnie sprawozdanie irlandzkiego korespondenta na temat Poszczącej Dziewczynki.

W minioną sobotę o godzinie dwudziestej pierwszej siedem, gdy praktycznie cała katolicka społeczność osady tłoczyła się w małej białej kaplicy, by odprawiać modły w intencji Poszczącej Dziewczynki, Anna O'Donnell wyzionęła ducha – przypuszczalnie z powodu typowego wygłodzenia. Dokładnych fizjologicznych przyczyn zgonu nie można określić na drodze autopsji ze względu na przerażający epilog tej opowieści, zrelacjonowany korespondentowi przez osobę uczestniczącą w końcowym zebraniu komisji.

Towarzysząca dziecku pielęgniarka była – co zrozumiałe – skrajnie zrozpaczona nagłą śmiercią dziecka i podjęła nadzwyczajne kroki mające na celu jego ocucenie, czego skutkiem było przypadkowe strącenie lampy. To prymitywne, pożyczone od sąsiada urządzenie przerobiono tak, by można było w nim spalać nie olej wielorybi, lecz tańszy wyrób zwany cieczą palną lub kamfiną. (Ta mieszanina – alkohol rozcieńczony terpentyną w proporcji cztery do jednego, z domieszką eteru, słynie z łatwopalności i według doniesień w samych Stanach Zjednoczonych spowodował śmierć większej liczby osób niż wszystkie wypadki kolejowe i katastrofy parowców). Lampa roztrzaskała się na podłodze, ogień zdławił łóżko oraz zwłoki dziecka i chociaż pielęgniarka, która sama doznała ciężkich obrażeń, podejmowała bohaterskie próby wyciągnięcia ciała, okazały się one daremne. Cała puszka cieczy palnej wybuchła i pielęgniarka została zmuszona do ucieczki z morza ognia.

Nazajutrz stwierdzono zgon *in absentia*, ponieważ szczątków Anny O'Donnell nie udało się wydobyć spod zgliszczy. Zdaniem komendanta policji nikomu nie postawiono zarzutów i jest mało prawdopodobne, aby miało się to zmienić.

Na tym jednakże sprawa się nie kończy. Przestępstwem nazwać należy sytuację, w której dziewczynce żyjącej w dostatniej epoce wiktoriańskiej i niecierpiącej na żadne schorzenie organiczne zezwala się – nie, wręcz się ją podburza z powodu wiary w popularne zabobony – na to, by zagłodziła się na śmierć i nikt nie zostaje z tego powodu ukarany ani nawet wezwany do złożenia wyjaśnień. Ani ojciec, który uchylił się od odpowiedzialności zarówno karnej, jak i moralnej. Ani matka, która złamała prawo natury, stojąc z boku (co najmniej) i patrząc, jak jej maleństwo traci siły. Ani bynajmniej ekscentryczny, siedemdziesięcioparoletni medyk, pod którego tak zwaną opieką Anna z dnia na dzień coraz bardziej marniała. Ani miejscowy proboszcz, który nie wykorzystał mocy swojego autorytetu, żeby odwieść dziewczynkę od jej fatalnego w skutkach postu. Ani żaden inny członek tej samozwańczej komisji nadzorczej, która zaznajomiona z dowodami na rychłą śmierć dziewczynki konsekwentnie je odrzucała.

„Każdy widzi to, co chce widzieć". To samo można powiedzieć o licznych członkach lokalnej społeczności, którzy składając w ostatnich dniach kwiaty i inne dary na zgliszczach chałupy, zdają się wyrażać naiwne przekonanie, że to, co się tu zdarzyło, było raczej apoteozą tubylczej świętej niż bezprawnym zabójstwem dziecka.

Nie podlega dyskusji fakt, że rozpoczęta dwa tygodnie temu obserwacja nakręciła śmiertelny mechanizm, najprawdopodobniej dlatego, że położyła kres ukradkowemu podkarmianiu, przyczyniając się tym samym do wyniszczenia organizmu dziecka będącego przedmiotem badania. Zanim komisja została ostatecznie rozwiązana, jej członkowie orzekli, że śmierć nastąpiła „z woli Boga" i „z przyczyn naturalnych". Jednakże ani Stwórcy, ani Natury nie należy obarczać odpowiedzialnością za spustoszenia poczynione ludzką ręką.

Szanowna Siostro Przełożona,
być może dotarły do Pani wieści na temat tragicznego finału mojego ostatniego zlecenia. Muszę przyznać, że jestem tak wstrząśnięta – cały mój organizm odmawia posłuszeństwa – że w najbliższej przyszłości nie zamierzam wracać do szpita-

la. Przyjęłam zaproszenie od swoich pozostałych krewnych
z północy.

Z poważaniem,
Elizabeth Wright

ANNA MARY O'DONNELL
7 KWIETNIA 1848 – 20 SIERPNIA 1859
POWRÓCIŁA DO PANA

Epilog

Sześćdziesiąt stopni pod równikiem, w łagodnym październikowym słońcu pani Eliza Raitt literowała kapelanowi swoje nazwisko. Poprawiła rękawiczki, które nosiła zawsze na pokrytych bliznami dłoniach.

Kapelan przeszedł do drugiej pozycji w rejestrze.

– Wilkie Burns. Zawód?

– Do niedawna dyrektor koncernu wydawniczego.

– Doskonale. Czy zamierza wobec tego założyć wydawnictwo w Nowej Południowej Walii, może wydawać gazetę górniczą?

Wzruszyła naiwnie ramionami.

– Wcale bym się nie zdziwiła.

– Wdowiec i wdowa – mruczał pod nosem kapelan, notując informacje. Spojrzał na wschód, ponad fale. – „By strząsnąć smutku pył i świat podbić na nowo" – rzucił sentencjonalnie.

Eliza przytaknęła i uśmiechnęła się niewyraźnie.

– Obywatele Wielkiej Brytanii, wierni Kościoła anglikańskiego...

– Pan Burns i jego córka są katolikami – sprostowała Eliza. – Kiedy osiądziemy, weźmiemy drugi ślub według tego obrządku.

Sądziła, że kapelan zaprotestuje, ale on tylko przytaknął życzliwie. Zaglądała mu przez ramię, gdy zapisywał nazwę statku, datę ślubu oraz dokładną długość i szerokość geograficzną. (Przypominała sobie, jak miesiąc temu wrzuciła w fale swój notes). A gdzie się podziewa tych dwoje?

– A czy Nan Burns nadal nękają bóle brzucha i melancholia? – spytał kapelan.

– Morskie powietrze dobrze jej robi – zapewniła go.

– I ma już matkę! Co za cudowna historia: że też pani i dziewczynka zawarłyście znajomość w okrętowej bibliotece, tak naturalnie, jak to się zdarza tylko na morzu, i że sprawy potoczyły się tak, a nie inaczej...

Eliza uśmiechnęła się i milczała skromnie.

Oto szli ku nim pokładem: brodaty, krótko ostrzyżony Irlandczyk ręka w rękę z dziewczynką. Nan ściskała różaniec ze szklanych paciorków i bukiet papierowych kwiatków, który widocznie zrobiła sama, bo farba nie zdążyła jeszcze wyschnąć.

Elizie zebrało się na płacz. „Żadnych łez" – powiedziała sobie. „Nie dzisiaj".

Kapelan podniósł głos.

– Niech panienka pozwoli, że pierwszy jej pogratuluję.

Dziecko, onieśmielone, przycisnęło twarz do sukienki Elizy.

Eliza ściskała ją mocno i wiedziała, że jeśli będzie trzeba, odda Nan swoją skórę, kości swoich nóg.

– Dobrze się bawisz na tym wielkim kliperze? – spytał dziecko kapelan. Podniósł rękę i wskazał coś nad ich głowami. – Jedenaście tysięcy jardów kwadratowych żagla, to ci dopiero! I dwieście pięćdziesiąt dusz na pokładzie.

Nan przytaknęła w milczeniu.

– Ale pewnie nie możesz się już doczekać swojego nowego domu. Co cię najbardziej pociąga w Australii?

– Powiesz panu? – szepnęła w małe ucho Eliza.

– Nowe gwiazdy – powiedziała Nan.

To mu się spodobało.

Wilkie ujął ciepłą dłonią wolną dłoń Elizy. Tak spragniony, ale nie bardziej niż ona. Spragniony przyszłości.

– Właśnie mówiłem pańskiej wybrance, panie Burns, że wasz pokładowy romans jest doprawdy czarujący. Można by go nawet opisać w prasie!

Pan młody pokręcił z uśmiechem głową.

– W zasadzie – odezwała się Eliza – wolelibyśmy, by nasze karty pozostały niezapisane.

A Wilkie spuścił głowę, spojrzał dziecku w oczy, po czym skierował wzrok z powrotem na Elizę i zapytał:

– Zaczynamy?

Od autorki

Cud to zmyślona opowieść, ale do jej napisania zainspirowało mnie niemal pięćdziesiąt przypadków tak zwanych Poszczących Dziewcząt – na Wyspach Brytyjskich, w Europie Zachodniej i Ameryce Północnej, od szesnastego do dwudziestego wieku. Te dziewczęta i kobiety różniły się znacznie pod względem wieku i pochodzenia. Niektóre (protestantki lub katoliczki) utrzymywały, że post ma podłoże religijne, pozostałe już jednak nie. Zdarzały się również przypadki poszczenia mężczyzn, ale znacznie rzadziej. Część osób poddano często wielotygodniowej obserwacji; niektóre zaczęły znów jeść, dobrowolnie lub po tym, jak je do tego zmuszono, zamknięto w więzieniu, hospitalizowano lub dokarmiano na siłę; niektóre zmarły, inne żyły przez dziesięciolecia, twierdząc uparcie, że nie potrzebują pożywienia.

Podziękowania za istotne sugestie kieruję do moich agentek: Kathleen Anderson i Caroline Davidson i moich wydawców: Iris Tupholme z HarperCollins Canada, Judy Clain z Little, Brown i Paula Baggaleya z Picadora. Tanna Wollen i Cormac Kinsella byli tacy uprzejmi, że pomogli mi uporządkować zasoby brytyjskiej i irlandzkiej angielszczyzny, a adiustacja w wykonaniu Tracy Roe okazała się jak zwykle nieoceniona. Doktor Lisa Godson z National College of Art and Design w Dublinie podzieliła się ze mną wiedzą na temat dziewiętnastowiecznych dewocjonaliów katolickich. Moje koleżanki Sinéad McBrearty i Katherine O'Donnell użyczyły niektórym bohaterom swoich nazwisk, inna bohaterka zaś nazwana została na cześć szczodrej Maggie Ryan, współpracownicy organizacji Kaleidoscope Trust.

O autorce

Emma Donoghue urodziła się w Dublinie w 1969 roku i dwukrotnie emigrowała: przez osiem lat mieszkała w Cambridge w Anglii, gdzie uzyskała doktorat z literatury osiemnastowiecznej, a następnie przeniosła się do London w Ontario. Przemieszcza się także między gatunkami, tworząc scenariusze filmowe, dramaty i słuchowiska oraz pisząc powieści i opowiadania, współczesne i historyczne. Jej światowy bestseller *Pokój* zdobył tytuł Książki Roku 2010 „New York Timesa" oraz zakwalifikował się do finału nagród Man Booker, Commonwealth oraz Orange. Napisany przez Emmę Donoghue scenariusz adaptacji filmowej zdobył nagrodę za najlepszy debiut scenariuszowy Independent Spirit Awards oraz nominację do Oscara za najlepszy scenariusz adaptowany.

Polecamy inne książki Emmy Donoghue

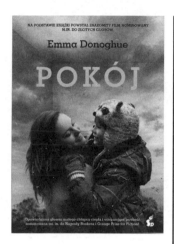

Pokój

Dla pięcioletniego Jacka Pokój jest całym światem. To tu się urodził, to tu bawi się i uczy ze swoją Mamą. Na noc Mama układa go do snu bezpiecznie w szafie na wypadek, gdyby przyszedł Stary Nick.

Dla Jacka Pokój jest domem, dla jego Mamy więzieniem, w którym została zamknięta przed siedmioma laty. Dzięki ogromnej determinacji, pomysłowości i bezgranicznej matczynej miłości udało jej się stworzyć dla synka namiastkę normalności. Niestety ciekawość chłopca rośnie z wiekiem i Mama zdaje sobie sprawę, że Pokój nie wystarczy mu na długo...

Porywająca historia o matce i synu oraz ich miłości pozwalającej przetrwać to, czego przetrwać niepodobna. To powieść przejmująca, chwytająca za serce, poruszająca najczulsze struny naszej wrażliwości.

Inspiracją do powstania książki była sprawa Josefa Fritzla.

Muzyka żab

Lato 1876 roku. San Francisco nawiedza fala
upałów i epidemia ospy, wiele dzielnic objęto
kwarantanną. Jenny Bonnet zostaje zastrze-
lona przez okno sypialni w pensjonacie Eight
Mile House, podczas gdy jej przyjaciółka Blanche Beunon stoi, zupełnie bezradna, obok.

Blanche, która ledwo uszła z życiem, to
młoda francuska tancerka burleskowa, trud-
niąca się również prostytucją. Do Kalifornii
przyjechała ze swoim kochankiem i jego najlepszym przyjacielem. Wszyscy troje pro-
wadzą zgodne wspólne życie. Jednak gdy na
ich drodze pojawia się Jenny, ekscentryczna
dziewczyna, która nosi spodnie i jeździ na bi-
cyklu, ich relacje zostają zaburzone.

Strzelanina w Eight Mile House staje się
punktem wyjścia do podróży, w którą zabie-
ra nas Blanche – podróży po świecie pełnym
zdesperowanych nędzarzy, sfrustrowanych
mężczyzn i skrzywdzonych dzieci. Kobieta
zakwestionuje swoje dotychczasowe wybory i zaryzykuje wszystko, co ma, by walczyć
o sprawiedliwość w imieniu swojej zmarłej
przyjaciółki – jeśli oczywiście wcześniej nie
dopadnie jej morderca.